La PARADOJA *del* BIBLIOTECARIO *CIEGO*

Ana Ballabriga
~
David Zaplana

amazon publishing

Publicado por:
Amazon Publishing, Amazon Media EU Sàrl
5 rue Plaetis, L-2338, Luxembourg
Marzo, 2018

Diseño de cubierta por lookatcia.com
Imagen de cubierta © Robin Beckham / BEEPstock © Teerawut Masawat / Alamy Stock Photo; © John Zmyslowski/Shutterstock
Producción editorial: Wider Words

Impreso por: Ver última página
Primera edición digital 2018

ISBN: 9781503900479

www.apub.com

SOBRE LOS AUTORES

Ana Ballabriga y David Zaplana se conocieron en Valencia, cuando él estudiaba una ingeniería y ella psicología. Su compartida pasión por el arte de contar historias los llevó a hilar y escribir su primera novela. Unos años más tarde se adentraron también en el ámbito de la creación audiovisual y en 2006 fundaron su propia productora, ADN Visual. Después de recibir varios premios por cortometrajes y relatos, en 2007 se editó su novela *Tras el sol de Cartagena*, y en 2010 *Morbo gótico*.

Aunque continuaron escribiendo, sus siguientes obras permanecieron sin publicarse hasta 2015, cuando *Tras el sol de Cartagena* encontró una segunda vida en Amazon. En 2016 presentaron también en esta plataforma la primera novela que habían escrito, *Cruzados en el tiempo*, y la última, *Ningún escocés verdadero*, ganadora del Premio Indie de Amazon en 2016.

En la actualidad ambos viven en Cartagena y compaginan el trabajo y la crianza de sus dos hijos con la escritura.

A Nora,
que nos estremeció con su relato

Todas las familias felices se parecen,
pero las infelices
lo son cada una a su manera.
LEÓN TOLSTÓI, *Anna Karenina*

PRÓLOGO

Cartagena, 2011

Le llegó un mensaje al móvil.

«Oh, no, por favor, no».

Se avergonzaba de sí misma cada vez que se acurrucaba entre las viejas mantas de su cama como una niña asustada, pero no podía evitarlo. Comenzó a rezar sin moverse, invocando la piedad de un Dios que no parecía dispuesto a escucharla.

«Por favor, que no sea él, por favor, que me deje en paz».

El viento azuzaba la persiana alicantina que golpeaba rítmicamente contra la ventana del dormitorio. *Tac-tac-tac*. Los golpes se confundieron con otros más suaves en la puerta. Su pulso se aceleró, alimentado por suspiros rápidos y entrecortados. La respuesta a sus rezos vino en forma de voz grave, masculina, que le pedía que lo dejase entrar.

«No, por favor, otra vez no».

Comenzó a llorar. *Tac-tac-tac*. Una silla verde, decorada con pequeñas flores que había pintado ella misma, mantenía la puerta cerrada, apostada contra el pomo; era una débil defensa contra el monstruo que la acosaba con frecuencia, un monstruo del que no podía escapar porque habitaba su propia casa.

De nuevo la voz, otro susurro, otra amenaza.

—Abre o será peor.

Otro empujón, otro golpe camuflado por los de la persiana. *Tac-tac-tac.*

«Dios, ayúdame, por favor».

Sí, la ayudó, pero haciendo resbalar la silla, que se desplomó al suelo con un golpe seco. Hundió la cara en la almohada, conteniendo la respiración y clavándose las uñas en las palmas de las manos, como si el dolor autoinfligido pudiera detener el que se cernía sobre ella. En esos momentos odió su pelo rizado, sus piernas largas y sus pechos abultados, que dejaban atrás un cuerpo de niña para dibujar el de una mujer. Odiaba cada pequeño cambio, cada transformación que la alejaba de su infancia, que la convertía en un plato aún más apetitoso para aquel ser depravado.

El monstruo había elegido atacar esa noche, había franqueado la puerta. Ya nadie podía ayudarla. *Tac-tac-tac.* Los golpes camuflaron sus pasos discretos, su aliento helado, sus amenazas grotescas. Apretó el osito de peluche buscando un consuelo que no llegaba. De pronto notó la manta descender a lo largo de su cuerpo, el cosquilleo insoportable sobre el pelo, la espalda y las piernas. Sus jadeos se le clavaban en el oído mientras constataba que obtendría su castigo. Él intentó arrebatarle el oso, pero ella lo apretó con todas sus fuerzas.

«El oso no, esta vez no».

La derribó sobre la cama de un manotazo, la sujetó por el cuello, le mordió los labios y comenzó a desnudarla. Gruñó al descubrir el bañador, otra barrera, otra objeción.

—Hoy va a ser peor —le aseguró—, te lo has ganado.

Sí, se lo había ganado: no había sido dócil como él esperaba, ni buena como él deseaba. Sabía que no sería delicado, que desataría todos sus deseos, su rabia. La obligó a colocarse boca abajo mientras él se ponía encima, pero ella no iba a esperarlo, otra vez no. Miró fijamente el oso que mantenía pegado a su rostro, nariz con nariz, ojo con ojo, y de repente abandonó su cuerpo para vestir la piel del peluche. Y viajó a un pequeño refugio que le permitía conservar la cordura, que la libraba del sufrimiento y las vejaciones. Un paraíso improvisado donde nadie le haría daño.

La luz mortecina de la farola alumbraba a golpes la habitación y los cuerpos semidesnudos. *Tac-tac-tac.* La intensidad de los impactos aumentó aunque ella ya no se encontraba allí para oírlos. Estaba en su paraíso particular, donde todos sus amigos, transformados en animales, la esperaban con una tarta de chocolate y millones de regalos.

Aquel día era su cumpleaños.

CAPÍTULO 1

Todo empezó con un golpe, un porrazo, un crujido.

El impacto de un revólver al caer al suelo fue el detonante que inició el cambio.

CAPÍTULO 2

Camilo se encontraba en su despacho, su escondite del mundo, decorado con estanterías llenas de libros y un escritorio central de roble macizo sobre el que descansaba un ordenador potente y silencioso, con pantalla panorámica, teclado ergonómico y ratón óptico. Frente a él tenía la única pared desnuda de la estancia, sin la carga de lomos polvorientos, un lienzo inexistente reemplazado por un amplio ventanal, sin cortinas ni persianas, que le obsequiaba con la visión del mar, una vasta masa de agua azul, con frecuencia en calma, de superficie lisa y reluciente, ahora rota por la espuma de las olas precipitadas contra los pies del acantilado.

Camilo fumaba un cigarrillo mientras observaba el proceloso ponto y se dejaba llevar por el vaivén del oleaje, intentando tranquilizarse y recuperar la concentración para sumirse de nuevo en la historia que tenía entre manos.

Su madre acababa de irse. La mujer, anciana ya, tenía un aspecto coqueto y delicado, de cara entrañable, que conseguía sacarlo de sus casillas sin perder ella la calma.

—Debería sentirme orgullosa de tener un hijo famoso —había comenzado Martirio tras los saludos—, un escritor reconocido y de cierto prestigio. Sin embargo, me avergüenzo de ti cada día, cada minuto, cada segundo. Y tú sabes por qué. Lo mejor será que abandones esta casa, que dejes a tu mujer, a tu hijo, y que te vayas lejos, a

Madrid, por ejemplo, e inicies una nueva vida. Si permaneces aquí, terminarás lamentándolo tanto como yo.

—No te metas en mi vida —había sido la respuesta de él, pronunciada sin levantarse de la mesa siquiera, sin dirigirle la mirada, tecleando en el ordenador, simulando una mente rebosante de ideas de la que en realidad no brotaban más que palabras inconexas y situaciones repetidas, fruto del miedo a enfrentarse al final de aquella novela.

Martirio giró la silla de ruedas con esfuerzo y se deslizó hacia la salida, al tiempo que Camilo se abalanzaba tras ella para cerrar la puerta y buscar la calma, esa calma que nunca llegaba.

Intentó dejar de pensar en su madre para concentrarse en la novela. La historia ya estaba escrita, estructurada esquemáticamente, un guion simplificado que ahora solo tenía que adornar con palabras. Ya había cruzado el límite psicológico del punto medio, aquel que debía hacer el camino cuesta abajo, precipitar los pensamientos, aumentar el afán por escribir para culminar lo antes posible su nueva obra. Sin embargo, cada vez le costaba más precisar las palabras, hilvanar los acontecimientos que habían de conducir al desenlace de aquella trama.

El problema radicaba en que, después de revisar las cifras de ventas de sus últimas publicaciones, de leer críticas malintencionadas y lacerantes, de hablar extensamente con su editora…, había decidido asesinar a Fulgencio León.

El tal Fulgencio, guardia civil durante la posguerra con un pasado tortuoso, no se dedicaba a perseguir maquis ni a acosar republicanos, sino a investigar crímenes en el Campo de Cartagena. De hecho, el primero de todos ellos ocurrió en su propia familia: el asesinato de su mujer y sus padres y el secuestro de su hija a manos de una banda de desalmados, una historia que desembocaba en un aciago final.

Él era el personaje que le había lanzado a la fama, el protagonista de más de quince novelas ya, un número excesivo para seguir captando el interés del lector, para sorprenderlo. Las historias empezaban a ser demasiado parecidas, demasiado aburridas para quien hubiera leído toda la saga. Había llegado el momento inevitable de todo escritor de novela negra, el momento inquietante, inseguro y razonablemente discutible de sentirse presionado para acabar con la vida de su personaje favorito. Fulgencio León debía morir, como ocurrió con Sherlock Holmes, y Camilo había ideado para él una muerte espectacular, convencido de que arrancaría lágrimas a unos cuantos de sus seguidores. Pero una cosa era pensar ese final y otra muy distinta escribirlo, vestirlo con las palabras adecuadas que lo convirtiesen, con cada letra, en algo real, irremediable. Y eso era lo que más miedo le daba. Ninguno de los personajes creados a lo largo de su carrera había funcionado tan bien como este, ni había suscitado tanta expectación. Cada vez que publicaba una nueva novela, sabía de antemano cuál sería la primera pregunta del periodista de turno: «Pero ¿esta la protagoniza nuestro amigo Pencho?».

Aún no había sido capaz de escribir nada esa tarde; ciertamente la visita de su madre y sus hirientes palabras habían contribuido a ello, pero sobre todo lo paralizaba el pánico a ese final que en realidad no quería escribir. Y aunque racionalmente sabía que debía hacerlo, porque solo de él, el creador, era la misión de darle a su criatura un fin digno, emocionalmente se sentía incapaz.

Intentó concentrarse devolviendo la vista a la pantalla, escribiendo una frase al azar para evitar el temido bloqueo de la página en blanco. «Fulgencio abandonó su casa desordenada, oscura, solitaria, con una pistola en una mano y un hacha en la otra». Eso era lo primero que había acudido a su mente y podía funcionar, tenía que funcionar, porque necesitaba concluir el primer borrador en pocas semanas. Por fin visualizó la escena, la imagen de un guardia civil alcohólico y acabado, con barba de varios días, uniforme sucio y gastado, paso oscilante y ojos encendidos como los del mismísimo diablo; un hombre de ley que había resuelto los crímenes más espeluznantes de su época y que dejaba su casa dispuesto a terminar con la vida de dos de sus peores enemigos. Necesitaba la pistola para eliminar a sus escoltas y llegar hasta los objetivos, también el hacha para descuartizar los cuerpos, para separar sus miembros y envolverlos en pequeños paquetes, para barrer de un plumazo el rastro de nada menos que un cura y un policía de la secreta.

Se disponía a plasmar sus pensamientos en la pantalla cuando, de repente, el sonido de un golpe los diluyó. Oyó a su mujer gritar y reprender a la criada por alguna tontería. «¡Maldita sea!». Intentó hacer caso omiso y concentrarse en la escritura, evocando la imagen de Fulgencio con idea de rescatar las palabras que la acompañaban, pero estas ya habían desaparecido. Golpeó la mesa con ambas manos. «¡Maldita sea!». Los gritos se habían convertido en palabras angustiadas, aceleradas e inquietas, aunque en un volumen tan bajo que no le permitía entenderlas. Se levantó con el ceño fruncido y, apretando los puños, se encaminó al salón, taconeando y bufando como un toro embravecido.

**

A Rodrigo no le apetecía nada hacer los deberes. Su abuela acababa de irse y él la había estado ayudando a preparar una broma pesada que pronto daría sus frutos. Ahora no podía pensar en otra cosa, ni siquiera en los videojuegos. Sin embargo, su madre le había obligado a terminar el trabajo de historia antes de la cena. «Para el próximo lunes quiero una redacción de media hoja en la que describas cuáles fueron las principales causas de la Primera Guerra Mundial». Menudo peñazo. ¿Qué utilidad podía tener aquello? Ninguna, absolutamente ninguna, excepto ambientar novelas mediocres como las de su padre. Y él tenía muy claro que no quería seguir sus pasos.

Intentó concentrarse; al fin y al cabo, no tenía más remedio. Cuando por fin lo consiguió, completamente absorto, copiando y modificando las causas de la Gran Guerra, oyó un fuerte golpe. Rodrigo levantó la cabeza y observó a Halima inmóvil, sosteniendo aún el plumero a modo de bandera, con la cabeza oculta debajo de un pañuelo oscuro y los ojos clavados en el suelo. Su madre se acercó por detrás y la criada reaccionó lanzándose al suelo para recoger lo que se había caído. Se dio la vuelta con un revólver en las manos, y entonces comenzó lo bueno: la mujer disculpándose con los ojos vidriosos, a punto de romper a llorar; su madre sorprendida, preguntando incrédula si se había roto. Y cuando la sirvienta asintió con la cabeza, dio paso a la verdadera fiesta.

—¡Maldita mora!

Rodrigo nunca había oído a su madre insultar a Halima de esa forma. Aquello era mucho mejor de lo que había imaginado cuando lo estaba preparando todo con su abuela. Lástima que se hubiera ido tan pronto sin poder disfrutar del espectáculo. «¡Maldita mora!». Sí, así era en realidad, tan solo una mora estúpida, como casi todos los moros que habían venido al país. Incluso sus amigos marroquíes tenían pocas luces, la verdad; lo único que se les daba bien era jugar al fútbol.

—Podrías llevar un poco más de cuidado. ¿O es que lo has hecho aposta, desgraciada?

Halima bajó la cabeza mientras Rodrigo se escondía tras la pantalla del portátil, intentando contener la risa.

—Lo siento, señora, yo...

Entonces tronó la puerta del despacho de Camilo. Un tenso silencio envolvió a las dos mujeres, Halima avergonzada, su madre petrificada, hasta que esta última consiguió articular un leve susurro que empaquetó su rabia:

—Vete a la cocina.

Halima le tendió la pistola y desapareció con la cabeza gacha y ligeramente ladeada. A Rodrigo le recordó a un perro que, reprendido por su amo, huye al resguardo de su caseta con el rabo entre las patas en señal de perdón.

En ese momento apareció su padre, precedido por furiosos resoplidos y por el eco de sus pasos, que se detuvieron en la puerta del salón.

—¿Qué cojones pasa? Joder, ¿es que no se puede tener un momento de tranquilidad en esta puta casa?

Su madre no se movió. Permanecía de espaldas, con la pistola estropeada entre las manos, sin atreverse a responder ni a mover un músculo.

—¿Ni siquiera me vas a contestar? ¡Beatriz! ¡Me cago en la puta de oros!

Camilo se acercó a ella en tres rápidas zancadas, la agarró con brusquedad por el hombro derecho y la obligó a girarse y a mirarlo a la cara. Entonces Rodrigo descubrió el miedo en la cara de su madre, los ojos anegados a punto de desbordarse, y no le hizo gracia, no le hizo ninguna gracia. Su madre había pasado en solo unos segundos de represora a reprendida. Él no soportaba verla intimidada de aquella forma, achantada, encogida, reducida a una milésima parte de sí misma.

Su padre se quedó sorprendido al descubrir el objeto, ahora despiezado, que la mujer mostraba entre sus manos trémulas.

—¡El revólver de mi padre! —bramó—. ¿Lo has roto?

—Ha sido un accidente. —No se atrevió a levantar la cabeza, a mover ni un músculo—. Halima estaba limpiando y… dice que tan solo lo ha rozado…, que el tornillo de la pared estaba suelto… No sé cómo ha podido pasar.

«No ha sido culpa suya, la única culpable es la mora». Rodrigo abrigó la esperanza de que su padre lo comprendiera.

—No sé cómo ha podido pasar, no sé cómo ha podido pasar…
—repitió su padre en tono de chanza—. ¿Para qué coño te pago una
criada si no eres capaz de controlarla?

Entonces alzó la mano sobre su cabeza y cerró el puño, dispuesto a desahogarse con un terrible golpe. «Tú no le pagas a la
mora, mamá también trabaja», pensó Rodrigo, y fue la lógica tan
aplastante de su reflexión, el haber descubierto una mentira palmaria en los argumentos de su padre, lo que le hizo reaccionar cerrando
con brusquedad la tapa del portátil. Su padre volvió la cabeza con
sorpresa y reparó al fin en la presencia de su hijo, lo que le obligó a
abrir la mano y bajarla hasta su cuero cabelludo, frotándose el pelo
corto y negro que poco a poco iba cediendo terreno a la amenaza de
dos entradas. Entonces arrebató el revólver a su madre, recogió las
piezas sueltas y se dirigió a la mesa para sentarse junto a él.

—Este revólver es un Astra 960 —explicó dirigiéndose a
Rodrigo en tono amable y conciliador—. Fue el arma reglamentaria
de mi padre hasta que se… hasta que murió en 1990. —Lo colocó
sobre la mesa, a su lado las piezas sueltas, dos tapas de madera de
la culata, el tornillo que las unía y una llave vieja y oxidada—. Era
muy especial para mi padre, ¿sabes? —añadió—. Y es muy importante para mí. En 1981 dejó de ser el revólver oficial de la Policía,
sustituido por una pistola, y aun así mi padre se negó a desprenderse
de él. Nunca le dieron confianza las automáticas, decía que se encasquillaban y te podían dejar tirado en el momento más inoportuno.
Un revólver como este nunca falla. Sé todo esto porque en sus últimos años de vida hablé mucho con él, sobre su trabajo, sobre los
casos que investigaba… Fue justo cuando empecé a documentarme
para mi primera novela. —¿Por qué le contaba ahora todo aquello?
¿Pretendía que olvidara la escena que había presenciado, el puño
levantado a punto de descargarlo con todas sus fuerzas?—. Cuando
murió, me lo dejó en su testamento. Esto que ves aquí no es solo un

revólver, es una pieza de la vida de tu abuelo, de su historia; forma parte de lo que mi padre era. ¿Lo entiendes?

Rodrigo asintió con la cabeza sin comprender muy bien adónde quería ir a parar, aunque en realidad se la traía floja.

Su padre depositó los dos trozos de madera sobre la culata del revólver e introdujo el tornillo que unía ambos lados.

—¿Ves?, parece que no se ha roto, solo se ha soltado el tornillo de la culata.

Entonces, por primera vez, reparó en la pieza que sobraba. Padre e hijo la miraron con interés. Se trataba de una llave metálica, bastante pequeña y algo oxidada, con cabeza hexagonal, achatada, de la que partía un cuerpo rectangular, más fino, grabado con un número y rematado por tres puntas de metal de distintas longitudes.

—Beatriz —llamó a su esposa con tono alegre, olvidado ya el incidente de antes—, ¿de dónde ha salido esta llave? —le preguntó cuando ella se acercó con cierta cautela.

La mujer se encogió de hombros, aún asustada.

—No la había visto nunca —respondió.

Camilo retiró de nuevo el tornillo que unía las dos tapas de la culata, dejando al descubierto la estructura metálica del revólver, que presentaba un amplio hueco en la parte central, parcialmente ocupado por una varilla roscada que subía hasta el percutor. Acopló la llave antes de devolver a su sitio las dos tapas de madera, que encajaron de nuevo sin ofrecer resistencia.

—¿Crees que la llave ha salido de ahí, de la culata?

Ella se encogió de hombros de nuevo.

—Puede ser. ¿De dónde, si no?

Camilo volvió a desmontar el arma para recuperar la llave y examinarla con detenimiento.

—Tiene un número grabado, un número de serie o algo así. No sé lo que puede significar.

—¿Me dejas verla? —dijo Beatriz. Camilo se la cedió con una sonrisa. El chico sintió alivio al ver que los ánimos estaban calmados—. Es la llave de una caja de seguridad.

—¿Una caja de seguridad?

—Sí, de un banco. —Su madre parecía segura de lo que afirmaba.

—¿Cómo lo sabes?

—He visto unas cuantas de esas en mi trabajo, aunque hace ya tiempo. Es muy antigua, creía que los bancos ya no las utilizaban.

Su padre meditó unos instantes, la cara seria tras unas gruesas gafas de pasta, los ojos oscuros, protegidos por cejas espesas, separadas por una hendidura que parecía la prolongación de los profundos surcos que partían de ambos lados de su barbilla para morir en los orificios de la nariz, enmarcando su boca como la de un muñeco de ventrílocuo.

—Mi padre era muy especial para los temas de dinero. Que yo sepa, siempre fue cliente del mismo banco. Creo que no será difícil comprobar si tienes razón. —Se puso en pie, apretando la llave en el puño cerrado, pero esta vez sonriendo, lo que suavizaba los rasgos de su cara y la volvía blanda, agradable, dulcificada por la marca superficial de dos hoyuelos que rara vez ocupaban sus mejillas—. Espero que Halima haya preparado una buena cena. Estoy muerto de hambre.

CAPÍTULO 3

Eran las ocho en punto cuando Sergio y Paula se detuvieron en el semáforo en rojo que les impedía superar el paso de cebra. Sergio se puso un poco nervioso y miró a ambos lados estudiando la posibilidad de cruzar, mas la desechó enseguida. A esas horas el tráfico era denso y la gente conducía con brusquedad.

Iba vestido con chándal, pues ese día tenía clase de gimnasia, una de las asignaturas que menos le gustaban. Prefería cualquier otra en la que no tuviera que machacarse físicamente, en especial las relacionadas con audiovisuales. Su pelo, negro y brillante, caía sobre su cara redondeada formando un parapeto que le cubría los ojos y parte de la nariz. El mundo se veía desdibujado a través de aquel flequillo, pero a él le gustaba, se sentía protegido al igual que el avestruz que hunde la cabeza en el suelo para escapar de algún peligro. Consultó la hora en su reloj.

—Ya vamos tarde, joder —soltó, atravesando a su hermana con la mirada.

Paula había sitiado el cuarto de baño durante un buen rato, preocupada por alisar su ya de por sí lisa melena rojiza y por aplicarse varias capas de maquillaje.

—Estoy harto; si necesitas media hora para arreglarte, levántate media hora antes. Mañana me largo en cuanto esté listo.

—Siempre tienes que quejarte por todo. —Paula se mostraba indiferente—. Llegamos puntuales.

El semáforo se puso en verde y echaron a correr hasta la acera que daba acceso al instituto. Tras superar las escaleras, Sergio se despidió de su hermana para dirigirse al bloque donde se encontraban las aulas de 4.º de la ESO. Paula era un año menor, así que se encaminó a las de tercero.

De pronto notó un fuerte golpe en el cuello.

—¡Toma colleja!

Sergio se giró sorprendido mientras se frotaba la nuca y descubrió a Rodrigo riéndose con malicia. Era un poco más alto que él y llevaba el pelo rubio y corto, peinado hacia arriba, casi formando una cresta que le proporcionaba un intencionado aspecto agresivo.

—Vete a la mierda —se quejó Sergio mientras subía las escaleras sin detenerse. El otro se puso a su lado.

—Oye, tu hermana está cada día más buena. No me importaría hacerle un favor.

—Eres un cerdo. —Lo miró con cara de asco—. También es tu prima, imbécil, a eso se le llama incesto.

—Tú sí que eres imbécil, nenaza. El incesto es entre hermanos, no entre primos.

—¿Y tú qué sabes? No tienes ni puta idea.

—Más que tú seguro que tengo, que vas a llegar virgen a los cuarenta. Maricona.

Y sin más preámbulos, Rodrigo se metió en su clase, mientras Sergio continuaba avanzando por el pasillo en dirección a la suya. La profesora de música, apodada La Ventosidades después de que manifestase su predilección por los instrumentos de viento, pasaba ya lista. Sergio abrió la puerta y pidió permiso para entrar, justo antes de que pronunciara su nombre. La Vento le dedicó una mirada de suave reproche; Sergio era un buen estudiante y todos los profesores le tenían estima, así que cruzó el aula en silencio y se sentó junto a Dani, su mejor amigo, que sonreía mientras señalaba el reloj.

—Vaya horas —le susurró.

La profesora se dio la vuelta y comenzó a escribir algo en la pizarra. El sonido de un pedo estalló en una de las últimas filas, seguido de unas risas apenas contenidas. La maestra no se inmutó y siguió a lo suyo, mientras Sergio sacaba su estuche de lápices y su libreta.

CAPÍTULO 4

Félix abandonó el cuarto de baño ataviado con un chándal viejo que solo usaba cuando ejercía de cocinero. Asaltó el frigorífico para hacerse con un filete de ternera que colocó sobre la tabla de cortar. Su vida diaria se había convertido en pura rutina y a él le gustaba, le daba seguridad saber lo que tenía que hacer en cada momento, sin improvisaciones. Últimamente comenzaban a aparecer lagunas en su memoria que habían hecho saltar las alarmas, el miedo a la siniestra posibilidad de que se hubiera puesto en marcha alguna demencia senil. Así que se levantaba todos los días a las ocho, ya fuera lunes o domingo, verano o invierno, lloviera o resplandeciera el sol. Desayunaba un café con leche, un zumo de naranja natural y dos tostadas con mantequilla y mermelada. Después salía a correr, media hora al trote, tiempo suficiente para dar entre ocho y diez vueltas al parque que había frente a su casa; luego se duchaba y, a continuación, preparaba la comida. Se sentía más cómodo con las obligaciones cumplidas antes de salir a pasear.

Preparó el estofado y lo dejó cocinando a fuego lento. Dos horas bastarían para dar su paseo matinal antes de la comida. Se dirigió al dormitorio para recuperar del armario una camisa blanca, su traje gris, corbata a juego y unos zapatos negros, del mismo color que el cinturón de piel. Una vez vestido, sin prisa, peinó la ceniza de su cabellera cuajada, se acicaló con colonia de aroma a madera y revisó a conciencia el perfecto afeitado de una perilla que, esquivando los aledaños de su boca, lo despojaba al menos de cuatro o cinco años. Después se dirigió al recibidor, donde recogió de la percha su sombrero gris, tipo fedora, similar al de Humphrey Bogart en *Casablanca*, una de sus películas favoritas. Tras confirmar su aspecto impecable en el espejo de la entrada, abandonó el piso para dirigirse en primer lugar a la panadería y más tarde al quiosco.

Hacía ya casi un año desde que se había trasladado a la ciudad y aún no se había acostumbrado al estrépito de la calle, al bullicio y a las prisas de la gente, que pasaba a su lado como almas en pena, sin saludar, sin detenerse a preguntar por la familia, por el trabajo o, simplemente, por qué tiempo haría durante la semana. Cuando murió su mujer, su hijo le ofreció la posibilidad de comprar un piso en Cartagena y él aceptó, consciente de que era lo mejor. En el pueblo no había hospitales, el servicio principal que necesita un anciano.

Con el pan en una mano y el periódico en la otra, Félix llegó al parque situado enfrente de su casa y se sentó en un banco. Dejó la barra a su lado para echar un vistazo a las noticias que se habían convertido en monotemáticas: blablablá sobre la crisis, blablablá sobre el Gobierno, blablablá sobre subidas de impuestos y recortes sociales. Así que saltó a las últimas páginas del diario para interesarse por la programación televisiva. En ese momento se acercó otro anciano vestido de manera más informal. Caminaba algo encorvado y, cuando llegó hasta él, se sentó en el banco.

—¿Cómo va todo, Félix?

—Bien... si te olvidas de las noticias, claro. —Dobló el periódico con desprecio para colocarlo a su lado, sobre la barra de pan.

—Sí, últimamente no pasa nada bueno.

19

—¿Has oído el último chiste del presidente del Gobierno?

—¿Cuál?

—El de que su mujer le pide el divorcio.

—No.

—Pues eso, que le pide el divorcio y, bueno, el señor juez le pregunta los motivos, a lo que ella responde: «Está claro, ¿no? Últimamente le ha dado por joder a toda España menos a mí».

Félix rio a carcajada limpia de su propia ocurrencia, mientras el otro lo observaba impasible.

Cuando al fin consiguió dominarse, preguntó:

—Te veo un poco apagado, ¿no, Sebastián?

—Chico, los tiempos no están para muchas alegrías.

—Pues no, aunque tú y yo hemos pasado unas cuantas de estas.

—Eso es verdad, pero es que el mundo va a peor.

—Bah, no lo creo —replicó Félix—. Nos parece eso porque somos viejos. Este país nunca ha estado bien, pero hay que disfrutar lo que se pueda. El problema es que tememos perder lo que poseemos y al final nos hacemos esclavos de las cosas, de la casa de la playa, del coche, de la ropa buena. Y nos olvidamos de ser felices.

—Qué cosas dices.

—La felicidad es algo momentáneo que experimentamos cuando conseguimos algún objetivo. Un vagabundo es feliz varias veces al día, cada vez que recibe una limosna, cada vez que consigue llenar el buche o encuentra un rincón caliente entre cartones para dormir. ¿Cuáles son tus objetivos? ¿Cuántas veces los satisfaces al día?

—Yo como bien y duermo caliente, ¿qué más puedo desear?

—¡Rediez! Tienes cubiertas tus necesidades básicas y en lugar de dedicar tu esfuerzo a lograr objetivos, que ni siquiera tienes, lo destinas a solucionar problemas. Que si se rompe una tubería en la casa y hay que llamar al fontanero, que si a tu hijo le ha fallado la niñera y tienes que llevarle los niños al colegio, que si no queda comida y tienes que ir a comprar para rellenar la nevera.

—Pues yo estoy bien con mi vida —aseguró Sebastián.

—Pero ¿qué te motiva en realidad?, ¿con qué te sientes plenamente satisfecho?

—Chico, no sé. No me falta de nada.

—«He cometido el peor de los pecados / que un hombre puede cometer. No he sido / feliz. Que los glaciares del olvido / me arrastren y me pierdan, despiadados. / Mis padres me engendraron para el juego / arriesgado y hermoso de la vida, / para la tierra, el agua, el aire, el fuego. / Los defraudé. No fui feliz».

—¿Te lo has inventado tú?

—No, es de Borges. Es bueno leer de vez en cuando.

—Yo no tengo tiempo.

—¿No tienes tiempo para leer?

—Pues no, chico —contestó Sebastián—. Tú mismo lo has dicho: cuando no es mi mujer la que está con los dichosos recados, son mis hijas que me endosan a los críos, que yo contento, ¿eh?, que son mis nietos, pero me dejan agotado.

—Bah, eso son excusas. Cuando algo te gusta, siempre puedes sacar algún rato.

—Que no, Félix, que yo no tengo tanto tiempo libre como tú, que vives como un marajá. Yo tengo encima a la pesada de mi mujer y a mis hijas, la mayor en el paro y la pequeña que trabaja más horas que un reloj y necesita que le eche una mano con los zagales.

—Pues ya podrías sacar el fajo de billetes que tienes debajo de la almohada, así tendrías más tiempo libre para leer —soltó Félix sonriente mientras golpeaba con complicidad el hombro de su amigo.

—¡Cierra la boca! —Sebastián miró alrededor, incómodo, por si alguien escuchaba la conversación. Estaban solos—. ¿Qué quieres?, ¿que me entren en casa y me maten? ¿No estás al tanto de la cantidad de robos que hay ahora con esto de la crisis?

21

—Relájate, que aquí no nos oye nadie. Además, ¿quién se iba a interesar por un par de viejos como nosotros?

—Un par de viejos como nosotros. ¿Y me lo dices a mí, que he vivido casi toda mi vida en La Aljorra, el Pueblo del Hacha? —Hizo especial énfasis en la última palabra, enmarcando su boca con las manos.

—¿El Pueblo del Hacha? —Félix se mostró intrigado—. Caray, ¿a qué viene ese sobrenombre?

—Fue durante la dictadura, cuando la gente vivía con las puertas de las casas abiertas. Un día encontraron a una pareja de ancianos muertos, con la cabeza partida como un melón y los cuerpos despedazados a hachazos. Y todo para robarles las cuatro perras gordas que tenían.

—¿Y cogieron al culpable?

—¡Qué va! Se dijo que fue uno de la Falange, como para pillarlo. Lo trasladaron a Madrid y todo olvidado.

—Vale, en tu pueblo murieron asesinados un par de ancianos durante la dictadura. Después de eso, ¿cuántos asesinatos más se han producido?

—Yo qué sé, muchos, supongo; de la mayoría ni nos enteramos.

—¿Cuántos, que tú sepas?

—A ver, que yo recuerde, dos. Un mariquita un poco deficiente al que, por lo visto, lo mató su pareja por celos o algo así. Y hace poco una ecuatoriana, que se la cargó el marido.

—¡Tres asesinatos en más de cincuenta años!

—Sí, pero es un pueblo pequeño, menos de cuatro mil habitantes.

—¿Y cuánta gente crees que habrá muerto por enfermedades o causas naturales?

—Ni idea… Mucha, supongo. ¿Por qué?

—¿Es que no te das cuenta? ¡Rediez! Vivimos en la cultura del miedo, uno de los grandes legados de la colonización yanqui, junto a los centros comerciales. Hoy en día nos bombardean con todo tipo de información escabrosa. Aparte de la crisis, en los informativos no se ve otra cosa que crímenes, accidentes y desastres naturales, aunque hayan sucedido en la otra punta del mundo. Y casi parece que morir asesinado sea algo habitual.

—¿Y quién dice que no lo es?

—Te apuesto una comida a que los homicidios no suponen ni el uno por ciento del total de defunciones en este país.

—¿Y cómo lo vamos a saber?

—Ya le diré a mi nieto que me saque las estadísticas de internet, que internet es increíble, cualquier cosa que necesites la tienes ahí.

—De acuerdo. —Se estrecharon la mano para cerrar la apuesta—. Pero vamos a dejar ya a la muerte en paz, que me da un poco de repelús y yo todavía tengo que gastar de la pensión hasta el último año que he cotizado.

—Pero si tú cobras la no contributiva, que toda la vida has trabajado en negro y has amasado una fortuna a costa de no pagar impuestos…

—¡Calla, coño! A ver si al final te van a oír. —Sebastián se puso en pie y miró a Félix un poco azorado—. Me voy para la asociación, ¿te vienes?

—Pensaba pasarme esta tarde a jugar un tute.

—Pues chico, yo pensaba comer allí, que me ha dicho Juanito que ayer fueron un par de viudas que estaban de muy buen ver. Y señoras, señoras; ya sabes, con pedruscos de los buenos colgando del cuello.

—Hombre, si se trata de mujeres, me apunto, que a nadie le amarga un dulce. —Félix se levantó también y echó a andar al lado de su amigo—. Y no por los pedruscos, que para mí valen lo mismo que estos del parque —añadió, propinando una fuerte patada a una piedra del camino que salió despedida y rebotó en un árbol, para terminar finalmente en una papelera.

23

—Coño, estás en forma, ¿eh? —comentó Sebastián, sorprendido.

—Ya ves… Es que es hablar de mujeres y me pongo hecho un toro —bromeó Félix mientras abandonaban el parque, sin reparar siquiera en el periódico y la barra de pan, que quedaron olvidados sobre el banco de madera.

CAPÍTULO 5

Unos rayos de sol mortecinos se colaban por la ventana del salón, apenas filamentos que lograban esquivar los árboles y las plantas del patio trasero. Martirio dormitaba en uno de los sillones orejeros, tapizados en granate, disfrutando de las leves caricias del sol de media mañana. Remedios aprovechaba esos descansos de su madre, breves, intermitentes e incsperados, para tomarse un respiro.

Echaba de menos el trajín de la tienda llena de mujeres parlanchinas y exigentes, acostumbradas a caprichos caros, que acudían en busca de complementos originales y ropa de grandes firmas. La *boutique* había funcionado bien —muy bien, de hecho— y ella había creído que duraría siempre. Crio a sus dos hijos entre idas y venidas, compaginando las lentejuelas y la seda con los pañales y los mocos, alternando el glamour del pintalabios y los tacones con la tosquedad de las zapatillas y los restos de rímel. También fue una época de no-me-ayudas-lo-suficiente, de no-puedo-yo-sola-con-todo, de también-son-tus-hijos. A pesar de todo, fue un buen período, aunque ella no había sido consciente entonces. Descubrió la felicidad cuando ya había pasado, cuando ya no podía paladearla.

Martirio se removió con un leve ronquido y continuó con su plácido sueño. Así, dormida, su cara se relajaba y la boca adquiría algo del volumen perdido con los años. Podía entreverse a la joven que un día fue. La piel aún conservaba cierta tersura y ninguna mancha o marca venía a empañarla. La nariz, recta y larga, otorgaba un aire aristocrático al rostro. Conservaba el porte y la elegancia que siempre la habían caracterizado.

Abrió los ojos.

—¿No tienes nada mejor que hacer que observar cómo duerme una vieja?

Remedios se sonrojó.

—¿Has descansado?

—Los viejos nos quedamos traspuestos en cualquier sitio.

—Voy a preparar la comida, pronto llegarán todos.

Remedios se levantó de la silla y se dirigió a la cocina, comunicada por un arco con el salón comedor. Apenas habían cambiado la decoración desde que se mudaron a la casa de su madre hacía ya algunos años, ni siquiera sabía cuántos. Todo se conservaba como en un museo y tan solo habían podido intervenir en los dormitorios, el suyo y los de los chicos. Sus propios muebles, regalo de boda, de estilo moderno pero con un toque clásico, se arrumbaban en un pequeño almacén, cubriéndose de polvo y moho. A Remedios le dolía en lo más profundo cuando pensaba en aquella vida anterior, antes de que lo perdieran todo, de que tuvieran que vender su casa y volver a aquella de su infancia.

Encendió el hornillo y colocó un cazo con agua. Se asomó de nuevo al salón con un trapo en la mano.

—Voy a preparar un puré de verduras. Te vendrá bien para la vesícula. —Quería estar segura de que no le pondría objeciones cuando todos estuvieran sentados a la mesa.

—Y a ti también te vendrá bien, hija, porque pronto habrá que ensanchar los marcos de las puertas para que pases. —Lo dijo en tono neutro, sin mirarla, como si hubiera comentado el tiempo que iba a hacer al día siguiente.

—¡Mamá! Eso es cosa mía.

—Sí, hija, cosa tuya, pero yo soy tu madre y me preocupo. —Dirigió una mirada compasiva hacia Remedios—. Verás, un hombre ha de estar a gusto en su casa, ¿entiendes? Y a tu marido se le ve poco el pelo por aquí. Además, tienes dos hijos, dos nada menos, que necesitan un padre. Y tú, un marido.

—Esa mentalidad es de otra época.

—Bueno, bueno, de otra época… Ya me dirás qué vas a hacer tú con cuarenta y tres años que tienes, gorda y descuidada como estás. No me gusta verte así, hija, tan dejada. —Repitió la última palabra con intención, enfatizando cada una de sus sílabas—. Y te lo digo por tu bien, ya sabes que yo no quiero nada para mí, yo ya soy vieja, pero tú, hija, tienes toda la vida por delante y me preocupo por ti.

Remedios se quedó mirando a su madre con ojos vidriosos. Sí, había perdido la juventud y la figura, lo descubría cada mañana cuando se veía en el espejo; de refilón, eso sí, pues ya no soportaba mirarse. Había aumentado hasta tres tallas en dos años, alejándose de la cuarenta para siempre, dejando que su cintura y su cadera se llenaran, que sus muslos se rozaran con cada paso, que su cuello adquiriese grosor y que sus mejillas se mostraran algo hinchadas, como si estuviera conteniendo la respiración.

—Y yo te ayudaré siempre, como lo he hecho hasta ahora, que para eso soy tu madre, y mis hijos y mis nietos siempre estaréis por encima de mí, de eso que no te quepa duda. Pero yo ya soy vieja, y mi cadera está cada vez peor.

Su cadera siempre había estado peor. Desde que ella recordaba, su madre había tenido una leve cojera que se había acentuado con los años, hasta el punto de que ya apenas era capaz de caminar sin ayuda. La cadera, siempre la cadera. «Hija, no te sientes encima, la cadera, ya sabes». Aunque su hermano y ella lo habían preguntado miles de veces, jamás habían obtenido respuestas acerca de aquel

27

misterioso mal que aquejaba a su madre. Desde pequeños habían aventurado todo tipo de hipótesis. «La pilló un coche de caballos», aventuraba su hermano. «Cuando mamá era joven ya no había coches de caballos». «Eso lo dirás tú, lista». «Pues yo creo que ya nació así, listo». «Pues no lo creo porque de pequeña hacía ballet». Nunca consiguieron que su madre resolviera sus dudas. Un accidente, un misterioso accidente.

—Yo soy demasiado vieja y tú, demasiado débil.

—Mamá, ya basta. Antonio y yo estamos bien.

—Lo que tú digas. Ya sabes lo que pienso de Antonio.

Remedios volvió a la cocina, donde el cazo ya humeaba, y comenzó a pelar y a cortar las verduras. Echó dentro la zanahoria, el calabacín y la patata. No tardaría en hervir. Se quedó mirando la olla, viendo su propio reflejo deformado sobre la tapadera metálica, y se preguntó si ella era así en realidad, si se había convertido en un orondo reflejo de sí misma. Necesitaba un cigarrillo. Pero no, ahora no podía salir fuera. Entonces se dirigió a la despensa y hurgó en el último estante, aupándose y tanteando con la mano hasta que dio con lo que buscaba. Cogió una bolsa de patatas fritas, abierta el día antes, y quitó la goma que evitaba que se ablandaran. Tomó un puñado aceitoso y salado y se lo tragó, pero a malas penas, porque el llanto le cerraba a golpes la garganta.

—¡Remedios!

Salió de la despensa limpiándose las manos y la boca con el trapo, y enjugándose los ojos con el reverso de la mano. Su madre no le iba a dar tregua.

—¿Qué hacías? —La cara de la anciana mostraba cierto desprecio.

—Nada —respondió. Se sentía como una niña, ella la hacía sentirse así—. Estaba buscando la pimienta para el puré.

—Tengo frío. Anda, caliéntame un café con leche.

—¡Mamá! Sabes que no te sienta bien, luego no pegarás ojo en toda la noche y tendrás que tomarte la pastilla. Te puedo hacer una infusión, si quieres.

—Si hubiera querido una infusión, ya te la habría pedido, hija —le espetó, manteniendo el desprecio en su mirada—. Descanso estupendamente, ni un solo ruido por las noches. Hace ya mucho tiempo que no chirrían los colchones en esta casa.

CAPÍTULO 6

Camilo condujo con cuidado a través de la rampa del aparcamiento público, frenó y bajó la ventanilla para retirar el tíquet que levantaría la barrera de acceso. Su coche, un Lexus de color negro, había sido su último capricho y lo consideraba una de sus mejores compras. Aparcó con cuidado en una plaza enmarcada por dos columnas, evitando así que algún despistado le rayara la carrocería. Mientras se apeaba, introdujo la mano en el bolsillo de la americana de pana para rescatar la llave antigua y oxidada que lo había llevado hasta allí. Estudió con interés el acero roído por los años, la cabeza de forma hexagonal, las tres finas varillas de distintas longitudes que, en definitiva, eran lo que la convertía en una pieza única, destinándola a una cerradura determinada, su media naranja, de la que sin duda había estado separada durante mucho tiempo. Y Camilo estaba exultante al pensar que sería él quien haría que volvieran a encontrarse; se sentía como un niño con un juguete nuevo, como un policía con un caso que investigar, como un escritor que descubría una puerta inexplorada, un soplo de aire fresco que podría ayudarlo a huir de sus pensamientos saturados y sus personajes manidos. Devolvió la llave al bolsillo y ganó los escalones del parking de dos en dos, como solía hacer de niño o en su época de universitario, evocando una juventud que ya sentía lejana. Alcanzó la calle sin aliento y se detuvo junto a la mampara de cristal con el cuerpo doblado, poseído por un acceso de tos que le quemaba la garganta. Un fuerte pinchazo le atenazó el pecho y su brazo derecho se contrajo con un movimiento espasmódico. Se masajeó la zona del corazón mientras intentaba contener la tos, esforzándose por estirar el brazo contraído, y poco a poco consiguió ahuyentar el dolor. Por suerte, solo había sido un aviso del peligro que suponía su vida sedentaria y la adicción al tabaco.

De forma instintiva se colocó un cigarrillo entre los labios y se dispuso a encenderlo. Dudó recordando el ataque de tos, el dolor punzante que lo había hecho doblarse y temer por su vida al borde de un infarto. «Ha sido la carrera la que me ha jodido —se dijo—, el puto deporte es el que acaba con uno». Prendió el pitillo con su mechero de diseño, un Zippo de plata adornado con el grabado de una pluma, y echó a andar hacia la calle Mayor, en dirección a la iglesia de Santa María. El reguero de gente era abundante a esa hora. Mujeres que iban de compras mientras dejaban a sus hijos en depósito en algún colegio o guardería; ejecutivos que empujaban a sus semejantes porque llegaban tarde a una reunión; mendigos que suplicaban una limosna en la puerta de la iglesia o repartidores que insultaban a los peatones por ponerse delante de su furgoneta en una calle peatonal. La ciudad era hostil, una jungla de asfalto de la que Camilo prefería mantenerse alejado, refugiado en su casa al borde de un acantilado, que lo acunaba con el sonido del mar y lo arropaba con unas vistas maravillosas. Se detuvo frente a la puerta de la caja de ahorros, justo antes de llegar a La Glorieta. Libó con calma la última calada que apuró el cigarrillo hasta el filtro, y después lo aplastó en la papelera de la entrada antes de atravesar la engorrosa doble puerta de cristal. Dejó a la izquierda la cola de las ventanillas y se acercó a una de las mesas libres, detrás de la cual trabajaba una chica joven y atractiva, vestida formal pero pintada como una puerta, a la que pidió hablar con el director. Cuando ella le preguntó su nombre y él respondió, se quedó paralizada, lo miró a la cara y, sonriendo nerviosa, le pidió confirmación:

—¿*El escritor?*

Él asintió y ella se encaminó al despacho de dirección sin poder evitar echar un vistazo atrás. No tardó en volver acompañada por un hombre de mediana edad, trajeado, calvo y entrado en carnes, que saludó a Camilo con gran entusiasmo y lo invitó a pasar a su oficina.

—Me alegra mucho tenerle aquí, don Camilo. ¿En qué puedo ayudarle?

—He venido porque quiero abrir una caja de seguridad.

—Claro, ¿me deja usted su DNI?

Camilo sacó su cartera de cuero y comenzó a buscar su documentación. «¿Dónde está el maldito DNI?». Aún no se había acostumbrado a aquella cartera, regalo de su madre en su último cumpleaños, que había sustituido a la anterior con mucho esfuerzo, desencadenando un doloroso conflicto interior. «¿Cómo puedes ser tan dejado? —arremetió Martirio en cuanto él hubo abierto el paquete—. Parece mentira que un escritor de éxito vaya por ahí con una cartera que se cae a pedazos». Camilo le cogía cariño a las cosas; cuando se sentía realmente satisfecho con algo, le costaba mucho cambiarlo, por viejo que llegara a estar, por sucio, roto, decrépito o patético que fuera su aspecto. No podía evitarlo.

—¿Se ha olvidado el DNI? —preguntó interesado el director, intrigado por la tardanza.

Camilo lo halló al fin, mimetizado entre varias tarjetas de crédito.

—Aquí está. —Se lo tendió—. La caja de seguridad era de mi padre, o eso creo.

—¿Y está usted autorizado?

—No lo sé. Verá, mi padre falleció hace ya veinte años. El otro día hallé esta llave en mi casa, dentro de un objeto que le pertenecía. —Se la mostró al director, que la examinó con curiosidad—. Creo que es de una caja de seguridad de su banco y quería saber si sigue estando a su nombre y si scría posible abrirla.

—¿Y dice que su padre murió hace veinte años? Las cajas de seguridad se pagan mediante cargos en cuenta anuales. Si después de la muerte del titular no se abonaron las cuotas regularmente y nadie la reclamó, lo más probable es que se destruyera su contenido. ¿Alguien de su familia tiene una cuenta con nosotros?

—Creo que mi madre.

El director estudió la llave y tecleó algo en el ordenador.

—Aquí está —confirmó—, aún consta su padre como titular y hay dos personas adicionales autorizadas: una es usted y la otra supongo que es su madre, Martirio Esparza Gómez de Pedranza. —Unos segundos después, añadió—: Y, efectivamente, el pago continúa vinculado a una cuenta de su madre.

—Entonces, ¿puedo abrirla?

De nuevo le embargó la emoción del misterio. Lo que menos importaba era lo que hubiese dentro; lo bueno, lo excitante, eran las posibilidades que se abrían, la nueva puerta que daba cabida a miles de ideas, millones de suposiciones que estimulaban su imaginación y que formaban el caldo de cultivo de las historias, el saco de semillas que con el abono adecuado podían germinar para renovar su mente saturada, obcecada en los mismos relatos. La figura de su padre siempre le había resultado misteriosa; pues bien, ahora tenía la oportunidad de arrojar algo de luz, de conocer mejor quién fue realmente.

—Acompáñeme —le pidió el banquero y, poniéndose en pie, abandonaron el despacho principal para dirigirse al fondo de la sucursal—. Además de la cuota anual, el precio por cada apertura de la caja es de cinco euros. —Camilo lo miró un poco incrédulo—. Pero no se preocupe, por esta vez no le cobraremos nada. —Se detuvieron ante una puerta metálica, bastante recia, que les permitió el paso a unas escaleras bien iluminadas—. Por cierto, ¿no ha pensado

33

en abrir una cuenta con nosotros? Le garantizo que no pagará ni una comisión y podemos negociar un interés muy competitivo…

Descendieron hasta desembocar en una sala estrecha, muy alargada, similar a un enorme panal de abejas, pues a izquierda y derecha las paredes estaban cubiertas por infinitos casilleros, escasos al principio, un poco más amplios después, todos numerados, dispuestos a revelar su contenido solo al portador de la llave correcta. Los dos hombres avanzaron hasta el final, donde se dibujaban dos nuevas puertas.

—La de la izquierda es una sala privada donde el cliente puede disponer de su caja de forma segura y confidencial. Usted se quedará solo, con la puerta cerrada, y cuando haya terminado, deberá llamar al timbre.

Dicho esto, el director utilizó su manojo de llaves, pero no para abrir la puerta de la izquierda, sino la de la derecha. Otras escaleras partían ante ellos, esta vez con escalones de piedra, de lúgubre aspecto y peor iluminadas, que descendían hacia el mundo húmedo y frío de las entrañas de Cartagena.

—¿Hay que bajar por ahí? —Camilo se inquietó—. No parece muy seguro.

—No se preocupe, le garantizo que es la cámara más segura de todo el banco.

Iniciaron el descenso, no muy largo, dos tramos con una docena de peldaños cada uno, y se adentraron en un lugar misterioso, mágico quizás, que Camilo nunca hubiera imaginado que pudiera formar parte de un banco. Iluminado con una lámpara halógena en el centro, reforzada por dos luces de emergencia en los extremos, entre claros y sombras, se distinguía una nueva retahíla de casilleros, con puertas de acero algo oxidadas aunque en apariencia pesadas, incrustadas en paredes de piedra, rodeadas y adornadas por auténticos sillares, restos de columnas, un mural pintado y un suelo de teselas que daban forma a unos delfines cerca de la costa, rodeando una galera, en lo que parecía un mosaico romano.

—Estamos justo en el patio de una antigua casa romana —explicó el director.

—El *atrium* —puntualizó Camilo, algo incómodo. El *atrium* era el espacio al aire libre en torno al cual se edificaba la *domus* romana. Habían estropeado unas ruinas muy valiosas, en un estado de conservación bastante decente, con un mosaico y unas pinturas mucho más interesantes que las que se podían encontrar en la mayor parte de los museos—. ¿Y cómo les han permitido semejante barbaridad?

—¿Lo dice por las ruinas? —El banquero avanzó, escrutando los números de los casilleros encajados en la roca a golpe de pico—. Esta cámara es muy antigua, quizás de mediados del siglo pasado, mucho antes de que esta ciudad pretendiera vivir del turismo.

—Entiendo.

—Mire, aquí está su caja. —El director se volvió hacia él sonriendo—. Si lo desea, puede abrirla. —Mientras Camilo se acercaba, llave en mano, la respiración contenida, el pulso acelerado, el otro continuó—: Estas cajas ya no se alquilan. Estamos en conversaciones con el ayuntamiento para ceder este yacimiento. Estoy seguro de que si siguen excavando por ahí —señaló la pared de sillares y columnas apelmazadas—, darán con algo importante, algo como el foro romano. —Camilo había oído las suposiciones que aventuraban que el foro se encontraba debajo de la plaza San Francisco. Giró la llave y la cerradura crujió, liberando la puerta que chirrió mientras rotaba sobre sus viejas bisagras—. El problema es que varias de estas cajas siguen arrendadas con contratos antiguos, de hace más de veinte años, según los cuales no podemos obligar a sus propietarios a que las abandonen mientras sigan pagando —añadió el director.

—Si se lo propusieran, quizás no les importaría cambiar a una de la sala superior.

Entre las sombras del compartimento, Camilo intuyó un cofre de metal. Tiró suavemente de un asa y lo sujetó con ambas manos, nervioso, sintiendo un escalofrío propiciado por la emoción pero favorecido también por la humedad del recinto, que empezaba a calarle los huesos.

—No crea usted, hay gente muy peculiar. Las personas mayores, sobre todo, no están dispuestas a cambiar sus hábitos de toda la vida.

—Puede que tenga razón.

Camilo cerró el casillero y los dos hombres se pusieron en marcha para volver a la sala superior. Allí se quedó solo, encerrado en la habitación privada, sin testigos ni cámaras, solo una mesa, una silla, él y el cofre metálico, el custodio de alguna pertenencia de su padre, algún secreto, algo que quería tener a buen recaudo, pues se había tomado la molestia de esconder la llave en la culata de su inseparable revólver. Dudó; quería abrirlo, pero sabía que, al hacerlo, se perdería el misterio, y si ocurría lo peor, si estaba vacío, todas las fantasías que había alimentado morirían de repente. Quizás sería mejor devolver aquel cofre a su sitio tal y como lo había encontrado, y poner así a su mente a trabajar a marchas forzadas para buscar una explicación, cientos de hipótesis, ideas creíbles o simplemente retorcidas.

En un movimiento automático y sorpresivo, su brazo derecho retiró la tapa metálica, la cual emitió un quejido chirriante. Nada, la caja estaba vacía, justo como había temido. Poco a poco sus ojos se adaptaron a la tenue luz que penetraba en el cofre y entonces reparó en un papel, un folio en blanco que descansaba en el fondo. Alargó la mano para cogerlo y descubrió con sorpresa que no era una única hoja sino tres o cuatro, grapadas, bien alineadas y escritas —menos mal— por las dos caras. En la esquina superior derecha figuraba el sello de una notaría y, justo debajo, un amplio texto cuyas primeras palabras, entrecomilladas, decían así: «ESCRITURA DE DONACIÓN DE VIVIENDA». A continuación, el lugar y la fecha: «En Cartagena, mi residencia, a 20 de mayo del año 1990». «Poco antes de la muerte... —le costaba hasta pensar en la palabra correcta—, del suicidio de mi padre», pensó Camilo. Luego el nombre del donante, Ángel Rey Serrano, su padre; el de la donataria, Purificación Carrión López, una desconocida, menor de edad y representada por su tutora legal, María Carrión Zapata, y después lo donado: un piso de trescientos metros cuadrados sito en la calle del Adarve de Cartagena. Continuó examinando el documento y descubrió otro punto que le llamó la atención: «Todos los gastos que origine el otorgamiento de esta escritura correrán por cuenta del donante, incluido el Impuesto sobre el Incremento de Valor de los Terrenos de Naturaleza Urbana». Por último, dentro del apartado «Estipulaciones», había un párrafo que indicaba la designación de un albacea, el abogado del donante, en cuya figura recaía la custodia del piso hasta que la donataria alcanzara la mayoría de edad.

Camilo levantó la vista de los papeles y la fijó en la pared que delimitaba la estancia, lisa y fría. Si había entendido bien lo que acababa de leer, su padre, poco antes de morir —de... suicidarse— había donado un piso de su propiedad a una muchacha o una niña, corriendo él con todos los gastos e imponiendo la única condición de que le fuera entregado al cumplir los dieciocho años. ¿Qué sentido tenía aquello? Él nunca había oído que su padre poseyera otra vivienda más que la actual de su madre, donde habían vivido toda su vida. ¿Estarían enteradas su madre y su hermana de la existencia de ese otro piso, de la donación realizada poco antes de...? ¿Y quién era la tal Purificación Carrión López? ¿Una amante, quizás? Pero si aún no había cumplido los dieciocho años, era demasiado joven, ¿no? ¿O acaso su padre era un pederasta? No, eso seguro que no. Su padre era una persona íntegra, respetuosa con la ley y amante de la moral correcta, aunque también severo con quien no cumplía las normas impuestas. Entonces, ¿quién era aquella niña, aquella muchacha? ¿Una hija secreta? Aquello le resultaba más creíble. La hija de una amante, fruto de una cana al aire, del flirteo de una noche, o bien de una relación duradera, a saber. Si su padre había planeado su muerte, habría dispuesto de tiempo suficiente para dejar atados los cabos sueltos y, por ejemplo, donar la propiedad de un piso —seguramente allí donde tenían lugar los encuentros extra-matrimoniales— a una hija secreta con la que quería ser justo, como correspondía a su moral inquebrantable, y así evitar su presencia, así como la revelación de su existencia, en la lectura del testamento. Aquello tenía más sentido, excepto por una cosa. Si había enga-ñado a su esposa, si había tenido una hija fuera del matrimonio, no se podía decir que su moral fuera recta e inquebrantable. Con todo, en aquella época quizás se tenía otro concepto del matrimonio y no resultaba extraño que el hombre satisficiera su apetito sexual fuera del hogar conyugal, mientras la esposa se dedicaba a las tareas domésticas y a la crianza de los hijos.

De repente, Camilo se sintió identificado con su progenitor, cosa que nunca había pensado que pudiera ocurrir. Para él había sido una persona distante, que pasaba poco tiempo en casa, y cuando lo hacía, se mostraba estricto y severo con las normas, las tareas, los modales y la educación. Algunas veces, pocas, habían ido a pasar el día a la playa todos juntos, llevando la comida en la nevera: una ensalada, pan, fruta, agua, la bota de vino y tortilla de patatas. Sí, fueron pocas, contadas las ocasiones en las que se habían asemejado a lo que debía de ser una familia de verdad. Su padre vivía para su trabajo, no había nada más importante en su vida, o al menos eso parecía por la cantidad de horas que le dedicaba. El único momento en que estuvieron algo más unidos fue cuando más lejos se hallaban el uno del otro, cuando Camilo se marchó a estudiar a Valencia, cuando comenzó a escribir su primera novela y llamaba a su padre casi a diario para informarse, para documentarse, para resolver dudas sobre la jerarquía de mandos o los procedimientos policiales. Aquella primera novela trataba de un joven periodista que investigaba la muerte de su padre policía, ocurrida en extrañas circunstancias. Fue entonces cuando su padre murió. «Se ha suicidado», le confesó su madre, y Camilo no pudo continuar con aquella historia surgida de su imaginación y que, de repente, se parecía demasiado a la suya propia. Abandonó entonces la escritura y se centró en los estudios, en terminar su carrera, para después volver a Cartagena. Y fue aquí cuando Fulgencio León se materializó en su cabeza, cuando el ansia de escribir volvió a inundarle la mente, el corazón y el alma, y no tuvo más opción que vomitar aquellas ideas en forma de palabras, de frases que iban creciendo, pasando por párrafos hasta convertirse en páginas. En esa época conoció a Beatriz. Al principio fue maravilloso, entonces se casaron y fue mejor aún y luego tuvieron a su hijo y todo se fue al carajo. Y por eso Camilo se identificaba con su padre, entendía perfectamente que, tras dos hijos, hubiera sucumbido a los encantos de otra mujer que no fuera la suya.

Depositó el documento sobre la mesa. No sabía qué hacer con aquel hallazgo, qué sentido darle ni con quién compartirlo, cuando se percató de que dentro del cofre metálico había otra cosa, algo en lo que no había reparado aún. Parecía una carta o tan solo un sobre cerrado. Lo cogió y retiró la solapa. De su interior sacó un folio blanco, doblado en tres partes, manuscrito, con letra clara, grande, rotunda.

Querido Camilo.

El corazón le dio un vuelco, no esperaba un mensaje directo para él, eso no. Tardó unos segundos en devolver la vista al texto.

Querido Camilo, si estás leyendo estas líneas es porque has encontrado la llave que te dejé oculta en mi revólver. Sé que no eres policía, nunca tuviste madera para ello, pero bien es cierto que me has consultado mucho para escribir tu novela y que el mundo policial no te es ajeno.

Camilo sonrió con tristeza ante las palabras que su padre dedicaba a aquella novela inconclusa.

He dudado mucho antes de escribir estas líneas y me causa dolor lo que puedas pensar de mí después de lo que voy a hacer, después de lo que hice. Tengo un favor que pedirte, una misión que yo no pude concluir. Necesito que resuelvas un crimen, que castigues a aquel a quien yo no fui capaz de alcanzar. En esta caja tienes todo lo necesario para comenzar tu investigación.

Se despide tu padre que te quiere,

Ángel.

Eso era todo. Conciso, frío, tácito.

Reprimió el impulso de lanzar aquella caja y su contenido contra la pared. La única nota que le dejaba su padre antes de morir y no sacaba de ella más que un encargo. Había pasado años y años preguntándose qué había pasado por la cabeza de su padre para hacer lo que hizo, para quitarse de en medio de una manera tan abrupta, injustificada y terrible. Respiró hondo, como le recomendó aquella psicóloga a la que acudió tiempo atrás, y se contuvo. No podía esperar otra cosa, su padre era así.

Releyó la nota varias veces para entenderla del todo. Le encargaba una misión, la de resolver un caso. A él. Un crimen impune. Algo, fuera lo que fuese, ocurrido hacía ya veinte años. «En esta caja tienes todo lo necesario para comenzar tu investigación». Registró el cofre de nuevo, palpando con la mano cada centímetro del frío metal. Nada. La única pista era la escritura. Tenía una dirección y un nombre, dos buenos pilares sobre los que sustentar las primeras pesquisas.

Los apuntó en el bloc de notas que siempre llevaba encima y después devolvió la carta y el documento notarial a su ataúd, donde habían descansado los últimos veinte años. Miró el reloj; era la hora de comer, el crujir de sus tripas lo certificaba. Se puso en pie y presionó el timbre para reclamar la presencia del director del banco. Por el momento volvería a casa y comería con tranquilidad. Necesitaba reposar las ideas que bullían y los sentimientos que se agitaban. Necesitaba meditar y decidir qué hacer. ¿Seguiría la investigación que le proponía su padre? ¿Por qué no?

Cuando el director abrió la puerta y lo acompañó de vuelta a la cámara situada en el *atrium* de la *domus* romana, Camilo depositó el cofre metálico en el nicho que le correspondía, cerró la pesada puerta oxidada y echó la llave, enterrando con ella gran parte de sus miedos, pero, al mismo tiempo, rescatando la esperanza que nacía con la posibilidad de un nuevo misterio.

CAPÍTULO 7

Sergio esperaba en el pasillo, con los cascos puestos, a que Dani concluyera su jiñada matutina. El tío no era capaz de cagar en su casa y se pasaba todo el fin de semana sin ir al baño, esperando al lunes para deshacerse de la pesada carga. Por lo visto, el problema tenía su origen en los dolorosos retortijones que le provocaban los supositorios de glicerina que su padre le administraba para combatir el estreñimiento infantil. Desde entonces evacuaba siempre de pie y en cualquier baño, al aire libre, incluso, antes que en el de su propia casa.

—Joder, tío. —Dani salió del baño con una sonrisa de oreja a oreja—. Qué alivio. Oye, hay una pintada nueva sobre nosotros, ¿quieres verla?

—¿Estás loco? —Sergio sonrió—. ¿Te crees que voy a entrar en ese baño? Debe de ser peor que las cámaras de gas.

—Tampoco es para tanto, ¿eh? Que mi mierda huele a rosas —bromeó Dani—. Pues pone nuestros nombres dentro de un corazón, Sergio y Dani, 4.º B, y al lado, con una flecha, un dibujo de dos tíos dándose por culo.

—Joder, ya estamos otra vez. Seguro que ha sido el subnormal de mi primo o algún imbécil de su grupo.

—Mira, mientras cagaba he aprovechado para hacer otra pintada, pero esta vez en Facebook, que seguro que la ve más gente que esa chorrada del baño.

Dani le mostró el móvil, donde tenía abierta la página de Facebook del instituto. En el tablón aparecía una foto suya, su nombre y después un comentario:

Me ha llegado un mensaje a mi Facebook, lo publico aquí por si a alguien le interesa: Soy Rodrigo Rey, de 4.º A, busco compañía masculina, bien dotado, mínimo 22 centímetros, para compensar mis 6 centímetros escasos. He probado a todos mis amigos, pero ninguno alcanza la medida deseada. Tengo pasta y estoy dispuesto a pagar. Interesados contactar conmigo a través de Facebook.

—Joder, te has vuelto loco. — Sergio se puso nervioso—. La pintada del baño es anónima, pero ahí está tu nombre y tu foto. Van a saber al instante quién lo ha publicado.

—¿Y qué más da? —Dani parecía indignado, nunca lo había visto tan cabreado—. Estoy hasta los huevos de estos gilipollas, de ir siempre con miedo, de tener que esconderme. Que les den por culo.

—A nosotros sí que nos van a dar por culo, tío.

—Mi padre tiene razón, joder, somos unos putos débiles, unos mariquitas de tres al cuarto. Si queremos que nos respeten, tenemos que pararles los pies a esos capullos, tenemos que darles un escarmiento. Mi padre siempre dice que la única forma de que te dejen en paz es darles tú más fuerte.

—Tu padre está loco, macho. Poner un mensaje en Facebook es muy fácil, pero cuando venga Rodrigo o cualquiera de su panda, ¿quién le va a pegar una paliza? ¿Tú? ¿Te has mirado al espejo?

Dani era algo más bajo que Sergio, regordete, con el pelo rizado y gafas de pasta. Casi siempre vestía el mismo polo verde, que alternaba con otro azul, pues se los tenía que planchar él mismo si quería ir medio decente.

—Pues sí, yo, ¿qué pasa? ¿Acaso no me crees capaz? —replicó Dani, poniendo el brazo derecho en ángulo recto y tocando su poco consistente bíceps.

—Esos tíos son deportistas, cualquiera de ellos nos podría dar una paliza a los dos juntos.

—Prefiero eso a que me sigan humillando. Por lo menos habré demostrado que no me dan miedo, que tengo más cojones que ellos.

—No sé, tío, yo casi prefiero pasar desapercibido. Al fin y al cabo, ¿qué nos queda?, ¿un par de años de instituto? Después ya no volveremos a coincidir con esos hijos de puta. Dudo mucho que ninguno vaya a ir a la universidad, y aunque vayan, es poco probable que coincidamos en las carreras.

—Pero ¿tú te has oído, tío? Dos años y lo que queda de este. ¿Estás dispuesto a pasarte dos años con las orejas gachas, soportando las humillaciones, los cocotazos, las patadas, los insultos, los escupitajos? Llevo años aguantando los chicles pegados en la ropa y en el pelo, estoy harto de que me pongan la zancadilla, de que me llamen gordo cada vez que paso, de que me hagan el vacío. Son dos años de nuestra vida, ¿no merece la pena pelear por eso?

—Pues no, macho. Dos años se pasan volando, y si nos enfrentamos a ellos, no conseguiremos nada más que empeorar la situación. Prefiero que sean dos años malos a que sean dos años de infierno.

Se dirigieron a la puerta del patio del instituto. Vieron a Rodrigo y a sus amigos, rodeando e insultando a una chica árabe que estaba sentada en un banco, sola, comiéndose un bocadillo. Tenía el pelo rizado, por debajo de los hombros, y una cara muy agradable que en ese momento mantenía impasible, intentando mostrar indiferencia. Rodrigo permanecía al margen, mientras dos chicos marroquíes de su pandilla se metían con ella. Uno de ellos la golpeó en la mano, tirándole el bocadillo al suelo. La chica se levantó y pasó entre ellos, ignorándolos, como si no oyera los insultos, camino de la entrada al instituto.

—Eh, nena, no te vayas sin tu almuerzo, que lo tengo aquí abajo —dijo uno de los marroquíes, llevándose la mano al paquete y riendo a carcajadas con sus compañeros.

—Mira, es Turia, la de 4.º C —explicó Dani—. Está buena, ¿eh? Estoy enamorado de ella. —Aunque lo decía en broma, Sergio intuyó cierta verdad en sus palabras—. No sé por qué los moros le tienen manía, si es una de ellos. Ya los he visto varias veces meterse con la chavala. ¿Lo ves? Tenemos que pararles los pies a esos cabrones.

—¿Y qué quieres que hagamos? Ya tenemos bastante con lo nuestro.

—Eres un puto cagueta, Sergio. No sé el qué, pero ya pensaré algo. No me voy a quedar quieto esperando a que vengan a calentarnos cada vez que les dé la gana, eso te lo aseguro.

Sergio miró a su amigo. Sabía que hablaba en serio y se asustó. Aquello no podía traer nada bueno.

CAPÍTULO 8

Cerezas maduras, de color rojo oscuro, dentro de jarrones chatos y cuadrados, de cristal, con una vela encendida. Copa de agua, copa de champán, copa para el vino blanco y copa para el vino tinto. Manteles individuales de rafia en tonos marfil comprados en un viaje a México. Platos cuadrados de loza blanca. Servilletas granates dobladas en abanico. Panecillos integrales de aceitunas, de pan blanco y de nueces. Todo preparado.

Beatriz entró en el salón con una copa de champán en la mano mientras Camilo charlaba animadamente con Carlos, su agente. La esposa de este, Verónica, se limitaba a sonreír durante las conversaciones. Lucía un conjunto de pendientes y collar de oro, con forma de osito, que evidenciaban su buena ventura en el negocio literario.

Beatriz apenas había dispuesto de tiempo para organizarlo todo y vestirse. El equipo de catering apareció con media hora de retraso. «Las carreteras tortuosas y el mal tiempo, ya sabe», se había excusado el conductor. Sí, desde luego, llegar hasta el acantilado donde habían construido su casa no resultaba fácil.

Rodrigo había picoteado algo antes de subir a su cuarto con una bolsa de patatas fritas y un refresco. A él no le interesaban en absoluto las visitas. A veces dudaba de que le interesaran sus propios padres.

Beatriz se acomodó al lado de su marido sobre aquellos sofás blancos, impolutos, en un ambiente acariciado por la luz de las velas que ella misma había encendido minutos antes de que llegara la pareja.

—En el comedor está todo listo —anunció—. Cuando queráis, pasamos.

Su marido la observó complacido, con la veneración con que se admira a una diosa, y ella se sintió halagada. Se había vestido deprisa, delante del ventanal de su dormitorio, frente a la luna llena y el mar embravecido por el viento.

—Vaya, un nuevo ejemplar de *El nombre de la rosa*. —Beatriz señaló el libro que se hallaba sobre la mesa del salón.

—Una primera edición en japonés —remarcó Camilo, satisfecho—. Carlos siempre me sorprende con sus regalos.

—A cambio, tu marido todavía no me ha dado una fecha para entregarme el manuscrito. —Carlos intentaba azuzarla.

—Ya sabes cómo es de reservado para estas cosas.

—Sí, pero soy su agente y...

—Cariño —intervino Verónica—, os ponéis muy pesados con las fechas. El libro, salga cuando salga, será un éxito. Vamos a cenar.

Beatriz suspiró aliviada mientras Verónica se levantaba dispuesta a zanjar la conversación.

Pasaron al comedor, amplio, con una mesa central que podía regular su tamaño según la ocasión, adaptándose al número de comensales. En ese momento aparecía con un aspecto recogido y cuidado. Todo a punto, todo en su sitio, todo planeado, organizado y revisado.

—¡Vaya! —exclamó Verónica al entrar en el comedor—, qué preciosidad de mesa. Me encanta el detalle de las cerezas. ¿La has decorado tú, Beatriz?

Antes de que pudiera contestar, se adelantó Camilo:

—Te aseguro que yo no tengo esa mano. Es una verdadera artista.

—Me alegro de que os guste —declaró su esposa, agasajada.

Llevaba desde el lunes dándole vueltas. Todo debía estar perfecto y jamás se permitía repetir una decoración o un menú. Con frecuencia recordaba a su madre esmerándose en cualquier cosa que hacía, cuidando todos los detalles de una forma obsesiva.

Se sentaron a la mesa y los camareros acudieron a servir las bebidas.

—Excelente vino —dijo Carlos, levantando la copa tras degustarlo.

—Aldahara Rasé de 2005. Monovarietal de syrah somontano, añada excelente. Bodega con poca producción y poco conocida.

Disfrutaba viendo a Camilo relajado, conversando, demostrando su sabiduría y su poderío intelectual. A Beatriz siempre le habían gustado aquellas reuniones sociales, el halo bohemio y artístico que rodeaba a su marido.

—Me encanta vuestra casa, pero creo que no sería capaz de vivir aquí —comentó Verónica.

—¿Por qué? —Camilo probó la ensalada de rúcula.

—Estáis aislados.

—Bueno, es un punto de vista —continuó él—. Yo diría que tenemos intimidad. Podemos salir a dar un paseo, rodeados por un paisaje increíble, sin cruzarnos con nadie. No hay vecinos que nos molesten en el piso superior, ni en el inferior, ni a los flancos, como en esas execrables urbanizaciones de adosados.

—Bueno, tampoco se vive tan mal, ¿eh? —replicó Verónica—. Aunque nosotros tenemos un vecino al que le encanta lavar el coche en la puerta los sábados por la mañana, con la música a tope. Pero en una urbanización te sientes más arropado, ¿no? Una vivienda como esta es un caramelo para los delincuentes.

—Cariño —intervino Carlos—, Beatriz trabaja en una empresa de seguridad.

—¿Ah, sí?

—Sí, nos encargamos de servicios de alarmas, instalación de cámaras y todo eso. —Le aburría hablar de su trabajo cuando no estaba en él.

—Como habréis visto —prosiguió Camilo—, la casa está vallada en todo su perímetro, excepto la parte que da al acantilado, pues no queríamos renunciar a las excepcionales vistas. El jardín, la entrada y el salón están vigilados por un circuito cerrado de televisión. La puerta es acorazada y todos los accesos están protegidos mediante detectores de apertura. Además, hay detectores de movimiento en cada estancia, de humo y de inundación, así como persianas de seguridad, blindadas, que se cierran automáticamente en caso de alarma. Y todo está conectado vía móvil con la central, desde donde avisan a la Guardia Civil.

—He oído que algunas bandas llevan aparatos para bloquear las frecuencias de los móviles —lo interrumpió Carlos antes de llenarse la boca de ensalada.

—Eso está solucionado con una conexión secundaria vía satélite que se activa solo cuando falla la primera —explicó Beatriz, mirando con complicidad a su marido para cederle la palabra.

—Todo el sistema de seguridad —dijo Camilo—, cámaras, sensores, etc., se puede controlar desde el salón, utilizando una contraseña, claro, o desde cualquier dispositivo móvil como un iPad o un teléfono.

—Obviamente, es imposible que entren a robar, no creo que nadie ni siquiera lo intente —sentenció Verónica mientras se limpiaba la boca, deshaciendo el abanico que formaba la servilleta.

—Imposible no hay nada. De hecho, vosotros podríais desvalijarnos ahora mismo, ya habéis traspasado todas las barreras —repuso

Camilo, que comenzó a fantasear—. Verónica podría sacar un revólver (yo creo que le iría bien un Airweight) que llevaría escondido en el bolso o, mejor aún, en el liguero.

El camarero se acercó a servirle más vino sin mostrar ninguna emoción ante la charla que tenía lugar en la mesa.

—Sigue, por favor, me gusta mi papel en la historia. —Verónica se atusó el pelo con un toque de coquetería.

—Cual mujer fatal, nos mantendrías aquí inmovilizados mientras Carlos se dirigiría a la cocina con una automática para reducir a los camareros, que se defenderían lanzando cucharadas de puré. Después nos llevaríais a todos al salón y nos obligaríais a ponernos boca abajo en el suelo. Carlos se quedaría vigilándonos mientras tú irías a por la caja fuerte, después de arrancarnos la contraseña con amenazas, claro. Pero cuidado, hay algo con lo que no contabas: puede que te cruces con mi hijo, entrenado en el arte de la guerra a través de sus interminables partidas de videojuegos. Si al fin consiguieses superar esta última prueba, podrías acceder al poco dinero que tenemos ahorrado y a algunas joyas de familia. La verdad, habríais armado mucho ruido para muy pocas nueces.

—Entonces, ¿para qué queréis tanta seguridad? —preguntó Verónica, entre intrigada y divertida.

—Bueno, porque ya sabes que los delincuentes suelen tolerar mal la frustración. Y aunque pusiéramos un cartel en la cerca aclarando que somos ricos pobres, creo que no se lo tomarían en serio.

—Pero es cierto: una vez que entrasen en casa, ya no os podríais defender.

—Bueno, contamos con un último cartucho.

—Por favor, dímelo, ya me tienes en ascuas.

Camilo hizo una breve pausa antes de satisfacer su curiosidad.

—La habitación del pánico.

—¿En serio? —A Verónica casi se le salían los ojos de las órbitas.

—No le hagas caso. —Beatriz rio.

Un atisbo de decepción se coló en la expresión de su invitada.

—Sí, es broma, pero aún conservo el revólver de mi padre —dijo Camilo sonriendo, con la copa de Rasé en la mano—. Y esto no es ninguna broma.

Verónica le devolvió la sonrisa, mientras que Beatriz bajó la cabeza, incómoda.

CAPÍTULO 9

Turia sentía que al fin había llegado el momento. Su hermana Malika lo había hecho con doce años, sin embargo su hermana Khadija, la mayor, aún no se había decidido. Cómo las echaba de menos.

Se miró en el espejo, satisfecha, segura de su decisión.

En la casa resonaba el eco desde que Malika se fugó con su novio para casarse poco después. Habían pasado ya dos años y Turia no sabía si algún día podría perdonarle que la hubiera dejado sola.

Las voces de sus padres sonaban preocupadas, discutían de nuevo. Turia se miró por última vez antes de dirigirse a la cocina, despacio, intentando amortiguar el sonido de sus zapatillas. Con el tiempo, se había convertido en una experta espía. Escuchar tras las puertas era la única forma de enterarse de algo en aquella casa.

—De otras situaciones peores hemos salido, Hassan.

—No, mujer, esto no va a mejorar. Mi hermano Alí está sin trabajo desde diciembre y yo ya llevo seis meses. Paco me dijo que me avisaría si necesitaban más temporeros, pero no lo ha hecho.

—Ya te llamará. Dios nos ayudará.

Su madre preparaba la cena mientras hablaba con su padre. El olor a pescado hizo que el estómago de Turia se contrajera con un gruñido.

—Me temo que no. Él sabe lo de mi espalda y hay ecuatorianos dispuestos a trabajar por menos. Esa es la situación, mujer.

—Bueno, yo aún tengo trabajo.

—En la casa de una familia occidental. No me gusta.

—Hassan, por favor. A mí tampoco me gusta. La dueña no está bien de la cabeza —se golpeó la suya con la mano— y su marido tampoco, pero con el dinero que nos dan hemos comprado el pescado para cenar esta noche.

—No veo mal que trabajes, mujer, pero yo soy el hombre de la casa. ¿Qué me queda a mí?, ¿qué nos queda a nosotros, a mí y a mi hermano, alimentados por el trabajo de una mujer?

Su madre no contestó, Turia sabía que era mejor que no lo hiciese. Intuía que no había respuesta posible para un hombre sin trabajo y enfermo, que se había dejado la juventud y la salud en los campos de limones en invierno, de lechugas en primavera, de pimientos en verano y de alcachofas en otoño. Los años que tenía más que su madre, doce, hacían mella en su cuerpo y en su ánimo. Turia sintió lástima de su padre. Recordaba aquellas vacaciones cuando era una niña en las que él se presentaba en casa después de un año sin verse, cargado de regalos para sus tres hijas, su mujer y sus padres. Turia le tenía miedo y siempre lo evitaba, no le gustaban ni su bigote ni sus formas ásperas. No sabía cómo comportarse ante un padre que sentía ajeno. Cuando cumplió ocho años, se mudaron todos a España, a un lugar llamado Cartagena, que ni siquiera sabía situar en el mapa. La convivencia fue dura hasta que se acostumbraron a la nueva situación. Demasiado tiempo separados para formar una familia de repente.

—Quizás deberíamos plantearnos volver a Marruecos —comentó Hassan—. Podemos vivir en la casa de mis padres y cultivar nuestros terrenos.

—Los tiene arrendados tu primo Said.

—Puedo hablar con él y que los deje en la próxima cosecha.

—Dios nos ayudará.

—Ojalá tengas razón, mujer.

Hassan se giró para marcharse y Turia se escondió en el cuarto vacío de Alí. Cuando su padre abandonó la casa, se dirigió a la cocina, donde su madre continuaba con los preparativos de la cena.

—Mamá, yo puedo trabajar en el local de Laura, me lo ha propuesto varias veces.

De espaldas a ella, la mujer troceaba patatas para añadir al guiso humeante.

—No debes escuchar detrás de las puertas —respondió sin volverse.

—Pero ¿qué te parece?

—La respuesta es no.

—¿Por qué?

—Porque una hija mía no va a trabajar en un bar. —Echó las patatas en la olla y con gran habilidad comenzó a partir las zanahorias.

—Es un restaurante, y Laura es mi amiga.

—No me importa, Turia. Un bar no es un sitio adecuado. Hay hombres, hay alcohol y hay hombres alcoholizados. Y otra cosa: tienes que terminar tus estudios.

—Pero, mamá…

—No. No voy a consentir que dejes tus estudios a medias.

—Khadija lo hizo.

—A Khadija le encontramos un buen marido. Eso es diferente. Tú no tienes pretendientes, nadie ha venido a declararse. —Hizo una pausa—. Ni tu padre ni yo tuvimos oportunidad de estudiar, no queremos que a ti te pase lo mismo. ¿Ha quedado claro?

Vertió las zanahorias en la olla y se volvió hacia Turia mientras se limpiaba las manos con un trapo. Se quedó inmóvil, observándola con sorpresa, sonriente.

—¡Hija! ¿Esta vez sí?

Turia sonrió también, le gustaba ver a su madre contenta.

—Sí, mamá, esta vez sí.

—Menuda alegría le vas a dar a tu padre. Qué orgulloso se va a sentir de ti.

Su madre se acercó a Turia con lágrimas en los ojos y la abrazó, acariciando el *hiyab* que cubría su cabeza. No era más que un trozo de tela de color negro que le habían regalado hacía unos años. Turia se lo puso durante un tiempo y después lo abandonó, no estaba preparada. Ahora sí lo estaba, así lo sentía y confiaba en que aquel fino tejido la protegiera de todas las amenazas que la rodeaban.

Quizás ahora Dios se compadeciera de ella.

CAPÍTULO 10

Remedios ayudó a su madre a subir a su habitación, como todas las noches, y, como todas las noches, mantuvieron la misma discusión respecto a trasladar su dormitorio al antiguo despacho de su padre, en la planta baja. Pero Martirio no daba su brazo a torcer. No estaba dispuesta a deshacerse de nada, ni siquiera a cambiarlo de sitio, porque aquel y no otro había sido el despacho de su marido.

Paula y Sergio se peleaban por el mando del televisor, y la anciana comenzó a quejarse de los dos escandalosos nietos que le había dado su hija. Así que cuando Remedios volvió a la planta baja, apagó el televisor y los mandó a su cuarto a dormir. Estaba nerviosa por los gritos de sus hijos, por las críticas de su madre y porque su plato y el de Antonio todavía esperaban sobre la mesa, fríos ya.

Le había llamado al móvil varias veces, pero no lo cogía. Pensó en lo peor, en que hubiera podido tener un accidente con el coche en el corto trayecto que lo separaba de su trabajo, o en que se le hubiera ocurrido aparcar en algún descampado donde lo había acuchillado un delincuente. Retorció la servilleta y se convenció de esperar un poco más antes llamar a la policía.

La puerta se abrió al fin, seguida por unos pasos desganados. Se levantó de un salto para plantarse en la entrada. Antonio mostraba mala cara, el cansancio reflejado en unos ojos oscurecidos y una piel sin brillo, acentuado por su figura algo encorvada. A pesar de todo, seguía siendo un hombre muy atractivo. Para Remedios fue un auténtico flechazo. Su piel aceitunada, su pelo azabache, su boca carnosa, matizada por una barba de varios días que comenzaba a mostrar alguna cana. Su único defecto era producto de un accidente de la infancia en el que perdió el ojo derecho, reemplazado ahora por una prótesis que parecía casi real; algunas veces, con el cansancio, se le descolgaba ligeramente el párpado, y solo entonces se delataba.

Apenas pronunció un escueto «buenas noches» al descubrir a su mujer. Ella se dio la vuelta y avanzó hacia la cocina para calentar la cena en el microondas. Ya no se besaban al llegar, hacía tiempo que habían perdido la costumbre. Antonio entró en el baño para lavarse las manos y se sentó a la mesa, esperando a que Remedios le sirviera. El primer plato fue para él, que miró la sopa con desgana.

—¿Qué ha pasado? —preguntó con interés después de colocar su propio plato frente al de su marido.

—He estado en casa de mi padre.

—Te he llamado al móvil.

Antonio sacó el teléfono del bolsillo y lo observó con curiosidad.

—Disculpa, lo tenía en silencio.

—También me podrías haber llamado tú.

—Es verdad, perdona, no me he dado cuenta de la hora.

Antonio jugueteaba con la cuchara.

—¿Cómo está tu padre? —preguntó ella.

Cuando aún vivía su suegra todo era más sencillo. Después a Antonio se le ocurrió la estúpida idea de que Félix abandonara el pueblo y se comprara un piso cerca de ellos.

—Cuando he llegado estaban los bomberos en su casa.

Remedios se sobresaltó.

—Por Dios, ¿qué ha pasado? ¿Está bien?

—Puso una olla al fuego con un estofado y se fue a dar un paseo. Al final comió fuera y se olvidó por completo de la olla.

—Ay, madre mía.

—Los vecinos repararon en el humo y llamaron a su casa. Como no abría, se temieron lo peor y avisaron a los bomberos. El bloque de pisos y sobre todo su casa despiden un olor asqueroso a estofado quemado, un olor que se ha impregnado hasta en mi ropa.

—Ahora lo echas todo al cesto de lavar y te das una ducha.

—La olla estaba para tirarla, aquello parecía alquitrán.

—Normal.

—Estaba asustado por la que ha montado y no paraba de pedirme perdón. Lo he visto mayor y desvalido, Remedios, nunca me había pasado eso.

—Es que ya es mayor, tiene setenta y cinco años, ¿qué esperabas?

—El caso es que he pensado que podríamos ir de vez en cuando a su casa, a llevarle la comida, a hacerle la compra y a repasarle la limpieza.

Remedios apartó su plato con los restos de sopa y dedicó a Antonio una mirada dura.

—Ya, querrás decir que podría ir yo a su casa, a cocinarle, a comprarle y a limpiarle.

—Pues… yo puedo hacerle la compra, pero tú sabes mejor cómo va todo eso y lo que puede necesitar. Y tienes más tiempo que yo.

—Eso no es verdad, y lo sabes. Yo ya me paso todo el día aquí metida limpiando y arreglando una casa con cinco personas. Lo mejor es que vendas el piso y metas a tu padre en una residencia.

—Entonces metemos también a tu madre y asunto resuelto. Volveríamos a ser una pareja otra vez.

—Eso no puede ser.

—¿Por qué?

—Porque vivimos en la casa de mi madre.

—Entonces vendemos esta casa, nos vamos a vivir con mi padre y metemos a tu madre en la residencia.

El tono de voz había ido subiendo y alguien en el piso superior golpeó una puerta. Antonio bajó el volumen.

—Lo siento, Remedios —dijo—. Sé que no es fácil hacer todo lo que tú haces, pero yo apenas tengo tiempo, mis jornadas son largas y sin horario.

—No me gusta tu trabajo.

—A mí tampoco. ¿Te crees que me gusta montar cámaras de vigilancia y alarmas? Pero es mi trabajo, y da gracias a que lo tengo.

—Querrás decir que dé gracias a nuestra cuñada Beatriz, que te colocó.

—Pues sí, gracias a ella comemos.

—También podría haberte buscado un puesto mejor. —Se arrepintió de inmediato de haber pronunciado esas palabras. Ella no era así, resentida y rencorosa, no lo había sido nunca y no quería serlo ahora, pero no podía evitarlo. Quizás se había vuelto así—. Seguro que ella no pasa tanto tiempo fuera de su casa, vamos; Camilo no se lo permitiría. Ella no trabaja los fines de semana como tú, que no podemos ir a ningún sitio.

—No podemos ir a ningún sitio porque tu madre se pone enferma cada vez que decidimos salir por la puerta.

—A mi madre no la metas en esto, que no tiene nada que ver. Eres tú el que no pasa tiempo con nosotros, el que hace cambios de turno con los del trabajo para estar más tiempo fuera.

—Joder, Remedios, eso fue una vez con Manolo porque tenía a su hija ingresada en el hospital.

—Eso fue lo que él te dijo.

—Remedios, por favor, no sigas por ahí. Tengo la impresión de estar oyendo a tu madre.

—No me compares con mi madre —repuso ella de mal humor.

—Perdona. —Antonio se levantó de la silla y se colocó detrás de su mujer—. Estamos pasando una mala racha. En cuanto ahorremos un poco más, buscaremos un piso donde irnos los cuatro, y también a una mujer que pase revista al geriátrico que tenemos montado, así nosotros volveremos a ver películas en casa tranquilos y a organizar cenas con amigos.

—O a viajar con los niños.

—Mejor solos.

Remedios sonrió.

—Mejor solos.

Antonio la besó y ella agradeció el roce de sus labios.

CAPÍTULO 11

Acababan de salir al recreo. Rodrigo discutía con Alicia, su novia, a la que en ese momento había decidido darle puerta. Estaba muy buena, sí, pero era una tía superpesada que no paraba de darle el follón para que pasara más tiempo con ella que con sus amigos, y encima le había dejado claro que por ahora no estaba dispuesta a abrirse de piernas. Así que le anunció que se había acabado y la dejó llorando mientras se dirigía junto a su cuadrilla, que disfrutaba observando el espectáculo desde la distancia. En el fondo le daba un poco de pena dejarla así, pero no había otra manera: delante de sus amigos tenía que mostrarse impasible.

—Bien hecho, tío —lo halagó Yusuf, y chocaron las manos—. Deja que vaya a quitarse las telarañas del chocho.

Abdelilah le rio la gracia, y a continuación siguieron hablando del partido de fútbol que tenían la semana siguiente, un partido importante, pues, si ganaban, casi seguro que pasarían al primer puesto de la liga. En ese momento se acercó Fran, que se había saltado las clases de primera hora.

—Eh —lo saludó Rodrigo—, ¿qué te ha pasado?

—Nada, que me he quedado dormido. Mi vieja se ha pasado la noche en el hospital con mi abuela y a mí se me ha olvidado poner el despertador.

—Joder, qué lujo, macho —intervino Quino, otro de los del equipo de fútbol, repeinado con gomina y vestido con camiseta ajustada.

—Eh, Rodri, ¿has visto lo que han puesto de ti en el Facebook del insti? —le preguntó Fran sonriendo.

—Sí, ha sido el imbécil del Dani, el novio de mi primo. No lo he visto hoy por aquí, pero cuando lo pille, le voy a cortar los huevos y hacer que se los trague.

—Eso suena bien, pero ¿qué?, ¿has recibido muchos mensajes de interesados? —siguió su colega con la broma.

—Sí, un tal Fran se ofrecía para que le diera por culo. —Rodrigo empujó a su amigo con complicidad, y este se rio.

—Espero que hayas pensado algo bueno para hacerle a esa maricona —intervino Rafa, que llevaba el pelo rapado y tenía el aspecto más agresivo de todos—. Hay que darle un buen escarmiento.

—No merece la pena ni que me caliente la cabeza por él. Cuando lo coja por banda ya improvisaré.

Rodrigo vio a su prima Paula pasando frente a ellos; la chica le sonrió y fue a sentarse en un banco con unas cuantas amigas. De pequeños coincidieron pocas veces, su padre nunca había querido ir a comer paella los domingos a casa de la abuela Martirio y solo se juntaban en los cumpleaños. Ahora se veían casi cada día en el insti y desde hacía unas semanas Rodrigo había comenzado a fijarse en ella. Le gustaba el color de su pelo, de un tono cobrizo que se parecía al de su tía Remedios, y le hacían gracia las pecas que salpicaban su cara de muñeca. Quizás esa fuera la razón más importante por la que había decidido cortar con la Ali.

—Esperad un momento —dijo a sus amigos, y se dirigió a donde Paula con paso seguro, soberbio—. Hola, prima, ¿cómo estás?

—Bien —dijo un poco tímida.

—Y tanto, cada día estás más buena.

—Tú tampoco estás mal —replicó ella, fingiendo indiferencia.

—Oye, podíamos quedar una tarde de estas para tomar algo.

—Bueno, no sé…, depende, tengo cosas que hacer.

—Te escribo en el Facebook.

—Vale.

Rodrigo volvió con su grupo. Mientras caminaba escuchó las risas y los cuchicheos de las amigas de Paula, y eso le hizo sentirse bien. Sabía que todo el mundo lo conocía en el instituto. Era un chico muy popular, hijo de un escritor famoso, que además jugaba en la cantera del Efesé. Estaba seguro de que podía salir con la tía que quisiera, y ahora parecía que le había llegado el turno a su prima.

Ya podía estar contenta.

CAPÍTULO 12

Camilo se despertó solo en la cama, grande, enorme, para habitarla sin compañía. Finos rayos de luz atravesaban los huecos de la persiana, rebotaban en la cómoda y en la pared dejando en penumbra la estancia, anunciando que la mañana ya estaba avanzada. Tenía un terrible dolor de cabeza, el pesar de la muerte de cientos de neuronas provocada por las copas de champán y vino, mezcla fatal que lo ponía a tono en el momento pero lo dejaba casi muerto al día siguiente. Se frotó las sienes con las manos, abrió de golpe el cajón de la mesilla y, con un rápido movimiento, se hizo con un blíster de pastillas de ibuprofeno. Se tragó una con un poco de agua mientras escrutaba el despertador. Solo números borrosos, agujas desdibujadas que no se definieron hasta que se ayudó de sus gafas. «Son las once, joder, qué tarde». Por fin se levantó y se encaminó al baño, tambaleándose aún, arrastrando los pies que pesaban como los de un reo encadenado. Se lavó la cara con agua fría, helada, intentando despejarse y recuperar el control de su mente, que en ese momento parecía aniquilada. Le sentó bien. Encendió la cafetera que tenía encima del lavabo para que se fuera calentando el agua. Comenzó a afeitarse mientras recordaba la cena de la noche anterior. Beatriz se había comportado impecablemente, como una auténtica señora, ama de su casa; la cena había estado excelentemente bien organizada: un cóctel de primero, champán a mansalva, el catering y el servicio, exquisitos, y la conversación, entretenida, divertida. Camilo había disfrutado como hacía tiempo que no lo hacían los dos. Juntos, al menos. Incluso se había vuelto a sentir atraído por ella, una mujer que pasaba de los cuarenta, de figura esbelta, engalanada con un fino vestido color rosa claro que se ceñía a su cuerpo, resaltando sus delicados pechos, aún firmes y puntiagudos, su vientre plano, sus caderas anchas, trasero redondeado, muslos acolchados, cálidos, entre los que cualquier hombre se sentiría arropado. Pero él, nadie más que él, era su dueño y podía disfrutarlos. Sintió un dolor punzante, intermitente, que le reveló con sorpresa que había tenido una erección. Con todo, no se le habían escapado las miradas que Carlos, su agente, su supuesto amigo, le dispensaba a su mujer; cómo seguía su delicada boca mientras hablaba, sus labios gruesos, cuidadosamente pintados, perfilados, dispuestos a besar con cada palabra; sus ojos dorados, grandes, avellanados, de largas pestañas, realzadas por el toque de alguna máscara; su nariz recta, perfecta, un poco chata, y su pelo negro, no muy largo, ondulado, a tono con su piel tostada, casi de mulata. Sí, había notado cómo la miraba Carlos, y los celos arremetieron con fuerza aunque había conseguido domeñarlos, poner buena cara, mostrarse indiferente y ser simpático. «Mierda». Una fina raya de sangre decoró su cuello con la última pasada de cuchilla. La tapó con un poco de papel higiénico y se enjuagó la cara. Antes de ducharse, colocó la cápsula de café y presionó el botón para llenar la taza.

No sabía qué pensar. Carlos había adorado a Beatriz como a una diosa, y Verónica, algo mayor, ni de lejos tan guapa, se había dado cuenta de todo. Hay un límite muy estrecho entre agradar y coquetear, y no estaba seguro de si su mujer lo había traspasado. En realidad, creía que sí. «¡Es una puta! —pensó mientras salía de la ducha y engullía el café solo, sin azúcar ni leche—. No puede evitar coquetear con los hombres, es su forma de ser, quiere mostrarme que cualquiera es más guapo, más divertido, más interesante que yo. Y lo utiliza para manipularme».

El café caliente en su estómago lo reconfortó y poco a poco comenzó a sentir alivio en su mente. Se vistió sin pensar: camisa limpia, casi nueva, mismos pantalones, mismos zapatos, misma chaqueta. Bajó al garaje y condujo su Lexus en dirección a Cartagena.

Intentó olvidar la cena —los ratos buenos, los malos también— y concentrarse en el asunto que lo llevaba de nuevo a la ciudad. Su padre, un misterio, un crimen por resolver. Quizás fuera peligroso. Tan solo tenía un nombre, que había buscado en internet y en la guía telefónica sin obtener ninguna coincidencia exacta, y una dirección, sita en las pocas calles que quedaban de lo que había sido el barrio del Molinete, emplazamiento de bares, cabarets, prostitutas y maleantes, probablemente el mejor sitio para un piso clandestino donde un hombre y su amante pudieran tener sus encuentros furtivos.

Dejó el coche en el mismo aparcamiento, pues la dirección se encontraba más o menos cerca de la caja de ahorros. El barrio del Molinete había desaparecido por completo, expropiado, destruido a conciencia con el objeto de desparasitar la ciudad. Asentado sobre una colina, ahora estaba vallado, convertido en un yacimiento arqueológico. Tan solo las calles aledañas quedaban aún en pie, la calle Balcones Azules era una; la siguiente, la calle Adarve. Se detuvo ante el número que indicaba la escritura, un portal hundido, escondido del resto, sin duda ocultando algo. Un edificio antiguo, viejo, casi en ruinas, una puerta de madera titánica, ricamente tallada pero dejada, algo carcomida y consumida por el sol. La intentó abrir. Cerrada. Un portero automático con tres botones, ninguna indicación, ningún nombre. Apretó el de más arriba, el del tercero, el del piso que fuera de su padre. Esperó unos instantes, segundos eternos, la respiración contenida, casi rezando por que alguien respondiera, una tal Purificación, que preguntara quién llamaba y qué quería, que le abriera la puerta, que le hablara de su padre.

Nada.

Volvió a llamar; el timbre sonó, funcionaba. Otra vez más; había que insistir por si se mostraba esquiva con el cartero o el correo comercial.

Nada, no había nadie.

Retrocedió unos pasos para examinar la fachada pintada en marrón, o más bien despintada a base de desconchones, grietas, manchas de agua, todas las ventanas cegadas por postigos de madera y las del primer piso, además, blindadas con rejas de forja que parecían a punto de desplomarse. Aquel edificio estaba abandonado. Lo más probable era que el ayuntamiento lo hubiera expropiado también dentro del plan de urbanización del Molinete y que no tardaran en demolerlo. «¡Maldita sea!», se enfureció. Si era así, allí concluía su investigación, su aventura particular. No tenía ningún otro medio, pista o referencia para intentar desvelar el misterio. «Aún no se han agotado todas las posibilidades», se consoló mientras se acercaba de nuevo a la puerta del edificio y presionaba las otras dos teclas del interfono.

De nuevo el silencio como única respuesta.

«¡Mierda! ¡Maldita sea la tal Purificación y su supuesta tutora y la madre que las parió a las dos!». ¿Quién era?, ¿qué tenía que ver con un crimen sin resolver?, ¿por qué le había donado su padre un piso? «¡Maldita sea!». Se sentó en el peldaño de mármol agrietado que soportaba la puerta pensando qué hacer, si había alguna posibilidad más, algún detalle que hubiera olvidado. De nuevo arremetió el dolor de cabeza, pillándolo desprevenido ahora que se venía abajo. Apretó las manos contra las orejas intentando aislarse del sonido del viento, de los pájaros, del murmullo de la gente y el traqueteo del tráfico. ¿Y si había descubierto la llave demasiado tarde? Era una posibilidad. Hacía ya veinte años que su padre había muerto, demasiado tiempo. Seguramente su padre habría calculado que, tras su desaparición, Camilo no tardaría en examinar su revólver, que jugaría con él, que iría a un campo de tiro para probarlo, que lo desmontaría para limpiarlo... y entonces descubriría el secreto de la llave que le había legado. Pero las cosas no se habían desarrollado de esa manera. Se había limitado a colgarlo en la pared, como un cuadro, una pieza más de la decoración de la casa, y así habían pasado nada menos que veinte años. Y ahora aquel piso se encontraba abandonado, muerto, en ruinas, a punto de ser derribado.

«¡Mierda!». Fuera lo que fuese lo que su padre quería que investigara, había llegado demasiado tarde. «¡Mierda, mierda y más mierda!». Se puso en pie y pateó la puerta, que se quejó con un crujido, repetido por un eco mortecino dentro del edificio.

—¿Hay alguien ahí? —gritó, desesperado.

Unos turistas, que curioseaban los restos del Molinete, se giraron para observarlo. Camilo se sintió avergonzado, se dio la vuelta y se marchó.

Pero de repente se detuvo, con una idea nueva, un último intento. Sacó el bloc de notas del bolsillo de su chaqueta de pana, lo abrió por una hoja en blanco y escribió:

ATT. D.ª PURIFICACIÓN CARRIÓN LÓPEZ. Soy
hijo de Ángel Rey Serrano. Me gustaría hablar con
usted. Camilo.

Y añadió su número de teléfono.

Volvió a encarar la puerta antigua, herida en una de sus hojas por la sonrisa burlona de una boca de buzón, y allí depositó el papel, de mal humor, con la cabeza lacerada, frustrado, cansado y desanimado, dejando un minúsculo espacio, ridículo, casi insignificante, a la esperanza que aún albergaba.

CAPÍTULO 13

Las luces fluorescentes iluminaban la sala principal, plagada de mesas de oficina que ocupaban ingenieros y telefonistas. Beatriz cruzó todo el pasillo para entrar en su despacho. Tras cerrar la puerta, abrió un pequeño neceser y se retocó el carmín antes de acomodarse en el sillón. DIRECTORA TÉCNICA, rezaba la placa.

A Beatriz le había costado mucho alcanzar ese puesto, no en tiempo, pues lo ocupaba desde hacía más de diez años, sino en esfuerzo. La influencia de su padre, amigo del gerente, le sirvió para entrar en la empresa como una simple becaria. Sin embargo, nadie la ayudó después. El ascenso se lo había ganado a base de horas de trabajo y buenos resultados. Algunos empleados no le tenían demasiada estima porque no dejaba pasar un fallo. «Un mínimo error por nuestra parte —decía— puede poner en peligro a nuestros clientes». Era un trabajo de mucha responsabilidad. «Esto no es la Administración Pública —había recriminado a más de uno—. Lo siento, pero estás despedido. Rosalía te entregará los papeles». Nunca había delegado el mal trago de despedir a un empleado ineficiente. Era ella la que los seleccionaba, así que era ella y solo ella la que tenía que asumir su error y dar la cara. Eficiencia y carácter, esas máximas le había transmitido su padre, y las seguía al pie de la letra. Eficiencia y carácter ante los empleados, al rendir cuentas a los jefes, al manejar a los clientes, al enfrentarse a su trabajo cada día.

Rosalía, la secretaria, llamó y pasó al despacho.

—Las incidencias, Beatriz. —Dejó un dossier sobre la mesa—. Oye, Antonio tiene los resultados de la comparativa entre Videocusen y Mc & Dolf. Dice que cuando te venga bien pasa a enseñártelo. Le he dicho que me lo podía dejar a mí, pero ha insistido en que quería explicarte algunas cosas.

La mirada de Rosalía se volvió opaca.

—Vale, no hay problema, dile que se pase por mi despacho.

—A las cuatro es la reunión del equipo de dirección, me lo ha confirmado la secretaria de don Rafael.

Rosalía salió cerrando con cuidado la puerta mientras Beatriz comenzaba a examinar el dossier que le había entregado. Un día tranquilo. Algunos clientes se habían olvidado de que habían cambiado la contraseña y la rama de un árbol había roto el cristal de una vivienda.

La empresa resultaba muy rentable, el número de clientes no dejaba de aumentar. Desde que el ser humano comenzó a acumular cosas, bien fuera un artilugio, un hogar, un terreno, un símbolo, un esclavo o una esposa, su pretensión fue siempre conservarlas. Y la seguridad actual pasaba en gran parte por circuitos electrónicos.

El teléfono vibró sobre la mesa, rescatándola de esos pensamientos. Antonio había llegado.

Recogió los papeles, ordenándolos con meticulosidad, limpió una imperceptible mota de polvo de la madera oscura de la mesa de escritorio y se atusó el pelo. Antonio, con su aire juvenil y su sonrisa casi perpetua, abrió la puerta.

—Hola, Beatriz.

—Siéntate. Rosalía me ha dicho que tienes los informes que te pedí.

Antonio tomó asiento sin dejar de mirarla. Beatriz notó cierta desazón, pero procuró ignorarla.

—Sí, he estado comparando los dos modelos de cámara, y Videocusen gana por goleada.

—Vaya, no son las noticias que espera el jefe.

—Ya, el precio es algo superior, pero en cuanto a prestaciones, no hay comparación. —Le mostró dos fotografías verdosas de una calle—. Ambas las realicé en el mismo lugar, la misma noche.

Beatriz tomó las fotos y las examinó con cuidado.

—Son idénticas. No hay diferencia entre ambas.

—Exacto —repuso con un atisbo de autosuficiencia.

—¿Entonces?

—La primera foto es del nuevo modelo de Mc & Dolf, el V5-100. La segunda —la señaló con el dedo— es del modelo V5-99, el antiguo. Es decir, han envuelto la misma electrónica con una carcasa distinta. Esta —mostró otra foto verde como las anteriores, de la misma calle— está hecha con el CatVision de Videocusen. Como ves, los detalles de las zonas más oscuras no se pierden, y tiene una sensibilidad mayor, por lo que es más fácil reconocer las caras.

Beatriz se quedó mirando las tres fotografías. Sí, había un salto considerable entre las dos primeras y la última. En esta se apreciaban todos los detalles de la calle, hasta la matrícula de un coche aparcado a cierta distancia. En las fotos de Mc & Dolf era indescifrable.

—¿Lo vas a comunicar en la reunión de esta tarde? —preguntó Antonio—. Si quieres, puedo pasar un momento y explicar yo mismo algunos detalles.

—No.

—¿No?

—No voy a comentar nada sobre este informe.

—¿Qué? ¿Por qué? —Antonio se mostró contrariado y confuso.

—Las cosas no son tan sencillas, aquí ya entramos en terrenos de la política de empresa. Me temo que se contratará una nueva remesa de Mc & Dolf.

—Pero nos están timando. Cobran un quince por ciento más por el mismo producto, solo han cambiado el envoltorio.

—Sí, pero el jefe no querrá contratar los servicios de una empresa como Videocusen, sin ninguna trayectoria en el mercado. Aquí solo se trabaja con marcas de prestigio. —Dicho esto, se acercó a Antonio en tono confidencial y añadió—: La verdad es que el yerno de don Rafael trabaja en el equipo de ingenieros de Mc & Dolf.

—¿Y eso es motivo suficiente para elegirlos a ellos, aunque sean unos incompetentes y unos timadores?

—Exacto. Aunque encarezcan un producto solo por cambiar la carcasa.

—Estamos hablando de un pedido de un montón de cámaras.

—Ya lo sé.

—Entonces, ¿por qué me encargaste hacer la comparativa?

—Porque sé que eres bueno en tu trabajo y concienzudo, y porque necesito conocer nuestras debilidades frente a la competencia.

—De acuerdo, política de empresa. —Parecía aceptar su derrota—. Al menos podrías habérmelo dicho desde el principio.

—¿Y te hubieras tomado el mismo interés?

—No lo sé, pero no me gusta que me mientas. Tú misma lo has dicho, soy concienzudo —hizo una breve pausa—, y nunca pondría pegas a algo que tú me pidieras. —Acompañó las últimas palabras de una intensa mirada. Beatriz se sintió incómoda y halagada a la vez.

En ese momento sonó el teléfono. Rosalía le informaba de que se había adelantado la reunión del equipo de dirección.

CAPÍTULO 14

Eran las dos y cinco. Sergio y Dani caminaban por el pasillo en dirección a la salida del instituto.

—Esta tarde podríamos quedar para hacer *skate* en las pistas de Capitanes Ripoll —comentó Dani.

Sergio no respondió; caminaba cabizbajo, con la espalda algo encorvada y aspecto apático, nervioso. Desde que Dani se había burlado de Rodrigo en Facebook tenía miedo de que los pillaran y les dieran una buena tunda.

—Eh, tío, ¿me estás escuchando?

Sergio levantó la cabeza para mirar a su amigo y aceptar su oferta, sin embargo se detuvo en seco al cruzar la puerta. Rodrigo y su pandilla estaban apoyados en la verja, hablando y riendo junto a la entrada.

—Espera, tío, están ahí —avisó Sergio antes de cruzar el umbral—. Tenemos que dar la vuelta o salir por detrás.

—Bah, yo paso, macho. Ya te lo he dicho, estoy harto de esconderme. —Dani se quitó la mochila que llevaba colgada a la espalda—. Me voy a enfrentar a ellos.

—¿Te has vuelto loco? —dijo Sergio, sorprendido, llevándose las manos a la cabeza.

—Ven conmigo. —Dani lo agarró de la mano y lo arrastró hasta los aseos—. Estas peleas no se ganan con la fuerza física, sino con la cabeza.

—¿De qué estás hablando? No tienes la cabeza tan dura —bromeó Sergio.

—¿Has visto *Regreso al futuro 3* o *Por un puñado de dólares?*

—No.

—Joder, macho, eres un inculto del celuloide. Deberías ver más cine clásico. —Dani se quitó la camiseta mientras hablaba—. Es lo único bueno que mi padre me ha enseñado. Tiene una colección de DVD que te cagas.

—¿Y qué tienen que ver esas películas con que te peguen una paliza?

—Pues muy sencillo: imitando al Extranjero o a Marty McFly, será el cabrón de tu primo el que se lleve la paliza.

Dani sacó algo de la mochila que hizo que Sergio se sorprendiera. Cuando salieron de los baños Sergio parecía un poco más tranquilo.

—Guárdame la mochila —le pidió Dani, y se encaminó hacia la verja donde esperaban los matones.

Sergio se quedó sentado en las escaleras de la entrada, observando con tristeza a su amigo, que, a pesar de sus planes, caminaba hacia una muerte segura.

Rodrigo lo vio acercarse, se separó del resto de la cuadrilla y se detuvo frente a él.

—Hombre, si es el mariquita del Dani. Pensaba que te habías mudado a otro país para no tener que cruzarte conmigo.

—Sí, al país de Nunca Jamás —ironizó Dani—. Nunca jamás huiré de Rodrigo ni de ninguno de los cabrones que le rodean, nunca jamás me cortaré de decirle en la cara lo que pienso de él, porque me da asco y vergüenza, nunca jamás…

—Ya vale, imbécil —Rodrigo avanzó hacia él—, ¿o quieres que te parta la cara?

—Venga, inténtalo —lo desafió Dani.

Rodrigo miró alrededor y vio a muchos chicos que aún salían de las clases, algunos acompañados por sus padres, también a profesores que se marchaban andando o iban a buscar sus coches.

—Este no es un buen lugar —dudó—, vamos al parque de ahí atrás. Te vas a enterar, chaval.

—Venga, vamos, a ver si tienes cojones. —Dani rio.

Rodrigo se volvió hacia sus amigos.

—Eh, ¿habéis visto? La gallinita se ha puesto chula hoy. Venid a ver cómo le arranco la pluma.

Rodearon el instituto y se encaminaron a un parque con árboles y juegos para niños que había cerca. Sergio los siguió a una distancia prudencial. En cuanto estuvieron a resguardo de miradas indiscretas, Rodrigo y Dani se enfrentaron, dispuestos a pelear.

—Venga, cuando quieras, gallinita —lo provocó el primero.

Antes de que pudiera darse cuenta, Dani avanzó un paso y le pegó un fuerte puñetazo en la barriga. Rodrigo se dobló sobre sí mismo y el otro intentó tirarlo al suelo con una patada, pero consiguió apartarse a tiempo, respondiendo con un giro de tronco, atrapando a Dani por el cuello con la mano abierta y derribándolo. Ahora era Rodrigo quien se reía, victorioso. Despacio, se colocó encima de su adversario y descargó su puño en el estómago; sin embargo, para su sorpresa, el fuerte impacto tuvo como sola respuesta un sonido metálico. Dani ni se inmutó. En cambio Rodrigo se enderezó, sujetándose la mano derecha con la cara descompuesta de dolor, los ojos anegados de lágrimas.

—¡Hijo de puta! ¡Ha hecho trampas! —exclamó dirigiéndose a sus colegas, que lo observaban sorprendidos mientras Dani se ponía en pie—. ¡Ha hecho trampas, joder! ¡Lleva algo debajo de la ropa!

Los amigos de Rodrigo se dirigieron hacia Dani y lo sujetaron por ambos brazos. Uno de ellos le subió la camiseta y descubrió una plancha de metal que se había sujetado al cuerpo con cinta americana.

—Tienes razón, Rodri —confirmó Yusuf—, mira, lleva una plancha de hierro.

—Hijo de puta —repitió Rodrigo—, como me hayas roto la mano te voy a matar. —Avanzó un par de pasos hacia Dani, elevó la pierna y le propinó una tremenda patada en el pecho que lo tiró de espaldas. Dani se retorció en el suelo, conmocionado, tosiendo, llorando por el dolor—. Qué lástima que tu armadura no sea también antipatadas, ¿eh, maricona? —Rodrigo sacudió varias veces la mano dolorida; no la tenía rota, y parecía que ya comenzaba a remitir el dolor. Luego sacó su móvil con la otra mano y comenzó a grabar en vídeo lo que sucedería a continuación—. Venga, chicos, es vuestro.

Los amigos de Rodrigo, cuatro en total, se acercaron a Dani y comenzaron a pegarle cocotazos y patadas. El chico se revolvía en el suelo, intentando defenderse, intentando respirar. Sergio pensó en intervenir. «Tengo que hacer algo», se dijo, y echó a correr hacia ellos. Su primo lo vio, se giró hacia él sin dejar de grabar con el móvil y se puso en medio, impidiéndole llegar hasta su amigo.

—¿Adónde vas? —le dijo, y con la mano libre le propinó un empujón que lo derribó de espaldas, golpeándose el antebrazo con una piedra.

Rodrigo lo miraba, riéndose. Sergio se puso de pie y echó a correr en busca de ayuda. Había llovido y el parque estaba vacío de padres y niños ruidosos. Maldijo su suerte. Cuando llegó al instituto, lo encontró ya cerrado. «¿Qué hago?, ¿qué hago ahora?». Echó a correr hacia la salida y en un cruce descubrió un par de motos de la policía local. Uno de los agentes se situaba en mitad de la calle, gestionando el tráfico, mientras el otro vigilaba junto a las motos. Sergio corrió hacia él.

—¡Perdone! ¡Perdone! —gritó captando la atención del policía, que lo miró intrigado—. Por favor, ayúdeme, le están pegando una paliza a mi amigo.

—¿Una paliza? —dijo sorprendido el policía—. ¿Dónde?

—En el parque, cerca del instituto. —Estaba muy nervioso, casi sin aliento—. Sígame. —Y echó a correr de nuevo. El policía lo siguió.

Sergio llegó con el corazón a punto de salírsele del pecho, pero no encontró lo que esperaba. Allí ya no había nadie.

—¿Y bien? —El policía lo miró serio, sospechando que le había tomado el pelo.

—Estaban aquí, eran cinco contra uno, le estaban pegando a mi amigo. Él no había hecho nada, ¿sabe?

—Bueno, ¿y dónde están?

—No lo sé. —Sergio se mostraba desconcertado—. Parece que se han ido ya.

—Está bien, chico, ¿quieres venir a comisaría y poner una denuncia?

—¿Una denuncia? No, no se preocupe. Supongo que estará bien. Perdone las molestias.

—De acuerdo —dijo el policía, no muy convencido—. Espero que no te metas en líos, ¿eh?

—Sí, claro, no se preocupe y muchas gracias.

El agente dio media vuelta y se marchó. Entonces Sergio sacó su móvil, abrió la agenda de contactos y marcó el número de Dani. El tono de llamada sonó varias veces y de pronto se cortó, seguido de una voz metálica anunciándole que el número marcado no se encontraba disponible. «Joder, ¿dónde estará Dani? ¿Qué le habrá pasado?». Esperaba que estuviera bien, que hubiera podido escapar sin problemas de aquella panda de cerdos.

Giró sobre sí mismo en busca de algún indicio de lo ocurrido, como si fuera el último habitante del planeta. Una mujer joven se abrigaba con una chaqueta de lana mientras avanzaba por la acera. De repente, un balón perdido cruzó la vía principal dando grandes botes. Un coche rojo intentó esquivarlo sin éxito y chocó contra otro que se había detenido en el carril paralelo. Los neumáticos del vehículo la aplastaron y una potente explosión fue el último aliento de la pelota.

CAPÍTULO 15

Ya volvía la primavera, o al menos eso decían las revistas de decoración, porque a través de la ventana del dormitorio Beatriz contemplaba el mar embravecido en un atardecer casi consumado.

Pensó en los mocosos que aparecían en aquellas revistas de familias ideales y pensó en Rodrigo cuando tenía su edad. Llevaba el pelito algo largo y mechas rubias que hacían que lo confundieran con una niña, cosa que a ella le encantaba y a su marido le sacaba de quicio. En aquella época ya había empezado la transformación de Camilo, pero aún la dejaba hacer y deshacer a su antojo, todavía no la había marcado con el reverso de la mano.

Rodrigo estaba ahora en su habitación, castigado sin portátil, sin móvil, sin televisión y sin consola; en definitiva, sin nada que contuviera un circuito electrónico. Sabía que aquello le dolía, en realidad les dolía a los dos, pero su comportamiento de la tarde había sido inadmisible.

Dejó la revista a un lado, sobre la cama, asqueada ante la falacia de la que hacía propaganda. Una decoración bonita no convertía una casa en un hogar. Podía palpar la prueba con sus propias manos.

Camilo estaba a punto de llegar. Últimamente se mostraba taciturno, más aún de lo habitual. Ella desconocía cuál era el motivo, aunque sospechaba que guardaba alguna relación con la misteriosa llave aparecida en la culata del revólver de su suegro. No le había preguntado, la verdad es que no le importaba, ni él había hecho tampoco mención alguna. Beatriz procuraba evitar a su marido, pasar lo más desapercibida posible, porque en realidad le tenía miedo. No era un asunto baladí. Temía sus comentarios hirientes, su desprecio, su silencio, sus gritos, sus manos. Pero lo que más temía, lo que más le dolía de todo, era constatar que su matrimonio se estaba yendo a pique.

Oyó a lo lejos la puerta de entrada. No podía quitarse de la cabeza lo ocurrido con su hijo, esta vez había llegado demasiado lejos. Beatriz había comenzado a plantearse cosas, a preguntarse si lo estaban educando de la manera correcta o si simplemente estaban alimentando a otro monstruo. Oyó los pasos de su marido, lejanos aún, y ya intuyó que la cosa no iba bien. Un sonido metálico retumbó en las escaleras. Beatriz se puso en pie, con todos los sentidos alerta, mientras seguía desde la distancia sus pasos camino de la habitación de su hijo. La casa disponía de dos alas diferenciadas, y Camilo había dejado muy claro desde el principio que la zona de los niños debía estar lo más alejada posible de la suya. Y así había sido. Un intercambio de voces y, a continuación, los pasos que se aproximaban al dormitorio principal, donde Beatriz ya estaba preparada para lo peor. La puerta se abrió de golpe y, debajo del umbral, apareció la silueta afilada de un Camilo furibundo.

—¿Por qué cojones le has quitado el móvil a Rodrigo?

Beatriz se quedó algo desconcertada e intentó buscar unas palabras conciliadoras.

—¿Te repito la pregunta?

—Le he castigado.

—Llevo llamándole toda la puta tarde para saber qué putas camisetas son las que tengo que comprar para el puto partido del puto domingo, porque, claro, su señora madre no ha tenido tiempo aún de pasar por la tienda.

—No te preocupes, mañana las compro yo —repuso Beatriz, intentando apaciguarlo—. Me pasaré con él al salir del trabajo, hoy se nos ha olvidado.

—Ya, se os ha olvidado, y como mi tiempo no vale una mierda, me endosáis a mí el puto encargo. —Camilo no se mostraba dispuesto a ceder—. Me habéis hecho quedar como un puto imbécil, allí, delante de la dependienta, con las dos camisetas en la mano, sin saber cuál elegir. ¿Por qué coño le has quitado el móvil?

Beatriz pensó en contestar que también la podía haber llamado a ella, que ella sí habría contestado al móvil y habría solucionado su problema, sin embargo se mordió la lengua, lo único que faltaba era calentarlo más aún.

—Por favor, Camilo, no grites.

—Hago lo que me sale de los huevos, que para eso estoy en mi puta casa.

—Le he castigado.

—No tienes ni idea de educar. Menos mal que no hemos tenido más hijos, porque nos habría salido otro inútil como ese, como su madre —remató él con rabia.

—Camilo, por favor, te puede oír.

—Quítate de en medio si no quieres que te parta la cara.

Beatriz se apartó, casi nunca avisaba.

—Hemos discutido de camino a casa.

Normalmente ella recogía a Rodrigo a la salida del trabajo. Esa tarde había llegado puntual al instituto, pero su hijo no se encontraba en el lugar de siempre. Aquello le resultó extraño, porque cuando terminaban las actividades extraescolares, los chicos solían ocupar uno de los bancos frente al edificio, siempre el mismo, como si lo tuvieran reservado. Y un grupo de chicas acostumbraba a acompañarlos. Beatriz sospechaba que alguna de ellas podría ser la novia de Rodrigo o su chica o su amiga o como lo llamaran ahora. Pero el banco, mojado por el chaparrón que había caído, se hallaba libre. Pensó en llamarle al móvil. Había aparcado su todoterreno en segunda fila, bloqueando uno de los dos carriles de una arteria principal en hora punta, por lo que los conductores malhumorados comenzaron a dedicarle todo tipo de insultos, pitidos y gestos groseros. No quería ser una madre controladora, no quería aplicar a su hijo la férrea disciplina horaria que sus padres le habían impuesto a ella. Así que intentó ignorar el jaleo que había provocado poniendo la radio. Al poco apareció Rodrigo con otro chico. Doblaron la esquina, tropezándose con un muchacho enclenque que se disculpó de inmediato. Beatriz lo reconoció, era el hijo del conserje. El amigo de Rodrigo respondió levantando el puño y dedicándole un par de gritos soeces. Rodrigo rio con ganas y le propinó un empujón. El chico los esquivó, con la cabeza gacha, y continuó su camino sin mirar atrás. Se quedó paralizada, sin escuchar el claxon del coche que intentaba abandonar la plaza de aparcamiento bloqueada por su todoterreno. De repente, le parecía inconcebible que aquel matón de barrio, aquel chulo con aire de autosuficiencia que insultaba y amedrentaba a otro chico más débil, pudiera ser su propio hijo.

De camino a casa, Beatriz le preguntó por qué lo había hecho.

—No puedes comportarte así con un compañero.

—Así ¿cómo?

Salían de Cartagena para tomar la carretera que los conduciría hasta casa.

—Como un burdo matón.

—Soy lo que me da la gana y no creo que sea asunto tuyo.

—Soy tu madre.

—Sí, eres como el Barranquillo o como el gordo del Dani.

—No te consiento que me hables así.

Comenzaban las curvas pronunciadas en aquella carretera que bordeaba montes y pueblos.

—Te hablo como me da la gana.

—Te estás ganando un guantazo.

—Ah, ¿y me lo vas a dar tú?

—Debería.

—Me importa una puta mierda, y por mí te puedes morir.

Aprovechando el desconcierto de su madre, Rodrigo agarró el volante con fuerza y lo giró hacia la derecha. Beatriz reaccionó a tiempo, sorprendida, y evitó por poco salirse de la carretera.

—Y faltó un pelo para que nos estrelláramos —terminó explicándole a Camilo.

—Si es que no tienes ni idea de educar.

«No, si encima va a ser culpa mía». Beatriz desistió de discutir.

—Ya le he levantado el castigo —continuó él sin mirarla, y cogió la revista de decoración que descansaba sobre la cama—. Y a ver si dejas de leer esta mierda de marujas.

Sin decir más, abandonó la habitación.

CAPÍTULO 16

Después de la discusión con su mujer, Camilo se encerró en su despacho. Apoyada la frente contra el ventanal, observaba el mar embravecido, una representación más o menos fiel de su estado de ánimo. El día se había tornado gris, el cielo encapotado, el sol cegado por nubarrones agresivos que oscurecían la tarde, adelantando al menos media hora la caída de la noche. Cuando llegó a casa, el dolor de cabeza se había vuelto casi insoportable, y Camilo notaba el pulso en las sienes, cada latido como un duro golpe, un ojo medio cerrado, sensible a la luz que se clavaba como agujas en el frontal de su cerebro. Ahora comenzaba a remitir, aplacado por otra pastilla de ibuprofeno.

Se despojó de las gafas de sol, reemplazándolas por las habituales de pasta, y volvió a su escritorio para sentarse, cansado, pesado, arrepentido. Sabía que no se había portado bien con Beatriz. Aunque en parte se lo merecía. No podía tomar decisiones que le afectaban a él sin tenerle en cuenta. En su cabeza martilleaban además las imágenes de su esposa pasándole la botella de champán a Carlos con una sonrisa. La cena había sido perfecta y agradable, excepto por sus coqueteos, su ansia por lucirse delante de otro hombre, por seducirlo. ¿Por qué se comportaba así? ¿Acaso él no era bastante hombre para ella? Sí, Beatriz se lo había ganado, pero él se había excedido. Una cosa era castigarla, insultarla, ponerla en su sitio para que no se sintiera tan especial, tan atractiva, tan deseada, y otra cosa muy distinta era jugar con la educación de su hijo. Y Camilo sabía que lo que acababa de hacer estaba mal, que se había pasado por las pelotas uno de los principios fundamentales: si hay varios educadores, estos deben estar de acuerdo en las normas, en los procedimientos, en los motivos de castigo o de premio. Y cuando uno de ellos tomaba una decisión como la de imponer un castigo, el otro jamás debía contradecirla, no al menos delante del sujeto que hay que educar, pues daría pie a este último a rebelarse. Y Rodrigo ya era bastante rebelde, en parte por la edad, la jodida adolescencia, y en parte por su culpa, por sus continuas discusiones, enfados, por el clima cargado y el tenso ambiente familiar.

Encendió el ordenador, observando la pantalla negra, los mensajes de inicio, el logo del sistema operativo, intentando no pensar en nada. De nuevo la hoja de texto. Solo una frase esbozada («Fulgencio abandonó su casa desordenada, oscura, solitaria, con una pistola en una mano y un hacha en la otra») rompía el vacío de la página, una frase que le daba pie a continuar escribiendo, un pequeño empujón para alcanzar ese final tan deseado, tan temido a la vez, tan desesperado. Puso las manos sobre el teclado, ya se dibujaba la siguiente frase en su cabeza, pero dudó, no sabía si quería escribirla, si debía terminar aquella novela.

Se recostó en la silla, los brazos en alto, los dedos entrelazados detrás de la cabeza. Pensó en la llave que había descubierto oculta en el revólver de su padre, en la caja de seguridad, en la escritura, en Purificación, en el piso, en el edificio casi en ruinas, en la carta de su padre. «Necesito que resuelvas un crimen, que castigues a aquel a quien yo no fui capaz de alcanzar».

Allí había una buena historia, sin duda, una pequeña semilla que podría germinar con el abono adecuado.

«En esta caja tienes todo lo necesario para comenzar tu investigación».

Y no importaba que hubiera llegado tarde, que nunca pudiera descubrir cuál era el crimen que su padre quería que investigara; lo importante era que allí tenía una historia diferente a todo lo que había escrito antes. Quizás pudiera ponerla en marcha, dejar aparcada por ahora la muerte de Fulgencio. Y, de pronto, le vino otra idea, la recuperación de su primera novela, aquella que trataba sobre un joven periodista que investigaba la muerte de su padre policía en extrañas circunstancias, aquella que había dejado inconclusa por su carácter profético, por predecir la muerte de su propio padre. Quizás ahora la historia pudiera ser más interesante, un nuevo misterio materializado en un mensaje oculto del padre muerto, que le pide que investigue un crimen del pasado, que lo retome en el mismo punto donde él se vio obligado a abandonarlo cuando le sobrevino la muerte.

Cerró el capítulo de la novela de Fulgencio y buscó en sus archivos los capítulos escritos de aquella primera obra. Allí estaba, «0 - *En el nombre del padre* (Título provisional)», indicaba la carpeta virtual, marcada con cero, sí, con un cero, porque no había llegado a merecer el uno, porque no había sido su primera novela, sino tan solo su primer intento. Cambió el número al 23 y accedió al interior de la carpeta. Abrió el archivo del capítulo primero y leyó con curiosidad las frases iniciales, palabras ya olvidadas que no tenían mucho que ver con él, con quien era ahora, escritas por un muchacho joven e ingenuo, idealista e inquieto, que pensaba que algún día podría ser feliz consiguiendo su sueño, viviendo de las ideas que anegaban su cabeza. «Si alguien me lo hubiera dicho, no lo habría creído en la vida. Nunca habría pensado que mi vida pudiera dar un cambio tan radical en solo un instante». Un par de frases adecuadas para comenzar una novela de misterio, creando ya la intriga desde el principio con tan solo unas pocas palabras. El estilo, sin embargo, estaba un poco verde, palabras demasiado cotidianas, frases excesivamente cortas, descripciones con poco fundamento, dos repeticiones en tan solo dos frases, repeticiones sin intención de repetir, burdas, malolientes, malsonantes. «Habría-habría», «vida-vida». Cerró el archivo. De todas formas, el primer paso sería revisar la estructura de la investigación, incorporar los nuevos elementos que se le habían ocurrido, que modificarían la trama en gran parte y el final por completo.

Entonces sonó su móvil. «¡Maldita sea!». Siempre en el momento más inoportuno, justo cuando había tomado una decisión, cuando había encontrado un nuevo camino para rescatar, al menos de momento, a Fulgencio del patíbulo. Se dirigió a la percha para recuperar el teléfono del bolsillo de su chaqueta, dispuesto a colgar. Se detuvo con el pulgar levantado, observando un número desconocido que brillaba de forma intermitente en la pantalla de su iPhone de última generación. Dudó si debía apretar el botón de aceptar o el de rechazar la llamada.

Un número desconocido.

¿Y si era Purificación? Sí, ella, la muchacha mencionada en la escritura, convertida ahora en mujer, sin duda; ella, el siguiente paso de la investigación que había iniciado, el eslabón roto en la cadena de pistas que de pronto se podría reconstruir; la posibilidad de continuar con la misión impuesta por su padre, de resolver el misterio de un crimen olvidado.

—Diga. —Le costó pronunciar la palabra, que sonó débil, una súplica con un toque de esperanza.

—¿Camilo? —Sonó una voz de mujer joven, algo estridente, que alimentaba la esperanza de que fuera Purificación, la de la escritura, la hija secreta de su padre, tal vez—. Soy Pura.

Decepción repentina, congoja, frustración. ¿Pura? ¿Quién coño era Pura? Su mente se iluminó de pronto: Pura, posible diminutivo de Purificación.

—¿Pura? —repitió Camilo en voz alta.

—Me dejaste una nota con tu teléfono para que te llamara... sobre algo de tu padre.

Era ella, aún no se lo podía creer, era ella. Los pensamientos se agolparon en su cabeza, en su boca se atascaron las palabras. ¿Qué quería decirle? Se había quedado en blanco, bloqueado por la emoción, paralizado por la esperanza.

—¿Hola? ¿Estás ahí?

—Sí, sí…, perdona. —Casi tartamudeó la última palabra—. Te dejé una nota, en efecto. Quería hablar contigo sobre mi padre. Hace poco he descubierto que era dueño de un piso cuya existencia desconocía y que…, bueno…

—Oye, si pretendes reclamar algo, no tienes nada que hacer. Tu padre arregló los papeles, corrió él con todos los gastos. Te aseguro que lo dejó todo muy bien atado.

—No, no es eso. No pretendo reclamar nada, no se trata de dinero. Yo solo… Solo quería hacerte algunas preguntas, resolver algunas dudas acerca de mi padre. Yo…

—Poco te puedo decir. Yo era una niña.

—Ya, ya lo sé. Pero quizás puedas ayudarme.

Silencio al otro lado de la línea. Camilo sintió que todo podía desmoronarse de nuevo. Pero la voz de Pura volvió a la vida:

—Está bien. Podemos tomarnos un café.

—Estupendo. ¿Cuándo y dónde?

—¿Mañana por la tarde?

—De acuerdo.

—Hay una cafetería cerca del piso, en una pensión que acaban de abrir justo enfrente del Molinete.

—Sé cuál es. ¿A las seis?

—Mejor a las siete. No creo que pueda llegar antes.

—De acuerdo. Gracias por llamar.

—Nos vemos mañana.

Camilo colgó contento por haber avanzado otro paso en aquel caso que se había convertido en su juguete nuevo. Quizás no estaba todo perdido. Ahora rebrotaba la esperanza de resolver un crimen muchos años olvidado al que tal vez podría dar un final justo.

Repasó la estructura que se dibujaba en la pantalla, el primer esqueleto que había fabricado para una novela. ¿Merecía la pena comenzar a revisarla o sería mejor esperar para ver cómo se desarrollaban los acontecimientos, descubrir antes de qué iba toda aquella historia?

Se sentía nervioso, agitado, feliz, el dolor de cabeza había remitido por completo, la muerte de Fulgencio estaba olvidada, aplazada al menos, ante la perspectiva de una trama nueva y original. Pensó en Beatriz y en Rodrigo, en su comportamiento bochornoso al volver a casa. Y pensó también en disculparse por haber perdido los nervios sin motivo alguno, por su malhumor, su frustración, sus celos infundados.

Se disponía a levantarse cuando se detuvo en el último momento, observando el esquema que mostraba la pantalla, revisándolo automáticamente, casi sin quererlo. «Algún cambio puedo hacer ya», se dijo, animado. Situó las manos sobre el teclado y respetó el primer capítulo, le pareció casi bien el segundo y se dispuso a insertar un tercero en el cual el joven periodista descubría una pista inesperada, una llave escondida, vieja y oxidada, la llave de una caja de seguridad que abriría un camino distinto en su investigación. La posibilidad de que la muerte de su padre, un asesinato, no fuera un crimen aislado.

CAPÍTULO 17

—Sergio, te vienes y punto.

—¿Por qué no se va Paula? Eso son cosas de mujeres.

—¿Quieres dejarlo ya? —dijo Remedios volviéndose—. Te vienes tú porque tu hermana no está, porque me tienes que ayudar a llevar la compra y, además, porque tu abuelo quiere hablar contigo. Así que ya vale de dar la monserga.

El coche se detuvo junto al parque. Sergio llevaba puestos los auriculares del móvil, que le inmunizaban frente a las continuas quejas y maldiciones que salían de la boca de su madre. «Tener la vida por castigo, a los lamentos prender fuego, guardarme todo lo vivido, yo quiero, yo quiero, yo quiero». El Klan de los Dedeté. Eran buenos. Al menos sus letras podían hacerte reflexionar un poco sobre la vida. Nada que ver con la música basura que escuchaban la mayor parte de sus compañeros de instituto, como Shakira o, mucho peor, Justin Bieber.

Su vieja le dijo algo que ni siquiera oyó, aunque lo intuyó fácilmente, así que bajó del coche y tomó las bolsas de la compra mientras ella cargaba las que contenían los recipientes de comida. Alcanzaron el portal del edificio triste, fachada anodina, gris y naranja, asaltada por una suerte de firmas de grafiteros aficionados. Su madre presionó el botón del telefonillo y esperó solo un par de segundos antes de volver a llamar con insistencia. Sin más demora, sacó las llaves del bolso y abrió la puerta. Mientras subían en el ascensor suspiraba, agobiada, mirando continuamente el reloj. Sergio la observaba como si no la reconociera, con curiosidad y algo de miedo, miedo a la angustia, a la presión, al cansancio que la convertían en una persona irascible y resentida cuando en realidad era (o al menos había sido) muy cariñosa. Retumbaron en su cabeza las rápidas palabras de Baster, unas frases muy acertadas que denunciaban su sufrimiento a voz en grito: «Mi tele en blanco y negro, esa es mi definición, tengo un corazón que sufre, por eso le quité el color, apago el incendio y se extiende en mi interior, la manipulación de todos sin excepción».

Avanzaron por el rellano hasta alcanzar el piso de su abuelo. Su madre tocó el timbre y, sin esperar respuesta, abrió con sus propias llaves. Sergio se retiró uno de los cascos para poder oír lo que sucedía en el mundo real sin renunciar a su particular banda sonora.

—¡Félix! —gritó la mujer nada más abrir la puerta. Nadie contestó, así que entraron y cerraron a su espalda. Un olor muy desagradable, como a plástico quemado y concentrado mil veces, alcanzó sus fosas nasales compitiendo con un ambientador de flores que lo atenuaba levemente—. Qué peste, por favor —se quejó.

—¿A qué huele? —preguntó intrigado Sergio.

—El otro día tu abuelo se dejó olvidada una olla al fuego. Si no llega a ser por un vecino, habría ardido toda la casa. —En ese momento sonó el ruido de la cisterna y al poco salió Félix del baño, ataviado con su habitual traje gris, ahora sin sombrero—. ¿Es que no oye el timbre? —le espetó Remedios nada más verlo—. ¿También está perdiendo el oído, aparte de la cabeza?

El anciano sonrió, sin dar importancia a sus palabras.

—Lo siento, hija, estaba ocupado jugando a los bombarderos. —Se acercó a su nieto para darle un rotundo beso en la mejilla—. Eh, Sergio, tenías que haber visto el obús que he soltado; si hubiera llevado carga, habría desaparecido medio barrio.

El chico sonrió mientras su madre lo observaba con cara de asco.

—No, si encima es usted un guarro. —Félix no contestó, y Remedios comenzó a colocar los recipientes en el frigorífico con manifiesta desgana—. He clasificado las comidas por colores, ¿quiere saber lo que hay en cada uno?

—Da igual, luego lo miro. Te agradezco mucho las molestias que te estás tomando por mí.

—Pues sí, ya puede agradecérmelo —gruñó Remedios entre dientes.

Félix se volvió hacia su nieto.

—Ven, Sergio, ven, que tengo que pedirte un favor.

—¿Qué hago con las bolsas?

—Déjalas ahí, en la cocina. Tu madre sabrá qué hacer con ellas.

Sergio las colocó con cuidado encima de la mesa.

—Oiga, no me entretenga mucho al chico, que tenemos prisa.

—No te preocupes, será solo un momento.

—Y no congele ningún táper, que mi madre, sin darse cuenta, ya los había metido todos en el congelador.

—De acuerdo.

Abuelo y nieto se dirigieron al salón, donde se acomodaron en el sofá, frente a una pequeña mesa de centro que sostenía un tablero de ajedrez sencillo, de madera pintada y trebejos de plástico.

—Oye, tú manejas internet, ¿verdad? —comenzó Félix mientras sacaba un papel del bolsillo.

—Claro, abuelo. ¿Por qué?

—Necesito que me saques unas estadísticas.

—¿Estadísticas? ¿De qué? —El anciano le enseñó el papel y el chico alargó la mano para cogerlo, descubriendo un moratón negruzco que cubría gran parte de su antebrazo—. «Estadísticas de defunciones por causa del fallecimiento» —leyó Sergio, sin comprender muy bien lo que significaba aquello.

—¿Qué te ha pasado? —le preguntó con interés su abuelo.

—¿Qué?

—Ahí, en el brazo. Llevas un buen golpe.

—Ah, eso… Nada, me caí jugando al fútbol.

—No sabía que te gustara el fútbol.

—No me entusiasma, pero hay que hacer deporte, ¿no?

—¿Has probado el ajedrez? —dijo señalando el tablero que presidía la mesa.

—¿El ajedrez? Menudo rollo, abuelo. Además, eso no es un deporte.

—Ahí te equivocas. Es un deporte, más mental que físico, pero un deporte, al fin y al cabo.

—Para eso prefiero los videojuegos.

—¿Los videojuegos? —Félix suspiró, un poco decepcionado—. Conocerás al menos los movimientos básicos de ajedrez, ¿no?

—Sí, pero no me apetece jugar. —Sergio devolvió la vista al papel—. «Estadísticas de defunciones por causa del fallecimiento» —repitió—. No entiendo muy bien lo que quieres que busque.

—Quiero que saques cuáles son las principales causas de muerte y qué tanto por ciento de los fallecimientos se atribuyen a cada una de ellas. Y, sobre todo, necesito saber el tanto por ciento de muertes anuales que se producen por homicidio.

—¿Y para qué quieres eso? —De repente había despertado su curiosidad.

—Para ganar una apuesta con un amigo.

—¿Y cómo sabes que vas a ganar?

—Lo sé. Igual que sé que te puedo ganar una partida de ajedrez en menos de cuatro movimientos.

—¿En menos de cuatro? Eso es imposible.

—¿Te apuestas algo?

—Vale, ¿qué apostamos?

—Si yo te gano, tú me cuentas qué te ha pasado en el brazo.

Sergio dudó.

—¿Y si no?

—Te doy cien euros —dijo; a continuación, sacó de la cartera dos billetes de cincuenta y los plantó sobre la mesa.

—Vale. —Sergio se quitó el auricular que aún tenía encajado en la oreja izquierda para centrar toda su atención en la partida—. ¿Quién empieza?

—Tú, llevas las blancas.

El chico prefirió ser conservador, no tenía que ganar, solo evitar perder en cuatro movimientos, así que avanzó una casilla uno de los peones que protegían el alfil, f3.

—Te toca.

Félix movió un peón al centro del tablero, e5. Su nieto pensó un poco, podía mover un caballo u otro peón. Se decidió por el peón siguiente, y lo haría avanzar dos casillas, pues quedaba protegido con el otro, g4.

—Te toca.

Su abuelo sonrió, posó su mano sobre la dama negra y la desplazó en diagonal hasta el borde del tablero, Dh4.

—Jaque mate —anunció, sonriendo victorioso.

—¿Jaque mate? —Sergio no daba crédito—. No puede ser.

—Míralo tú mismo, has desprotegido a tu rey y lo has dejado inmovilizado. No tienes escapatoria. —El chico se concentró buscando alguna alternativa, un movimiento del caballo, del alfil, de otro peón para bloquear a su reina. Nada, su abuelo tenía razón, había perdido—. Pensaba hacerte el mate del pastor, pero me lo has puesto más fácil todavía. Esta jugada se llama el mate del loco, y se la conoce así porque has hecho los peores movimientos posibles, como un loco que actúa sin pensar.

—Has tenido suerte.

—¿De verdad lo crees? ¿Quieres jugar otra?

—No —Sergio se echó hacia atrás en el sofá con los brazos cruzados—, este juego es un rollo.

—De acuerdo —su abuelo recogió los billetes de encima de la mesa y se los guardó—, pero ahora tienes que pagar la apuesta.

—Ya te lo he dicho, me caí jugando al fútbol.

—No me lo creo. Sé que no te gusta el fútbol.

—Está bien… —respondió Sergio, enfurecido, golpeándose las piernas con los puños cerrados—. Me pegué con otro chico, ¿vale?

—Eso me suena más real, aunque más bien creo que fue el otro chico el que te pegó a ti.

—Bueno, ¿y qué más da? Fue una pelea, ¿no?

—No exactamente; en una pelea se enfrentan dos adversarios en la que ambos golpean y reciben. Una agresión es unilateral, es decir, uno golpea y el otro recibe.

—Puedes llamarlo como quieras, ¿a mí qué?

Sergio devolvió el auricular a su oreja izquierda. En ese momento sonaba el estribillo de una canción del Klan: «Todos los perros quisieron darle algún consejo, sus cicatrices le recuerdan que viene de lejos, en cada hoyo guarda un complejo, perro viejo».

—Yo he sido maestro durante muchos años en una escuela de pueblo —le explicó Félix—. He visto todo tipo de abusos entre chavales y me imagino por lo que debes de estar pasando. Mi consejo es que lo denuncies al director.

Sergio volvió a retirarse el auricular.

—Pasó un día y ya está.

—¿Seguro?

—Seguro.

—No sé por qué, pero no me lo creo. Habla con tu profesor.

—No puedo hacer eso, tú no lo entiendes.

—¿Qué es lo que no entiendo?

—Si lo hago, dirán que soy un chivato y todo el mundo me insultará y se meterá conmigo.

—Rediez, eso no lo sabes, a lo mejor dicen que eres un héroe por pararle los pies a un matón de tres al cuarto.

—Sí, seguro. Además, no es solo uno, es todo un grupo, la mayoría de ellos juegan al fútbol en los cadetes del Cartagena. Y lo que más rabia me da es que el más cabrón de todos, el que más me putea, es mi propio primo.

—Ya. Pues tienes dos opciones: denunciarlo o aprender a defenderte.

—¿A defenderme, como en *Karate Kid*?

—Más o menos.

—¿Tú sabes kárate?

—No, pero sé ajedrez.

—Joder, abuelo, ¿y para qué me va a servir el ajedrez?

—Para aprender a utilizar la cabeza, por ejemplo.

—Yo ya uso la cabeza.

—Sí, claro, para sostener esos dos auriculares.

—¿Me estás tomando por tonto?

—No, por tonto no. Sé que eres muy inteligente, pero la inteligencia no te sirve de nada si no utilizas el juicio. Te estoy ofreciendo aprender a razonar, aprender técnicas de defensa y ataque.

—¿Defensa y ataque? Eso ya suena un poco mejor.

—Está bien, te lo explicaré para que lo entiendas. El ajedrez es un juego de guerra en el que hay dos bandos, uno de los blancos y otro de los negros. Cada uno tiene un ejército y dentro de este hay grados según la importancia de las piezas. El peón simboliza un soldado raso; la torre, una torre móvil, de las que usaban para asaltar las murallas en la Edad Media; el caballo, un jinete de caballería; el alfil, un oficial del ejército; la dama representa a la reina, la figura más peligrosa y traicionera del juego; y, por último, el rey, la cabeza pensante que debe conducir a las tropas a la victoria y por la que todos estarán dispuestos a morir. El objetivo del juego es el mismo que en la guerra, derrotar al contrario matando a su rey.

—¿Y eso cómo se hace?

—En el ajedrez, como en la guerra, hay dos conceptos fundamentales: estrategia y táctica. ¿Sabes lo que son?

—No.

Sergio permanecía con los brazos cruzados, en una postura distante, aunque le prestaba toda su atención. Aún no entendía adónde quería ir a parar, pero había conseguido que le interesara el tema. Nunca había pensado en el ajedrez como en un juego de guerra. Para él los juegos de guerra eran aquellos en los que te metías en la piel de un marine y te liabas a pegar tiros a diestro y siniestro.

—La estrategia consiste en analizar la situación, estudiar a tu oponente y establecer un plan de acción para derrotar al adversario. La estrategia es un plan a largo plazo que puede cambiar según como se vayan desarrollando los acontecimientos. ¿Lo entiendes?

—Sí, está claro. Se hace un plan y si va todo como se esperaba, se sigue adelante; si no, se modifica en función de lo que haya fallado.

—Muy bien, sabía que eras inteligente —dijo Félix, y prosiguió—: Una táctica es un conjunto de movimientos encaminados a conseguir un objetivo concreto. Por ejemplo, ganar una pieza del contrincante, hacerle retroceder o debilitar su defensa. Por lo tanto, una vez establecida tu estrategia, tienes que definir pequeñas tácticas que te lleven a conseguir objetivos concretos, que uno tras otro te llevarán al objetivo final, derrotar al adversario. ¿Lo entiendes?

—El concepto sí, pero no sé cómo se aplica en la práctica.

—Por ejemplo, yo hoy me he planteado un objetivo, conseguir que tú te intereses por el ajedrez. Para lograrlo he elaborado mi estrategia, que consiste en hacerte entender que los conocimientos de ajedrez te pueden ser muy útiles en la vida real. Y para ello he llevado a cabo tres tácticas: la primera, apostar contigo una jugosa suma de dinero a que era capaz de hacer algo que tú creías imposible.

Eso por lo menos ha conseguido captar tu atención y que te quitaras el *walkman*.

—No es un *walkman*, abuelo, es el mp3 del móvil —replicó Sergio, ahora con mejor ánimo que antes.

—Da lo mismo. La segunda táctica ha consistido en descubrirte la relación entre el ajedrez y la guerra. Y la tercera, en enseñarte cómo puedes utilizar los conocimientos de ajedrez para solucionar tu problema.

—¿Y cómo puedo hacerlo?

—Pues ya te lo he dicho, rediez. Lo primero es elaborar una estrategia. Tu primo es deportista, por lo tanto será más fuerte que tú. Además, está arropado por sus amigos, su ejército, por lo que un enfrentamiento por la fuerza no tiene sentido. Tu estrategia debe ir encaminada a debilitarlo.

—¿Cómo? ¿Le inyecto un virus para que se ponga enfermo?

—No, hombre, piensa un poco con la mollera. Tienes que conseguir que pierda su reputación de «guay» —dijo su abuelo, haciendo con los dedos el gesto de entrecomillar la palabra.

—Ya. Si consigo que los demás chicos dejen de verlo como el guay del grupo, ya no querrán ir con él y entonces perderá su grupo, su ejército y su mayor fuerza.

—Exacto. Una vez que todos le hayan dado la espalda, lo más probable es que se sienta tan humillado que te deje en paz.

—Me gusta la idea. —Sergio se incorporó del sofá alegre, sonriendo—. ¿Y cómo podemos hacerlo?

—Para eso debes plantear tácticas concretas. A ver, déjame pensar… Podemos empezar por un duelo. Rétalo a una pelea cuando esté con sus amigos, tú contra él, sin que el resto pueda intervenir. No se negará porque quedaría como un cobarde.

—¿Estás loco? Claro que no se negará, porque seguro que me da una paliza.

—No, si tú tienes una táctica.

En ese momento entró Remedios en el salón.

—Le he colocado toda la compra y he limpiado un poco la cocina. A ver si tiene más cuidado, porque estaba todo hecho una porquería. Otro día con más tiempo ya le doy un repaso al resto de la casa.

—Gracias, Remedios, eres un encanto. —El hombre lo dijo sonriente y sincero, sin ninguna ironía oculta.

—Vamos, Sergio, que es tardísimo.

—¿No puedes esperar cinco minutos? El abuelo y yo…

—No, no puedo esperar ni uno. Levántate de una vez y no me discutas.

El chico se puso en pie, su abuelo también, y volvió a besarle en la mejilla.

—Piensa en lo que te he dicho —dijo, y susurrándole al oído para que su madre no lo oyera, añadió—: Intenta buscar una táctica para ganar el duelo sin tener que pelear.

—No sé cómo —repuso Sergio, encogiéndose de hombros.

—No te preocupes, llámame una tarde de estas y volvemos a quedar.

—Está bien. Gracias por todo, abuelo.

Se dirigieron a la salida, donde Félix los despidió con su perenne sonrisa.

—Ah, y no te olvides de buscarme las estadísticas.

—No te preocupes.

Sergio le mostró el papel que llevaba en la mano, justo cuando se cerraba la puerta del ascensor. Lo guardó en un bolsillo y se dispuso a volver al cobijo de sus cascos, pero se detuvo mirando a su madre, intrigado.

—¿Qué? —le espetó ella, al sentirse observada de esa forma.

—No sé, mamá, ¿por qué tratas así al abuelo?

—Así ¿cómo?

—No sé, no has parado de sermonearle desde que hemos llegado.

—Te cae bien, ¿verdad? Es un viejecito entrañable que da mucha lástima.

—A mí no me da lástima, me parece interesante. Me alegro de que haya venido a Cartagena.

—Pues que sepas que no es oro todo lo que reluce.

—¿Qué quieres decir?

—Pues eso, que parece muy buena persona, pero hizo algo muy malo en el pasado, algo horrible. Eso quiero decir.

—¿El qué?

—Si tan bien te cae, pregúntaselo a él, a ver si tiene lo que hay que tener para contártelo.

Mientras salían del ascensor se incrustó de nuevo los auriculares, dispuesto a librarse del mal humor que mostraba su madre. Ahora sonaba el estribillo de otra canción: «Cada lugar tiene su sino, cada sino su pero, cada vez que algo espero algo pierdo, en cada cama hay una vida que soñar, en cada sitio cuecen habas que tragar».

CAPÍTULO 18

Sabía lo que pensaba su madre, sabía lo que diría nada más verla, sin embargo confiaba en que esta vez pudiera persuadirla. Desde que recordaba, llevaba insistiendo a sus padres para que le permitieran tener un perro en casa y no lo había conseguido. «No quiero animales, ya tengo bastante con vosotros dos», era la invariable respuesta de su madre a cada uno de sus tanteos. Pero esta vez contaba con una ventaja: traía al animal consigo, un perro grande, de figura esbelta, patas fuertes y buen carácter, un pastor alemán de poco más de un año, juguetón, del que cualquiera se podía enamorar después de un par de lametazos.

—¡Ya estoy aquí! —gritó Paula en cuanto abrió la puerta de la entrada.

El patio trasero sería un buen lugar para situar la caseta, aunque ella preferiría dormir con él por las noches, como si fuera un peluche. El animal caminaba con temor, con las orejas gachas y el rabo entre las patas, mostrando sumisión ante su nueva ama, ante su nueva casa, ante todos los cambios. Paula se agachó para acariciarlo y rascarle entre las orejas y el perro le respondió con un lengüetazo que llenó de babas su camiseta de Mango, lo que no le hizo mucha gracia. Trató de limpiarla con un pañuelo de papel, pero lo único que consiguió fue restregarlo más. Miró al perro con cierto disgusto. Esa camiseta había sido uno de sus regalos de cumpleaños. «¿Qué quieres, hija?», le preguntó su madre en vísperas. «Pues ¿qué voy a querer, mamá? Ropa». Su madre frunció el ceño, como siempre.

Se quitó la chaqueta de hilo que llevaba sobre la camiseta. No solía usar abrigo porque estaba convencida de que la hacía gorda, por lo que siempre iba cargada de pañuelos de papel para combatir su molesta moquita. Su padre siempre le echaba la bronca, sin embargo a ella le entraba por un oído y le salía por el otro. Se puso en pie para mirarse en el espejo de la entrada, sujetando la correa del perro, que se mantenía inmóvil a su lado. Observó disgustada la nueva mancha que lucía su camiseta mientras se alisaba con la mano su mata de pelo cobrizo, herencia materna. Después se encaminó con un poco de miedo al salón, donde su madre ponía la mesa mientras su abuela y su padre veían la televisión, esperando los platos de comida.

—Llegas tarde —dijo su padre sin apartar la vista del informativo.

—Lo siento, he estado con Andrea haciendo un trabajo.

Había estado con Andrea, sí, y el trabajo lo habían terminado enseguida para después dedicarse a otros asuntos. Sus padres no podían tener queja, cinco sobresalientes y el resto notables en el último boletín. Esperaba estudiar una ingeniería en Cartagena cuando llegara el momento, pero aún no tenía claro cuál.

—¿Y mi hermano?

—Está en su habitación descansando un poco. —Su madre llevaba en las manos un bol con ensalada que dejó encima de la mesa—. Él me ha ayudado toda la tarde en casa de tu abuelo.

Notó cierto reproche en su voz, sin estar segura de hacia quién iba dirigido. Su madre actuaba así, pasaba de la actitud más pasiva a lanzar cañonazos sin afinar la puntería. Paula nunca sería como ella, eso lo tenía clarísimo, aunque tampoco sabía cómo quería ser, porque la vida se desdibujaba para ella después de los dieciocho. Algunas veces pensaba que, pasada la mayoría de edad, la vida carecía de sentido, la gente se volvía vieja, fea y aburrida. Observó cómo su madre daba media vuelta para dirigirse a la cocina, con sus caderas rotundas embutidas en un desgastado chándal verde, qué horror. Entonces Remedios se detuvo con los ojos como platos.

—Paula, ¿qué es eso? —La sorpresa y el enfado en su voz fueron tales que su padre y su abuela volvieron la cabeza sobresaltados.

Ahí estaba, la reacción de su madre había sido justo la esperada. Si quería conseguir algo, tendría que desplegar sus mejores armas y buscar aliados, sabía que no tenía nada que hacer con un ataque directo.

—Es un perrito, ¿a que es mono?

—No es un perrito, es un perrazo —gruñó su madre.

Paula se acercó a su padre con tono meloso y cara de pena.

—Mira, papi, qué carita tiene.

—Quita eso —intervino malhumorada su abuela—. Vas a ensuciar la mesa. ¿De dónde has sacado ese saco de pulgas?

—¿Para qué queremos un perro? —Su padre observaba al animal sin mucho interés.

—Jo, papi, desde que era pequeña sabes que siempre os he pedido un perro y nunca me habéis hecho caso, me decíais que cuando fuera un poco más mayor. Pues ya tengo catorce años.

—¿De dónde lo has sacado?

Su madre estaba plantada en mitad del salón con los brazos en jarras. La miraba con cara desafiante, enojada, disgustada, casi traicionada.

—Es un perro vagabundo, ¿no lo veis? —Su abuela no daba tregua—. Un chucho sarnoso que solo va a traer pulgas y parásitos. Si queréis un perro, hablo con la Pepa y…

—No es vagabundo, es el perro de Andrea. Prácticamente lo hemos criado juntas. Yo iba a su casa y la ayudaba a ponerle la comida, lo sacábamos a pasear…, lo bañábamos y todo. Así que ya tengo experiencia en cuidarlo. Yo me encargaré de él.

—Y si es de Andrea, ¿por qué te lo has traído?

—Porque se cambia de casa, mamá, ya te lo dije. Se mudan a un piso del centro y no tienen sitio.

—Ni hablar. —Su madre se sentó a la mesa—. Puedes coger cualquier infección. Hay que sacarlo a pasear y no me gusta que vayas por ahí sola.

Su madre siempre la agobiaba, no la dejaba respirar ni un poco, preocupada por que le pudiera pasar cualquier cosa. A veces la llamaba dos y tres veces la misma tarde. De pronto pensó que esa podría ser una buena baza.

—El perro me conoce, mamá, soy como su segunda dueña. Es mucho más seguro salir con él que hacerlo sola, ¿no crees? El perro me defendería.

—¿Ese chucho? —atacó su abuela Martirio.

—Es un pastor alemán de raza, es un buen perro, como los que utiliza la policía.

Su madre negó con la cabeza, indecisa, sin saber qué más argumentar.

—No nos lo podemos quedar y punto. Ya tengo bastantes animales con vosotros dos. —Allí estaba de nuevo el argumento poco sólido y repetidas veces utilizado—. Anda, llama a tu hermano para que baje a cenar.

Paula no se movió de su posición frente a la mesa, sujetando aún la correa del perro, que permanecía sentado a su lado, respirando con la boca abierta y babeando, ajeno a la conversación.

—¡Sergio! —gritó Paula.

—Hija, eso también lo podía haber hecho yo.

—Papi, ¿a que es precioso? —dijo, usando el tono más acaramelado que pudo.

—Sí, hija, pero es decisión de tu madre.

—Mi hermano quiso un móvil con mp3 y pantalla táctil y se lo comprasteis.

—Se lo regalaron con un contrato que sale más barato que tu tarjeta —rebatió su madre—, y tú tienes tu móvil y un mp4.

—Pero su móvil es mucho más moderno que el mío, y el verano pasado, además, se quiso ir de acampada y nadie le puso pegas.

—Tú preferiste que te compráramos ropa.

La conversación estaba llegando a un punto muerto. Entonces hizo aparición Sergio, con su aspecto taciturno y sus movimientos lentos.

—¿Qué es eso?

—Un perro. —Paula miró a su hermano con un brillo de esperanza en sus ojos grises—. ¿A que es bonito? Es el perro de Andrea, y si no nos lo quedamos, lo van a llevar a la perrera para que lo sacrifiquen.

—Yo lo saco los lunes y los miércoles —convino Sergio—. El resto te encargas tú.

—Todavía no hemos decidido si nos lo quedamos —intervino su madre.

—Ah, bueno.

—Porfa, porfa —insistió Paula con ánimos renovados después de que su hermano le echara un cable—. Míralo, mamá, ¿no querrás que lo maten?

Su madre lo observó con cierta lástima, lo del sacrificio parecía que había calado en su alma cristiana.

—Lo que diga tu padre.

—Porfa, porfa, papi, lo pienso cuidar como si fuera un hijo.

—¡Qué sabrás tú de eso! —La abuela Martirio siempre tenía que poner la puntilla.

—Bueeeno.

Paula se arrojó sobre su padre para colmarlo de besos, después hizo lo mismo con su madre.

—¡Vas a tirar la mesa! —volvió a atacar su abuela, que se mostró disgustada por la resolución del asunto.

105

—¡Se llama Justin! —aclaró, sentada en el regazo de su madre.

—¡No me jodas! —exclamó Sergio.

—¿*Yastin*? —Martirio no salía de su asombro—. ¿Qué nombre es ese?

—Es un cantante. —Sergio permanecía inmóvil junto a la puerta—. La Paula está loquita por él.

—*Yastin* —repitió su madre—, qué complicado

El animal comenzó a mover el rabo, contagiado por la euforia de la celebración. Paula se acercó a él para acariciarlo. Sergio se unió a ella. Los dos se tiraron al suelo y se revolcaron con el perro, rascándole la tripa, tirándole de las orejas, metiendo las manos dentro de su boca, forcejeando con él en una pelea simulada en la que trataban de sujetarlo, mientras el perro se esforzaba por escapar y corría alrededor de ellos, emitiendo pequeños ladridos de felicidad. Su abuela había vuelto a centrarse en el informativo, sus padres los miraban con cara de felicidad y Paula se había olvidado por completo de su camiseta de Mango, sin importarle ya que se ensuciara o se llenara de babas.

CAPÍTULO 19

Beatriz abandonó los platos en el fregadero junto a los restos de la cena; ya se encargaría Halima al día siguiente. Se tumbó en la cama después de asearse, derrotada. Camilo subió al poco y se acomodó a su lado, acariciando sus oídos con palabras dulces, su cuerpo con manos fuertes, su alma con su presencia helada. Y Beatriz se dejó querer, fingiendo deseo, imitando sus gemidos, devolviendo sus besos sin permitirle intuir la repugnancia que le causaban. Ahora él dormía plácidamente, de espaldas a ella. Para él todo había pasado, la calma se imponía de nuevo. Para ella, sin embargo, el ciclo volvía a comenzar; solo era cuestión de tiempo que su marido se preparara para asestar el siguiente golpe.

Le vino a la mente una canción de Los Suaves, aquella que hablaba de una muchacha venida a menos, de niña de papá en un colegio de monjas a fulana noctámbula en la calle. Beatriz también había salido de una escuela concertada religiosa cuando todavía impartían las clases las propias monjas. Recordaba a aquellas mujeres secas y agrias, todas excepto la hermana Isabel. Cuando nació Rodrigo, Camilo y ella tuvieron muy claro que estudiaría en un colegio público y lo más laico posible, puesto que siempre había que lidiar con algún cristo colgado o con alguna clase alternativa a la religión, eso con suerte, si no le tocaba chupar pasillo mientras a los otros niños los adoctrinaban en la secta de la Iglesia.

Dolores se llamaba Lola, esa era la canción, le vino el título como un relámpago. «Dolores se llamaba Lola, hace la calle hasta las seis». Siempre le había gustado aquel grupo con un cantante de voz ronca, que su madre le hacía quitar del radiocasete porque le parecía poco apropiado para una chica bien. «Las vueltas que da la vida, el destino se burla de ti». Las vueltas que había dado su vida.

Camilo se removió en su sitio y continuó durmiendo. Beatriz recordó entonces su primer encuentro, cuando aquel chico joven aunque maduro, culto aunque divertido, no muy guapo aunque atractivo, acudió a su empresa buscando documentación para su primera novela. Se lo endosaron a ella, la becaria, la última en llegar, para que se deshiciera de él lo antes posible. Sin embargo, la conversación fluyó de forma muy amena y antes de irse él le propuso quedar en un bar de la calle Cuatro Santos, cerrado hacía ya años. Acudió a la cita, lo descubrió en la barra y aún le gustó más aquel chico de aire seguro y algo fiero. Se enrolló con él en cuanto cruzaron un par de miradas. Sus amigas pensaron que se había vuelto loca, ella siempre tan recatada. Camilo sostenía un cubata mientras fumaba, sin bailar. Hablaron mucho sobre su novela, sobre sus sueños, sobre el cine y la cultura. Nada sabía ella entonces de él, nada de su pasado, de una infancia marcada por una madre distante y coja, que no soportaba el contacto de sus hijos, que imponía la cojera como excusa para escatimar cariño; tampoco nada de un padre ausente, centrado en su trabajo y que más tarde se acabaría suicidando. Estas cosas las descubriría poco a poco, pero carecían de importancia al lado de la vida bohemia e interesante que él le ofrecía. Lo que ya no carecía de importancia era en lo que se había convertido ahora.

Beatriz se volvió hacia Camilo, observando su cabellera poblada y su espalda ancha, que había acariciado y arañado hacía apenas un rato. Sintió pena por él, por el hombre violento casi a tiempo completo y cariñoso en pequeñas dosis, el hombre que ella había elegido como compañero de viaje y que había mutado hasta convertirse en un extraño, un extraño peligroso.

«Las vueltas que da la vida, el destino se burla de ti».

CAPÍTULO 20

Sergio estaba sentado en las escaleras de entrada del instituto. Acababan de salir al recreo y no le apetecía ir a la cantina con los otros chicos. Estaba preocupado porque desde la pelea del día anterior no había podido contactar con Dani, tenía el móvil apagado, y tampoco había acudido a las clases. ¿Qué le habría pasado? ¿Se encontraría bien, o su primo y el resto lo habrían mandado al hospital o a otro sitio aún peor? No sabía qué hacer, quizás debería ir a la policía y denunciar su desaparición. Bueno, a lo mejor había que esperar un poco, por todo eso de que para denunciar una desaparición era preciso que pasaran al menos veinticuatro horas, y aún no se había cumplido el plazo. Por la tarde se dejaría caer por casa de Dani, a ver cómo estaba; su padre le sacaría de dudas.

—Hola. —Una chica marroquí, de cara agradable y el pelo cubierto con un pañuelo azul turquesa, se había detenido a su lado—. ¿Te importa que me siente?

—No.

Sergio se mostró un poco inquieto. Era la chica de 4.º C, con la que también se metían los marroquíes del grupo de su primo. El otro día no llevaba pañuelo, pero hoy sí.

—Soy Turia.

—Yo Sergio.

—¿Estás solo? Te he visto otras veces por aquí, siempre vas con otro chico.

—Dani.

—Sí.

—Hoy no ha venido al instituto —confesó, nervioso—. Estoy un poco preocupado por él.

—¿Por qué? ¿Está enfermo?

—No lo sé, no me coge el teléfono. Y tengo su mochila en clase, me la dejó ayer para que se la guardara y no me ha llamado para que se la lleve, ni se la traiga, ni nada. No sé, es un poco raro. —Le soltó todo aquello como para desahogarse, no tenía a nadie más con quien hacerlo. A primera hora lo había hablado con algunos compañeros, sin embargo ninguno le había prestado mucha atención.

—Bueno, si está enfermo, no creo que necesite la mochila.

—Pero es que ayer se peleó con Rodrigo y su panda de matones, ya sabes, los guais.

—¿Y eso?

—Dani es muy buen tío, ¿sabes? Pero la verdad es que está un poco loco, yo creo que por culpa de su padre. —Pensó que quizás estaba hablando demasiado delante de una casi desconocida, pero necesitaba soltar todo aquello y ella parecía dispuesta a escuchar—. Tenía un plan, una chorrada que había visto en una película, y desafió a Rodrigo a una pelea. Total, que me pidió que le guardara la mochila y, por supuesto, terminaron dándole una paliza. Yo salí corriendo para buscar ayuda y encontré a un policía. Cuando volví, ya no estaban. No sé cómo terminó la pelea, ni lo que le ha pasado.

—No te preocupes. Seguro que estará bien.

—¿Cómo lo sabes? ¿Y si se pasaron con la paliza y lo mandaron al hospital? O peor, ¿y si lo mataron? Tú no los viste, eran cinco contra uno, dándole puñetazos y patadas.

—Hay cosas peores que una paliza.

Sergio la miró sin comprender muy bien lo que quería decir. La cara de Turia se mostraba seria, impenetrable.

—¿Qué quieres decir?

—Nada, que seguro que está bien. Los guais serán una panda de imbéciles, chulos y gilipollas, pero, que yo sepa, no han matado nunca a nadie. —Ahora volvía a sonreír.

—Ya, pero esto es distinto, a Dani le tenían mucha manía. Puso un *post* en Facebook anunciando que Rodrigo era marica y que buscaba compañía masculina. Tú no sabes de lo que son capaces.

—Conmigo también se meten de vez en cuando, pero paso de ellos y ya está, enseguida me dejan en paz.

Se produjo un momento de silencio.

—El otro día no llevabas pañuelo —comentó Sergio, señalando su cabeza.

—Bueno, ¿y qué?

—¿Se metían contigo por eso? —La observó intrigado, parecía que se sentía un poco incómoda—. ¿Te has puesto el pañuelo para que te dejen en paz?

—Más o menos.

—¿Más o menos?

—Es mejor pasar desapercibida —respondió Turia, encogiéndose de hombros—, evitar los problemas.

—Eso es lo que yo digo, pero Dani no me hizo caso. Ya estaba harto.

—No te preocupes por él, verás como mañana aparece y no le ha pasado nada.

—Ojalá tengas razón. —Sergio la observó con curiosidad, escrutando sus enormes ojos negros, sus labios gruesos y sensuales, sus pómulos marcados, su mandíbula estrecha. Turia miraba al infinito, ensimismada en sus pensamientos—. ¿Y no te molesta eso en la cabeza? —continuó él—. ¿Cómo se llama?

—*Hiyab*.

—Me refiero a que lo tienes que llevar en invierno y en verano, ¿no? —Ella asintió—. ¿Y vas cómoda?

—Es cuestión de acostumbrarse.

—Puede ser, pero yo creo que sería incapaz de llevar el... *hiyab* ese todo el día. Menudo agobio.

—¿Y qué me dices de tu pelo? —Turia se mostró más animada, sonreía divertida—. ¿No es mucho más incómodo llevar ese flequillo que te tapa los ojos? ¿Cómo puedes ver?

—Supongo que es cuestión de acostumbrarse. —Sergio rio ante la comparación de Turia, que lo había obligado a darle la razón. Era una chica inteligente y muy guapa, a pesar del incómodo atuendo.

—Hablas muy bien español, para ser... —iba a decir «mora», pero le sonó un poco despectivo, así que prefirió cambiar la palabra—, marroquí.

—Sí, vine a España con ocho años. Llevo aquí casi toda mi vida.

Sergio se puso en pie y le tendió la mano.

—Ven. —Turia aceptó el gesto y se puso en pie—. Llevo unos euros en el bolsillo. Te invito a una Coca-Cola.

Se dirigieron a la cantina. Sus compañeros caminaban hacia el patio después de haber terminado con las existencias. Cuando entraron, ya solo quedaban algunos profesores sentados a las mesas tomando un café. Flora les puso un par de Coca-Colas. Sergio se sintió feliz, aquella era su primera cita.

CAPÍTULO 21

Cinco minutos antes de las siete Camilo esperaba frente a la pensión Balcones Azules, observando el cerro desolado del Molinete, despojado de los edificios, bares, cabarets y casas de alterne que lo habitaban en el pasado. Habían respetado tan solo la estructura del viejo molino que se dibujaba a contraluz del sol poniente, una sombra aislada, sin importancia aparente, que sin embargo había dado nombre al famoso barrio. Si convertían aquel cerro en un parque arqueológico podía resultar una atracción turística de importancia similar al Teatro Romano.

La primera campanada de la iglesia de la Caridad lo sacó de su ensoñación, las seis siguientes le anunciaron la hora de la cita. Se giró un poco nervioso, preguntándose si acudiría Purificación, Pura, como ella se había presentado. Dudó si debía continuar con aquel asunto, desvelar secretos, remover el pasado, enfrentarse a un crimen, uno real, auténtico, y a la peligrosa persecución del criminal.

Contempló el edificio de la pensión, nuevo, de fachada simétrica, salpicada por balcones de puertas venecianas color nogal y rejas de forja gris que no hacían honor a su nombre. Entró en la cafetería. El ambiente era tranquilo: una pareja joven charlaba en una mesa con sendas tazas calientes entre las manos, mientras un hombre en la barra liquidaba de un trago un café asiático. Ninguna mujer sola, Pura no había llegado. Se acomodó a una mesa junto a una ventana con vistas a las ruinas. El hombre de la barra abandonó la cafetería y el camarero se acercó enseguida. Camilo pidió un té bien caliente mientras se despojaba del abrigo y la bufanda. Entonces entró una mujer, zapatos de tacón, medias gruesas y oscuras, abrigo tipo levita por las rodillas, color negro, en contraste con su pelo dorado, más informal, corto, ondulado, casi encrespado, con flequillo. Se plantó en la puerta con paso firme, recorrió el bar con mirada soberbia y se detuvo en él, vacilando un instante, para luego saludarlo con una media sonrisa y una inclinación de cabeza. Camilo se puso en pie y le tendió la mano, que ella estrechó. Luego confirmaron sus nombres; en efecto, era Pura. Se retiró el abrigo, desvelando un traje chaqueta con falda de tubo y blusa blanca. El camarero se acercó de nuevo para dejar el té. «Una tónica», pidió ella. Se miraron un momento sin mediar palabra, estudiándose, intentando valorar quién debía hablar primero. Era guapa; más que guapa, atractiva, ojos verdes, labios finos, piel clara, rasgos bien proporcionados, mejorados por el maquillaje de tonos suaves.

—Me suena tu cara —comenzó ella de repente, con voz aguda, casi chillona. Le dedicó una sonrisa sincera, presentando sus dientes blancos, impecables, junto a un lunar auténtico que brillaba sobre el lado izquierdo de su boca, al estilo Marilyn.

—Puede ser. —Camilo se sintió halagado—. Soy escritor.

—Escritor, ¿eh? —Meditó un instante—. Camilo... Rey, supongo, por tu padre. Me suena. ¿Sobre qué escribes?

—Novela negra.

Ella lo miró sin comprender muy bien.

—No soy una gran lectora —confesó—. Me gusta más el cine.

—Novela policíaca, ya sabes, asesinatos y esas cosas.

—Ya, ¿y no hay que estar un poco loco para escribir sobre esos temas?

—Puede ser —dijo Camilo, encogiéndose de hombros; Pura parecía dispuesta a dar guerra.

El camarero volvió con la tónica y un vaso de tubo.

—Al fin y al cabo, el escritor es como un actor, tiene que meterse en la piel del personaje para que sea creíble, ¿no?

—Es peor. —Camilo bebió un sorbo de té y se echó hacia delante, mirándola a los ojos, tratando de intimidarla—. Al actor se lo dan todo hecho, él solo reproduce lo que otro, un guionista, un escritor como yo, ha creado. Y sí, hay que estar un poco loco para meterse en la mente de un asesino, para crear personajes a cuál más macabro, más retorcido. —Pura sonrió con el ceño fruncido, valorando si estaba bromeando o debía salir de allí corriendo—. ¿Y tú? —continuó Camilo—. ¿A qué te dedicas?

—A algo mucho más aburrido, soy economista.

—Vaya, lo siento mucho. —Camilo alargó la mano para darle el pésame, bromeando.

—Te aseguro que es tan aburrido como parece —aclaró ella, y aceptó el apretón de manos. Luego elevó su vaso de tónica para mojarse los labios, que se volvieron más brillantes, devolviendo su huella, rosa chicle, impresa en el cristal—. Bien, ahora que ya nos conocemos un poco más podemos abordar el tema que te interesa.

—Por supuesto. —Camilo se enderezó en la silla, espalda recta, brazos sobre la mesa, manos abiertas, mostrando sinceridad, como le habían enseñado en los cursos de oratoria—. Hace unos días encontré por casualidad la escritura de la vivienda que mi padre te donó. Yo no tenía conocimiento de la existencia de ese piso, ni te conocía a ti, así que me picó la curiosidad. Como ya te dije, no se trata de dinero, simplemente me gustaría saber qué relación tenías con mi padre.

—¿Con tu padre? Ninguna, la verdad. Creo que lo vi tan solo un par de veces.

—¿Ninguna relación y te regaló un piso así, por las buenas?

—Sí.

—¿Estaba liado con tu madre? —Soltó la pregunta a bocajarro, como se suelta un toro al ruedo.

Pura lo miró fijamente y él la evitó, un poco avergonzado. Se refugió en su taza de té, sorbiendo el brebaje, ya frío.

—¿Eso es lo que crees? ¿Que soy una hija secreta, que somos medio hermanos? —Esta vez su sonrisa adquirió un aire cínico—. Se nota que eres escritor, tienes mucha imaginación.

—No demasiada, es la única explicación que se me ha ocurrido.

—Pues siento defraudarte. —Ahora fue ella la que estiró la espalda, cruzó las manos sobre la mesa, inspiró despacio—. Me quedé huérfana siendo una niña…, con diez años. —Su voz flaqueó un poco, sus ojos se humedecieron—. Me adoptó mi tía, la hermana de mi padre. Al poco un hombre llamó a casa, mi tía habló con él; era policía, dijo. Por lo visto, se había enterado de mi desgracia, mis padres muertos, ambos asesinados, y ninguno de los dos casos había sido resuelto. No sé si él investigó los crímenes, supongo que sí, porque se sentía culpable de que no hubieran cogido a los asesinos, o quizás le di pena, no lo sé. Le explicó a mi tía que quería donarme un piso. Al principio ella desconfió, pero él la convenció alegando que no tendría que pagar nada, que él correría con todos los gastos. Tan solo ponía una condición: el piso quedaría cerrado, y las llaves en poder de su abogado, hasta que yo cumpliera los dieciocho años. Mi tía hizo sus consultas, no encontró ningún problema y se firmó la escritura.

—Mi padre murió solo unos meses después —la interrumpió Camilo.

Pura se mostró un poco sorprendida:

—Vaya, no lo sabía, lo siento. Después de firmar la escritura nunca volvimos a vernos. Cuando cumplí dieciocho años, su abogado contactó conmigo, me entregó las llaves del piso y una carta.

—¿Una carta? —Camilo no pudo ocultar la intriga que le suscitaba esa revelación. Una carta, ¿como la suya, tal vez?

—Sí. Solo unas líneas escuetas, sorprendentes, para explicarme que en el piso encontraría información sobre la muerte de mi padre. Desde entonces se ha convertido para mí en una especie de santuario. Lo he visitado cientos de veces, he revisado los muebles, los libros, la decoración, los utensilios de cocina, el aseo, hasta el papel de váter, y aún no he descubierto a qué se refería, nada relacionado con mi padre, con su asesinato. Ya hace tiempo que he perdido la esperanza; aun así, de vez en cuando paso por allí, me tranquiliza, ¿sabes? Como el otro día, cuando encontré tu nota. Había tenido un mal día en el trabajo y… Es como entrar en otro mundo, como si allí se hubiera detenido el tiempo. En fin, algunas veces pienso en venderlo, pero está casi en ruinas y con la crisis actual tampoco es el mejor momento.

—La escritura que encontré, en la que mi padre te donaba el piso, permaneció veinte años oculta en la caja de seguridad de un banco. —Camilo se inclinó sobre la mesa, acercándose a ella, adquiriendo un tono más íntimo, más optimista; de repente había empezado a atar cabos, a relacionar cosas—. En la caja había algo más, una carta dirigida a mí. En ella mi padre me pedía que investigara un crimen que él no había podido resolver. No explicaba mucho más, aunque, por lo que me acabas de contar, creo que quizás se trate del asesinato de tus padres.

—¿Tú crees? Hace ya veinte años que murieron. Demasiado tiempo para perseguir al asesino.

—Nunca es demasiado tarde. Lo importante es hacer justicia. No perdemos nada por intentarlo, ¿no?

Pura dudó, y echó el cuerpo hacia atrás apurando la tónica. Camilo estudió su rostro, blanco, perfecto, tan perfecto como el de Beatriz y, a la vez, tan distinto. Sus miradas se cruzaron mientras ella dejaba el vaso vacío sobre la mesa, aquellos ojos verdes tan llamativos, tan fascinantes, como un canto de sirena capaz de hipnotizar.

—Quizás tengas razón. ¿Por dónde quieres empezar? —De repente parecía eufórica.

Camilo no necesitó meditar la respuesta.

—Por el piso.

CAPÍTULO 22

—¡Paula, tienes que sacar al chucho! —gritó Remedios.

—Yo no puedo, he quedado con mis amigas en media hora — se quejó Paula, sin levantar la vista de su móvil.

—Está bien, me lo llevo yo.

Sergio se sentía bien, le gustaba ayudar a su hermana y no le importaba en absoluto sacar a pasear al perro. Lo único que no le hacía ni puñetera gracia era el ridículo nombre que le había puesto, Justin, en honor al nuevo terror de las adolescentes de todo el mundo. Se colocó los auriculares y salió a la calle empuñando la correa del animal, que tiraba con fuerza, impaciente por disfrutar de un espacio abierto donde correr, desfogarse y combatir por la titularidad de cada farola que encontrase a su paso. Un par de minutos después se plantó en la puerta de la casa de Dani, que vivía solo a una manzana de la suya. Apretó el botón del timbre y esperó en la calle, sujetando al perro, que no paraba de forcejear para seguir con el paseo. Nadie contestó. Volvió a presionar el botón, esta vez con insistencia, para confirmar que no había nadie. Al poco oyó el sonido de unas llaves cerca de la puerta, seguido por un chasquido, y, cuando se abrió, apareció una figura triste, apática, cabizbaja.

—¿Qué quieres? —gruñó el padre de Dani con voz ronca y trémula, el cuerpo apoyado en el marco de madera, atusándose el flequillo aplastado contra la frente, los ojos inyectados en sangre, la ropa sucia y arrugada cubriendo un cuerpo huesudo y un vientre abultado.

—¿Está Dani? —preguntó Sergio, que aún permanecía en la calle, levantando la cabeza a través de la reja del jardín.

—No, no está —respondió el otro en tono despectivo—. Ayer no vino a casa.

—¿Y sabe dónde está?

—Ni idea. ¿Qué quieres?

—Nada. Solo venía a verlo. Hoy no ha ido al instituto.

—Estará en casa de algún amigo. Llámalo al móvil, si quieres —dijo, y se giró para cerrar.

—Ya lo he hecho y no contesta. A lo mejor le ha pasado algo.

—¿Qué le va a pasar? —El padre de Dani se tambaleaba en la puerta, indeciso—. No digas tonterías.

—Ayer se peleó con unos chicos. ¿Por qué no pone una denuncia?

—Déjame en paz, chaval, y métete en tus asuntos.

Y, sin más contemplaciones, cerró dando un portazo que hizo temblar la pared.

El padre de Dani nunca se había preocupado por su hijo. Cuando murió su mujer, la cosa empeoró. Sergio no sabía qué más podía hacer, así que se encogió de hombros y se puso los cascos en las orejas. En el móvil sonaba la canción *Mundo imperfecto*, de Etxale Apio, un grupo punk de Cartagena que había visto tocar en un concierto del festival Mucho Más Mayo. Le encantó, y nada más llegar a casa se bajó el disco de internet, donde lo distribuían de forma gratuita. A ritmo de ska, tardó un cuarto de hora en llegar al parque donde había quedado con su abuelo. Enseguida lo vio sentado en un banco, leyendo el periódico. Sergio se retiró los auriculares y se acercó a saludarlo con un beso. Soltó al perro para que corriera por el parque y se sentó a su lado.

—¿Ese es el perro?

—Sí, es un pastor alemán.

—Parece un buen animal.

—Lo es —dijo Sergio, pero rápidamente llevó la conversación al terreno que le interesaba—. El otro día te quedaste a punto de enseñarme alguna táctica para derrotar a mi primo en un duelo.

—Sí, ya me acuerdo. Estás picado, ¿eh? —Su abuelo dobló despacio el periódico y lo dejó a su lado—. Mira, en ajedrez hay una táctica que se llama bloqueo. Consiste en forzar a una pieza del contrario a ocupar una posición que bloquea los movimientos de su propio rey.

—Bloqueo, ¿y cómo se aplica eso a la vida real?

—Pues se trata de inmovilizar a su rey, es decir, a tu primo.

—Sí, pero ¿cómo se hace?

—Ah, eso tendrás que pensarlo tú —respondió Félix, tocándose la sien con los dedos índice y corazón—. Yo te explico la teoría, pero tú eres un chico listo y tendrás que buscarle la aplicación. Puesto que no tienes ninguna posibilidad de vencer en una pelea, deberías encontrar una forma de que tu primo no se presente a la hora del duelo.

—¿Cómo?

Su abuelo volvió a tocarse la sien.

—Caliéntate la cabeza.

—¿Y si la táctica falla?

—Si no pudieras evitar la pelea, tendrías que recurrir a otras tácticas de emergencia.

—¿Cuáles?

—Oye, ¿has visto a tu perro? Parece que se va a pelear con ese otro.

Sergio se giró y descubrió a Justin enfrentado a un galgo escuálido, enseñándose ambos los dientes en actitud desafiante, gruñendo, con el lomo erizado, a punto de enzarzarse en una refriega. Se puso en pie, cogió una piedra del suelo y corrió hacia ellos.

Cuando estuvo a cuatro o cinco metros, se detuvo e intentó espantar al galgo.

—¡Fuera, chucho! —gritó, y lanzó con fuerza la piedra, que le rozó la cabeza. El enteco animal retrocedió de un salto y se retiró con el rabo entre las patas, mientras Justin se dirigía al árbol que había enfrente para dejar en él su huella indeleble. Sergio se acercó y le acarició el lomo.

—Justin, no quiero peleas, ¿eh? —El perro le pegó un lametazo, contento, antes de marcharse a correr para explorar nuevos parajes del amplio parque. Luego el chico volvió junto a su abuelo—. Me ibas a explicar otra táctica.

—Sí, el doble ataque. Es una de las tácticas más efectivas del ajedrez, que consiste en atacar dos piezas rivales con un solo movimiento, de forma que el adversario solo puede salvar una mientras pierde la otra sin remedio.

—El doble ataque. —A Sergio le sonó bien—. ¿Te refieres a algo así como golpear con el puño y la pierna a la vez?

—Por ejemplo, o con los dos puños a distintos puntos. O golpear al cuerpo y al orgullo. Lo importante es desviar su atención con un primer ataque disuasorio para volcar todas tus energías en el segundo, casi simultáneo, en el que tienes que poner todo tu ímpetu para dejarlo fuera de combate. La sorpresa es fundamental, por eso es importantísimo que con una sola vez lo dejes noqueado, o ya no será tan fácil que vuelvas a sorprenderlo.

—Entiendo.

—Oye, ¿me has traído las estadísticas?

—Sí, claro.

Sergio se puso en pie, sacó un folio doblado del bolsillo del pantalón y se lo entregó a su abuelo. A continuación, se colocó los cascos, se dirigió al árbol más cercano y comenzó a propinarle puñetazos y patadas al tronco, ensayando los movimientos que poco a poco iban ganando precisión. Justin se acercó a él para correr dando vueltas alrededor, divertido por el extraño ejercicio en el que parecía haberse enfrascado su dueño. El abuelo tenía razón, el ajedrez parecía un juego muy interesante que podía aportarle conocimientos muy útiles para la vida real.

Mientras Sergio practicaba sus dobles ataques con el árbol, Félix comenzó a examinar las cifras que su nieto le había proporcionado. En ese momento apareció Sebastián.

—Hombre, Félix.

—Hola, Sebastián. Ven, ven, que tengo algo que enseñarte.

—¿El qué?

—Mira, mi nieto me ha traído las estadísticas de las defunciones.

—¿Tu nieto? ¿Ese de ahí que está pegando patadas a un árbol?

—Sí; es un poco tímido, pero todo un lumbreras. Estoy intentando que se interese por Borges.

—Joder, qué pesado estás con el Borges de los cojones.

—Confundes la pesadez con la persistencia, que es la única forma de hacer ver la luz a aquellos que han sido cegados por la cultura del miedo y el consumismo.

—Por suerte, yo tengo muy buena vista.

—Ya. Comprobémoslo. —Félix empuñó el folio algo arrugado y lo colocó delante de los ojos de Sebastián, ocultándole su contenido—. Vamos a ver, ¿cuál crees que es la principal causa de defunción hoy en día en nuestro país?

—Pues no sé, los accidentes de tráfico.

—Error. La principal causa es la muerte natural o por enfermedad, que supone el total de… ¿a que no adivinas el porcentaje?

—No sé.

—Venga, tira por lo alto.

—Un ochenta por ciento.

—Error. Un noventa y seis por ciento. Y encabezan la lista las enfermedades del sistema circulatorio, que en total son responsables del treinta y dos por ciento de los fallecimientos.

—¿Un noventa y seis por ciento?

—Es curioso, ¿eh? Tan solo el cuatro por ciento de las muertes se producen por causas no naturales, y de estas, ¿a que no sabes cuál se lleva la palma?

—Los accidentes de tráfico.

—¡Rediez, qué pesado! Los accidentes de tráfico están en segundo lugar, con un cero coma ocho por ciento. En el primer lugar, con un asombroso cero coma nueve, está... —imitó el sonido de un redoble de tambor a la vez que lo parodiaba con las manos—, el suicidio.

—¿El suicidio?

—Como lo oyes. En 2008, año al que corresponden estas estadísticas, la principal causa de muerte no natural fue el suicidio. Después vienen los accidentes domésticos, laborales y de ocio, que, excluyendo los de tráfico, suponen casi el dos por ciento de las defunciones. Y muy a la cola, en un puesto que ni siquiera merecería ser mencionado, aparecen las muertes por homicidio, que suponen un total de... —Volvió a imitar el redoble de tambor.

—Venga, dilo ya —le apremió Sebastián, que parecía un poco molesto por su evidente derrota.

—... un cero coma cero noventa y siete por ciento. Ni una milésima parte de los fallecimientos son por asesinato.

—¿Y cómo sé que es verdad?

—Puedes comprobarlo tú mismo. Mi nieto lo ha sacado del Instituto Nacional de Estadística.

—Sabes que yo no entiendo de esas cosas, pero no te preocupes que cumpliré la apuesta. Te debo una comida.

—Ah, pero no dijimos dónde, así que elijo yo el sitio. —Félix golpeó el hombro de su amigo, riendo a carcajada limpia.

Sebastián se puso en pie, indignado, casi furioso.

—Hombre, se sobreentendía que era en la asociación.

—No te preocupes, que estoy bromeando, ya sabes que no podría elegir un sitio mejor.

Su amigo pareció tranquilizarse un poco y se volvió a sentar. Félix devolvió la vista al folio, sin perder su sonrisa socarrona.

—Mira, otra estadística curiosa. El sesenta y siete por ciento de los asesinatos de mujeres se producen en el ámbito familiar. Y estamos hablando de España, ¿eh? No de ningún país del tercer mundo.

—Pues, chico, sí que es llamativo, pero ¿qué quieres demostrar con todo esto?

—¿Por qué crees que has dicho que los accidentes de tráfico eran la primera causa de muerte en nuestro país?

—No sé, es lo primero que me ha venido a la cabeza.

—Claro, porque es lo que ves todos los días por la tele, en los informativos. Nos bombardean con la información que a ellos les interesa, ¿y sabes por qué les interesa? —Sebastián negó con la cabeza, parecía que con aquellos datos crudos Félix al fin había conseguido captar su atención—. Porque hasta hace poco los accidentes eran la primera causa de mortalidad externa. Y eso es una estadística, y esa estadística es mala para el gobierno, porque son ellos los que construyen las carreteras, y si la gente se mata en ellas, es mala prensa y les hace perder votos. Al final todo se reduce a eso, a una cuestión de imagen y de votos. Ahora que han bajado algo los accidentes de tráfico y han aumentado mucho los suicidios, ¿crees que a alguien le importa? ¿Has visto alguna campaña en la televisión pidiéndote, por favor, que no te suicides u ofreciéndote pagarte las sesiones del psicólogo?

—No, la verdad es que no.

—Pues claro que no, porque a ellos no les interesa la gente, les interesa tan solo la imagen que dan, los votos que pueden ganar, las estadísticas. Borges defendía la postura de que los gobiernos intentan eliminar el pensamiento crítico de la gente. Para él, el ajedrez es uno de los medios que tenemos para salvar la cultura, como el estudio de las humanidades, la lectura de los clásicos o la ética. ¿Has visto algún colegio que fomente el juego del ajedrez? No, porque prefieren que los niños se dediquen al fútbol, al baloncesto o el tenis, juegos de insensatos, no de intelectuales.

—Total que, según tú, somos víctimas de una conspiración del gobierno.

—No es una conspiración porque no se esconden en absoluto, lo hacen sin cortarse un pelo, y lo más sorprendente es que parece que nadie repara en ello.

—En el mundo hay muchos intelectuales, ¿qué te crees, que sabes más que ellos?

—¡Rediez! Ni mucho menos. Un buen número de intelectuales denuncia esto mismo cada día, el caso es que nadie los escucha. De hecho, yo lo único que estoy haciendo es citar el pensamiento de uno de los grandes pensadores del siglo pasado. El problema no es que no haya intelectuales, sino que la gran mayoría preferimos malgastar el tiempo viendo a unos niños jugando a la pelota antes que calentarnos la cabeza con este tipo de cosas. En el fondo somos unos conformistas, preferimos no saber la verdad. Muchas veces pensamos que en la ignorancia está la felicidad, cuando es todo lo contrario.

—Pues yo no estoy de acuerdo, pienso que en muchos casos eres más feliz si no sabes las cosas. Como dice el refrán, ojos que no ven...

—Ya, entonces si tu mujer te pusiera los cuernos, ¿serías más feliz sin saberlo? Si te pusiera los cuernos y yo me enterase, ¿preferirías que no te lo dijera?

—¿Me los está poniendo? —Sebastián parecía sorprendido ante esa disyuntiva.

—No, hombre, estamos hablando de un caso hipotético.

—¡Qué pena! Creí que por fin tendría la excusa para librarme de ella —bromeó.

—Está bien, quizás no haya sido un buen ejemplo. Pero piensa un poco en lo que te he dicho, la cultura del miedo que hemos heredado de Estados Unidos. Antes los niños salían a jugar a la calle en los pueblos; hoy en día nadie se atreve a dejar a sus hijos solos ni un segundo porque cree que lo más probable es que los secuestren. Bajamos a comprar el pan y no nos atrevemos a dejar el coche abierto ni veinte segundos porque lo más probable es que lo roben. Y lo mismo pasa con las casas; nos empeñamos en cerrarlas a cal y canto, en fortificarlas con rejas, en poner alarmas para protegernos de los ladrones y los asesinos que cada día vemos por la tele. Dentro de unos pocos años, puede que diez o veinte, seguramente todos dormiremos con una pistola debajo de la almohada o la escopeta debajo de la cama, porque será la única forma de sentirnos seguros, y ante la duda de cualquier amenaza, lo primero que haremos será disparar y después preguntar, aunque ya no quede nadie para responder.

—¿Me vas a decir que tú dormirías con la puerta de tu casa abierta?

—Hombre, yo no te digo que la dejes abierta, ni que pongas un anuncio en el periódico aireando la fortuna que tienes bajo la almohada. —Félix le guiñó el ojo a su amigo—. Lo único que digo es que no merece la pena vivir con miedo a que te vayan a robar o a matar. Lo más probable es que, si alguien te roba, sea tu propia hija o alguno de tus nietos. Yo que tú haría recuento cada noche, no vaya a ser que cojan la costumbre de sisarte algún *billetico* sin que te des cuenta. Y si no, mira el ejemplo de tu pueblo. Tres asesinatos en medio siglo y, de los tres, dos se produjeron en el ámbito familiar, el del homosexual por su pareja y el de la ecuatoriana por el marido.

—¿Adónde quieres ir a parar?

—Pues no sé, estoy pensando sobre la marcha, pero creo que vivimos acojonados por lo que nos puedan hacer por la calle cuando muchas veces el peligro más real está en nuestra propia casa.

128

—Hoy se te ha ido un poco la cabeza, ¿eh? ¿Estás insinuando que tengo que tener más miedo de mi hija que de un extraño?

—No tienes más que mirar las estadísticas. La primera causa de muerte no natural es el suicidio. ¿Hay alguien más cercano que uno mismo?

—No sé, Félix, puede que tengas razón, pero me parece una teoría muy rebuscada.

—Citando de nuevo al maestro, todas las teorías son legítimas y ninguna tiene importancia. Lo que importa es lo que se hace con ellas, y yo ya soy demasiado viejo para hacer nada, así pues, qué más da. —Señaló con la cabeza en dirección a Sergio—. ¿Ves a mi nieto? —Sebastián asintió—. Él sí que tiene una vida por delante, lo tiene todo por hacer. Me sentiré feliz si consigo que le interese más el ajedrez que el fútbol.

Sebastián cabeceó ante la visión del muchacho golpeando el tronco de un árbol.

CAPÍTULO 23

Rodrigo había quedado con su prima frente a una heladería que había abierto hacía poco en los quioscos del puerto, donde hacían helado de yogur al que se podían añadir otros sabores, como chocolate o distintos tipos de fruta. Ya lo había probado con su ex, a la que le encantó, por lo que pensaba que sería una buena elección. A las chicas les gustaban esas cosas.

Paula llegó acompañada de sus amigas, lo que a Rodrigo no le hizo mucha gracia, pero no se quejó, al contrario, las invitó a todas para demostrar su generosidad o, más bien, su boyante economía. Después fueron caminando por la orilla del puerto deportivo, un paseo que dejaba a un lado el mar plagado de yates y veleros y, al otro, una retahíla de bares y pubs. Hacía frío, en la orilla del mar las ráfagas de viento azotaban con fuerza, revolviendo el pelo de las amigas de Paula, que seguían a la pareja a una distancia prudencial, la suficiente para no estorbar, ofreciéndole apoyo o compañía a la chica si la necesitaba. Paula llevaba el pelo recogido en dos coletas, y el sol de invierno, bajo ya a esas horas, le incidía por detrás creando una especie de aura alrededor de su cara.

Le sonó el teléfono móvil y lo sacó del bolso.

—Mi madre —pronunció las palabras con una mezcla de indignación y fastidio—. Está un poco loca, siempre me está controlando. —Y colgó.

—La mía es peor —aseguró Rodrigo—. Está obsesionada con el orden y la limpieza.

Se detuvieron junto al Arqua, el Museo Nacional de Arqueología Subacuática, un edificio moderno de líneas rectas, con una fachada de hormigón y cristal a través del cual se podía apreciar la imitación de un pecio que colgaba del techo. Se dirigieron a la parte situada junto a la entrada, en la que se leía el nombre completo del museo realizado en relieve, con letras de acero inoxidable a ras de suelo, cada una más alta incluso que una persona y con una profundidad suficiente para meterse dentro o sentarse encima. Rodrigo tomó a Paula de la mano y la arrastró hasta la «O», se acomodaron en su interior, uno a cada lado, con los pies unidos en el centro y los cuerpos curvados, siguiendo la forma de la letra. Las amigas avanzaron un poco más, hablando y riendo, hasta detenerse junto a la «A», mientras espiaban de reojo a la pareja.

—¿Habías venido por aquí antes? —preguntó Rodrigo mientras terminaba su helado y dejaba la tarrina en el suelo.

—Sí.

—¿Con algún chico?

Paula se sonrojó. Rodrigo observó sus pecas, cómo le gustaban, y aspiró el leve olor de la colonia afrutada que despedía su cuello.

—Con mis amigas.

—Son un poco paradas, ¿no?

—No sé, son muy majas, no como la Victoria y las demás, que son imbéciles.

—A mí tampoco me caen bien.

Paula parecía contenta con la respuesta.

—¿Y la Alicia? —preguntó.

—Tampoco.

—¿Ya no estás con ella?

—No, ahora estoy contigo.

Rodrigo notó que Paula bajaba la mirada con una media sonrisa.

—Ya, pero tenemos un problema.

—¿Ah, sí? —repuso el chico, que no se esperaba esa respuesta.

—Sí.

—¿Cuál?

—Pues que somos primos.

—Joder, tía, ¿y eso qué más da? —Rodrigo la cogió de las manos y tiró de ella, que, sin mover los pies, se inclinó hacia el otro lado de la letra «O», cayendo sobre él. Rodrigo la miró a los ojos, sus rostros casi rozándose a tan solo unos centímetros—. Hay muchos primos que se han casado y han tenido hijos. Eso no es ningún problema.

—Pero los hijos te pueden salir deficientes, porque las sangres de la misma familia no se pueden mezclar... o algo así.

—Eso es mentira.

—¿Y tú cómo lo sabes?

—¿Quieres que te lo demuestre?

Rodrigo tomó a Paula por la cintura y le dio la vuelta, quedando sentada sobre él. La sujetó con ambos brazos, notando la presión de su culo sobre sus genitales, lo que hizo que comenzara a excitarse. Paula debió de notarlo, pero no se inmutó. Rodrigo le quitó un broche de Hello Kitty que llevaba prendido en el suéter, le cogió el dedo índice de la mano derecha y, antes de que se diera cuenta, le clavó el alfiler. Paula soltó un escueto «¡ay!» de sorpresa y dolor.

—¿Te has vuelto loco?

Sin contestar, él hizo lo mismo con su propio dedo.

—Mira —dijo, y juntó su dedo con el de ella, acercando las dos gotas de sangre que se mezclaron para formar otra más grande—. ¿Lo ves? Totalmente compatible. Nuestra sangre se atrae y se mezcla sin problemas.

—¿Y eso qué tiene que ver con que nuestros genes sean compatibles?

—Pues mucho. Hace poco salió una noticia de un padre que se había enamorado de su propia hija y van a tener un hijo juntos, ¿lo has oído?

—No.

Paula sonreía, parecía intrigada. Observó de reojo a sus amigas, que los miraban de vez en cuando, cuchicheando mientras se mantenían apartadas.

—Pues la chica se había criado con su madre y sus abuelos —continuó Rodrigo—. Cuando cumplió los dieciocho decidió buscar a su padre, que vivía en Estados Unidos, y cuando lo encontró, ¿qué crees que pasó?

—Pues no sé, que era un borracho y no quería saber nada de ella.

—Pues no, que se enamoraron nada más verse. Se llama atracción sexual genética.

—¿Y eso qué quiere decir?

—Pues que estamos predispuestos a sentirnos atraídos por lo parecido, por las personas con las que compartimos rasgos y comportamientos.

—¿Y tú crees que eso es cierto? —No parecía muy convencida.

—Pues claro. Si no, ¿por qué iba a estar tan colado por ti?

Paula sonrió con satisfacción. Rodrigo sabía que la tenía en el bote.

—Siempre me has gustado —dijo, y rodeó su cintura con una mano mientras con la otra le acariciaba la garganta, la sujetó de la barbilla y la obligó a volver la cara hacia él para mirarla a los ojos—. Pero antes solo eras una niña, ahora eres toda una mujer.

Y entonces la besó.

Paula al principio se dejó y después respondió con pasión, mordiendo sus labios. Rodrigo pensó en lo mucho que le gustaría echarle un polvo. Le pareció oír el murmullo de las amigas, pero no hizo caso. Su pene palpitaba con fuerza y se endureció y le dolió bajo la presión del trasero de ella. Entonces Paula se separó para darse la vuelta y quedarse de cara a él. Rodrigo sintió alivio en su miembro, que por fin pudo completar la erección, aunque echó de menos la presión y el calor de su culo.

—Oye, Rodrigo, quería pedirte un favor —dijo ella en un tono meloso, acariciándole la cara mientras hablaba.

—Claro, ¿qué?

—Que dejes en paz a Sergio; es un buen chico, no tenéis por qué meteros con él.

Rodrigo mudó el semblante, que ahora era de disgusto. Al final todas las tías hacían igual, tenían que joder un calentón con cualquier chorrada.

—Tu hermano se lo gana a pulso.

—También es tu primo. Venga, hazlo por mí. —Paula volvió a besarlo y acarició su pelo con suavidad, acercándose más a él.

—Está bien, ya veremos.

«Y unos cojones, lo vamos a dejar en paz», pensó Rodrigo. Aún recordaba lo que había pasado con el imbécil de Dani y sonrió para sí. Volvieron a besarse y notó el roce de los pezones de ella contra su pecho, de su vientre contra su miembro, de sus labios contra los suyos, sabiendo ya que ese día no iba a mojar, y fantaseando con la paja que se iba a hacer en honor a su prima nada más llegar a casa.

CAPÍTULO 24

Pura buscó la llave en el bolso y abrió la puerta de madera, alta, pesada, antigua, algo carcomida y corroída por el sol, decorada por suntuosos grabados que recordaban el esplendor de otra época. Los goznes se quejaron con un sombrío chirrido, un llanto quizás, que advertía a la dueña de su lamentable estado. Ella y Camilo cruzaron el umbral saltando el escalón de mármol blanco para acceder a una estancia en penumbra, arrebatada a la oscuridad por la luz de una esforzada farola que se colaba tímidamente por el hueco de la puerta. Pura presionó un interruptor que prendió una única bombilla colgada del techo a través de un cable sucio y pelado, incrustada en un portalámparas medio oxidado. Después de cerrar la puerta, avanzaron por un corto pasillo que se abría a la izquierda, entre paredes encaladas, altas, heridas por repetidas grietas que la recorrían de arriba abajo. Alcanzaron el pie de unas escaleras, peldaños anchos y altos, también de mármol, como todo el suelo, inmune a la decadencia general y sin duda lo mejor conservado del edificio. La luz de la bombilla había quedado atrás ya, iluminando el otro extremo del pasillo, aunque poco a poco la vista se fue acostumbrando a la oscuridad luctuosa de la finca, contrarrestada en parte por una tenue luz proveniente de arriba y que se reflejaba en el mármol.

—Espero que sean seguras estas escaleras. —Camilo zarandeó la barandilla de forja, que se había soltado en diversos puntos y remendado con trozos de cuerda y alambre.

—No te preocupes. Llevo subiendo doce años —dijo Pura mientras ponía el pie en el primer escalón.

—Eso no quiere decir que no se caigan en cualquier momento.

Camilo la seguía un poco temeroso, la espalda contra la pared, por si las moscas, y tanteando cada peldaño varias veces con el pie antes de apoyar todo el peso en él. Pura se detuvo en el primer piso, divertida por la estampa un tanto ridícula de su acompañante.

—Creía que un escritor tenía que ser valiente, dispuesto a todo por una buena historia.

—Tenemos muy mala fama —bromeó Camilo—. Sobre todo porque muchas veces los lectores nos confunden con nuestros personajes o creen que en buena parte los creamos basándonos en experiencias propias.

—¿Y no es así?

Pura continuó subiendo. Camilo hizo un esfuerzo por separarse de la pared y andar normal, al fin y al cabo ella iba delante, probando la estabilidad. Fijó la vista en su culo, buscando una distracción que le ayudara a arrinconar los miedos, la sensación de peligro. Y funcionó. Aunque el abrigo lo cubría, se intuían las vertiginosas curvas.

—En parte —respondió él—. Algunos personajes no tienen nada que ver conmigo; los malos, los asesinos, por ejemplo. Sin embargo, a los protagonistas, los buenos, siempre les permito gozar de alguna característica propia de su creador.

El segundo piso estaba mejor iluminado gracias a otra farola de la calle que brillaba con fuerza junto a la ventana ovalada del rellano, sellada con cristal y forja, y que imprimía la estampa sobre la pared y parte de los escalones. Pura se detuvo justo enfrente, añadiendo la suya al juego de sombras. Camilo agradeció el descanso, y aprovechó para observar su figura perfilada a contraluz, su rostro desdibujado, su pelo rubio ardiendo con destellos dorados.

—Así que los buenos son los que se parecen a ti, ¿eh? Y los malos no tienen nada que ver.

—Al menos es lo que intento que mis lectores crean —repuso sonriente Camilo, y continuaron subiendo.

Por fin alcanzaron la tercera planta, la última, la del piso de su padre. Dentro estaba la clave de algún misterio largo tiempo olvidado.

Pura se acercó a la puerta, la única en la planta; también era alta, de madera maciza, pero menos decorada y mucho mejor conservada que la de la entrada del edificio. Buscó a tientas la cerradura, sin más ayuda que los reflejos que llegaban de la planta inferior. Camilo sintió crecer la emoción, el pulso acelerado, las distintas posibilidades agolpándose, pugnando por aventurar qué habría tras aquella puerta, custodia de la vida secreta de su padre. De repente se sintió como uno de sus personajes, como Fulgencio León, metido hasta el cuello en uno de sus descabellados casos, percibiendo la excitación, el peligro, la inyección de adrenalina inherente a una aventura real; muy distinto, claro, a estar sentado frente a una pantalla, soñando, recreando mentalmente, intentando empatizar con sus personajes, aventurando sus reacciones ante una situación de peligro, y todo sin moverse del cómodo sillón de su despacho.

La puerta se abrió y enseguida un viejo plafón de cristal redondo derramó su luz desde el techo sobre un minúsculo recibidor. Tres paredes blancas, el espacio justo para una percha, y un poco más adelante, una puerta de madera y cristal traslúcido.

—Deja aquí la chaqueta, si quieres —dijo Pura mientras colgaba su abrigo. Camilo hizo lo propio, y las dos prendas descansaron junto a la pared de la izquierda, colgadas como dos cuerpos vacíos, despojados del alma de sus dueños.

—Así que no crees que sea bueno, ¿eh? Un fiel reflejo de los héroes de mis novelas.

—Aún no te conozco, no puedo juzgarte.

—¿Y no te da miedo venir aquí sola con un desconocido?

Pura se volvió y lo miró desafiante.

—Soy cinturón negro de taekwondo. Si te pones tonto, saldrás por la ventana.

Camilo levantó las manos en señal de paz y se dio la vuelta para cerrar la puerta del piso mientras ella abría la siguiente y accionaba un interruptor antiguo, que chasqueó antes de prender la luz. La nueva estancia era un poco más grande y estaba apenas iluminada Entraron en otra habitación pequeña, arrebatada a las sombras por siete bombillas en forma de vela, sujetas por una lámpara de araña. A la vista apareció un sofá viejo, algo desvencijado, una mesa de comedor de formas rectas con seis sillas, una pequeña cocina de leña en un rincón, otra puerta más y, a su lado, el mueble más grande, una librería repleta de tomos antiguos y varios objetos de distinta índole. Al final de la estancia había un mirador de estilo modernista cubierto por una gruesa cortina verde capaz de detener la luz, de dotar de intimidad al estudio. El viento de fuera hacía temblar los cristales, emitiendo un sonido entrecortado, un tamborileo que cargaba el ambiente, marcando el ritmo caduco, el lento paso del tiempo que se respiraba entre aquellas paredes. La decoración era sobria, sencilla; tan solo un cuadro colgado encima de la mesa, la pintura de un laberinto, la casa del Minotauro.

—Como ves, no hay mucho donde buscar —le dijo Pura a Camilo, que permanecía absorto en la pintura.

Se volvió hacia ella, un poco aturdido.

—¿Cómo dices?

—Digo que es un piso muy pequeño, solo esta habitación y un cuarto de baño. —Y señaló la puerta que aún no habían abierto.

—No puede ser… En la escritura se decía que el piso tenía trescientos metros cuadrados —comentó Camilo, incrédulo.

—A mí también me sorprendió mucho cuando lo vi por primera vez. Un error del notario, supongo que se le escapó un cero. No tendrá más de treinta metros.

—Más o menos —murmuró Camilo, que se concentró en el cuadro del laberinto, estudiándolo con interés—. ¿Es auténtico? Lo firma Vicente Ros.

—¿Quién?

—Vicente Ros. Fue un conocido pintor cartagenero, discípulo de Wssel de Guimbarda, maestro a su vez de Alonso Luzzy y Enrique Navarro.

—Esos nombres sí me suenan, por la calle y el centro cultural.

—Ya.

—Así que un Vicente Ros, ¿eh? —dijo Pura al tiempo que se ponía al lado de Camilo para observar con detenimiento la obra—. ¿Y es valioso?

—Puede. Vicente Ros pasó veinte años en Madrid, ayudando con copias del Museo del Prado. Es un personaje bastante conocido y su obra está bien considerada. Solo en Cartagena puedes encontrar a un montón de coleccionistas dispuestos a sacarse los ojos en una subasta por una pintura como esta.

—¿Tú lo comprarías? —Pura sonreía mostrando sus dientes inmaculados—. Para ti tendrá además un valor sentimental, perteneció a tu padre.

—Puede.

Camilo la miró a los ojos y se dejó embriagar por la magia que desbordaban. «Verde carne, pelo verde, / soñando en la mar amarga». Los versos de Lorca asaltaron su mente; en ellos encontró las palabras para definir lo que le transmitían: «[…] en la boca un raro gusto / de hiel, de menta y de albahaca». Una sensación inquietante, dulce en parte, como un caramelo de menta, amarga también, advirtiendo del sabor de la bilis, del peligro que quizás ocultaban. «Siempre hay una mujer fatal —pensó—. Si estoy viviendo algo parecido a una de mis historias, a las aventuras de Fulgencio, el personaje misterioso y enigmático de una mujer es fundamental para crear la tensión adecuada, para hacer dudar al protagonista entre la atracción que siente hacia ella y el peligro que le transmite, poner a prueba su fuerza de voluntad, mantener en vilo al lector preguntándose si será capaz de resistirse a sus encantos, a su manipulación, a sus mentiras». Estudió con meticulosidad aquellos ojos, dos puertas verdes, como la menta, como la hiel, bien cerradas, ocultando a fuego sus secretos…, si es que los tenía. De repente Camilo se sintió un poco estúpido. Una mujer fatal, qué tontería. Así que decidió seguirle el juego, sonriendo, mostrándose receptivo a sus encantos:

—¿Cuánto pides?

Pura analizó de nuevo el cuadro.

—No sé cuánto puede valer, ¿seis mil euros, sesenta mil?

—Te daría seiscientos. —La miró sin parpadear, como un experto jugador de póquer.

—Eso es una miseria, seguro que vale más —replicó ella, devolviendo la mirada al lienzo—. Es un laberinto, ¿le gustaba a don Vicente la pintura mitológica?

—Creo que tocó casi todos los temas, incluso hacía ilustraciones para libros y pintura decorativa.

—¿Conoces el mito del laberinto? —Pura parecía ponerlo a prueba constantemente.

—Sí, claro, el Minotauro.

—Cuéntamelo.

—¿Ahora? Es un poco largo.

—No me importa, no tengo prisa por volver a casa. A veces me siento aquí más segura, más cómoda.

—Está bien. —Los dos se situaron de cara a la pintura, escrutando sus trazos precisos que daban forma a paredes de piedra enmarañadas, que se cruzaban unas con otras, creando pasillos, cortándolos, abriendo caminos y cerrándolos, dejando un único recorrido, oculto, enrevesado, casi imposible de hallar, que viajaba desde uno de los lados al centro, allí donde se perfilaba la figura de un ser semihumano, cuerpo de hombre, cabeza de toro—. La historia comienza cuando Minos pide ayuda a Poseidón para vencer a sus hermanos y convertirse en rey de Creta. Poseidón escuchó sus plegarias y le envió un precioso toro blanco que Minos debía sacrificar. Sin embargo, quedó tan cautivado por su belleza que intentó burlar al dios sacrificando un toro falso. Esto desató su ira, que se manifestó en forma de deseo incontenible de Pasífae, la esposa de Minos, por aquel toro tan perfecto. Y de aquella unión nació el Minotauro, un ser salvaje que solo comía carne humana, más difícil de controlar conforme crecía, casi imposible de satisfacer con nada. Así que Minos encargó a su mejor arquitecto, Dédalo, la construcción de una jaula capaz de custodiar a la fiera, y este diseñó el laberinto.

»Cuando Minos conquistó Creta, impuso a sus habitantes un tributo: siete muchachos y siete doncellas que cada nueve años debían alimentar al Minotauro. Entonces apareció Teseo, un ateniense dispuesto a acabar con la represión a la isla dando muerte al monstruo. Este se ofreció voluntario como uno de los siete jóvenes que irían al sacrificio. Cuando llegaron a Creta fueron presentados al rey, y allí Teseo conoció a Ariadna, hija de Minos, que se enamoró locamente de él. El joven héroe le confesó sus planes y ella le advirtió de que, aun en el caso de que consiguiera derrotar a la bestia, jamás conseguiría salir vivo de la encrucijada del laberinto. Teseo le prometió amor eterno si lo ayudaba y ella respondió dándole un ovillo de hilo que debía atar a la entrada y desenrollar a medida que avanzara, de forma que para salir solo tendría que seguirlo. Y así lo hizo. Teseo se enfrentó al Minotauro y le dio muerte con sus propias manos. Algunas versiones dicen que el Minotauro, cansado de su cautiverio y su trágica existencia, se dejó matar.

—¿Y qué pasó con Ariadna?

—Teseo escapó del laberinto junto a los otros trece jóvenes y quemó todos los barcos cretenses a excepción de uno, que utilizó para huir, llevándose consigo a Ariadna, tal como le había prometido.

—¿Así que se casaron y fueron felices?

—No exactamente. Antes de llegar a Atenas, hicieron escala en una isla. Teseo abandonó allí a Ariadna, levando anclas mientras ella dormía.

—¡Qué cerdo! —Pura parecía indignada de verdad—. Típico de los hombres...

—No todos somos así —replicó Camilo, volviéndose hacia ella—. Hay historias de amor con final feliz.

—No las reales. —Pura lo miró dudando, los labios apretados, los ojos enrojecidos de repente, un rojo que competía agresivo con el verde suave, agradable, de su iris—. No te equivoques, soy una mujer fuerte. La vida encallece el corazón a base de golpes.

Camilo alargó la mano hacia su cara, dispuesto a enjugar una lágrima, pero ella se dio la vuelta y se encaminó a la librería.

—Quizás sea este el rincón más interesante, donde más información se puede encontrar.

Camilo la siguió y observó los títulos de los volúmenes en las estanterías. Libros de mitología griega y romana, masonería, teosofía, esoterismo, de magia blanca y negra. Cogió uno, *Obras Completas* de Allan Kardec, y lo abrió para hojearlo.

—¿Todos estos libros estaban ya en el piso?

—Así es. Nunca he sacado nada de aquí ni he traído nada nuevo. Me he pasado muchas horas entre estas paredes, leyendo algún párrafo, páginas o capítulos de casi todos estos libros.

—Este es un clásico del espiritismo. —Pasó las hojas, examinando los textos, buscando separaciones—. En realidad son cuatro libros, *El Libro de los Espíritus*, *El Libro de los Médiums*, *El Evangelio según el Espiritismo* y *El Génesis, los Milagros y las Predicciones*. Se supone que el segundo, el de los médiums, explica cómo hacer un auténtico ritual. —Echó un vistazo a la estantería—. Hay otros que hablan de la masonería o la teosofía, todas ellas ciencias o corrientes prohibidas durante el franquismo.

—¿Crees que tu padre estaba metido en esos temas?

—Si estos libros eran suyos, lo estaba, sin duda, cosa que me sorprende sobremanera. Mi padre era ateo, que yo sepa; nunca habría sospechado que le interesaran las artes esotéricas.

—Ya ves, nunca terminas de conocer a la gente.

—Y tanto. Mi padre era una persona fría, muy distante, de conducta recta, intachable, fanático de las leyes y de las normas en general, un policía idealista e incorruptible. En casa, ni a mi hermana ni a mí nos pasaba una, actuaba con mano firme y dura, te lo aseguro. Y ahora en cambio parece que se saltaba a la torera las leyes represoras del régimen.

Pura se agachó un poco y sacó un tablero de la última leja de la librería.

—Mira, creo que es una tabla güija.

Madera de pino pintada con un marco negro asaltado de estrellas; arriba, un sol a la izquierda acompañado de la palabra «Sí», una luna a la derecha junto a un «No»; en el centro, el abecedario completo, en letras mayúsculas; debajo, un «Hola» y un «Adiós», cada uno acompañado de un pentagrama, a ambos lados de una ristra de números del cero al nueve.

—Vaya. Había oído historias sobre el estudio de Vicente Ros, las tertulias que allí se desarrollaban entre los intelectuales de la ciudad, ajenos al miedo, a la opresión de la época —comentó Camilo—. Sin embargo, nunca hubiera imaginado que mi padre, un policía franquista, pudiera formar parte de eso. —Dejó el libro en la estantería y cogió otro, *La doctrina secreta*, de H. P. Blavatsky—. Mira, este es la biblia de la teosofía.

—¿Qué es la teosofía?

Camilo lo abrió y leyó el subtítulo que aparecía en la primera página:

—«Síntesis de la ciencia, la religión y la filosofía». —Y mirando a Pura, añadió—: Es una seudociencia que pretende explicar el sentido de la vida seleccionando las mejores ideas de la religión, la ciencia, la filosofía y la mitología —se interrumpió—. Espera un momento. —Se dirigió de nuevo al cuadro, con el libro en la mano, y lo estudió unos segundos—. Ven, acércate. —Pura se detuvo a su lado. Camilo le pasó el libro y elevó las manos sobre la pintura, tapando parte de los trazados del laberinto y enmarcando solo unos cuantos pasillos—. Mira, ¿no ves nada?

Pura fijó la vista, con interés.

—Parece una esvástica.

—Exacto. —Camilo movió las manos hasta la zona central del lienzo, donde se ubicaba el Minotauro, y juntó los dos índices y los dos pulgares para enmarcar un nuevo dibujo—. ¿Lo ves? El óvalo en el centro y la cruz debajo.

—Sí.

—Es la cruz egipcia, el *anj*, otro símbolo de la teosofía. —Movió de nuevo las manos hasta la parte superior del cuadro—. Y aquí están los dos triángulos entrelazados, el Sello de Salomón. Todo el trazado del laberinto está plagado de símbolos ocultos.

—Es muy interesante, como un juego, como una sopa de letras, solo que con dibujos en lugar de palabras. —Pura sonreía de nuevo, parecía divertirse con el descubrimiento.

—Sí, como un juego. Un poco arriesgado para la época, pero un juego, al fin y al cabo. —Camilo miró su reloj—. Vaya, se ha hecho muy tarde.

—Sí —dijo Pura, un poco decepcionada—. ¿Te espera alguien en casa?

—Eso creo. Estoy casado, con un hijo.

—Bueno. —Forzó una sonrisa que murió entre sus labios—. Ha sido una tarde agradable, aunque aún no hemos descubierto nada sobre la muerte de mis padres.

—No —convino Camilo—, pero ahora tenemos algo por donde empezar. Creo que voy a hablar con mi madre.

—¿Qué te parece si quedamos otro día?

—Estupendo. En cuanto sepa algo, te llamo —dijo él, luego se acercó a ella y le tomó las manos—. Tengo un buen presentimiento con todo este asunto, ¿sabes? Creo que mi padre quería que te ayudara a investigar la muerte de los tuyos. Quizás haya alguna pista oculta en el cuadro, en alguno de los libros…, no sé.

—Te agradezco tu ayuda. Llevo doce años obsesionada con este tema.

Pura se acercó un poco más y los dos volvieron a mirarse intensamente. La magia de aquellos ojos, que de repente se mostraban desvalidos, en busca de protección, de refugio, cautivó a Camilo. Era una mujer extraña, con cambios de humor casi bipolares, que se mostraba fría, distante y, al momento, todo lo contrario. «¿Estará jugando conmigo?», se preguntó, y la idea de la mujer fatal se hizo patente. Se sentía vivo, excitado por los hallazgos que habían hecho, por haber encontrado un nuevo aliciente. Y, de pronto, pasó por su cabeza la idea de poseer a Pura, de hacerle el amor en aquel sofá, sobre la mesa, en el suelo. No sería la primera vez que le era infiel a Beatriz. Al principio habían sido felices, muy al principio, hasta que nació su hijo. A partir de entonces Camilo comenzó a sentirse desplazado, eliminado como marido, reemplazado por su propio retoño que ahora requería toda la atención de su mujer, y ella estaba dispuesta a complacerle sin tener en cuenta los sentimientos o las necesidades de su marido. Beatriz dejó de cumplir su función como esposa; pasó de ser uno de sus objetos imprescindibles —como lo eran su cartera, sus gafas, su reloj o su ropa— a convertirse en un juguete roto que había dejado de satisfacer sus apetencias, de ocupar el lugar que le correspondía a su lado, en su cama.

Camilo publicó su tercera novela cuando Rodrigo cumplió el primer año; entonces ya era un escritor famoso gracias al tremendo éxito obtenido con la anterior. Y en la rueda de presentaciones por toda España, llegó a Santiago de Compostela, donde se le acercó una gallega joven y morena en el bar del hotel. Durante dos horas, entre copa y copa, le habló de lo perfectas e ingeniosas que eran sus tramas, de lo atractivo que le parecía el personaje decadente de Fulgencio León, y terminó haciendo hincapié en lo mucho que ella se identificaba con los magníficos personajes de mujer fatal. «Puedo ser muy mala —le confesó entre risas, después de la tercera copa—, muy mala con los hombres, ideal para un escritor que busque renovar sus personajes más perversos». Y Camilo decidió probar la inspiración de aquella musa que resultó muy buena, al contrario de lo prometido, en todo lo relacionado con la cama. En su siguiente novela apareció una mujer fatal, de pelo liso y negro, con acento gallego, que llegó a poner a Fulgencio en una situación muy comprometida. Y después de aquella chica gallega vinieron otras, mujeres atraídas por su fama, su halo de intelectual, su forma de hablar, sus gestos o su cultura. Muchas de ellas solo buscaban pasar un buen rato, otras poder contárselo a sus amigas («Me he tirado a Camilo Rey»), pero en su mayoría, lo que de verdad les interesaba era influir en su obra, manipular su imaginación, quedar inmortalizadas entre las páginas de una novela convirtiéndose en el pálido reflejo de uno de sus personajes.

La relación con Beatriz se había vuelto fría y distante, cada uno sumido en su mundo, su trabajo, sus problemas y pensamientos, con un hijo en común que los mantenía unidos, convirtiéndose en el principal tema de conversación cuando pasaban tiempo juntos. Y él seguía queriéndola, no ya como al principio, sino como a una compañera, la madre de su hijo, encargada de organizar las relaciones sociales y el trabajo de la casa, amante ocasional y primera lectora de cualquiera de sus textos. Mientras ella cumplía con sus funciones, todo marchaba bien, mantenían una relación perfecta, envidiada por amigos, conocidos y seguidores. Pero cuando no era así, cuando Camilo sentía que intentaba tomarle el pelo o manipularlo de alguna manera, perdía los nervios y, aunque después se arrepentía, algunas veces le resultaba imposible controlarse.

La imagen lo asaltó como un fogonazo. Él de pie, los puños cerrados, el ceño fruncido, la boca abierta mostrando los dientes, como un bulldog enfurecido, casi babeando. Una mujer en el suelo, sollozando, con el labio partido. Esta vez no era Beatriz. Su pelo rubio, sus ojos verdes...

Se separó de Pura desviando la mirada, intentando no parecer brusco.

—Tengo que irme.

—De acuerdo —dijo ella, animada y con una sonrisa iluminando el lunar junto a su boca—. Yo me voy a quedar un poco aquí. Espero tu llamada.

Camilo se dirigió a la puerta.

—No lo dudes. Tengo tanto interés como tú en resolver este caso.

CAPÍTULO 25

Remedios llegó a casa hojeando la revista de comida sana que acababa de comprar en el quiosco, dispuesta a encontrar un momento para sí misma, para relajarse en el sofá, coincidiendo con la tardía siesta de sillón de su madre. Nada más entrar sonó su teléfono móvil, olvidado en una estantería de la entrada; se apresuró para alcanzarlo antes de que terminase la llamada.

—¿Sí?

—Soy Camilo. ¿Cómo está mamá?

Remedios miró hacia el sillón orejero donde descansaba Martirio, roncando con la boca semiabierta y un hilillo de saliva descolgándose por la comisura. Por suerte, el móvil no había perturbado la placidez de su sueño.

—Bien; como siempre, ya sabes, quejándose de su cadera y esas cosas.

—Ya. Mira, estoy organizando el cumpleaños en mi casa, como todos los años, y bueno, me imagino que lo celebrarás conmigo.

—Sí, claro, si a tu mujer le parece bien.

Habían nacido el mismo día, un 8 de marzo, aunque Camilo era dos años mayor que ella. A él lo bautizaron con el nombre de su abuelo y a ella con el de su abuela, pero a ninguno de los dos le gustaba su nombre; era de las pocas cosas en las que coincidían. Desde pequeño, Camilo había hecho lo que le había dado la gana, sus padres se lo permitían todo, mientras que Remedios se sentía coartada. Y lo peor de todo era que se había acostumbrado a esa situación. Siempre envidió a su hermano, que se moviera a su antojo, como cuando fue a estudiar a Valencia mientras que ella tuvo que conformarse con las escasas opciones que le ofrecía una pequeña ciudad de provincias. Después vino la muerte de su padre y ese acontecimiento hizo que se unieran, sin comprender lo que había ocurrido, compartiendo dolor, dudas y desconcierto. Entonces apareció Beatriz, alta, delgada, elegante, educada, y despojó a Remedios del papel de confidente, de hermana hermanísima, de amiga, de compañera de batallas.

—A Beatriz le parece bien —soltó Camilo en tono ausente.

—¿Te pasa algo?

—Bueno, tengo algunas cosas que hablar contigo y con mamá. Po...mos ha...rlo en el ...pleaños.

—Te pierdo.

—Estoy ba...ando al ap...camiento. Espera. —Pasaron unos segundos—. ¿Ahora?

—Mejor. ¿De qué quieres hablar?

—Es sobre padre.

—¿Sobre papá? —Aquella respuesta sorprendió mucho a Remedios—. ¿Qué pasa?

—Mejor lo hablamos en persona. No te preocupes, no es nada importante.

—Vale, pero me dejas intrigada. Además, este año tengo un problema añadido.

—¿Qué te ocurre? —dijo Camilo con aparente preocupación.

—Mi suegro.

—¿Tu suegro?

—Antonio querrá que venga a mi cumpleaños. Ahora vive aquí, en Cartagena.

—Bueno, pues que venga.

—Ya, pero no cabemos todos, tendremos que sacar los dos coches. Este hombre solo nos trae complicaciones.

—Remedios.

—¿Qué?

—Tranquila, y si quieres dejarlo en mi casa, lo incorporo a mi colección de reliquias.

Remedios sonrió.

—Tú no tienes colección de reliquias, Beatriz ha decorado tu casa como un centro de arte moderno.

CAPÍTULO 26

Remedios no entendía por qué su hermano había tenido que irse a vivir a un lugar tan alejado, con unas carreteras tan sinuosas, cuando podría haberse hecho un precioso chalé cerca de donde ellos vivían, en una de las viejas viviendas a la venta de Ciudad Jardín. Pero no, Camilo había interpuesto entre él y su familia un montón de kilómetros y de obstáculos. Ella intuía que Beatriz había influido en esa decisión.

Cruzaron la verja y accedieron al perímetro de la casa, un terreno baldío que sospechaba que nunca llegarían a convertir en jardín. Un lugar tan idílico Remedios lo habría colmado de palmeras y rosales, en cambio su cuñada lo había dejado en el olvido, más preocupada por decorar a su gusto el interior de la vivienda. Aparcaron junto a la entrada. Remedios dio un respingo con el estruendo de las olas rompiendo contra las rocas; aquel lugar le ponía los pelos de punta. Observó los focos que iluminaban todo el perímetro y las cámaras de seguridad que vigilaban incansables, registrando cualquier movimiento o posible amenaza del exterior. Su cuñada había usado los recursos de su empresa en su propio hogar.

Antonio todavía no había llegado, lo que hizo que Remedios se preocupara un poco. Aquella maldita carretera. Con cuidado, ayudó a su madre a bajar del coche. Ese día había optado por la silla de ruedas porque decía que la humedad le afectaba a los huesos y su maldita cadera se resentía. A Remedios le costó organizar la entrada en la casa, abrumada por la silla de ruedas, su madre y los paquetes para la celebración. Llamaron a la puerta. Al cabo de un rato, que a Remedios se le hizo eterno, abrió Beatriz. Había optado para la ocasión por un vestido de cóctel azul eléctrico, demasiado llamativo para su gusto. Se había maquillado con esmero, lucía unos pendientes azules y la envolvía un aroma de perfume caro. Remedios se sintió demasiado vulgar con su falda negra, su camisa de seda verde y su colonia barata que ya habría perdido la esencia. Y lo que era más grave, se sentía gorda y vieja al lado de su cuñada, con la que apenas se llevaba un año.

Aun así, apartó de su mente esas tristes cavilaciones y aceptó la felicitación de Beatriz. Otra cuestión martilleaba su mente, y era lo que su hermano tenía que contarles acerca de su padre.

***

Camilo leía en su sillón, junto al gran mirador de su despacho. Un relámpago quebró la oscuridad absoluta del exterior, impuesta por un cielo encapotado que amenazaba con derrumbarse en cualquier momento sobre un mar embravecido. Las primeras gotas de lluvia comenzaron a caer justo en el momento en que sonó el timbre de la casa. Ya habían pasado las ocho y media, por fin habían llegado. Cerró el libro, lo dejó en el asiento y se encaminó a la entrada. Beatriz ni siquiera había acudido a abrir. «¿Dónde se habrá metido? Con la hora que es ¿y aún no está preparada». En ese instante apareció y, sin apenas mirarle, abrió la puerta para saludar a su hermana y a su madre. Camilo admiró su atractivo realzado por aquel vestido ajustado.

Martirio entró la primera, sentada en la silla de ruedas que empujaba Remedios.

—Felicidades, cuñada —la saludó Beatriz, dándole dos besos.

—Gracias. —Remedios no tenía buena cara—. Espero que tengáis camas para todos porque, con la que va a caer, ya veremos si somos capaces de salir de este lugar perdido en ninguna parte.

Su hermana siempre tenía preparado un comentario agrio en la punta de la lengua, como si allí habitara un nido de escorpiones acumulando veneno. De joven había sido muy distinta.

—No te preocupes —repuso Beatriz, ejerciendo de perfecta anfitriona, siempre con la sonrisa puesta—, camas no hay, pero la caseta del perro es muy grande.

Camilo sonrió para sí con la ocurrencia de su mujer. Como sospechaba, a Remedios no le hizo ninguna gracia.

—Felicidades, hijo. Deberías dormir más, tienes cara de cansado —intervino Martirio, adelantando ella misma la silla de ruedas.

A Camilo no le gustaba que utilizara aquel artilugio, estaba convencido de que su cadera aguantaba mejor el esfuerzo de lo que ella quería hacerles creer. Desde que podía recordar, su madre siempre se había quejado de aquella cadera que, curiosamente, la dejaba impedida en ocasiones calculadas. A veces pasaba por su imaginación la idea de que actuaba como el personaje de Regina en *La loba*, interpretada por Bette Davis. Habían sido muchos años aguantándole sus rarezas, su ansia de control, sus juegos hirientes, sus manipulaciones, sus mentiras. Porque ella era así, capaz de cualquier cosa por salirse con la suya, y Camilo había sucumbido a su yugo, obligado en parte por el temor y el respeto que sentía hacia la figura autoritaria de su padre.

Desde niño, Camilo siempre había soñado con ser policía. Había crecido con las novelas de *Los Cinco*; con ocho años descubrió a Agatha Christie, y con diez, el Club del Misterio de Bruguera, que le presentó a los grandes clásicos de la novela negra americana, como Chandler, Hammett o Thompson y le ayudó a recordar a otros como Conan Doyle o Poe. Tenía diecisiete cuando se tropezó en el rastro de la plaza del Lago con un ejemplar de segunda mano de *El nombre de la rosa*. Leyó la sinopsis en la contraportada, asesinatos en una abadía benedictina relacionados con unos textos griegos, libros prohibidos en una de las mayores bibliotecas cristianas, y lo compró sin dudarlo. Devoró aquella novela en tan solo un par de días, y durante ese año volvió a releerla cada mes, intentando comprender todos sus razonamientos para empaparse del pensamiento y la filosofía escondidos en sus páginas. Poco a poco descubrió todos los recovecos y recorrió los innumerables pasillos que albergaba el laberinto del universo de Eco. Aquel libro se erigió como un símbolo para él, como un referente que le hizo soñar con convertirse en policía, un investigador tan sagaz, tan justo e incorruptible como fray Guillermo de Baskerville, cuyo único pecado consistía en concederse el vicio de la vanidad cuando se trataba de demostrar su agudeza mental.

Sin embargo, su madre se encargó de aleccionar muy bien a su padre para que le quitara aquella idea de la cabeza. Recordaba sus sermones, repetidos hasta la saciedad, cuando compartía con su padre algún rato en su despacho, discutiendo sobre alguna novela, interesándose por sus investigaciones. «Ser policía en la vida real no tiene nada que ver con los libros o las películas. En primer lugar, rara vez hay un caso interesante que investigar, y cuando por fin aparece alguno, tienes que lidiar con un montón de jefes incompetentes que no te permiten hacer tu trabajo. Al final es como todo, una guerra de poder, un conflicto de intereses entre los distintos departamentos donde lo que menos importa es resolver el caso». Estas palabras se las había recitado su padre en innumerables ocasiones desde que Camilo comenzó el instituto, y cuando ya se acercaba al final de la secundaria, las redujo a dos frases, un mensaje más claro, más contundente, repetido como un autómata, aprendido y ensayado bajo la dirección de su querida esposa: «Si quieres investigar, hazte periodista, ahí sí que tienes un buen futuro». Al final caló hondo. Camilo estudió periodismo y su padre murió, y en cuanto hubo terminado la carrera, mientras intentaba decidir si iría a trabajar a Madrid o a Barcelona, su querida madre ya le había arreglado un empleo en un periódico local. Un puesto aburrido, redactor de sucesos aburridos, de una pequeña y aburrida ciudad de provincias. Camilo se vio obligado a aceptarlo y se sintió anulado como persona, cayendo en una profunda depresión que lo llevó a seguir los pasos de su padre mezclando una botella de whisky con una caja de somníferos. Fue su madre la que lo encontró y le salvó la vida haciéndole un lavado de estómago. «¿Te has vuelto loco? Espero que nadie se entere de esto», le dijo. Y aunque al principio Camilo le agradeció que lo hubiera salvado, en su mente pronto comenzó a martillear la idea de repetirlo. Sin embargo, llegó una noticia inesperada que disolvió por completo esos pensamientos: había ganado un premio de relato, un premio importante, dotado con un millón de pesetas.

Camilo decidió entonces tomar las riendas de su propia vida y abandonó el trabajo. Su madre intentó convencerlo de que se había vuelto loco y le juró por su padre muerto que no lo ayudaría, que no le pasaría ni un duro. Él se lo agradeció y se marchó a un piso de estudiantes donde comenzó a dar forma a su primera novela. Mientras se documentaba conoció a Beatriz y, cuando terminó la novela, la publicó con una editorial local y resultó todo un éxito, casi diez mil ejemplares vendidos con una distribución exclusivamente regional.

Después se casó, escapando al fin de los dominios pantanosos, obsesivos y destructivos de Martirio. Y fue en ese momento cuando vio con claridad meridiana la manipulación a la que había sido sometido durante años. Al tomar conciencia de ello se desató en su interior un odio feroz, focalizado en primer lugar en su madre, para luego extenderse por analogía al resto de las mujeres. Normalmente conseguía mantener aplacado ese odio, pero de vez en cuando se desbocaba sin remedio, despertando dentro de sí una bestia que tomaba las riendas de cuerpo y mente con el único objeto de saciar la sed de venganza.

A pesar de todo, a Camilo le encantaban las mujeres, era una relación de amor-odio en la que pasaba de un extremo a otro en cuestión de segundos. Y no era de extrañar, porque la mujer jugaba con el hombre, había sido diseñada para manipularlo a su antojo utilizando las irresistibles armas de la carne. Como le explicó fray Guillermo a su discípulo Adso, después de que el chico cayera en el pecado con una campesina: «De la mujer dice el Eclesiastés que su conversación es como fuego ardiente, y los Proverbios dicen que se apodera de la preciosa alma del hombre, y que ha arruinado a los más fuertes. [...] Y otros han dicho que es vehículo del demonio». Y después de eso el franciscano afirmaba que no era capaz de creer que Dios hubiera introducido en la creación a un ser tan inmundo sin dotarlo al mismo tiempo de alguna virtud. Sin embargo, Camilo comprendió que fray Guillermo hacía aquella afirmación porque él no había conocido a mujer alguna. Ante él estaba ahora la prueba viviente e irrefutable de su teoría, su madre, postrada en aquella silla ridícula, con la cabeza ladeada como si no solo tuviera dañada la cadera sino cada uno de los huesos de su esquelético cuerpo.

Remedios dio un paso adelante y ambos intercambiaron felicitaciones por sus respectivos aniversarios. Luego ella le obsequió con un regalo.

—Este año no he encontrado ninguna primera edición interesante, así que te he comprado un libro que me recomendaron. Espero que te guste.

—Gracias, hermana.

Camilo abrió el paquete, era la última novela de Haruki Murakami. Ya lo tenía, pero no dijo nada. Sin duda era un buen libro.

En ese instante llegó otro coche. Remedios dejó escapar un hondo suspiro. Era Antonio, acompañado de Félix. Saludó a Beatriz con un escueto «hola», aunque no pudo evitar recorrer su cuerpo con la mirada. Camilo sintió el impulso de golpear a su cuñado, pero se contuvo al suponer que en el trabajo no estaba acostumbrado a verla vestida de aquella manera. Antonio se acercó para estrecharle la mano y, tras unos golpecitos en la espalda, le presentó a su padre.

—Soy Félix —saludó el hombre, de aspecto afable, vestido con traje y sombrero que se retiró al presentarse, descubriendo su pelo canoso.

Sí, le sonaba de la boda de su hermana.

En ese momento entraron en la casa sus sobrinos.

—¡Eh, que nos mojamos! —se quejó Sergio.

***

El chico estaba cansado y no le apetecía nada ir a la casa de sus tíos porque allí entraría en los dominios del cabrón más grande que conocía, su primo Rodrigo. Paula, sin embargo, no dejó de parlotear durante todo el camino, contenta de hacer algo especial por fin. Se había pasado la tarde metida en el cuarto de baño, lo que había motivado una gran bronca, y su padre a punto había estado de dejarlos en casa. Paula invertía la mayor parte del tiempo en alisarse su estúpido pelo rojo. Sergio no entendía la obsesión de su hermana, a él le gustaba el pelo ensortijado y oscuro, como el de Turia.

Llegaron a aquella casa aislada que tanto le gustaba. Parecía el escenario en el que su tío Camilo podría ambientar una de sus historias policíacas. A él también le gustaría tener una casa como aquella, aislada de todo, con habitaciones amplias y modernas, y no el nido en el que vivían, repleto de cosas viejas y horteras.

Entraron en el vestíbulo donde ya los esperaban su madre y su abuela. Sergio se acercó a Camilo con las manos en los bolsillos, el flequillo tapándole media la cara, velando sus ojos.

—Felicidades, tito. Estoy pensando en rodar un corto con unos amigos. Aún no se nos ha ocurrido ninguna idea demasiado buena, así que había pensado en pedirte un relato de misterio, a ser posible de los primeros, de los que no se han publicado.

—Tengo uno que no está mal y sería bastante sencillo de rodar, solo un par de actores. Si quieres, podemos verlo después de la cena o te lo envío por e-mail.

La entrada al chalé era impresionante, con unas escaleras semi-circulares que presidían la estancia. De allí pasaron al comedor, un espacio donde predominaba el blanco. Los recibió una mesa larga, decorada con un mantel ocre recorrido por cuatro caminos de mesa marrones y manteles individuales de color naranja. A su madre nunca se le hubiera ocurrido decorar así una mesa, pero su tía Beatriz era mucho más imaginativa y hacía gala de un estilo más cosmopolita y depurado. Allí los esperaba también Rodrigo, de pie, mostrando su altura y sus músculos de deportista a través de una camiseta ajustada. Sergio ni siquiera le saludó. Sonrió por dentro, pensando en el plan que preparaba con su abuelo y que pondría en práctica al día siguiente en el instituto.

Camilo tomó asiento en la cabecera, presidiendo la mesa, e instó a los demás a hacer lo mismo. A su izquierda se sentaron Beatriz, Remedios, Martirio y Paula; a su derecha, el abuelo Félix, Antonio, Sergio y Rodrigo.

Sobre la mesa lucían numerosos vasos, cubiertos y platos vacíos. Sergio tenía hambre y estaba impaciente por ver qué exquisiteces habían preparado para la ocasión, no solían defraudar. Entonces apareció una sirvienta marroquí, tocada por un pañuelo, a la que, para su sorpresa, seguía su amiga Turia. No esperaba verla allí, aunque le parecía recordar que le había comentado que su madre trabajaba para los padres de Rodrigo. Le dedicó un breve saludo y se sintió un poco incómodo por ocupar una posición de privilegio respecto a su amiga.

Entre madre e hija sirvieron los entrantes, compuestos por dos ensaladas de verduras asadas, tres platos de ibéricos, rollitos de salmón ahumado con manzana caramelizada y unas tostas templadas de queso de cabra sobre tomate seco. Todo tenía un aspecto exquisito. En casa de sus tíos se comía mejor que en cualquier restaurante.

Sergio se dispuso a coger una tosta, pero Rodrigo se adelantó y se la quitó, sonriendo desafiante. Decidió entonces probar los rollitos de salmón, y de nuevo su primo se interpuso, empujándole el brazo para que no pudiera alcanzarlos. Comenzaron a discutir y a empujarse, cada uno con un tenedor en la mano que amenazaba con sacar algún ojo, así que su abuelo Félix se puso en pie e intercambió el sitio con su nieto.

—¿Hacemos un enroque? —bromeó, guiñándole el ojo.

***

Félix no se sentía cómodo en aquella casa. Conocía los problemas que tenía Sergio con su primo, por lo que decidió interponerse entre ellos y bloquear cualquier discusión, al menos durante la cena. Intuía que gran parte de la agresividad de Rodrigo nacía de alguno de los rincones de aquella casa y no habría dudado en afirmar que el origen era su propio padre, Camilo.

Tan solo había coincidido con él en la boda de su hijo y no habían intercambiado más que un par de palabras. «Camilo es muy suyo», le había advertido entonces su nuera. No participó de la boda y en cuanto terminó la cena desapareció sin disculparse ni despedirse de nadie. Pilar, su mujer, cordial y estricta con las normas de cortesía, sentenció que el cuñado de su hijo era un maleducado y un grosero. Félix, en silencio, compartía su opinión. Desde entonces no había tenido otra ocasión para rebatirla.

—Quizás no sea el momento más adecuado, pero te he traído un regalo por tu cumpleaños. —Félix sacó del bolsillo de su chaqueta

159

un libro pequeño y fino, que fue pasando de mano en mano hasta llegar a Camilo—. Es un libro de Borges, *El Aleph.*

Camilo lo recibió algo sorprendido.

—Gracias.

—¿Conoces la obra de Borges?

—Algo he leído, aunque no es uno de mis autores favoritos.

—Eso mismo me pasa a mí contigo.

Camilo se quedó mirándolo con el ceño fruncido, sin comprender muy bien la intención de sus palabras. Martirio los observaba con interés, como si estuviera asistiendo a un duelo. Félix pensó que quizás se había extralimitado y que había hecho demasiado patente la antipatía que sentía por aquel hombre. Así que decidió dar un paso atrás, al fin y al cabo Camilo era su anfitrión. Sin ninguna duda, Pilar le hubiera reprendido.

—Solo me he atrevido con un par de tus novelas —dijo—, por lo que no me encuentro en situación de poder juzgar tu obra. Sin embargo, gracias a esa pequeña muestra me hago una idea de por dónde van los tiros.

—¿Y por dónde crees que van? —preguntó Camilo, distante y algo molesto ante lo que a todas luces interpretó como un ataque directo a su producción literaria.

En la mesa todos permanecían atentos al duelo que había iniciado el más viejo de los comensales.

—Tienes una gran imaginación y tus tramas se resuelven con una inteligencia envidiable —contestó Félix—. No obstante, creo que tu obra se reduce a un mero entretenimiento, a un pulso entre el autor y el lector.

—Las novelas negras se suelen reducir a eso, tratan sobre asesinatos. La gente mata por amor, por odio, por poder o por dinero.

—No estoy de acuerdo del todo. Yo más bien pienso que los asesinos matan porque es la salida más fácil para hacer frente a la adversidad. Si alguien quiere tener ciertos lujos a los que no puede optar, puede llegar a matar para conseguirlos. Lo mismo ocurre si está celoso y no sabe manejar sus sentimientos. Cualquiera puede llegar a hacerlo. Si unos extraños entran en tu casa y amenazan a tu mujer y a tu hijo, lo más probable es que intentes matarlos si tienes una oportunidad para ello.

—Puede ser. ¿Y qué quieres decir con eso?

—Muy sencillo. Si planteas un crimen y el reto se reduce a descubrir al asesino, habrás elaborado un producto que podrá ser muy entretenido e ingenioso, pero que se reduce a un mero pasatiempo, como un crucigrama del dominical. En cambio, un asesinato puede ser la excusa perfecta para tratar cualquier tema importante, buscando, además, una reflexión en el lector. Borges te puede dar algunas buenas ideas —dijo señalando el libro.

—No discuto que tengas razón. —Camilo parecía dispuesto a mantener una tregua—. Mi novela favorita es *El nombre de la rosa*, que mezcla de una manera asombrosa el entretenimiento con la erudición, el pensamiento filosófico de los personajes, de los libros y tratados antiguos. En mi biblioteca tengo más de veinte ediciones de esa obra, las colecciono. Tengo una primera edición en italiano, en inglés, en castellano e incluso en japonés, así como ediciones ilustradas y varias de lujo, aparte del primer ejemplar que compré cuando tenía diecisiete años, sin más valor que el sentimental.

—¿Lo ves? Eso es lo que quiero decir. —Félix intuyó el desconcierto en Camilo—. ¿De qué te sirve coleccionar libros? Son solo objetos materiales sin otro valor que el conocimiento que albergan, y ese conocimiento lo tienes ya en uno solo de ellos, en el primero que compraste, ese al que no asignas más valor que el sentimental. Ese es el único que merece la pena porque es el que te permitió el acceso a su conocimiento, al pensamiento y al universo que creó Eco. El resto no son más que burdas copias que has ido recopilando y que morirán contigo cuando tú mueras. ¿O qué crees que pasará con esos libros? ¿Quieres que te entierren con ellos o piensas acaso que tu hijo y el hijo de tu hijo los seguirán coleccionando?

—Puede que sí, intento que Rodrigo se interese por la lectura.

—Puede que el chico reúna esos que llamas de coleccionista y los venda por cuatro perras a algún librero avispado. Sin embargo, ese por el que tú tienes más cariño caerá en el olvido y se perderá en alguna librería de viejo o, peor, en el cubo de la basura.

—¿Eso harás, Rodrigo? —preguntó Camilo a su hijo, que se encogió de hombros como toda respuesta—. Como dices, yo ya estaré muerto, por lo tanto, qué más da.

—Las posesiones materiales no tienen ningún sentido —prosiguió Félix—, antes o después nos veremos obligados a desprendernos de ellas, en última instancia por la muerte. El conocimiento, sin embargo, es inmortal, las ideas verdaderas sí que se transmiten de padres a hijos, nos sobreviven si son buenas, como *El nombre de la rosa* sobrevivirá a cualquiera de tus novelas.

—Soy consciente de que ninguna de mis obras está a la altura de esta, aunque tampoco lo he pretendido nunca. —Camilo parecía al borde de su paciencia.

—Pues quizás deberías pretenderlo. Un crimen puede dar mucho juego.

—Acepto tu crítica —convino el anfitrión, devolviendo la vista al libro de Borges, que abrió y empezó a hojear—, aunque la verdad es que no me ha ido mal hasta ahora.

—Si consideras que vender muchos libros es irte bien, sí.

—¿Y qué hay más importante para un escritor? No creo a aquellos que dicen que escriben para sí mismos, me recuerdan a la fábula de la zorra y las uvas. Un texto tiene sentido si existen personas que lo leen.

—Sin embargo, yo opino que lo único importante es hacer reflexionar al lector. ¿De qué sirve ayudarlo a gastar su tiempo sin más pretensiones? El escritor tiene también una responsabilidad social. Vale más la pena conseguir un lector reflexivo que un millón de ignorantes.

—Puede que tengas razón.

—Pues claro que la tengo, rediez. —Félix sonrió amablemente mientras señalaba el pequeño libro que Camilo sostenía entre los dedos—. ¿Sabías que *El nombre de la rosa* está muy influenciado por Borges?

—¿Por Borges? —dijo el otro con gran sorpresa al escuchar aquella afirmación.

—Sí —intervino por primera vez Beatriz—, yo también lo había oído.

—¿Y tú qué coño sabrás? —le espetó Camilo, que pareció descargar en su mujer la rabia que había ido acumulando durante la conversación.

A Félix le llamó la atención semejante reacción, y al mismo tiempo sintió asco ante un comportamiento tan cobarde. La mujer bajó la vista al plato que tenía delante.

De pronto Antonio rompió el incómodo silencio:

—Yo también lo había oído.

Camilo le dedicó una mirada asesina, y Félix decidió seguir con su explicación:

—Umberto Eco es un gran admirador de Borges, de su pensamiento. ¿Recuerdas el nombre del bibliotecario ciego de la novela?

—Jorge de Burgos.

—¿Y no te recuerda a nadie?

—Cierto. Jorge Luis Borges.

—Exacto. Borges fue director de la Biblioteca Nacional cuando se había quedado prácticamente ciego. Como ves, el personaje del monje español tiene un claro referente.

—Borges… —repitió Camilo con cierta sorpresa, mostrando interés y disgusto al mismo tiempo.

—Y el cuento «La muerte y la brújula», ¿lo conoces?

—Es un cuento policíaco, muy bueno.

—¿Y no has reparado nunca en las semejanzas con la obra de Eco? Unas muertes ocurridas a intervalos regulares, un detective que descubre la verdad a través de indicios, un laberinto en cuyo interior se oculta el culpable.

—Tienes razón, no puedo negar las similitudes.

—Y «La biblioteca de Babel», ¿lo conoces?

Camilo negó con la cabeza.

—Pues habla de una biblioteca infinita, símbolo del universo, un laberinto compuesto a base de estancias adosadas unas a otras que alberga todo el conocimiento, todo el pensamiento posible, todo lo expresable en palabras.

—Sin duda muy similar al concepto de biblioteca que propone Eco. La suya también es una especie de laberinto que sigue la distribución del globo terráqueo, en el que se custodian los libros más importantes hasta entonces escritos.

—Nada en esa novela se deja al azar —continuó Félix—, todo está exquisitamente pensado y realizado. No se ciñe al mero entretenimiento, sino que va más allá, abriendo diferentes niveles a los que puede acceder cada lector en función de su interés y su cultura. Por eso es un éxito mundial, por eso es tan buena que nunca caerá en el olvido.

—En eso puede que tengas razón, no lo discuto —concedió Camilo—. Y creo que se me ha escapado alguno de esos niveles de los que hablas, pues desconocía la influencia de Borges sobre Eco.

—Me alegra haber podido enseñarte algo nuevo.

—Le echaré un vistazo al libro, gracias —dijo Camilo, estudiando de nuevo la portada oscura, con el nombre del autor impreso en grandes letras.

—De nada.

Todo indicaba que Camilo finalmente había encajado los comentarios del anciano con deportividad. Félix notó un ambiente tenso y se sintió culpable por ello. Era una noche festiva y él no estaba allí para dar lecciones a su anfitrión. Menos mal que Pilar no podía reprenderle ya, no se habría mostrado muy complacida con su actitud. Intentó suavizar en cierta forma el efecto que había producido y alargó el plato de pimientos a su consuegra, que se sentaba frente a él.

—Martirio, coge uno, están un poco arrugados, como nosotros, pero seguro que el sabor es exquisito.

La mujer sonrió y tomó el plato, al tiempo que miraba de soslayo a Beatriz, quien pareció relajar un poco el gesto con el cambio de tercio.

**

Beatriz odió con todas sus fuerzas a Félix, que había estado azuzando a la bestia. Ella sabía de sobra las horas que Camilo dedicaba a escribir, que aquellos folios eran más importantes para él que su propia familia, y aquel viejo de rostro afable se había dedicado a tirar por tierra su trabajo. Y si Camilo estaba de mal humor, la primera en pagarlo sería ella misma, eso lo tenía claro.

Tomó el plato de las tostas de queso de cabra con tomate seco y se lo pasó a su cuñada. Remedios se lanzó a devorar una de ellas con fruición.

—¿Te gustan?

—No están mal. Es un plato sencillo y queda bien.

Nunca había comprendido la inquina que Remedios le tenía. Beatriz siempre había sido correcta con ella, le había hecho los mejores regalos a sus hijos por sus bautizos, comuniones, cumpleaños y Navidades, se había encargado del cuidado de Martirio cuando Remedios fue operada de apendicitis y acogía a toda la familia en su casa para las celebraciones importantes, descargándola del trabajo que suponía. Pero sabía que, hiciera lo que hiciese, nunca obtendría de aquella mujer aprobación alguna. En una ocasión expuso esto mismo a Camilo, quien le quitó importancia. Le explicó que su hermana había cambiado mucho desde la muerte de su padre, que algo se había roto dentro de ella y que el imbécil de su marido no había sido capaz de devolverle la alegría. Y, sobre todo, insistió en que su hermana no podía tener nada personal contra ella. Beatriz no se quedó convencida.

—¿Queda más ensalada de verduras? —preguntó Camilo dirigiéndose a ella.

—Pues… —echó un vistazo rápido a la mesa, las dos fuentes estaban vacías—, parece que se ha terminado.

—Sabes que es uno de mis platos favoritos.

—Halima habrá calculado mal las proporciones.

—No le eches la culpa a nadie, Beatriz, esto es cosa tuya.

No dijo más. Para Beatriz era suficiente. Su marido había entrado en una zona peligrosa que ella conocía muy bien. En ese momento Halima y Turia comenzaron a recoger los restos de los aperitivos para volver enseguida con el primer plato, que fueron sirviendo a cada uno de los comensales. Beatriz no dejaba de observar a la hija de Halima, una chica bajita pero bien proporcionada que también cubría su cabeza con un pañuelo negro y discreto. La criada había insistido en que estaba capacitada para preparar la cena, que no era necesario que contratara un catering, y se había pasado todo el día cocinando. Beatriz había aceptado porque sabía que la mujer necesitaba el dinero, y aunque recelaba un poco del resultado final, no dejaba de ser una cena familiar más, nada que ver con una cena de negocios donde era fundamental demostrar la categoría de los anfitriones, encandilar a los invitados.

—¿Y les dejas llevar el pañuelo? —comentó Remedios una vez que las dos mujeres se hubieron retirado.

—Es su costumbre.

—Además, así evitas que caigan pelos en la comida —añadió Antonio.

Beatriz sonrió. Era la primera vez que lo hacía en toda la cena.

—¿Qué es esto? —preguntó su suegra mientras removía la cuchara en el plato sin decidirse a probarlo.

—Es crema de vieiras y gambas.

Martirio no dijo más, se limitó a apartar su plato.

—A mi madre no le gusta el marisco. Ya va siendo hora de que te enteres después de tantos años —le reprochó Camilo.

Beatriz se sintió fatal ante la nueva pulla. La verdad era que no lo recordaba, un fallo imperdonable para una perfecta anfitriona. No replicó, ni siquiera se le pasó por la cabeza. Sabía que la bestia acechaba. Así pues, abrumada por ser la protagonista de una situación tan desagradable, se levantó con torpeza de la silla, dispuesta a retirar ella misma el plato de su suegra. Se situó detrás de Martirio y, con manos temblorosas, alcanzó el cuenco que contenía la crema intacta.

—¿Quiere otra cosa? —preguntó con voz marchita.

La anciana negó con la cabeza.

—No, gracias, hija.

Justo cuando daba media vuelta para irse a la cocina, llegó Turia con otra botella de vino del Somontano para sustituir la vacía. Beatriz recogió sus brazos con rapidez para no chocar con la muchacha, pero la inercia le jugó una mala pasada y la crema naranja se desparramó sobre la mesa, el suelo y, lo que fue más grave, el vestido gris oscuro de su suegra. Beatriz y Turia se quedaron petrificadas, sin reaccionar.

—Lo siento, señora —se disculpó la chica.

Martirio dio un grito de sorpresa y, sin añadir nada más, se dedicó a limpiar su ropa con la servilleta. Camilo se puso en pie hecho un basilisco y golpeó la mesa con ambos puños.

—¡Eres idiota! —La bestia ya se había liberado—. ¡Seguro que lo has hecho a propósito, estúpida!

—¡Ya basta! —La voz de Martirio sonó poderosa—. Ha sido un accidente.

—Ayuda a mi madre a limpiarse —gruñó Camilo de nuevo, con odio en la mirada.

Beatriz ofreció el brazo a su suegra, pero entonces su cuñada, que ya estaba levantada, la apartó con una sonrisa triste que demostraba cierta empatía.

—No te preocupes, yo me encargo —le dijo.

El rubor subió a sus mejillas y en ese momento pensó que aquel vestido azul que se había comprado para la presentación de la última novela de su marido resultaba demasiado llamativo para la ocasión. Ahora lo único que quería era desaparecer, pasar lo más desapercibida posible. Cogió la servilleta sucia y, con la excusa de que traería otra limpia, se dirigió a la cocina. Turia la siguió.

Allí todo era desorden: el segundo plato preparado para servir, cacharros sucios en el fregadero, corchos en la encimera junto a botellas de vino vacías. Halima vio entrar a las dos mujeres y frunció el ceño.

—A ver si enseñas a tu hija a tener más cuidado. Por su culpa mi suegra se ha ensuciado el vestido.

Halima dedicó una mirada de desaprobación a su hija.

—No quiero más errores, no quiero que falte comida. ¿Me has comprendido? —Su gesto era duro—. ¿Y esta cocina? Está todo hecho un desastre, ¿es que no has aprendido nada en todo el tiempo que llevas conmigo? —Halima recibía la reprimenda con la cabeza gacha—. En tu país puedes hacer las cosas como te dé la gana, pero aquí se hacen como yo diga.

—De acuerdo, señora, ahora mismo lo recogemos.

A pesar de la sumisión de la criada, Beatriz no se calmó.

—Estoy harta, Halima, harta de que metas la pata. ¿Es que tengo que estar siempre encima de ti para que salga todo bien?, ¿es que no puedo dejar nada en tus manos? Si no estoy pendiente del más mínimo detalle, puedo dar por seguro de que la vas a jorobar. Es que es increíble…

—Sí, señora.

—¿Me puedes explicar para qué quiero una criada si no me quita trabajo, si lo único que hace es darme más aún, obligándome a estar pendiente de ella y de la estúpida de su hija?

Al escuchar esto último, Halima la miró desafiante, no le había hecho ninguna gracia que se metiera con su hija. A Beatriz le entraron ganas de pegarle una bofetada, pero consiguió reprimirse, se estaba dejando llevar por su propia bestia. Cogió una servilleta limpia de uno de los cajones y salió de la cocina. Para su sorpresa, se topó con Antonio en el pasillo.

—¿Estás bien? —Él la cogió por la cintura.

—Sí, sí. —Beatriz intentó zafarse, pero él no la soltó.

—Tu marido es un imbécil —sentenció él, mirándola a los ojos.

—Déjalo, Antonio. —El rubor volvía a su rostro.

—No. ¿Sabes cuál es la diferencia entre un cerdo y tu marido? —Beatriz estaba desconcertada, se sentía muy incómoda por la situación, Camilo podía aparecer en cualquier momento—. Pues que un cerdo tiene que emborracharse para comportarse como tu marido.

Beatriz rompió a reír, quizás por lo absurdo de la situación.

—Estoy enamorado de ti desde hace veinte años, desde el mismo día en que nos conocimos.

La risa se le congeló en los labios.

—Si Camilo nos ve, nos mata. Déjalo, por favor.

Avanzó por el pasillo hasta llegar de nuevo al comedor. Hizo el recorrido como si flotara, como si toda aquella cena no fuera más que una sucesión de episodios extraños y absurdos. Al entrar, vio que Félix la observaba con una mirada profunda y preocupada, quizás él ya había intuido las intenciones de su hijo al abandonar la mesa para ir tras ella. Esa suposición la hizo sentirse aún más incómoda.

**

La cena estaba resultando harto complicada. Félix nunca se había sentido tan incómodo en una reunión social. Las dos sirvientas retiraron el primer plato, delicioso a su juicio, para disponer el siguiente, un pollo campero a la naranja.

Beatriz, pálida, entró en el comedor y dejó una servilleta en el sitio de su suegra, después volvió a sentarse al lado de su marido. Ambos evitaban mirarse. Tras ella entraron Martirio y Remedios. Por último, Antonio, que también había ido al servicio.

—¿Más comida? —preguntó Remedios con desaprobación cuando tomaba asiento.

Nadie contestó.

Félix sabía por Antonio que Camilo quería anunciar algo, un hecho excepcional relacionado con su padre.

Le había insistido a su hijo para no ir, pero Antonio se había empeñado, así que se había dejado llevar. Se había vestido con su mejor traje y su sombrero oscuro, y había tomado uno de los libros de la estantería, ya lo repondría más adelante, como regalo de cumpleaños para Camilo. Todavía no había decidido qué regalarle a su nuera, le resultaba imposible complacerla.

Continuaron con la cena, más callados, más tensos. El postre, un pastel de chocolate y fresas, rematado con dos velitas encendidas, apenas endulzó el ambiente. El *Cumpleaños feliz* en honor de los dos homenajeados sonó apagado.

Cuando todos se dirigieron al salón para tomar una copa, Félix intuyó que ese sería el momento que elegiría Camilo para comunicarles la noticia. Mientras avanzaban por el blanco pasillo, Martirio se le acercó. Descubrió que ya no lo hacía en la silla de ruedas sino ayudada por un bastón de mango marfileño. Él le ofreció el brazo y ella se asió con coquetería.

—Me ha sorprendido mucho tu elocuencia para manifestar en pocas palabras que la literatura de mi hijo es una porquería.

Félix se sintió incómodo al principio, pero no descubrió reproche en las palabras de su consuegra, más bien admiración.

—Bueno, no era esa mi intención —se defendió—. Tu hijo tiene buenas ideas, domina perfectamente el estilo y la técnica de la novela policíaca, es capaz de llegar a un público muy amplio y creo que, si se lo propusiera, tendría en sus manos el don de educar, de enseñar a la gente a pensar y a razonar, además de hacerles pasar un rato agradable.

—No conoces a mi hijo, es muy testarudo. Aunque es evidente que lo has desarmado en la conversación, no creo que se tome en serio tu consejo.

—No pretendía convertir un intercambio de opiniones en una batalla, al contrario; solo quería que reflexionara sobre ello. Será deformación profesional de un pobre maestro.

—No hay más ciego que el que no quiere ver —afirmó Martirio cuando entraron en el salón.

Aquel chalé no dejaba de sorprenderle por lo ostentoso del espacio. No comprendía el objeto de una casa tan grande para ser habitada por solo tres personas.

—Sí, en eso estoy de acuerdo —repuso Félix—. Borges es el mejor ejemplo, era ciego y sin embargo su visión llegaba más allá que la de muchos de los que gozamos de una vista perfecta.

Martirio lo miraba con sus profundos ojos grises. Ella era algo más joven que él y vestía y se comportaba como toda una señora. A pesar de su evidente invalidez, aún era una mujer atractiva que sabía sacar partido a su delgada figura.

En ese instante entró Camilo en el salón. Había llegado el momento.

***

—A ver, los chavales os podéis ir a dar una vuelta —dijo, y mirando a su hijo, añadió—: Rodrigo, ¿por qué no jugáis a la consola o veis una película en tu cuarto mientras los mayores hablamos?

—Bueno.

Los tres primos salieron por la puerta del salón, contrariados por el veto que se les imponía. Camilo no quería hablar de temas tan espinosos delante de su hijo.

Antes de iniciar su exposición, se dirigió al mueble bar para servir las copas, entre ellas un brandy para su madre y licor de moras sin alcohol para la aburrida de su hermana. Fuera, la tormenta arreciaba.

Se sentaron todos alrededor de la chimenea, excepto Camilo, que prefirió quedarse de pie. Aunque ya casi había olvidado la discusión con su mujer, la inminente conversación lo exaltaba, y mantener las piernas estiradas y la copa en la mano le ayudaba a templar el pulso.

—Como sabéis, mi padre me dejó en herencia su revólver reglamentario durante sus años de servicio y que yo he conservado como recuerdo, colgado en la pared del comedor. —Hizo una pausa para asegurarse de que todos le prestaban la debida atención, y, comprobado esto, continuó—: El otro día, mientras hacían las tareas de limpieza en la casa, el revólver cayó al suelo. El desgraciado accidente dio lugar a un hecho que nadie esperaba. Oculta en la culata apareció una llave —dijo dirigiéndose a su madre, estudiando su cara, sus reacciones—. Con un poco de ayuda descubrí que se trataba de la llave de una caja de seguridad. En vida, mi padre solo confió en un banco, que yo supiera, así que acudí allí y tuve suerte, pues

172

la caja de seguridad continuaba a su nombre. Cuando la abrí, hallé un documento que me llamó mucho la atención; era la escritura de un piso situado cerca de la plaza San Francisco.

—¿Un piso? —Su hermana detuvo el vaso de contenido morado al límite de sus labios y miró a Camilo con asombro—. ¿Papá tenía un piso en el centro? ¿Y nadie sabía nada? —La última pregunta se la dirigió a su madre.

—Yo por lo menos no tenía ni idea —continuó Camilo—. El caso todavía se complica más. Antes de morir donó ese piso a una mujer llamada Purificación. ¿Tenías conocimiento de esto, madre?

—¿Yo? —contestó fríamente Martirio, algo incómoda y con la mirada huidiza—. Tu padre hacía y deshacía a su antojo. ¿Qué me vas a decir?, ¿que tenía una amante? Es probable, como muchos hombres en aquellos tiempos. ¿Qué pretendes con todo esto?

Beatriz lo miraba con asombro, su marido no la había hecho partícipe de sus pesquisas, aunque ya debería de estar acostumbrada.

—La cuestión es compleja —prosiguió Camilo—. Estuve en el piso, donde ahora no vive nadie, así que dejé una nota para los dueños. Mi sorpresa fue mayúscula cuando contactó conmigo la propietaria actual del inmueble, que seguía siendo la tal Purificación, Pura. Mi primer pensamiento también fue el de una amante, sin embargo se trata de una mujer muy joven, demasiado, solo una niña en la época en que se formalizó la escritura.

—¿Una hija secreta? —intervino Remedios, que no salía de su asombro.

—Déjame terminar. Los padres de Pura murieron asesinados en el año noventa y unos meses después padre le donó el piso.

—¿Por qué? —quiso saber su hermana.

—No estoy seguro —respondió Camilo, al que la impaciencia de Remedios empezaba a importunar—. Parece que padre participó en la investigación del caso de los padres de ella. Junto con el piso, le dejó una carta donde le explicaba que allí encontraría información sobre el crimen.

—¿Crees que papá quería que ella continuara con la investigación?

—No tengo ni idea. Por eso os estoy contando todo esto, porque no veo que tenga ni pies ni cabeza.

—Papá tendría algunas pistas, pero no todas, sabía que se le acababa el tiempo, así que le dejó el piso a ella para que continuara sus investigaciones. —Remedios cavilaba en voz alta—. ¿Crees que puede tener relación con la... —vaciló—, con la muerte de papá?

—Es posible. Los dos hechos son muy cercanos en el tiempo.

—Hijo —intervino Martirio—, te estás metiendo en camisa de once varas. ¿No has oído nunca que el pasado constituye los cimientos del presente? Si te dedicas a removerlo, puede que tu vida se tambalee, o lo que es aún peor, que se derrumbe.

—No seas tan melodramática, madre. Además de la escritura del piso, en la caja de seguridad encontré también una carta. Una carta dirigida a mí, en la que padre me pedía que investigara un crimen que él había dejado irresoluto.

—¿El de los padres de la chica? —Remedios se mostraba muy excitada con el asunto. Un misterio familiar. Debía de ser lo más emocionante que había sucedido en su vida en los últimos años.

—Eso creo —dijo Camilo, y devolviendo la atención a su madre, le preguntó—: ¿Qué debo hacer?, ¿cerrar los ojos, olvidar su llamamiento?

—Eso mismo. —Su voz explotó con firmeza, autoritaria—. Tu padre está muerto y enterrado, ya no puede ordenarte nada. —La anciana lo miró con rabia, golpeando el suelo con su bastón—. ¿Cuánto tiempo hace de esos asesinatos?, ¿veinte años? ¿Qué esperas descubrir a estas alturas? Tú no eres detective, hijo; los únicos asesinatos que conoces son los que tú mismo te inventas, asesinatos de mentira, pergeñados por tu mente. Si tu padre no fue capaz de resolver ese caso, menos aún lo lograrás tú.

—Cierto. Solo soy un investigador de pacotilla, lo sé, pero no entiendo por qué te molesta tanto todo esto.

—Solo quiero que dejes a tu padre descansar en paz.

—Él ya descansa, madre. No tiene más remedio.

Martirio bajó el rostro y posó la vista en su vaso, callada. El silencio fue absoluto durante unos largos segundos. Le había hecho daño, Camilo sabía que no soportaba que hurgaran en el pasado, en los asuntos de su marido o en los suyos propios. Quizás había sido un poco duro con ella, mas era evidente que se lo merecía. Decidió continuar.

—Estuve en el piso con Pura —notó la mirada recriminatoria de su mujer—, y allí encontré un montón de libros de espiritismo, teosofía y ciencias ocultas, incluso una tabla güija. ¿Sabías que a padre le interesaban esos temas?

—Sí. —Su madre lo miró de reojo mientras daba un sorbo a su copa de brandy—. Era un pasatiempo que compartía con sus amigos. Lo descubrió en las tertulias del estudio de don Vicente Ros, allí eran bastante aficionados. —Entonces miró de frente a su hijo y añadió—: Una vez trajo la tabla güija a casa e hicimos juntos una sesión. Invocamos el espíritu de tu abuelo, que se mostró muy enfadado, y de pronto la tabla empezó a temblar. Cuando le preguntamos por el motivo de su enojo, no llegó a contestar, de repente un vaso explotó sobre la mesa y me hizo varios cortes en la mano. Después de ese día le dije a tu padre que no quería saber nada más de aquellos asuntos.

—¿De verdad explotó un vaso? —preguntó interesado Antonio, que estaba escuchando la historia sin perder ripio.

—Aún tengo las cicatrices —dijo, y alargó la mano para mostrar dos escuetas marcas blancas en la palma.

—A mí esas cosas me dan mucho miedo —intervino Remedios—. A los muertos es mejor no molestarlos.

—Eso es lo que yo digo —insistió su madre—, pero tu hermano no es capaz de entrar en razón.

—Por ahora solo quiero averiguar cuáles eran las intenciones de padre y por qué quería que yo investigara esos crímenes.

El silencio se instaló en la sala, roto solo por el crepitar de la chimenea y los relámpagos. Camilo sabía que nadie esperaba semejantes noticias y pensó que había sido una tontería por su parte compartir con ellos sus pesquisas. Lo hizo con la esperanza de que su madre o su hermana, o quizás alguno de los invitados ajenos a aquel misterio, pudieran hacer alguna aportación que aligerara su embotada mente. Había llegado a un callejón sin salida.

—¿Por qué no hablas con Felipe, el primo de papá? —propuso Remedios con evidente inquietud—. Trabajaron juntos muchos años, quizás sepa algo de lo que pasó con los padres de la chica.

Felipe, claro, cómo no lo había pensado antes. Aquel hombre había sido su superior en el cuerpo y uno de los mejores amigos de su padre, tenía que conocer todos los casos en los que trabajó.

—Me parece una buena idea, aunque no sé dónde encontrarlo.

Su hermana miró a su madre.

—Mamá, tú tendrás su dirección o su teléfono.

—Supongo que sí. Estará en casa.

—Siempre llevas tu libreta de teléfonos en el bolso. ¿Te la traigo?

—Hija, ya lo vemos otro día.

—¿Por qué no ahora? Voy a por el bolso.

—¡Remedios! —Su madre elevó la voz para zanjar la cuestión—. Te he dicho que ya lo miraremos. No creo que a tu hermano le haga falta ya mismo. Si ese crimen ha esperado tantos años para ser resuelto, sin duda podrá esperar un poco más.

—Como quieras, mamá.

—Claro que como quiera, faltaría más.

**

176

Después de aquello la conversación decayó y Remedios se sentía aburrida y cansada. En su opinión, la cena había sido un rotundo desastre; la comida, demasiado abundante y elaborada, todo un desperdicio; la conversación, demasiado intelectual, por lo que apenas pudo intervenir, y el espectáculo que habían ofrecido su hermano y su cuñada, realmente lamentable. Remedios no tenía a Beatriz en gran estima porque le parecía una mujer estirada y vulgar, acostumbrada a llamar la atención, como esa noche, luciendo un vestido tan poco apropiado para la ocasión. Sin embargo, algunas veces le daba pena porque vivía en un mundo de lujos y comodidades que no eran gratuitos, y a cambio debía soportar el malhumor y los despechos que su marido le brindaba con frecuencia.

Lo mejor de la noche había sido la exposición de Camilo después de la cena, cuando había sacado a la luz una serie de hechos que ella desconocía de la vida de su padre y que la habían hecho sentirse excitada e incómoda a partes iguales. ¿Su padre haciendo espiritismo, dejando mensajes en clave, regalando un piso a una muchacha a la que ni siquiera conocían? Todo un misterio se abría ante ellos. El cansancio comenzó a hacer mella y la excitación del principio quedó relegada a un segundo plano. Aún le esperaba un aparatoso viaje en coche a Cartagena por carreteras sinuosas, bajo una tormenta implacable. Casi se le cerraban los ojos mientras soñaba con el momento de meterse en la cama.

Se puso en pie para buscar a sus hijos. Descubrió a Sergio en el comedor, hablando con la chica mora, mientras esta se afanaba en limpiar los restos de la cena. Le pidió que buscara a su hermana y el chico obedeció a regañadientes. Cuando regresó al salón, su madre mantenía una animada charla con Félix, aquel hombre odioso que se había atrevido a cuestionar la obra de su hermano en su propia casa, qué descaro.

—Mamá, le he dicho a Sergio que vaya a buscar a Paula. Yo estoy reventada, así que nos vamos a marchar ya.

—¿Ya?

—Cuando quieras, podemos quedar y continuar la conversación donde la hemos dejado —intervino Félix—. Te pasaré algunos cuentos de Borges para que los leas y comentarlos más adelante, y, si quieres, podemos leer juntos algo de su poesía.

—Me encantaría.

Remedios torció el gesto. En ese momento llegó Sergio con cara siniestra, de enfado.

—¿Y tu hermana?

—No lo sé, no la he visto.

—¿Cómo que no la has visto?, ¿no has ido a buscarla?

—Sí, pero no sé dónde está.

Remedios se encaminó a la puerta del salón y gritó:

—¡Paula, ven ahora mismo, que nos vamos!

Luego volvió junto a su madre y su suegro.

—Venga, mamá, prepárate.

—Primero tendrás que encontrar a tu hija.

Remedios abandonó de nuevo el salón y se dirigió a las escaleras que daban acceso al piso superior.

—¡Paula! —gritó otra vez, y al poco apareció su hija, colorada, como febril—. ¿Dónde estabas? Es muy tarde.

—Estaba viendo unos vídeos con Rodrigo.

No tenía buena cara, quizás aquella maldita crema de vieiras le había sentado mal.

—Venga, recoged las cosas que nos vamos. —Miró a su marido, que se puso en pie y ayudó a su padre a levantarse.

Remedios le acercó el bolso a su madre, que sacó su agenda y escribió algo en un trozo de papel.

—Toma, dáselo a tu hermano —le ordenó—, es la dirección y el teléfono de Felipe.

Remedios obedeció y, tras despedirse, abandonaron el chalé bajo la tormenta, que no tenía intención de amainar. Un relámpago iluminó el camino hasta los coches mientras avanzaban intentando evitar los charcos. Antonio le sujetó el paraguas al tiempo que ella ayudaba a su madre a subir al vehículo. Cuando Antonio se encaminó al suyo, Remedios lo asió del brazo y le pidió, casi le suplicó, que la siguiera de cerca, que sentía pavor ante la posibilidad de quedarse tirada en aquel lugar perdido y solitario, el escenario perfecto para una película de terror.

Cuando cogió el volante y encendió las luces, no era capaz de ver a más de unos pocos metros, a pesar del ímpetu con el que se afanaba el limpiaparabrisas. En ese momento, nerviosa, temerosa por la tormenta, cansada y debilitada por el sueño, no paraba de pensar que deberían haberse quedado en casa.

CAPÍTULO 27

Las once menos veinte, solo quedaban cinco minutos para el recreo. Sergio estaba en clase de matemáticas y no había conseguido concentrarse durante más de treinta segundos en lo que el profesor explicaba. Había oído el término «inecuaciones», pero no tenía ni puñetera idea de qué eran o para qué servían. Hasta ahora habían visto las ecuaciones, lo último las irracionales y bicuadradas, menudo peñazo, y en ese momento el maestro empezaba a soltarles el rollo sobre las inecuaciones. ¿Y qué cojones eran las inecuaciones? Pues serían lo contrario que las ecuaciones, ¿no? ¿Y aquello para qué podía servir? O se estudiaban las ecuaciones o las inecuaciones, pero ¿para qué querían estudiar una cosa y después justo lo contrario? Menuda pérdida de tiempo. En realidad no sabía si era una pérdida de tiempo, porque su cabeza no podía dejar de darle vueltas al plan que había trazado siguiendo las indicaciones de su abuelo y que tendría que poner en marcha en breves instantes. Consultó de nuevo su reloj, ansioso. Menos diecisiete, solo quedaban un par de minutos. La clase anterior, de plástica, había sido mucho más entretenida y había conseguido evadirse de sus preocupaciones con algo que le gustaba. Su tío le había enviado por e-mail el cuento que le había pedido y Sergio lo había presentado en clase para adaptarlo a formato de guion y preparar la grabación de un cortometraje que el profesor les ayudaría a realizar. El cuento era bueno, a todos les había gustado, incluido al profe, fan acérrimo de las historias de su tío.

Sonó el timbre, la hora del recreo. Sergio se estrujó las manos, nervioso, mientras se ponía en pie al ritmo de sus compañeros.

—Eh, tío, ¿te vienes a la cantina? —le preguntó Miguel, que parecía impaciente por seguir comentando los detalles del corto.

—Tengo que salir un momento. Esperadme allí, que voy enseguida.

—Si quieres te pido algo, ya sabes que luego no queda nada.

—No, da igual.

Sergio cruzó la calle para entrar en el bar de enfrente. Allí compró dos latas de cerveza, como había planeado, y, tras hacer los preparativos oportunos, volvió al instituto. Se dirigió a la zona de pistas deportivas, donde sabía que encontraría a su primo y su cuadrilla. Se encontraba mal, tenía mucha ansiedad, el corazón palpitaba desbocado en su pecho. Al fin y al cabo, la situación se parecía demasiado a la de Dani, cuando decidió enfrentarse a los matones en el parque y no terminó muy bien parado. De hecho, aún no sabía cómo había terminado, porque después de aquello Dani había desaparecido.

Allí estaban, hablando sobre chicas y riendo a carcajada suelta. Sergio dudó, pensó que en ese momento le hubiera gustado tener a su abuelo allí para confirmar el plan con él, para pedirle consejo, para que le diera el empujón que necesitaba para poner en práctica su estrategia. Su primo se dio la vuelta y lo vio, luego hizo un gesto a sus colegas para que se giraran. Sergio empuñó con decisión las dos cervezas y se acercó al grupo.

—Eh, Rodrigo… —carraspeó para aclararse la voz, que al principio casi le había desaparecido—, quiero que dejes a mi hermana en paz.

Rodrigo se acercó a él y le pegó un empujón en el pecho.

—¿Tú eres idiota o qué te pasa, pedazo de gilipollas?

—Quiero que dejes en paz a mi hermana. —Sergio se mantuvo firme, habló con voz segura, casi dando una orden mientras lo miraba desafiante a la cara. Rodrigo dudó unos instantes, parecía sorprendido—. Mi hermana es solo una cría y no se merece a un cerdo como tú.

—Tu hermana es más mujer de lo que tú serás nunca, maricona. —Rodrigo volvió a empujarle y Sergio retrocedió un par de pasos, sin defenderse, manteniendo la compostura—. No hay más que ver las pintas de nenaza que llevas. Solo te falta el bolso. —Sus amigos, que los rodeaban, se rieron de la ocurrencia.

—Tú y yo —le espetó Sergio—, solos, a la salida del instituto, a ver si tienes cojones.

Rodrigo se volvió hacia su pandilla, que no paraban de reírse.

—¿Habéis visto? Quiere pelear conmigo a solas.

—Pueden estar tus amigos, siempre y cuando no intervengan. Así verán quién es la maricona.

—Sí, maricona, así verán cómo te hago una cara nueva, a ver si te espabilas. —Rodrigo se giró y chocó la mano con uno de sus colegas.

—Si pierdes la pelea, dejarás a mi hermana en paz.

—¿Qué?

—Que si pierdes la pelea…

Rodrigo volvió a empujarle, impidiéndole terminar la frase.

—¿Y quién coño te crees que eres para darme órdenes?

—El que te va a hacer tragar tus palabras —aseguró Sergio, con odio en la mirada.

—Eso ya lo veremos —zanjó su primo con una sonrisa en los labios.

Entonces Sergio abrió una de las latas de cerveza y se la tendió. Rodrigo la miró, sonriendo con soberbia.

—¿Y eso qué es?

—Nos la bebemos de un trago, para sellar el duelo. ¿O es que las mariquitas como tú no beben alcohol?

—Trae, imbécil.

Rodrigo cogió la lata, Sergio abrió la suya, y ambos las apuraron de un único trago. Sergio se sintió un poco mareado, no estaba acostumbrado a beber.

—A las dos en la puerta del instituto. Espero que no te cagues por la pata abajo.

—No te preocupes, que allí estaré. Y te vas a comer ese flequillo de maricona que llevas.

Sergio se dio la vuelta y se marchó. El pulso acelerado le martilleaba en las sienes mientras se encaminaba a la cantina, donde lo esperaban sus amigos. Tiró la lata en una papelera, esperando que ningún profesor le hubiera visto con ella. Por el camino se encontró con Turia, que hablaba con un par de amigas en un banco. Sergio dudó si acercarse o no, pero ella se puso en pie nada más verlo y corrió hacia él.

—Hola, Sergio, ¿cómo estás? —Parecía animada.

—Un poco nervioso —le confesó.

Sí, un poco nervioso, excitado por el desafío y mareado por la cerveza. Se sentía muy raro, como si flotara en una nube, como si hubiera abandonado la realidad para despertarse de repente en un sueño o una pesadilla, sin saber aún cómo terminaría aquella aventura.

—¿Y eso?

—Acabo de retar a Rodrigo a una pelea.

—¿A Rodrigo? —Turia se quedó de piedra—. ¿A Rodrigo Rey? —Sergio asintió—. ¿Te has vuelto loco?

—Un poco sí, supongo.

—Te va a dar una paliza.

—¿No confías en mis músculos? —dijo, y sonrió intentando quitar hierro a la situación—. Tengo un plan.

—¿Un plan? —Turia parecía incrédula—. Las peleas nunca terminan bien. Lo mejor es pasar de ellos y ya está.

—Dani tenía razón, ¿sabes? —Sergio hablaba muy excitado, con convicción—. No podemos escondernos siempre, no podemos evitar los problemas. Hay un punto en el que hay que plantarse, decir basta. Dani lo hizo y ahora no sé lo que le ha sucedido. No puedo pasar de mi primo como si no hubiera ocurrido nada. Tengo que pararles los pies a estos cabrones y descubrir lo que le hicieron a Dani.

—No sé —Turia dudaba, insegura—. Puede que tengas razón —alargó la mano para acariciarle la cara—, pero ten cuidado.

—No te preocupes.

—De todas formas, sigo pensando que estás un poco loco. —Ahora ella se reía, con un brillo de esperanza en la mirada.

Sonó el timbre y los chicos iniciaron el peregrinaje hacia las clases. Sergio y Turia permanecían allí, en el patio. Él observaba sus ojos negros, su piel morena, su cara ovalada, enmarcada por aquel pañuelo de color chocolate. Era muy guapa, más guapa aún cuando no llevaba el velo y dejaba libre su estupenda cabellera rizada. Turia lo miraba con timidez, sonriendo con deseo, o eso al menos le pareció a él. Y, de repente, Sergio se sintió como un héroe flotando en una nube, dispuesto a terminar con su primo y sus matones, como el chico más guay y más atractivo del instituto que se llevaba de calle a todas las chicas. Bajo el influjo de la cerveza, Sergio se acercó a Turia para besarla en la boca y fue entonces cuando la cara de ella cambió por completo, tornándose seria, sombría. La chica dio un paso atrás y con la mano derecha le arreó una bofetada. Sergio retrocedió también, sorprendido y avergonzado.

—Lo has estropeado —masculló ella entre dientes, y se dio la vuelta para echar a correr.

Sergio miró a su alrededor por si alguien los estaba observando, pero las amigas de Turia se habían ido y no quedaba un alma en el patio. Frotándose la cara, intentando despejarse la cabeza, se encaminó a la clase de lengua.

CAPÍTULO 28

Camilo se detuvo en un semáforo frente a la plaza de la Iglesia, un santuario de pueblo de principios del siglo XX, sin nada que resaltar excepto la escultura del yugo y las flechas, ostentosa, enorme y provocativa, que aún decoraba una parte de su fachada. Giró a la izquierda, tomando la antigua carretera de Cartagena, y volvió a girar cuando se lo indicó el GPS. «Siga recto, después de cuatrocientos metros ha llegado a su destino». Aparcó frente a un colegio y bajó del coche. Hacía frío, un par de grados menos que en la ciudad, el cielo cuajado de nubes grises, plomizas, que se desplazaban apremiadas por el fuerte viento. Camilo se ajustó el cuello del abrigo que lo protegía sobre su habitual chaqueta de pana. La Aljorra parecía un pueblo tranquilo, poca gente por las calles aparte de unos niños que hacían gimnasia en el patio del colegio y un par de mujeres que arrastraban el carro de la compra en dirección al supermercado. Sacó de la cartera el papel con la dirección que le había escrito su madre y la comparó con la de la casa que tenía enfrente. Era esa, así que se acercó y llamó al timbre. Al poco se abrió una puerta, no la principal a la que había llamado, sino la de al lado, una puerta metálica que parecía de una cochera.

—¡Por aquí! —gritó desde dentro un hombre con voz ronca, muy cascada, de cazallero.

En cuanto entró, Camilo descubrió a un anciano ataviado con pantalón de pinzas y camisa muy arrugada, casi tanto como su cara. Entre aquellas arrugas creyó intuir un rostro conocido, una persona que había estado muy presente durante su infancia y su adolescencia, pero que poco después había desaparecido de su vida. Desde que Camilo se marchó a estudiar fuera, solo lo había visto en un par de ocasiones, la última en el entierro de su padre.

—¿Qué tal, Felipe? —Alargó la mano y el otro se la estrechó, arrastrándolo hacia él y acogiéndolo con un fuerte abrazo.

—Bien. —El primo de su padre era muy delgado y mucho más alto que él, pues a pesar de su espalda arqueada, casi le sacaba una cabeza—. Y a ti no hace falta preguntarte, ya sé que te va de puta madre. —Se separó de él, sonriendo—. He leído todas tus novelas, antes de irte tendrás que dedicarme alguna.

—Claro, las que quieras.

—Venga, pijo, cierra la puerta, que hace frío.

Camilo se quitó el abrigo y lo dejó en una silla junto a la entrada. Aquello era como un salón improvisado, con pocos muebles, bastante desordenado y sucio, en lo que antes debió de ser una cochera. Una estufa de leña caldeaba el ambiente, demasiado quizás, porque estaba muy cargado, con olor a cerrado, a sucio, a grasa, a humo de tabaco. Felipe se desplomó en un sillón frente a una tele antigua que apagó de un porrazo.

—Siéntate. —Le ofreció una silla a su lado—. Desde que han puesto la TDT esta de los cojones, la uno y la dos ya no se ven. Te tienes que gastar la pasta en el aparatito de los huevos y total para qué, para tener veinte canales que no me interesan un pijo y no poder ver los que me gustan. Si es que parece que lo hacen para joder.

—Yo estoy convencido, lo hacen para joder —aseguró Camilo—. Como lo de reducir ahora la velocidad máxima en las autopistas a ciento diez. Dicen que es para ahorrar energía, por la crisis en los países árabes, pero ¿a quién se creen que engañan?

—Medidas recaudatorias. Y lo de la TDT, eso es como en *La escopeta nacional*. Qué bueno Berlanga, la hostia, y ahora no puedo ver *Cine de Barrio*. Estoy seguro de que alguno de esos cabrones de ministros tiene un amigo con una fábrica de aparatitos de estos para la TDT. Así que se toman unas cervezas juntos, o se van de putas, que es más probable, o de putos, que no hay que discriminar a nadie, y al día siguiente el señor ministro decide que ya no vale la televisión de toda la vida y la gente que se vaya a tomar por culo, a gastar dinero, ahora que estamos en crisis y nos congelan las pensiones un año sí y otro también. O te compras el aparatito del amigo del ministro o te jodes y te gastas la pasta en una tele nueva.

—Estamos jodidos.

—En fin, a mí ya me da igual, que me quedan dos telediarios, o dos informativos de las tres, porque el telediario ya no puedo verlo. Pero vosotros, los jóvenes, sois los que tenéis que pelear, pijo, que este país se va a tomar por culo.

—No me irás a decir que con Franco estábamos mejor.

—No, coño, eso no, la libertad ante todo. Pero estamos llegando a un punto que…, ¡joder!, en algunos aspectos estamos peor, ¿o qué me dices de la ley antitabaco? En fin, te lo digo en serio, Camilo, tú eres escritor, eres una persona conocida, con prestigio, haz algo por este país, cojones, moviliza al pueblo, salid a las calles como en los putos países árabes y dadles por culo a los cabrones de los políticos que nos roban cada día, que viven de puta madre mientras el pueblo se muere de hambre.

—Ya lo hice, recomendé en mi blog el libro *¡Indignaos!*, de Stéphane Hessel, y la prensa se me echó encima por influir en temas políticos. No te creas que es tan fácil.

—Y entonces, ¿de qué pijo te sirve ser famoso si no puedes usarlo para lo que de verdad importa?

—Para vender libros.

Felipe lo miró con el ceño fruncido, los ojos entornados, intentando dilucidar si hablaba en serio.

—Bueno, dejemos el tema, que me enciendo.

—¿Y la tía Antonia?

—Hace ya ocho años que murió. —Su cara se ensombreció al pronunciar aquellas palabras.

—Lo siento, no lo sabía.

—Bah, no te preocupes, desde entonces una vecina me trae la comida todos los días. —Se inclinó sobre la mesa de centro para hacerse con un cigarrillo de un maltrecho paquete de Ducados—. ¿Quieres? —Le ofreció uno a Camilo, que aceptó aunque no era su marca preferida. Lo encendió mientras observaba la llama con ojos vidriosos—. Me han detectado un cáncer hace poco, de pulmón.

Camilo se quedó de piedra, la mano agarrotada, intentando contener el impulso de arrancarle el cigarro de la boca.

—Joder, ¿y qué haces fumando?

Eso deberías preguntártelo tú. Yo ya tengo el cáncer.

Camilo miró el pitillo que se consumía entre los dedos.

—Tienes razón, pero si sigues fumando será peor, ¿no? El cáncer ya no es una enfermedad terminal. Hoy en día, si se coge a tiempo, se curan la mayor parte de los casos.

—¡Al cementerio con el tabaco, qué hostias! Anda, levántate y echa un par de coñacs. —Camilo dudó y Felipe insistió—: Que no te dé reparo, me cago en la puta. A mí ya no me queda nada por lo que vivir, desde que se fue la Antonia… Bendito tabaco, si me lleva con ella.

Con el cigarro colgando entre los labios, Camilo se acercó al mueble de la tele.

—Ahí, ahí —le indicó Felipe.

Camilo abrió uno de los armarios. Sobre la puerta abatida dispuso dos vasos de culo grueso que rellenó con un par de dedos de Soberano.

—¿Y qué te trae por aquí después de tanto tiempo?

—He encontrado una carta de mi padre en la que me pedía que investigara un caso que él dejó sin resolver.

—¿De qué se trata?

—Dos asesinatos. Los padres de una muchacha, una niña entonces, en el año noventa. Se llama Purificación Carrión López.

—No me suena el nombre.

—De todas formas, me gustaría que me hablaras un poco sobre mi padre. Cómo era en realidad, en el trabajo, ya sabes.

Felipe apuró el cigarrillo y lo remató en el cenicero. Parecía meditar por dónde comenzar la explicación mientras buscaba otro pitillo en el paquete, pero descubrió que estaba vacío y lo aplastó con rabia. Camilo sacó el suyo del bolsillo, Marlboro, y se lo tendió. Felipe lo aceptó sin rechistar. Su cara se iluminó con la primera calada y comenzó a hablar.

—Tu padre, tu padre… —repitió meditando, intentando evocar aquellas remembranzas perdidas en algún rincón de su mente, el pitillo colgando entre los labios, bailando arriba y abajo con cada palabra, los ojos casi cerrados, pequeños, casi ocultos tras los pliegues de sus párpados arrugados—, tu padre era un buen hombre, que no te quepa duda, un buen policía, con un par de huevos como esa tele de grandes. Se tomaba el trabajo muy en serio, para él era lo primero, aunque había cosas, algunas leyes, con las que no estaba de acuerdo, sobre todo durante la dictadura, ya sabes. Así que algunas veces interpretaba la ley a su manera y se pasaba por el forro de los cojones lo que creía injusto. Yo le ayudé a entrar en el cuerpo y fui su superior durante muchos años. Más de una vez tuve que cubrirle las espaldas, ya sabes, para que los de arriba no se enteraran de ciertas cosas, como que se la traían floja los delitos políticos o que solo le interesaban los casos de asesinato, sobre todo si estaban relacionados con mujeres. Y es que tu padre sentía pasión por las mujeres, no pasión sexual, ¿eh?, me refiero a respeto, admiración, amor. Él quería a las mujeres más que a nada en el mundo y las defendía a capa y espada. Y era un poco bestia, no te creas; ya sabes, en los modales, en las formas de imponer su autoridad. En la oficina lo apodaban El Toro, porque cuando se le metía algo entre ceja y ceja no había quien le hiciera cambiar de opinión, y si te ponías en medio, cuidado, porque era capaz de llevarte por delante.

—Mi padre tenía una personalidad muy fuerte, eso es cierto. En casa era igual. —Camilo apuró el brandy y se levantó para rellenar el vaso—. Sin embargo, no he entendido muy bien eso que has dicho sobre las mujeres.

—Tu padre jamás le habría sido infiel a tu madre —explicó Felipe—, él la quería más que a nada en el mundo y nunca le habría hecho daño. Igual que a ella, adoraba a las mujeres, a todas, y no soportaba a los hombres que les ponían la mano encima.

Camilo se quedó de piedra, de pie, con el vaso en la mano. De repente, las palabras de su madre estallaron en su cabeza, sin control, sin poder reprimirlas. «Me avergüenzo de ti cada día, cada minuto, cada segundo». Se mareó y se apoyó en el mueble para no perder el equilibrio. Observó a Felipe, que permanecía ajeno a sus pensamientos, con los ojos vidriosos, sucumbiendo al placer que le proporcionaba cada calada. Intentó pensar en otra cosa, olvidar aquellos reproches, pero no fue posible. «Lo mejor será que abandones esta casa, que dejes a tu mujer, a tu hijo, y que te vayas lejos, a Madrid, por ejemplo, e inicies una nueva vida». No, su madre no tenía razón. Qué cojones sabía ella y por qué coño metía sus indiscretas narices en sus asuntos privados. «Si permaneces aquí, terminarás lamentándolo tanto como yo». ¿Acaso era culpa suya que

Beatriz fuera una incompetente, que no desempeñara de forma adecuada su rol en la pareja, que cualquier cosa, su hijo y su trabajo, fuera más importante que ocuparse de él, que organizar las tareas de la casa, que atender a su marido, como una buena esposa debía hacer? Acabó el brandy de un trago y se sirvió otro.

—Eh, muchacho, ¿te encuentras bien? —Felipe había terminado su cigarrillo y alargaba la mano hacia él—. Anda, dame otro.

—Camilo le entregó de nuevo el paquete y volvió a su silla, mientras Felipe prendía el pitillo—. Fue por lo de tu madre, ¿sabes? Después de eso tu padre no volvió a ser el mismo, cambió su carácter, se volvió más frío, más amargado, más intransigente. Y desarrolló un odio feroz hacia cualquiera que osara golpear, insultar o molestar a una mujer. Con ese tema se disparaba enseguida, perdía los nervios, y más de una vez tuvimos que separarlo para que no matara a algún zopenco al que se le había ocurrido darle un guantazo a su señora esposa en su presencia.

—¿Lo de mi madre? —dijo Camilo, intrigado—. ¿Qué le pasó a mi madre?

Felipe lo observó a través de las estrechas mirillas de sus párpados arrugados, valorando si debía contestar o no.

—¿No lo sabes?

—No.

—Entonces se lo tendrás que preguntar a ella. Son cosas demasiado personales.

—Tú lo sabes, así que no será tan secreto como para que no puedas contárselo a su propio hijo.

—No me toques los huevos, Camilo. —Se incorporó del sillón y abrió los ojos, que desvelaron al fin su pálido color verde, descompuesto por perpetuos trazos de venitas inflamadas. Su voz adoptó un tono duro, de reprimenda, cuando dijo—: Yo pasaba mucho tiempo con tu padre y lo ayudé muchas veces, en temas de trabajo y privados, igual que él a mí. Hay cosas que no se comparten con nadie más que con los amigos de verdad, ¿entiendes? Y esas cosas un amigo se las queda para él y no se las cuenta ni a Dios.

Camilo bajó la cabeza un poco avergonzado. Se encendió otro cigarrillo y los dos fumaron unos segundos sin mirarse.

—El otro día estuve en un piso que mi padre tenía en el centro de Cartagena, un piso pequeño, unos treinta metros cuadrados.

—La Jaula.

—¿Cómo?

—Sí, hombre, el piso, tu padre lo llamaba La Jaula, supongo que porque era tan pequeño como la jaula de un canario.

—Entonces conoces el piso, has estado allí.

—Claro, pijo. Tu padre era asiduo a las tertulias del estudio de pintura de Vicente Ros y sus amigos, allí se juntaba lo mejor de Cartagena, cualquiera que tuviera inquietudes intelectuales: Alberto Colao, Casimiro Bonmatí, José Maestre, el propietario de La Royal... Yo lo acompañé en varias ocasiones, pero me aburría, aquello no era para mí..., ya sabes, demasiado sesudo para un zopenco como yo. Lo único que me gustaba era cuando hablaban de los muertos, del espiritismo y cosas de esas, y algunas veces hacíamos una sesión.

—¿Y qué tiene eso que ver con el piso?

—El estudio de pintura era un sitio público, allí entraba quien le daba la gana, siempre y cuando compartiera sus intereses. Sin embargo, algunas veces querían hacer tertulias o sesiones de espiritismo en un ambiente privado, más selecto, solo unos cuantos elegidos en un sitio tranquilo. Y tu padre ofreció La Jaula para ello. Allí nos juntábamos de vez en cuando, invocábamos a los muertos y algunas veces nos contestaban. Cuando eso pasaba se nos ponían a todos de corbata. Tu padre era muy listo, el cabrón, un auténtico hijo de puta, y de todo pretendía sacar partido. ¿Sabes lo que se le ocurrió? —Camilo negó con la cabeza—. Pues llevábamos un caso de asesinato entre manos, así que dijo: coño, si podemos hablar con los muertos, ¿por qué no invocamos al que se han cargado y que nos diga quién es el asesino? Me cago en la hostia, era buenísimo, si es que tenía cada puntazo…

—¿Y funcionó?

—¡Qué hostias! Por lo menos en las que yo participé, el señor difunto no se dignó a presentarse. Pero yo no iba mucho y he de decir que tu padre resolvió unos cuantos crímenes que nos traían de cabeza. Siempre me he preguntado si no llegaría a contactar con alguno de los fiambres.

—¿Así que le gustaban los temas esotéricos?

—Sentía pasión por ellos. Creo que en parte era una forma de rebeldía, ya sabes, lo que te decía antes, había leyes con las que no estaba de acuerdo y se las pasaba por el forro de los cojones. Al saltárselas se sentía un poco más libre, le proporcionaba la excitación, el morbo de lo prohibido.

Camilo se puso en pie, el ambiente de la cochera se tornaba cada vez más angustioso, incluso para un fumador como él. Su cabeza comenzaba a darle punzadas amenazantes.

—Me voy a tener que marchar. Me alegro de haber venido y de verte de nuevo.

—¿Cómo fueron esos asesinatos?

—¿Qué asesinatos?

—Los de los padres de esa muchacha, los que estás investigando.

—Pues, la verdad, no lo sé.

—¿No has buscado a la chica?

—Sí, estuve con ella…

—¿Y no le has preguntado cómo murieron sus padres?

—La verdad es que no, no me pareció muy prudente…

—Parece mentira que escribas novelas policíacas. ¿Cómo coño vas a investigar un crimen que no sabes ni en qué consiste?

—No lo sé, supongo que tienes razón.

—Claro que la tengo, y no puedes irte, pijo, ¿se te ha olvidado ya que tienes que firmarme por lo menos un libro?

—Eso está hecho.

—Coge el que quieras, están ahí arriba, en el mueble.

Camilo sacó su pluma del bolsillo de la chaqueta y bajó tres libros. Se decidió por el más viejo, su primera novela, *Campo de sangre*. No le costó mucho pensar la dedicatoria: «A Felipe, el primo del Toro, que estuvo en La Jaula y habló con los muertos. Para que no sufra al reunirse con ellos. Con cariño, Camilo».

CAPÍTULO 29

Sergio se incorporó a clase sin que le diera tiempo a comerse el bocadillo. Había pegado un par de tímidos bocados que consiguió tragar con dificultad, como si alguien le hubiera arrancado el estómago para devolvérselo hecho un nudo. Entre la expectativa de la pelea con su primo y lo que había pasado con Turia, se encontraba hecho polvo. Al final lo tiró en una papelera y se tomó una Coca-Cola, que le sentó mejor que la cerveza de antes, despejándole la cabeza del embotamiento. El tiempo se arrastró despacio a través de las clases de lengua, religión e inglés. Su mente permanecía cerrada, saturada, y ninguno de aquellos conocimientos que los maestros se empeñaban en explicar consiguió alcanzarlo, quedando atrapados en una capa de miedos, nervios y obsesiones que había envuelto todo su raciocinio, relegando a un segundo plano el incómodo encuentro con Turia para centrarse en una única cuestión: ¿daría resultado su plan o, finalmente, se presentaría su primo al duelo programado para las dos? Si se presentaba, estaba perdido, lo sabía; le daría la peor paliza que hubiera recibido en toda su vida. Si, por el contrario, su plan funcionaba, Sergio quedaría como un héroe y su primo como un cobarde que se había acojonado y no se había atrevido a enfrentarse a él a solas, sin el respaldo de sus matones.

Sonó el timbre. Las dos. Sergio recogió sus cosas despacio y echó a andar por el pasillo. Pasó por delante de la clase de Rodrigo, que se encontraba ya vacía, así que continuó hasta las escaleras. Bajó, intentando recordar la táctica del doble ataque que su abuelo le había enseñado —doble puño o puño y patada— y que él había practicado con un árbol durante un buen rato. Con un árbol era sencillo, no se movía, pero si se presentaba su primo, ¿sería capaz de golpearlo?, ¿sería capaz siquiera de intentarlo?

Alcanzó la puerta del instituto. Los chicos pasaban alrededor, algunos esperaban fuera a sus padres, otros se marchaban andando en grupos. No vio a su primo, miró el reloj, las dos y cinco. Bien, quizás hubiera funcionado, quizás no se presentara, quizás no tendría que enfrentarse a él. ¿Sería posible que hubiera tenido suerte, que hubiera ganado?

—Eh, nenaza. —La voz sonó a su espalda, casi como si le hubieran pegado un tiro.

Sergio se giró. Allí estaban Fran y Yusuf, dos de los cadetes del Cartagena, dos de los amigos de su primo, dos de sus esbirros.

—¿Y Rodrigo? ¿Qué pasa?, ¿que se ha rajado?

—¿Que se ha rajado? Serás hijo de puta —gruñó Fran, y le dio un codazo a su compañero para que lo acompañara.

Se acercaron a Sergio y lo cogieron uno por cada brazo. Lo arrastraron a través de la puerta de entrada, por delante de la conserjería, se cruzaron con el profe de inglés, que les sonrió y siguió su camino. Avanzaron por el pasillo dejando a ambos lados las clases de primero, cruzándose con otros chicos sin que nadie diera importancia a su secuestro, al hecho de que dos chavales más grandes y fuertes que él se lo llevaran a rastras. Él no se quejó, no habló, no chilló, simplemente se dejó llevar como un cordero al matadero, aceptando su destino fuera el que fuese, una paliza o la misma muerte, qué importaba. Pasaron junto a la cantina y giraron a la derecha para entrar en el aseo de los chicos. Sergio escuchó los retortijones de tripas, los pedos acuosos, algunas veces repetidos como el tableteo de una metralleta, otras, auténticas explosiones terminadas en un largo silbido con pompas incluidas, como si se vaciase un globo a través de un cubo de agua. No pudo evitar que se le escapase una sonrisa. Al fin, los dos matones le empujaron contra una de las puertas. El olor era insoportable.

—¡Aquí está! —gritó Yusuf.

La respuesta que obtuvo fue otra retahíla de pedos y los tres chicos rompieron a reír, tapándose la boca con las manos, intentando que el que sufría la cagalera no los oyera. Al poco oyeron el sonido del papel higiénico al rasgarse, luego el de la hebilla de un cinturón, antes de que se abriera la puerta. Rodrigo apareció con muy mala cara, pálido como la leche.

—Veo que te has cagado por la pata abajo —soltó Sergio, riendo, mientras los dos chicos que lo sujetaban intentaban a su vez contener la risa.

—Me has envenenado, hijo de puta. —Su primo tenía razón. Sergio había comprado en la farmacia un laxante y una jeringuilla, después lo había inyectado en la lata, clavando la aguja en la parte más fina, justo la que rodeaba la chapa por la que se abría—. Esta vez te has pasado un huevo. Te vas a enterar… ¡Cogedlo! —Y mientras sus amigos lo sujetaban por los brazos, Rodrigo se doblaba sobre sí mismo por el insoportable dolor de barriga—. La mierda está esperando —consiguió farfullar.

Entonces los otros dos dieron la vuelta a Sergio, lo agarraron de las piernas y lo pusieron boca abajo. Comenzó a patalear, a dar puñetazos y consiguió alcanzar en las pelotas a Yusuf, que lo soltó y cayó al suelo.

—¡Dejadme, cabrones!

Sergio intentó correr, pero cuando Fran le puso la zancadilla, tropezó. Su primo avanzó hacia él y le pegó una patada en la cara. Sergio comenzó a llorar.

—Llora, hijo de puta… —gimió Rodrigo—, ya puedes llorar, porque te vas a comer un montón de mierda.

De nuevo lo atraparon Fran y Yusuf, boca abajo, sujetándolo por las piernas y los brazos a la vez. Sergio forcejeó y pataleó, y casi consiguió soltarse, pero su primo le asestó una nueva patada en la barriga. Se estremeció de dolor, lloró como un niño pequeño, desesperado, rendido ante la impotencia. Lo arrastraron hasta la taza del váter, los brazos sujetos a la espalda, la cabeza colgando, con la sangre agolpándose en su cara y su cerebro, el labio partido, hinchado por la patada. El repugnante olor de la mierda inundó su nariz y observó con asco toda la taza, manchada por dentro y por fuera de jirones oscuros, pegotes de comida sin digerir y agua fétida. Sergio consiguió contener las lágrimas.

—¡Sé lo que le hicisteis a Dani! ¡Yo os vi, cabrones! —gritó con desesperación, volcando toda su rabia en aquellas palabras—. Lo tengo grabado —mintió, intentando intimidarlos—. Os voy a denunciar a la policía.

Los dos esbirros dudaron y miraron a su jefe con cierto miedo. Rodrigo sonrió, con su cara acongojada, el rostro pálido; casi parecía un cadáver, un zombi que hubiera vuelto a la vida para vengarse.

—No me lo creo. Si fuera verdad, ya lo habrías hecho, nenaza. —Miró a sus amigos—. Vamos —gruñó—, ponedle un poco de gomina en ese flequillo de maricona.

Sergio consiguió tranquilizarse, no intentó resistirse ni buscar más argumentos, estaba todo perdido. Solo le quedaba una opción, una táctica a la que recurrir, la de tragar la menor mierda posible. Así que cerró los ojos y contuvo la respiración todo el tiempo que pudo mientras metían su cabeza en la taza del váter y tiraban de la cadena.

CAPÍTULO 30

La cena en casa de Camilo la había trastocado un poco. Remedios todavía no encajaba el hecho de que su padre pudiera tener una vida oculta, paralela a la de su propia familia. Pensó en el piso y en lo injusto que le parecía que aquella mujer, que ni siquiera era de su propia sangre, hubiera heredado una propiedad de su padre. Nada menos que un piso, como el que ella perdió fruto de las deudas de unos negocios mal llevados. Y, sin conocerla, sintió rabia contra esa tal Pura.

Subió a su habitación para terminar de arreglarse, no estaba dispuesta a parecer la criada de su suegro. Se sentó a los pies de la cama delante de su pequeño tocador. Allí guardaba una caja de cristal decorada con la pintura de unos pájaros, cuadrada y pequeña, suficiente para albergar sus escasas joyas. Se puso unos pendientes de coral que le había regalado su madre hacía muchos años y se pintó los labios. Después volvió al pasillo, llamó con los nudillos a la puerta del dormitorio de su hija y entró. La habitación, llena de peluches y decorada en tonos blancos y grises, se hallaba en penumbra.

—Paula, me voy a casa del abuelo. Acuérdate de sacar al chucho.

—No puedo.

—¿Cómo que no puedes?

Paula descansaba en la cama, tapada con la colcha y mirando al techo.

—Hija, ¿estás bien, tienes fiebre? A ver si te has resfriado otra vez. No me haces caso y esas camisetas son muy finas. El pecho y los riñones deben ir siempre bien cubiertos, así te pasa lo que te pasa.

Remedios se acercó para tocarle la frente, para ratificar su teoría del constipado, fruto del empeño de su hija por ir por ahí más desnuda que vestida.

—Déjame, mamá. —Remedios retrocedió un poco sorprendida—. Me duele la barriga de la regla.

—¿Seguro? Mira que, si es un resfriado, es mejor pillarlo a tiempo.

—Es la regla.

—Bueno, pues te preparo un vaso de leche con miel y te traigo las pastillas. ¿Dónde las tienes?

—Solo necesito estar tranquila. Déjame. ¿No te ibas a casa del abuelo?

—Pues sí.

—Dile a Sergio que saque él a Justin, que le cambio el día.

—Bueno, como digas. ¿Seguro que no quieres que te prepare algo?

—¡Mamá! ¡No!

Remedios cerró la puerta de mala gana, poco convencida de marcharse y dejar a su hija en aquel trance, privarla de sus cuidados a cambio de cuidar a su suegro. En ese momento se acercó Sergio por el pasillo, arrastrando los pies, con aquel flequillo molesto velando sus ojos. Su hijo tampoco tenía buena cara, había llegado del instituto y, sin comer, se había metido directo en el cuarto de baño. Salió duchado y oliendo a colonia a dos metros de distancia. Y había echado la ropa a lavar mojada, como si se hubiera bañado con ella. Por toda respuesta le dijo que habían hecho ejercicios de gimnasia en el barro. En los institutos públicos cada vez hacían cosas más raras.

—¿Nos vamos? —le preguntó el chico.

—Me temo que hoy no le haremos la compra al abuelo. —En su tono de voz había algo de satisfacción—. Tienes que quedarte para sacar al perro.

—¿Qué? ¡Y una mierda! Le toca a Paula.

—No hables así, Paula no se encuentra bien.

—Tiene mucho morro.

—Dice que le cambies el día, que mañana lo saca ella —dijo en tono conciliador.

—Es su perro.

—Es de los dos. Y no se hable más, no quiero discutir.

—Pero le toca a ella... Es una niñata consentida.

—Sergio, ya vale. —Remedios estaba poniéndose nerviosa—. Tienes que ayudar a tu hermana y punto. Ella es más pequeña.

Sin dar opción a réplica, Remedios bajó las escaleras. En la entrada le esperaba su madre. Estaba sonriente, se había retocado los labios con carmín y lucía unos pendientes de oro y brillantes.

—Toma, hija, que ya es muy tarde. —Le tendió el abrigo y el bolso—. No hace falta que me dejes primero en la peluquería, te acompaño a casa de tu suegro y a la vuelta ya me quedo.

—No me cuesta nada.

—Que no, hija, que así te ayudo, que hoy, como no viene el chico, te echaré yo una mano.

Remedios no discutió, reparó en el bolso de su madre, del que asomaba un libro. Sospechó que sería alguna obra de Borges.

CAPÍTULO 31

Su hermana se encontraba mal, vaya excusa más tonta. Sergio empezaba a estar ya un poco harto. Él adoraba a Paula, siempre se habían llevado muy bien, pero desde que había empezado a juntarse con su primo, sobre todo desde la jodida cena familiar, Sergio se había distanciado mucho de ella. No entendía cómo se había podido liar con aquel cerdo, el pijo mimado que tanto disfrutaba haciéndole la vida imposible. Y ahora, por su culpa, porque ella se encontraba mal y él tenía que ir a pasear al puñetero perro, no podía ir a casa de su abuelo para contarle cómo habían ido las cosas, que sus planes habían fracasado, que todo el mundo se iba a reír de él en el instituto. Y encima se encontraba solo. Había perdido a Dani y después a Turia.

Sergio sacó la correa del perro de un cajón de la cocina y entonces reparó en un mechero que se encontraba sobre la mesa, un mechero clásico, sencillo, de la marca Bic, en color azul marino, con el único distintivo de un dibujo de la Virgen de la Caridad. De modo inconsciente se lo metió en el bolsillo, sin saber muy bien por qué, presa de un presentimiento que le decía que le iba a hacer falta. Se colocó los cascos y salió a la calle, frenando a Justin, que tiraba con ímpetu para alcanzar la primera farola. Caminó sin prisa, con la cabeza gacha. Una y otra vez le venían las imágenes de la humillación que había sufrido. Solo de recordarlo le daban arcadas.

Su plan había funcionado en lo esencial. Había retado a su primo y no solo este no se había presentado, sino que además se había cagado por la pata abajo, literal. Sergio había ganado la partida, o debería haberla ganado, porque su primo no asumió la derrota y envió a sus matones a rematar la faena que él no había sido capaz, excusándose en que lo había envenenado con un laxante, vagas conjeturas de las que ni siquiera tenía pruebas. Lo único real era que su primo se había cagado encima y no se había presentado. Eso era lo único que debería contar. Sin embargo, la cosa no había acabado, porque los esbirros de Rodrigo lo habían cogido y lo habían arrastrado hasta los aseos, lo habían puesto boca abajo y… Notó la arcada que casi le hizo vomitar. Recordó con desesperación cómo se había lavado la cara, el pelo, las orejas y las manos después de aquello, cómo había abandonado el instituto corriendo, intentando no cruzarse con nadie conocido, para llegar a su casa lo antes posible, despojarse de la ropa maloliente, ducharse, desinfectarse con gel, con champú, con jabón, con colonia, y echar aquella ropa a la lavadora, aquella ropa que no sabía si sería capaz de volver a ponerse por muy limpia que estuviera, por mucho que oliera a detergente y a suavizante.

Cruzó la calle y se detuvo en un solar, el hueco de una casa entre dos simétricas, asaltado por matorrales y arbustos que brotaban entre los restos de terrazo de la vivienda que hacía ya años había ocupado aquel lugar. Soltó a Justin para que corriera a gusto e hiciera allí sus necesidades. El perro se dirigió al fondo de la parcela, oliendo y marcando el terreno cada pocos pasos. Entonces se detuvo, gruñendo, con el cuerpo en guardia, marcando los músculos como alambres de acero, mostrando los dientes en actitud desafiante. Al fondo se encontraba acurrucado el galgo con el que ya se había enfrentado en el parque el día que quedó con su abuelo. El chucho se puso en pie, imitando la actitud ofensiva de su contrincante, estudiándose, dispuestos a atacar en cualquier momento.

Sergio pensó en intervenir, en separarlos, en acercarse con una piedra para espantar al otro perro. Pero no se movió, permaneció a la espera, observando a los dos animales que se estudiaban, gruñendo, mostrando los dientes afilados dispuestos a arrancar carne. Y de pronto Justin saltó sobre el galgo e intentó engancharlo del cuello, pero el otro se revolvió y sus bocas chocaron la una contra la otra, haciendo chirriar los dientes, hiriéndose en la nariz y la lengua. Se separaron unos segundos y volvieron a la carga. Esta vez Justin clavó los dientes en una pata del galgo, que aulló de dolor y a su vez consiguió morder al pastor alemán en la cola. Justin tiró con fuerza, desgarrando la piel y la carne, y consiguió derribar a su contrincante, que cayó al suelo gimiendo y aullando. Acto seguido, se puso en pie con rapidez y salió pitando de allí, eso sí, con una ligera cojera y dejando gotas de sangre tras de sí. Justin había ganado.

Sergio se acercó al animal, que se mostraba inquieto y comenzó a lamerle la mano. Le puso la correa y le limpió la sangre de la boca con un pañuelo de papel. Tenía un pequeño rasguño en la nariz, nada importante, y un mordisco en la cola que sangraba un poco, empapando y apelmazando el pelo. Al ver la sangre, le vino a la mente una imagen de la infancia, de cuando tenía siete u ocho años. Dani le había llamado para que fuera a su casa, parecía nervioso. «Necesito tu ayuda», le confesó. Sergio acudió y juntos se dirigieron al patio trasero de la casa. Allí encontraron una camada de cinco gatitos. «Mi gata parió ayer —le explicó Dani—. Mi padre me ha dicho que me deshaga de ellos, que los mate antes de que él vuelva esta noche, y que no quiere que mi madre se entere. Pero yo no puedo, me dan mucha pena». Sergio lo miró sorprendido. «¿Por qué no se los das a alguien?». «Ya he hablado con mi primo para que se quede uno, pero con los demás no sé qué hacer». «¿Y por qué no los sueltas?». «Eso sería aún peor, se morirían de hambre». «Entonces tendrás que matarlos». «Pero no puedo. ¿Me ayudarás?». Sergio dudó. «Bueno, hay que matar cuatro, dos cada uno». Dani se quedó perplejo ante la frialdad de sus palabras. «¿Y cómo lo hacemos?». Sergio cogió uno de los gatitos, lo puso en el suelo y, sin más contemplaciones, le aplastó la cabeza. Al principio sintió asco y lástima, pero de pronto se apoderó de él una embriagadora sensación de poder, un poder ilimitado que le permitía decidir sobre la vida y la muerte. «Te toca», le dijo a Dani, pero su amigo dio un paso atrás y se echó a llorar. Sergio sacó otro cachorro de la cesta y repitió la operación; la lástima ya había desaparecido, desplazada por completo por la sensación de poder. Dani lo miraba sin moverse y Sergio remató la faena acabando con los otros dos animales. Cogió el último y se lo entregó a su amigo. «He dejado este porque es el más *bonico*», le dijo, y Dani lo miró con ojos vidriosos. «Gracias».

Y ahora Sergio tenía ante él a Justin, ensangrentado, como aquellos pequeños cachorros de gato que inundaban sus recuerdos de infancia. Y esos recuerdos venían acompañados de la embriagadora sensación de poder que le hacía sentirse bien, alguien especial que podría acabar con su primo y con todos los matones del mundo que se interpusieran en su camino. Necesitaba avivar esa sensación, potenciarla, alimentarla. Agarró al perro y lo arrastró hasta la pared del fondo, donde había una reja oxidada que utilizó para atarlo con la correa, pero era tan corta que apenas podía mover la cabeza. «Has salido demasiado bien parado de la pelea», pensó mientras buscaba en su bolsillo el mechero adornado por la imagen de la patrona de Cartagena. «Te vas a enterar. Sí, Paula, te vas a enterar». Y se colocó sobre Justin, con las piernas abiertas, el cuerpo del animal sujeto entre ambas, notando su respiración acelerada, aún inquieto por la pelea, sin llegar a comprender lo que su amo planeaba hacerle. Entonces encendió el mechero y mientras con una mano le sujetaba la cola ensangrentada, con la otra acercaba la llama al pelo negro, húmedo y sucio por la sangre. Pasaron unos segundos hasta que el animal percibió el dolor, hasta que comenzó a quejarse, a patalear, gemir y aullar, intentando librarse del martirio que su amo había decidido infligirle. Sergio, por su parte, sintió alivio al inmovilizar al animal entre sus piernas, y se esforzó todo lo que pudo por aguantar en aquella posición incómoda, como si estuviera domando un potro salvaje o un toro en un rodeo. La sangre fresca, medio coagulada ya, comenzó a burbujear bajo el efecto de la llama como si estuviera hirviendo, despidiendo un asqueroso olor a carne y a pelo chamuscados. «¡Jódete, Paula! Jódete por liarte con el hijoputa de Rodrigo, jódete por llamar a este perro Justin, jódete por ser tan imbécil, tan infantil, tan egoísta que solo te preocupas de ti misma y te importa una mierda lo que les pase a los demás, lo que me pase a mí, tu hermano, que siempre te he querido y te he defendido. Y total, ¿para qué?».

En ese momento Justin se revolvió lanzando una furiosa dentellada contra Sergio, que saltó asustado, soltando la cola al notar el hocico golpear su trasero. Podía haberse llevado un buen mordisco, no lo había alcanzado por los pelos. El animal dobló el cuerpo para llevar la cola hasta su boca y lamerla, gimiendo con las orejas retraídas, intentando calmar el dolor de la herida.

Sergio permaneció inmóvil unos segundos, observándolo con curiosidad, pero también con rabia, asco y miedo. No sabía si lo que había hecho estaba bien o no, no sabía si colaría que esas heridas se las había producido el otro perro en una pelea. Lo único que sabía era que se sentía bien, que al descargar su rabia contra aquel animal indefenso se sentía vivo, desahogado.

Soltó la correa de la reja y tiró de Justin, que caminó a su lado con docilidad. Sergio se colocó los auriculares en las orejas y se dejó llevar por la música, canturreando las canciones de sus grupos favoritos mientras volvía caminando a casa.

CAPÍTULO 32

Remedios conducía su pequeño coche por las calles de Cartagena. El trayecto no era largo, cinco o diez minutos contando con el tráfico denso de la tarde; tiempo suficiente para tomarse un respiro, para disfrutar del único placer que se permitía a lo largo del día. Esperó a encontrar un semáforo en rojo y se abalanzó sobre su bolso, que reposaba en el asiento trasero junto a la bolsa de rafia y el abrigo de su madre.

—Mamá, no te pongas histérica, pero lo necesito —aclaró mientras se colocaba el cigarrillo entre los labios, sin darle tiempo a su madre a ofrecer objeción alguna.

—Hija, ya eres mayor para hacer lo que quieras.

Remedios se sintió un poco aliviada. Martirio odiaba que fumara, y más si lo hacía en el coche; sin embargo, estaba tan cansada, tan estresada, que le importaba un pimiento lo que su madre pudiera pensar. En cuanto se bajara del coche se metería en el piso de su suegro y allí no podría fumarse un pitillo, así que su madre tendría que aguantarse; al fin y al cabo, nadie la había invitado a acompañarla, se había apuntado ella solita. Removió el interior del bolso buscando el mechero. «Mierda. ¿Dónde lo habré metido?». Necesitaba aquel cigarrillo, lo necesitaba como el sediento necesita el agua en medio del desierto. Aunque sonara contradictorio, el humo le proporcionaba el aire necesario para proseguir con el día que tenía por delante.

—Está verde —advirtió Martirio.

Inmediatamente el coche de atrás hizo rugir su claxon.

—Ya voy, ya voy, leche.

Avanzó despacio con la intención de provocar al conductor impaciente. Miró por el retrovisor con el pitillo aún entre los labios; era un hombre de unos treinta y cinco, moreno, con cara de pocos amigos. Inconscientemente dio una profunda calada, pero fue en vano. Seguía apagado, claro. «Necesito fumar». La siguiente tanda de semáforos en verde hubiera hecho feliz a cualquier conductor con prisa, pero no a Remedios.

—Ten cuidado, que nos vamos a matar —la increpó su madre.

Remedios la ignoró, empecinada en escarbar dentro de aquel enorme bolso de color negro, algo deslucido ya por el uso y el paso del tiempo. Seguía sin encontrar el maldito mechero.

—Búscalo tú —dijo, y colocó el bolso en el regazo de su madre.

Martirio agachó la cabeza y movió las manos dentro, haciendo a un lado todos los adminículos que contenía.

—Lo siento, hija, pero te lo has debido de dejar en casa.

La voz de su madre la arrancó de sus pensamientos.

—¿No se te habrá caído al cogerme el bolso?

—No creo.

—¡Mierda! —Remedios sintió cómo la frustración se convertía en rabia.

—Si dejaras el tabaco no tendrías estos problemas —sentenció la anciana.

Remedios la ignoró y desvió la mirada al cenicero frontal del coche en busca del encendedor eléctrico. Su decepción se confirmó al encontrar el hueco vacío, hacía ya tiempo que se había perdido sin saber cómo. Igual lo había utilizado ella misma y lo había abandonado en cualquier lugar sin darse cuenta. Últimamente iba tan agobiada, tan estresada, que creía que estaba empezando a perder la cabeza. Aplastó el cigarro entre sus dedos, bajó la ventanilla y lo tiró, enfadada. Cuando aparcó frente a la casa de Félix su malhumor era más que patente. Se apeó del coche y cerró de un portazo, sin detenerse siquiera a ayudar a su madre.

CAPÍTULO 33

Martirio sentía un ligero cosquilleo en el estómago cuando llegaron a casa de su consuegro y este les abrió la puerta.

—Espero que no haya ensuciado mucho, porque tengo muy poco tiempo para dedicarle a esta pocilga —espetó Remedios a modo de saludo mientras se dirigía a la cocina.

Su hija estaba de muy mal humor, pero, como solía decirse, ella solita se lo había buscado. Le había pedido miles de veces que dejara el tabaco, que, además de ser una debilidad, era perjudicial para su salud. Y como Remedios hacía como quien oye llover, de vez en cuando necesitaba que le dieran un pequeño escarmiento que la hiciera recapacitar sobre ese vicio malsano.

Martirio se dirigió al salón y se acomodó en el sofá junto a Félix. Acto seguido, abrió su bolso para sacar un libro.

—Estuve en la biblioteca y he cogido un ejemplar de Borges, *El informe de Brodie*. Desconozco su obra, así que no sé si son de sus mejores cuentos.

—¿Has leído alguno?

—Sí, lo he leído entero. Me pareció interesante. Y aunque las historias son muy sencillas, todas te hacen pensar.

—Es lo bueno de Borges, que sus cuentos se basan más en un concepto que en una historia. Se trata de una forma directa de explicar una idea, de acercarla al lector y hacerlo reflexionar sobre ella. La idea ya es muy compleja en sí misma, por eso es importante que la historia sea simple, para que no enmascare el fondo, convirtiéndose en un simple vehículo a su servicio. A Borges le gustaba más decir que sus cuentos eran directos, no sencillos, porque, según él, no existen palabras sencillas.

—Es curioso, debía de ser todo un personaje.

—Sí. ¿Y qué cuento te ha gustado más?

—«El encuentro». —Martirio no dudó en la respuesta—. Me llamó la atención. Trata de dos hombres que están jugando a las cartas y se enzarzan en una pelea. Para resolverla, cogen dos armas blancas que se encuentran en una vitrina en el interior de la casa y luchan hasta que uno consigue matar al otro. Al final se descubre que los cuchillos habían pertenecido a dos enemigos mortales que nunca habían llegado a enfrentarse, como si en realidad hubieran sido las armas y no los hombres las que iniciaron la riña.

Félix tomó el libro de sus manos y leyó las últimas frases del cuento:

—«Las cosas duran más que la gente. Quién sabe si la historia concluye aquí, quién sabe si no volverán a encontrarse». —Levantó la vista hacia ella, y añadió—: Es muy sugerente, ¿verdad?

—A mí me hizo pensar. Me preguntaba si, igual que en el cuento los cuchillos utilizan a las personas para solventar esa cuenta pendiente tras la muerte de sus dueños, podría suceder algo parecido con las personas.

—¿Qué quieres decir? —preguntó Félix con gran interés, sonriente; se notaba que Martirio había logrado captar su atención.

—Pues me pregunto si las personas nos podemos convertir en instrumentos de otras personas que no han podido concluir algún propósito durante su vida, continuar una obra que dejaron inacabada..., no sé.

—¿Como si nos poseyera el alma de un difunto para seguir con su obra?

—No exactamente. Sería más bien como si estuviéramos tan influenciados por él, por su pensamiento, por sus acciones, que nos convertimos sin darnos cuenta en continuadores de su trabajo.

—Sí, tiene sentido.

—Esto… —dudó Martirio—, estaba pensando en mí… —rectificó rápidamente—, en ti, quiero decir, por ejemplo. Estás tan influenciado por la obra y las ideas de Borges y las vas proclamando a diestro y siniestro, intentando que todo el que se cruza en tu camino se interese por él, que… no sé. ¿No te has convertido de alguna forma en un instrumento del propio Borges, en un arma a su servicio?

—Rediez, nunca me lo había planteado de esa forma. —Félix caviló durante unos instantes—. Me parece una reflexión muy interesante.

En ese momento entró Remedios en el salón.

—Félix, ¿puede venir un momento? —pidió, casi exigió con tono seco.

—Claro, hija.

Se puso en pie y se dirigió a la cocina con ella. Martirio permaneció en el sofá, desde donde escuchaba sin problemas la conversación a pocos metros de distancia.

—¿Qué es esto? —preguntó Remedios en tono indignado.

—Pues un recipiente de comida, ¿no?

—Sí, de comida podrida —apostilló enfadada—. ¿Usted se cree que yo me paso la vida haciendo comidas para que deje que se pudran en el frigorífico?

—Pues, yo… lo siento mucho. Nunca he pretendido despreciar tu trabajo.

—No, ¿eh? ¿Y me quiere explicar cómo llama usted a esto? ¿Cómo lo llamaría su querido Borges? ¿Es un plato condimentado en las especias del olvido? ¿O un plato relegado a la meditación y el ostracismo?

Martirio se levantó del sofá y fue renqueando hasta la cocina.

—Esta semana he comido un día fuera, supongo que…

—Si piensa comer fuera, por lo menos avíseme y me ahorro un plato de comida. ¿Usted sabe el tiempo que me cuesta hacer cada plato, tiempo que no me sobra en absoluto?

—Yo…

—Escuche. Le he traído cinco tápers más, cada uno con una comida distinta. Si no piensa gastar alguno, puede congelarlo, ¿entiende?

—Perfectamente, pero la semana pasada me dijiste que no lo congelara…

—¡La semana pasada fue la semana pasada, y me está poniendo ya usted de los nervios! —Remedios golpeó la mesa, había perdido toda compostura—. Y esta semana es esta semana. Así que tome nota y espero que no vuelva a… —Se interrumpió al descubrir a su madre de pie en la puerta.

—Remedios, ¿hay algún problema? —habló en un tono duro y seco, autoritario, que su hija conocía muy bien.

Dudó antes de contestar, no se atrevía a mirarla a la cara.

—No, mamá —contestó mientras se volvía hacia el fregadero para continuar con sus tareas—. Creo que ya está todo aclarado.

Félix le ofreció su brazo a Martirio para regresar al comedor.

—Discúlpala, ha tenido un mal día —se excusó Martirio mientras se sentaba en el sofá.

—No te preocupes, entiendo que esté agobiada, solo soy una carga. —Félix sonrió con ironía al tiempo que ocupaba el asiento junto al de Martirio.

—No somos una carga. —La mujer alargó su mano para coger la de Félix y, mirándolo a los ojos, prosiguió—: Somos un par de ancianos, sí, pero la vejez conlleva sabiduría, experiencia, lucidez. El cuerpo se marchita, pero al mismo tiempo la mente se abre para alcanzar el clímax.

—La mía ni siquiera eso —repuso Félix, cabizbajo—. He comenzado a tener lagunas.

—Lo importante es disfrutar el tiempo que nos queda, sea poco o mucho, eso no lo sabemos. —Martirio lo miró con complicidad—. Yo estoy aquí para ayudarte a conseguirlo.

Félix sonrió y ella alargó la mano para acariciarle la cara. A pesar del rostro arrugado, la perilla canosa, los ojos pequeños y hundidos, su cara resultaba muy agradable y el tacto de su piel, sorprendentemente suave. Él se acercó a ella y la besó en la mejilla. Martirio se estremeció bajo los efectos de un escalofrío que le recorrió desde la columna hasta las piernas. De repente, sin poder evitarlo, se sintió como una adolescente capaz de gustar, de coquetear con un hombre, de flirtear, incluso de enamorarse. Desde que Ángel murió no se había atrevido a pensar siquiera en la posibilidad de mantener una nueva relación. Siempre había creído que sería imposible, que en su vida no podría haber más hombre que su marido; ahora, sin embargo, cuando se encontraba junto a Félix se sentía llena, feliz, en calma, cómoda con su compañía, interesada por su conversación y su personalidad. Era un hombre fascinante que bajo ningún concepto perdía la sonrisa y las ganas de vivir.

Félix se había quedado callado, meditabundo.

—¿Te sucede algo? —preguntó Martirio.

—¿Qué? —Abandonó su ensoñación y la miró algo confuso—. No, estaba pensando en lo que ha sucedido con tu hija.

—Ah. —Martirio se sorprendió un poco de que volviera con ese tema. Creía que ya había quedado zanjado.

—Es que llevo algún tiempo dándole vueltas a una idea, una teoría.

—¿Cuál?

—Pues se me acaba de ocurrir un nombre que le podría ir al dedillo: la Paradoja del Bibliotecario Ciego.

—Suena bien —repuso Martirio—. ¿En qué consiste?

—Es una teoría sobre…

En ese momento entró Remedios en el salón, interrumpiéndolos de nuevo.

—Mamá, tenemos que irnos. —Y, dirigiéndose a Félix con un tono sosegado, dijo—: He repasado la cocina y el baño. Mañana volveré, a ver si puedo limpiar el polvo y cambiar las sábanas.

—De acuerdo, hija, muchas gracias por todo.

Remedios se acercó a su madre y la ayudó a levantarse del sofá.

—Creo que no hará falta que me dejes en la peluquería, es ya un poco tarde —aclaró Martirio—. A lo mejor mañana vuelvo contigo, a ver si terminamos un poco antes.

Y le guiñó un ojo a Félix, que respondió a su gesto con una sonrisa mientras se dirigían a la puerta.

CAPÍTULO 34

Beatriz tenía frío en aquel salón amplio y se ajustó el chal. Oyó el sonido del timbre y se encaminó al recibidor. Era un repartidor que le explicó que se había equivocado varias veces de camino antes de dar con la casa.

—¡Menuda mansión! —exclamó al atravesar la puerta de dos metros y situarse en aquella entrada de techos altos, rematada con la lámpara de imitación Artichoke de Poul Henningsen.

Con esfuerzo, el hombre delgado y fibroso dejó un gran bulto junto a las amplias escaleras. Todavía faltaban detalles que Beatriz iba colocando poco a poco, cuando se sentía con ánimo y conseguía arrebatar algo de tiempo a la rutina de la casa y a la vorágine de su trabajo. El repartidor la ayudó a retirar el plástico que envolvía aquel sillón orejero de estilo clásico, enfundado en una tela adamascada de tonos dorados, perfecta, en su opinión, para combinarla con el espejo de marco de poliuretano, la percha metálica del recibidor y la lámpara de techo de casi dos metros de diámetro. El hombre colocó el sillón donde ella le indicaba y se marchó muy contento, con una buena propina en el bolsillo. Beatriz cerró la pesada puerta y reparó entonces, con horror, en las pisadas de polvo que el repartidor había dejado tras de sí, que no combinaban en absoluto con el estilo milimétricamente pulcro de la estancia. En ese momento se arrepintió de haberle dado propina, a ver si aprendía a tener más cuidado cuando entrara en una casa ajena. Llamó con un grito a Halima, que se encontraba en la cocina. La asistenta acudió al momento con cara de preocupación.

—Corre, ve a por la fregona y limpia este desaguisado.

—Señora, tengo la cena en el fuego.

Beatriz se volvió hacia Halima.

—Friega esto ahora mismo —ordenó con soberbia—. Apáñatelas como quieras, y más te vale que no se queme nada en la cocina.

Halima no rechistó. Volvió al poco empuñando la fregona que eliminaría aquellas huellas de polvo, grabadas como un estampado infantil sobre el negro y brillante pavimento. Beatriz se sintió aliviada y la sirvienta se retiró en silencio.

Al principio había sentido una ilusión tremenda con la casa, con aquella mansión que había ido decorando poco a poco, disfrutando como una niña con cada nuevo elemento que la dotaba de vida, que le imprimía su personalidad. Sin embargo, aquella ilusión se había ido consumiendo a base de humillaciones y puñetazos, y al observar el nuevo sillón, arrellanado bajo las escaleras, se le antojó como una larva que surgía de un pedazo de huevo podrido. Porque así era como ella se sentía la mayor parte del tiempo, podrida por dentro.

La cena familiar. Antonio. El chiste improvisado en el pasillo. La risa. De repente se dio cuenta de que hacía millones de años que no se reía. Un acto tan humano, tan sencillo, tan liberador. Sí, hacía años que su risa se había congelado en algún lugar oculto de su alma, y durante aquel fugaz encuentro con Antonio en mitad del pasillo había conseguido devolverla a la vida. Pero después regresó el miedo, miedo a Camilo, a que los sorprendiera coqueteando, miedo a sus represalias. Observó su reflejo oscuro en el espejo de la entrada y no se reconoció. Estuvo a punto de apartar la mirada porque no soportaba ver a aquella mujer que, aunque se parecía tanto a sí misma, era muy diferente.

«Las vueltas que da la vida».

Abandonó la estancia para dirigirse a la cocina, donde oía a Halima trabajar. Su madre siempre le había dicho que con el servicio hay que mantener las distancias sin dejar de ser cercana. Nunca había comprendido aquella directriz, y con Halima lo único que había conseguido era mantener las distancias. Había algo en ella que la desconcertaba, quizás el pañuelo con el que se cubría la cabeza o la dependencia total hacia su marido, quizás el acento que conservaba con una cadencia diferente en las frases y en las palabras, o las eses líquidas y las haches sonoras que a menudo escapaban de su boca.

En los fogones borboteaba un caldo vegetal que olía a pimienta y a comino, mientras Halima limpiaba con esmero el borde de la nevera gris metálico.

—¿Qué hay para cenar? — gruñó una voz a su espalda.

Beatriz se volvió. Camilo había entrado en la cocina para sorpresa de ambas.

—Caldo de calabaza y zanahoria, señor. Lo dejaré todo preparado antes de que llegue mi marido.

—¿Quién ha venido? —Camilo se dirigió a Beatriz con tono más suave, aunque no exento de cierta ironía. ¿Estaría enfadado por algo? ¿Qué habría sucedido ahora?

—El de la tienda de muebles. Ha traído el sillón de la entrada.

—Por fin, un sillón tan caro y un servicio tan malo. —Sonrió con desprecio en la mirada.

—Lo tenían que importar de Italia.

—Oh, *mia bambina* —bromeó, haciendo una mueca extraña que la desconcertó. En ese momento Beatriz no era capaz de distinguir si su marido se encontraba de buen humor o todo lo contrario—. Enséñamelo por lo menos, ¿no?

—Claro, sígueme.

Halima continuó con sus tareas, observando de reojo cómo la pareja abandonaba la cocina. Beatriz se percató de que mostraba cierto regocijo.

La luz se derramó de nuevo sobre el vestíbulo, activada por los sensores de movimiento. Se dirigieron al rincón donde dormitaba la butaca, un lujo considerando que ocupaba un espacio vacío; ni siquiera el boato era capaz de dotarla de vida. En ese momento Rodrigo se asomó a las escaleras.

—¿Cuándo se cena en esta casa?

—Baja —le pidió Beatriz, más animada—, estamos viendo el sillón nuevo.

—Paso. Cuando esté la cena me avisáis.

Y con las mismas regresó a su dormitorio. Beatriz recordaba con cariño aquellos momentos felices en los que hacían cosas juntos, Camilo y ella. Una vez que llegó Rodrigo, esos momentos de disfrute familiar resultaron cada vez más escasos. Tras el nacimiento, su marido comenzó a exigirle un tiempo que ella no podía dedicarle, y después a darle la espalda, a tratarla con desprecio en la mayor parte de sus comentarios, con indiferencia en el mejor de los casos. A partir de entonces se centró en su literatura, y su relación quedó relegada a un segundo plano, ella convertida en la madre de su único hijo, declarada culpable de la mayoría de los problemas, sin juicio ni recurso posible.

Camilo se acercó al sillón macizo y brillante, digno del sueldo de tres meses que ella había invertido en traerlo a casa. Superfluo pero maravilloso.

—¿Te gusta? —preguntó Beatriz.

—Sí, supongo.

—Es un Tomeo. Seda natural que combina muy bien con la lámpara y el pasamanos de las escaleras.

—Ajá.

Camilo observaba fijamente el sillón metalizado.

—¿Cuánto ha costado?

—Lo he ido ahorrando de mi sueldo.

—Ajá. Me alegra saberlo. —Se giró hacia ella con aquella sonrisa diabólica grabada en la cara—. Pero deberías elegir mejor tus compras. ¿No has visto que está roto?

—¿Roto? —Lo miró sorprendida y después devolvió la vista al sillón, estudiándolo con detenimiento—. ¿De qué estás hablando?

Camilo se acercó a ella con un movimiento brusco y antes de que pudiera reaccionar la agarró con fuerza por el cuello y la arrastró hasta el sillón, obligándola a sentarse. Entonces mostró su mano derecha, en la que empuñaba un cuchillo de carne, de mango de madera y punta afilada, que habría cogido en la cocina.

—¿Te crees que soy idiota? —La macabra sonrisa había sido reemplazada por la cara de bulldog, los labios retraídos, desnudando sus dientes afilados y amarillentos—. Le he estado dando muchas vueltas, ¿te enteras? Muchas vueltas, y cuanto más lo pienso, más me jode.

Apretaba su cuello con la mano izquierda mientras blandía el cuchillo delante de su cara. Beatriz casi no podía respirar y, sin embargo, no se atrevía a moverse.

—¿De qué estás hablando? —consiguió susurrar, con una hebra de aire.

—De la cena, de tus miradas con Antonio, ¿crees que no me di cuenta? —Le soltó el cuello para pegarle una bofetada. A pesar del golpe, Beatriz agradeció que sus pulmones volvieran a llenarse de aire. Rompió a llorar, y Camilo empezó a apretarle la garganta, con rabia, con odio, ahogando sus gemidos en lo más profundo de su alma—. Intenté convencerme de que eran paranoias mías, pero cuanto más lo pienso, más seguro estoy. Vi cómo recorría tu cuerpo con la mirada en cuanto puso un pie en la casa, aquí, en esta misma entrada, y luego sus miraditas durante la cena y la media sonrisa con la que tú respondías a algunas de ellas. —La presión en el cuello

221

aumentó, cortando por completo el paso de aire, mientras acercaba su rostro al de ella—. No te atrevas a dejarme en evidencia de nuevo. Si te vuelvo a pillar coqueteando con alguien, si vuelvo a descubrir ese juego que os traéis los dos, te saco los ojos. —Dicho esto, acercó el cuchillo a su ojo derecho, abierto de par en par; lo acercó tanto que Beatriz creyó notar cómo se lo clavaba, derramando sobre su mejilla el líquido gelatinoso del humor vítreo—. No intentes tomarme el pelo, Beatriz, o lo pagarás muy caro.

En ese momento retiró el cuchillo y lo alzó sobre su cabeza. Parecía que quería descargarlo sobre ella, en cambio lo hundió con fuerza en el sillón nuevo, al lado de su cara. Beatriz no daba crédito a lo que estaba sucediendo; lloraba dolida, asqueada por aquella situación insoportable, a punto de ahogarse. Entonces Camilo al fin soltó la presa, permitiéndole respirar de nuevo, la cogió de los pelos y de un doloroso tirón la arrojó al suelo. Beatriz tosía y jadeaba con dificultad. Observándola con odio, con aquella sonrisa siniestra dibujada en su cara, Camilo rajó el sillón de arriba abajo.

—¿Lo ves? —gruñó, irónico—. Te había dicho que estaba roto.

Y se marchó de vuelta a la cocina, dejándola tirada en el suelo, gimiendo como un perro magullado. Cuando salió del vestíbulo las luces se apagaron y ella quedó sumida en la oscuridad, indetectable por los sensores de movimiento, igual que un fantasma. Allí tumbada, acurrucada a los pies de las escaleras, Beatriz pensó en el costoso y moderno sistema de seguridad que ella misma había diseñado para el chalé. Un sistema inútil, incapaz de protegerla de su mayor amenaza.

CAPÍTULO 35

Aún le dolía la barriga de la regla. Sentía como si las entrañas se le desligaran. La sangre era abundante y se cambiaba de compresa a menudo. No recordaba haber tenido una regla tan mala.

Además, estaba preocupada por el pobre Justin. La tarde anterior, su hermano lo trajo malherido después del paseo. Sergio le dijo que se había peleado con otro perro; Justin emitía quejidos lastimeros y avanzaba cabizbajo. Paula observó con desagrado su cara y su cola ensangrentadas. Arrastró al perro hasta el patio, abrió el grifo del agua y lo lavó con cuidado, aclarando los pegotes de sangre y barro. Una vez limpio, lo secó para meterlo en casa y con algodón y agua oxigenada fue curando cada una de las heridas. Después le vendó la cola, la parte más dañada. No entendía cómo podía haberse peleado, era un perro tranquilo.

Igual era que Justin también guardaba algún secreto.

Porque Paula tenía un secreto, un secreto que no sabía cómo sobrellevar, con el que aún no había sido capaz de decidir qué hacer. Si salía a la luz, caería en desgracia y ya no volvería a ser la chica ejemplar que todos veían en ella.

—¿Qué haces? —Su padre acababa de entrar en el comedor. Estaba tan ensimismada en sus pensamientos que ni siquiera había oído el ruido de la puerta.

—Ver la tele.

—¿Y tu madre?

—Se ha ido con la abuela y con Sergio a casa del abuelo Félix.

Su padre se sentó junto a ella en el sofá, con rostro taciturno, un tanto siniestro.

—¿No tienes nada que hacer?

—No.

—¿Y los deberes?

—Hoy no tengo.

—¿Seguro?

—Jo, papá, estoy viendo la tele.

—Me parece muy bien. —El enfado se iba apoderando poco a poco del tono de su padre—. Y el otro día, ¿qué hacías en un bar con un chico?

—¿Yo?

—Sí, tú.

—No era yo.

—Mira, no me tomes el pelo. Te vio un compañero de trabajo en horas de clase. —La chica permaneció en silencio—. Te estoy hablando, Paula.

—No era yo.

Antonio hizo una pausa para mirarla a los ojos muy serio. Paula desvió la vista hacia la tele, no soportaba la frialdad de su ojo falso cuando la escrutaba de aquella manera.

—Te la estás jugando —le advirtió sin paños calientes—. He llamado al instituto y tienes varias faltas. ¿Has de contarme algo, Paula?

—Me encontraba mal y vine a casa.

—Mira, no he hablado con tu madre de esto porque sé que se lo va a tomar a la tremenda. Pero a mí no me tomas el pelo.

No, a su padre no le tomaba el pelo, eso lo sabía bien. Su madre era pesada y protectora, a veces demasiado severa, pero en general tolerante. Su padre, sin embargo, era más duro y más rencoroso. Era mejor no hacerle enfadar, lo sabía por experiencia.

—Ya sabes cuál es el castigo. Sube a tu habitación.

—No, papá, por favor.

—He dicho que subas.

—Papá, por favor, no volverá a suceder, pero no me hagas eso, te lo ruego.

—¡Sube a tu habitación! —gritó, y el ojo falso estuvo a punto de salírsele de la cuenca.

Paula echó a correr escaleras arriba, llorando. Ya en su cuarto, se tumbó sobre la cama y se mantuvo quieta, enjugando las lágrimas entre las sábanas, mientras aferraba su móvil con ambas manos. Antonio no tardaría en venir y castigarla. En ese momento solo deseaba ser mayor, independizarse y hacerle pagar a su padre por todo su sufrimiento.

CAPÍTULO 36

Sergio se sintió abatido cuando su abuela decidió que también iba a ir a casa del abuelo Félix. Quería hablar con él con tranquilidad, explicarle lo que había pasado con su primo, que le ayudara a trazar un nuevo plan, y todo eso no podría hacerlo delante de ella. Encima, cuando llegaron, su abuela se aposentó en el sofá, cerca de su abuelo, y monopolizó la conversación con chorradas de cuentos y poesías. El chico apenas intercambió una mirada y un movimiento de cabeza con Félix para anunciarle que el plan había sido un desastre. Lo que no podía imaginar Félix era hasta qué punto.

Su abuela continuaba parloteando, así que Sergio decidió que debía llevar a su abuelo a su terreno.

—¿Jugamos una partida de ajedrez? —propuso.

El hombre no pudo negarse. Martirio dedicó una mirada inquisitiva a su nieto, pero este la ignoró. Se acercaron al tablero sobre la mesita de centro, dispuestos a comenzar.

—Abuelo, en la partida del otro día puse en práctica la táctica del bloqueo, pero no funcionó.

—¿Y eso? —Su abuelo lo miró intrigado mientras colocaba sus piezas en el tablero.

—Resultó que el adversario hizo trampas: en vez de aceptar su derrota, lanzó sus peones contra mi rey.

—Ah, entiendo.

—¿Y desde cuándo te interesa tanto el ajedrez a ti? —preguntó su abuela con mala cara.

—Le estoy enseñando a jugar —salió al paso su abuelo—. El ajedrez despierta el intelecto.

—Bah, hoy en día los chicos no hacen más que juguetear con el dichoso móvil. Llevan de todo: juegos, cámaras, música, vídeos. El otro día Paula me enseñó un vídeo que había grabado del *Yastin Beber* ese que tanto le gusta.

—No lo grabó ella, abuela, era un vídeo de internet.

—No, lo tenía en el móvil.

—Pero el móvil estaba conectado a internet —aclaró Sergio mientras reflexionaba sobre lo que había dicho su abuela. En su mente lo relacionó con el *post* que hizo Dani en el Facebook del instituto para reírse de Rodrigo. Quizás ahí tenía el germen de una nueva táctica para continuar con su estrategia, despojar al rey del apoyo de sus soldados.

—Voy al baño un momento —dijo Martirio, levantándose con dificultad del sofá.

—¿Te acompaño? —se ofreció Félix, que también se puso en pie.

—No te preocupes, puedo sola. —Y se marchó apoyándose en el bastón.

Félix se volvió a sentar y se frotó las manos, contento.

—¿Qué?, ¿comenzamos la partida? —Su abuelo se volvió a sentar y se frotó las manos, contento.

Entonces entró Remedios, se plantó en la puerta del salón con los brazos en jarras y la mirada torva, tan afilada que hirió a su abuelo lo mismo que una puñalada.

—Félix, ¿es que ha congelado todos los tápers?

—Sí. —Su abuelo sonreía—. Eso me dijiste, ¿no?

—¿Que yo le dije eso? —Su madre movía la cabeza con frustración—. Lo que dije fue que se cuidara mucho de que se volvieran a echar a perder. Bah, da igual —dijo, y se marchó bufando.

Sergio miró a su abuelo.

—Oye, ¿por qué está mi madre siempre enfadada contigo?

—Pues porque está cansada, hijo, y solo soy una carga para ella. No se lo tengas en cuenta.

—Pero ella dice que hay algo más, algo que pasó hace muchos años, algo muy malo que tú hiciste…

De pronto su abuelo lo cogió por los brazos, mirándolo con tanta severidad que a Sergio le pareció otra persona. Luego se le acercó para hablarle en un susurro:

—Escucha, Sergio, en el pasado no ocurrió nada que tú necesites saber, no pasó nada por lo que tu madre pueda odiarme. No me importa que me trate mal, que me insulte, si quiere, pero no permitiré que te ponga contra mí con mentiras, ¿entiendes?

Y entonces volvió a aparecer su sonrisa de siempre, esa cara afable, encantadora.

En ese momento regresó su abuela y Sergio movió el primer peón. No podía apartar de su mente aquella pregunta, la gran incógnita de lo que había sucedido hacía años y que aún molestaba tanto a su madre. Además, ella había estado en lo cierto: él le había preguntado lo que había sucedido, y en cambio su abuelo no se había atrevido a contárselo.

CAPÍTULO 37

Cuando Camilo bajó del coche, su madre ya lo esperaba detrás de la puerta. Hacía tiempo que no volvía a aquella casa, la casa de sus padres, la de su infancia, un recuerdo bastante oscuro que se había permitido el lujo de relegar a los rincones más recónditos de su mente, ocupada casi siempre con tramas, ideas, historias y personajes mucho más interesantes que la vida real. Entró y observó de soslayo la puerta que conducía hasta el despacho de su padre. Recordaba aquella fría habitación donde muchas noches tenía que permanecer firme mientras recitaba todo lo que había hecho a lo largo de la jornada. A veces, los días que su padre llegaba pronto y de buen humor, dos estados que rara vez coincidían, Camilo se acomodaba en la mecedora y escuchaba algunos detalles de las investigaciones que llevaba en marcha. Incluso en ocasiones —las mejores— se sentaban juntos para leer alguna de las novelitas de Silver Kane que el policía coleccionaba desde joven y que constituían la joya de su biblioteca. Sintió añoranza de aquella habitación, pero prefirió pasar de largo, como si temiera decepcionarse ante lo que pudiera encontrar tantos años después. Siguió a su madre hasta el salón; él se sentó en el sofá mientras ella permanecía impasible en su silla de ruedas.

—He enviado a tu hermana a comprar, para que no nos moleste. Me alegro mucho de que me hayas llamado para hablar, hijo, ya era hora.

—Verás, madre, no me voy a andar con rodeos. —La expresión de Camilo era dura, distante, ensayada a conciencia durante muchos años—. Como sabes, el otro día fui a ver a Felipe. Me habló de padre, de su forma de ser, de cómo se comportaba en el trabajo y de las sesiones de espiritismo. Una de las cosas que destacó fue su, digamos, especial interés por las mujeres, que por lo visto tuvo su origen en algo que te pasó a ti. —Observó con atención a su madre, su cara, sus gestos, sus movimientos. No esperaba que le contestara con facilidad, pero quizás pudiera sacar alguna conclusión por sí mismo. Ella desvió la mirada y cerró los puños con fuerza—. ¿A qué se refería?

Su madre gruñó como un perro herido.

—¿A qué viene esto?

A Camilo le inspiró cierta lástima, al fin y al cabo no era más que una anciana impedida, condenada a la dependencia de su bastón y, cada vez más, de su silla de ruedas. Pero la compasión se diluyó al instante. Tras esa estampa de viejecita entrañable se escondía un ser sin escrúpulos, una gran manipuladora, mentirosa, cínica, controladora, tirana y déspota. No se trataba de una abuelita cariñosa y afable, sino de una persona capaz de cualquier cosa por salirse con la suya, y Camilo la había calado, conocía sus argucias, sus artimañas, y no se dejaría embaucar de nuevo. No tenía más remedio que soportarla, era su madre y eso no había manera de cambiarlo, pero sí podía guardar las distancias y mantenerse alerta cuando la tenía cerca para evitar que sus tretas surtieran algún efecto. Ya había aprendido la lección, durante demasiado tiempo había sufrido en carne propia la presión de sus negros tentáculos que se expandían por el interior de aquella casa, controlando a su hermana y sobre todo a su padre, moviendo los hilos para que bailase al ritmo que ella marcaba y ejerciera de verdugo de su justicia ciega, fiel custodio de las normas que ella había establecido, así como de sus deseos, esclavo incondicional de su rabia. Y Camilo había llegado a sospechar que las coacciones de su madre, el dominio y la autoridad que ejercía sobre su padre, habían tenido mucho que ver con que este se... se suicidara.

—Forma parte de la investigación que llevo a cabo —respondió Camilo—, no te lo tomes a mal. Estoy tratando de conocer un poco más a padre, y si Felipe dice que sentía un odio especial hacia los agresores de mujeres, me gustaría saber cuál fue la causa que lo desencadenó.

Martirio lo miró desafiante y consiguió reprimir una sonrisa que murió entre sus labios.

—¿Hace falta una causa para odiar a los maltratadores de mujeres?

—Puede que no. Sin embargo, en este caso parece que la hay y que tiene que ver contigo.

—Está bien, te contaré lo que sucedió. Después de hablar de tu problema, claro.

Camilo se puso en pie, furioso.

—¡Yo no tengo ningún problema! ¿Me oyes? Métete en tus asuntos.

—Entonces, ¡métete tú en los tuyos! —exclamó la anciana, pero luego suavizó el tono, intentando mostrarse conciliadora—. El primer paso para solucionar un problema es aceptar que lo tienes —sentenció.

—Ya basta de machacarme con eso, déjame en paz, no necesito sesiones de psicología barata.

—Si tu padre viviera, se avergonzaría de ti. Te has convertido en lo que él más odiaba en el mundo.

Las imágenes de la tarde anterior inundaron la mente de Camilo. Él hecho una furia, Beatriz intimidada, llorando; él empuñando el cuchillo, acercándolo a su ojo, amenazando con sacárselo. Y con razón, ¿o acaso no se lo merecía? ¿Pensaba que estaba ciego? Pues no, joder, se había percatado de las miradas, las sonrisas, el flirteo cómplice con Antonio durante la cena. ¿Había algo entre ellos? Tampoco era descabellado, Antonio era un tipo atractivo, simpático, bufón, con el que además pasaba mucho tiempo en el trabajo. Y ella aún estaba de buen ver, una mujer de cuarenta y dos años muy bien llevados, llamativa, con una cara agradable, casi angelical; y además era su jefa. No eran pocos los tipos a los que les daba morbo eso de que una mujer los mandara, lo de tirarse a la jefa se podía convertir en una fantasía perversa. Si además ella se mostraba receptiva a sus insinuaciones, la fantasía se transformaba en realidad. Y por las miradas que Camilo había captado, indiscretas, esquivas, fugaces, que se escapaban a la represión consciente de su voluntad, intuía como bastante probable que en este caso la jefa estuviera dispuesta a satisfacer las fantasías del subordinado.

«¿Acaso ella cree que puede reírse de mí?». Y si los dos querían entretenerse con ese jueguecito tan de adolescentes, pues adelante, Camilo les allanaría el terreno arrancándole a Beatriz un ojo, pinchándolo como una aceituna para luego tirarlo a la basura, dejándola tuerta como él, para que se comprendieran mejor, con el mismo punto de vista, pudiendo incluso jugar a intercambiar sus ojos de cristal. «¡Maldita sea!». Ella se lo merecía. «¡Puta de mierda!». Se lo había ganado a pulso, debería haberle arrancado el ojo, o quizás los dos, que pagara por aquellas miradas insultantes. Y si su padre no estaba de acuerdo, pues lo sentía mucho, al fin y al cabo había permanecido toda su vida hipnotizado por los encantos de su madre, si es que los tenía. Había sido incapaz de ver cómo era ella en realidad, de ver al monstruo sin escrúpulos con el que había compartido matrimonio.

—Si me he convertido en algo odioso, quizás tú hayas tenido mucho que ver. —Su madre lo miró contrariada—. ¿No lo habías pensado?

—Hijo, lo tienes todo para ser feliz, solo necesitas encontrar el camino. No tienes por qué seguir sufriendo, ¿es que no lo entiendes? Márchate, márchate lejos, empieza una nueva vida y deja que tu mujer y tu hijo vivan las suyas.

—No me pienso marchar de mi propia casa, ¿es que te has vuelto loca?

—Si no lo haces, ¡acabarás matándola! —Martirio parecía fuera de sí—. Ella muerta y tú en la cárcel, ¿es ese el final que buscas?

Camilo se dirigió a la puerta, pero antes de salir se detuvo en el umbral.

—Quizás, madre, quizás. Cualquier cosa antes que acatar uno de tus consejos.

Seguidamente salió de la casa, zanjando la cuestión con un violento portazo.

CAPÍTULO 38

Apagaron las luces y abandonaron el salón de actos del instituto donde ensayaban el cortometraje bajo la dirección de Sergio y la supervisión del profe de plástica.

Turia pilló a Sergio por sorpresa en la puerta del instituto.

—¿Adónde vas ahora?

El chico se mostró nervioso, incómodo. Aunque fue él quien le ofreció hacer una prueba para el papel protagonista del corto, era evidente que aún no había olvidado el incidente de la bofetada.

—A casa —contestó sin detenerse.

—Ya.

A Turia no le apetecía volver a la suya y aquella tarde no podía contar con sus amigas: Noelia tenía que entrenar para su partido de balonmano del sábado y Martina debía cuidar de sus hermanos pequeños porque sus padres iban al médico. Además, quería arreglar las cosas con Sergio, le caía bien y la bofetada había sido una reacción involuntaria de la que se había arrepentido al instante.

—¿Qué te ha parecido el ensayo? —La chica elevó la voz para que él pudiera oírla.

Sergio se detuvo, dudó un momento y volvió sobre sus pasos para acercarse a ella.

—No ha estado mal, aunque tienes que pulir algunos gestos.

—No ha estado mal, ¿eh? ¿Así es como motivas a tus actores? —bromeó ella.

—Bueno, a mí me gustas mucho, ya lo sabes… —Turia notó que Sergio se ruborizaba un poco—. Como actriz, quiero decir.

—Claro, tienes ante ti a la nueva Halle Berry.

—Puede, pero tendrás que quitarte el pañuelo para grabar.

—Eso no puede ser, ya lo sabes.

—Vale, tenía que intentarlo. —Sergio frunció el ceño—. Adaptaré el guion.

—Gracias.

—De nada. Bueno, tengo que irme. —Dio media vuelta para marcharse, pero dudó y volvió a ponerse enfrente—. ¿Quieres merendar? Mi madre nos puede preparar algo.

—Me encantaría —dijo Turia con una sonrisa en los labios.

Era la solución que la muchacha esperaba para no regresar a casa. Su madre estaría en casa de los padres de Rodrigo, su padre buscando trabajo, visitando fábricas y campos de cultivo a la caza del capataz que siempre contestaba a sus peticiones negando con la cabeza. En su casa solo podría encontrar a su tío Alí, ocioso como siempre, viendo en la tele algún partido del Casablanca, si es que no se había marchado al bar o estaba de charla con los amigos.

Caminaban despacio, casi sin mirarse, cohibidos. Turia sabía que no era muy adecuado pasear con un chico al que apenas conocía, a su padre podría darle un ataque si se enteraba. Sin embargo, estaba contenta. Sergio le caía bien, le gustaba su aspecto algo desastrado y sus formas agradables y pausadas, le encantaba cómo la dirigía en los ensayos del corto, explicándole los sentimientos del personaje, aquellos pequeños e importantes detalles en los que ella no había reparado.

Él ya le había insinuado en varias ocasiones que quizás el *hiyab* fuera un problema a la hora de protagonizar el corto, pero ella no podía quitárselo, ahora no, aunque ya hubiera perdido todo su poder. Cuando decidió volver a incorporarlo a su vestuario, obtuvo una relativa paz momentánea, se sentía bendecida. Sin embargo, un despiste absurdo dio al traste con todo.

Hacía ya casi seis meses que su amiga Noelia había conseguido un móvil nuevo de contrato, así que le regaló a ella el que tenía, junto a la tarjeta prepago que ya no iba a utilizar. Turia mantuvo el móvil en secreto porque sus padres se lo tenían prohibido, igual que beber alcohol o acudir a las charlas de sexualidad que organizaba el instituto. A pesar de todo, aquel aparato le supuso un pequeño soplo de aire fresco, pues le permitía estar en contacto permanente con sus amigas, conectada a Facebook o chateando por menos de ocho euros al mes. Pero aquel rayo de luz que en un principio mejoró su vida, supuso también el comienzo de sus desdichas. Una mañana, al ir al instituto se dejó el teléfono en el cuarto de baño, aún no se explicaba cómo había podido pasar, y su tío lo encontró y se lo guardó sin decir nada. Más tarde, de vuelta en casa, Alí se cobró con ella lo que había descubierto.

La casa de Sergio era muy grande y contaba con un pequeño jardín que daba a la calle, parapetado tras una interminable hilera de coches aparcados. Aquel era el barrio de Ciudad Jardín, una zona residencial muy coqueta que se encontraba a solo unos minutos del centro. A Turia le pareció maravilloso. Ella vivía en un viejo piso de San Antón, una casa de pasillos largos, techos altos y estancias frías y oscuras. Quedó deslumbrada por la cantidad de muebles que se amontonaban en aquella casa, mesas y estanterías, todo repleto de cosas inútiles o al menos innecesarias. Sin embargo, estaba muy limpio y recogido, como si esperaran visita; nada que ver con su casa, en la que solo limpiaba ella y algunas veces su pobre madre, después de cenar, reventada por la interminable jornada de trabajo.

—Tu madre está en casa, ¿verdad? —preguntó tras sentir un terror repentino ante la idea de haberse metido en la casa de un chico, a solas.

—Sí. Espera un momento.

Sergio se adelantó y volvió enseguida acompañado de una mujer de rostro agradable y sonrisa sincera. Turia se sintió aliviada. Aunque ya habían coincidido en la cena en casa de Rodrigo, no había tenido tiempo de fijarse en la mujer. Ahora la observaba con curiosidad. Se parecía muy poco a su propia madre, vestida con vaqueros y camiseta azul, pendientes dorados y un collar de bolas multicolor. Lo que más le llamó la atención fue su cabellera rojiza y espesa. La madre de Turia siempre decía que el pelo de una mujer era como una joya que solo debía mostrar a su esposo. La madre de Sergio poseía una preciosa y brillante corona, mucho más llamativa y elegante que el collar o los pendientes.

—Esta es Turia.

—Qué nombre tan curioso —parecía una mujer simpática—, ¿como el río de Valencia?

—Es por la hermana de mi padre —explicó Turia.

—¿Queréis un bocadillo?

—Sí, de jamón serrano —se adelantó Sergio, y miró a la chica, que se había quedado congelada—. Es broma… —continuó—, mejor de Nocilla.

Pasaron a la cocina, donde la madre de Sergio empezó a preparar los bocatas mientras él sacaba de la nevera un par de latas de Coca-Cola.

—¿Y la abuela? —preguntó a su madre.

—Está descansando en su cuarto. —Luego se dirigió a la amiga de su hijo—: ¿Llevas mucho tiempo viviendo en España, Turia?

—Desde los ocho años.

—Pues no se te nota acento.

Remedios les entregó sendos bocadillos y los chicos se dirigieron al salón, donde se acomodaron en el sofá y pegaron el primer mordisco tras dejar los refrescos sobre la mesita de centro.

—Tu madre parece agradable.

—¿Sí?

—Mi madre es más seria —aclaró Turia.

—Pero seguro que no es tan pesada como la mía. —Sergio hablaba bajo; desde la cocina les llegaba ruido de cazuelas.

—Uy, eso es lo que tú te crees.

Dieron un trago a sus respectivas latas antes de continuar devorando los bocadillos.

—¿Quieres que ponga algo en la tele?

—Bueno.

Sergio tomó el mando a distancia y la encendió. En esos momentos echaban un programa concurso presentado por una mujer de unos treinta años, con vestido apretado y escote prominente. Sus pechos amenazaban con saltar fuera de la brillante tela que los comprimía.

—¿Vosotros tenéis tele en casa?

—Jo, Sergio, qué cosas dices. Pues claro.

—Ah, no sé, como hacéis tantas cosas diferentes.

—¿Tú crees?

—Bueno, lo del Ramadán y todo eso. Y el pañuelo, claro.

—Ya estamos otra vez.

—No sé, no es que no me guste, te queda bien y todo eso.… —Turia se sonrojó—, pero no sé, es como que os sometéis.

—Yo me someto a Alá —replicó ella—. En vuestra cultura las mujeres se someten a los hombres, como esa que sale ahora en la tele.

—Qué tontería, ella va como quiere.

—Sí, claro, por eso se ha operado las tetas. ¿No crees que, si por ella fuera, iría más cómoda con un chándal y unas zapatillas?

—Quiere estar guapa, ¿qué tiene eso de malo?

—Una cosa es estar guapa y otra someterse a los deseos de los hombres hasta el punto de operarse para cambiar su cuerpo. Eso es una falta de respeto hacia Dios, un desprecio hacia el cuerpo que nos ha dado.

—Será para tu Dios.

—Y para ella misma. Su valor como persona se mide en función de los hombres a los que es capaz de gustar. Es un poco triste, ¿no crees?

—¿Y tú?

—¿Yo?

Turia se había metido en un buen berenjenal, y se arrepintió de haber llevado el tema por aquellos derroteros. ¿Qué podía pensar Sergio de ella?

—Bueno, tú llevas velo y todo eso, pero también llevas pantalones ajustados y te pintas los ojos.

—Eso es distinto. A todos nos gusta sentirnos bien, pero no pretendo ir provocando por la calle. —Comenzaba a enfadarse.

—¿Por qué?

—Porque sí.

—¿Por qué?

—Joder, Sergio, pues porque sí.

—Tú también quieres que los chicos se fijen en ti.

Turia sintió arder las mejillas. Nunca debería haber dejado que la conversación llegara tan lejos. Al fin y al cabo, estaba hablando con un hombre, y el tema no era muy adecuado.

—No tengo por qué ir hecha un monstruo. Claro que me gusta que los chicos se fijen en mí, y algún día me gustaría tener novio. Pero de ahí a que vaya provocando hay un mundo. Yo no te provoqué para que intentaras besarme, ¿recuerdas? Se te ocurrió a ti solito.

Ahora era Sergio quien parecía avergonzado, Turia se arrepintió de haber utilizado un tono tan tajante.

—Yo… lo siento. Pensé que… —dijo el chico.

—Dejemos el tema. Yo también reaccioné mal, siento haberte dado una bofetada. No sé, me asusté, me sentí incómoda.

—¿Por tu religión?

—Y dale… No, no es por eso. Nada nos impide conocer a un chico o salir con él. Mis padres se casaron sin haberse visto antes, pero yo no quiero eso para mí.

—Entonces, ¿tú qué quieres?

—Irme de casa, eso quiero, trabajar y que mis padres me dejen en paz, tener un piso para mí sola, no depender de nadie, que mis amigas puedan venir a visitarme, no tener que dar explicaciones todo el día. Y que mi tío Alí se muera.

Lo soltó a bocajarro, como si aquellas palabras hubieran estado durante mucho tiempo pugnando por salir, por liberarse y liberarla, por aliviar la presión que sentía en su interior desde hacía dos años, dos largos años acumulando dolor, rabia, frustración, soledad, angustia, odio.

Sergio tardó unos segundos en reaccionar.

—¿Por qué quieres que se muera? —quiso saber, mirándola muy sorprendido.

—Porque es un cerdo, no lo soporto. Él tiene la culpa de que reaccionara así, de que te pegara la bofetada, de que tenga miedo a los hombres. Lo odio, lo odio con todas mis fuerzas.

Turia calló. Ya había dicho suficiente, demasiado incluso. Nunca había confesado a nadie su secreto, ni siquiera a Noelia. Y ahora se sentía sucia y estúpida. Aunque no lo había dicho en voz alta, temía que lo hubiera insinuado con demasiada claridad. ¿Qué pensaría Sergio de ella si descubría su secreto? Seguramente que ella lo había provocado, que era una puta o una mentirosa, o ambas cosas.

La madre de Sergio apareció en el arco de la entrada con rostro serio, de preocupación. Turia sospechó que había estado escuchando desde la cocina, disimulando con el ruido de los cacharros.

«Lo que me faltaba…». La presentadora de la tele continuaba dando voces, lo cual agradeció, así su cháchara sin sentido amortiguaba la aspereza del silencio que se había instalado en la sala.

—¿Tu tío abusa de ti? —susurró la madre de Sergio.

Escuchar aquellas palabras en voz alta, aunque fuera un simple susurro, la hizo sentirse aún más sucia, más desgraciada. Turia bajó la cabeza, ocultando la mirada en su regazo, sin contestar, sin respirar siquiera. En ese momento solo quería morirse.

La madre de Sergio se sentó en la mesita, frente a ella, y alargó una mano para coger la suya

—Turia, si es así, tienes que denunciarlo —dijo.

Denunciarlo, ¿y qué sabía ella? Lo más probable era que, si lo hacía, no la creyeran; su tío lo negaría todo y sus padres la tacharían de mentirosa. Cuando su hermana Malika aún vivía con ellos, las dos compartían habitación, y Turia veía a su tío algunas noches colarse en su cama, aunque no comprendía lo que pasaba. Un día se lo preguntó a su hermana y esta se enfadó mucho con ella. Le dejó bien claro que de aquello era mejor no hablar, que nadie podía saberlo, mucho menos sus padres, o lo pasarían muy mal. Al poco tiempo, con solo diecisiete años, Malika se fugó con su novio y se casó con él. Desde entonces parecía más feliz. En cambio Turia se quedó en la casa, sola y desvalida, y ahora su tío había centrado toda su atención en ella. Al principio le gustaba; Alí se conformaba con caricias y besos, y ella, entonces solo una niña, se sentía querida y adorada. Él era mayor, un hombre guapo, alrededor de los treinta, divertido, que siempre la agasajaba con chucherías, propinas y regalos. Sin embargo, pronto su tío quiso más; las caricias fueron reemplazadas por tocamientos y los besos llegaron cargados de segundas intenciones. Pero como Alí era respetuoso con la tradición, buscó una solución para que su sobrina no perdiera la virginidad, y ella se lo agradeció y lo odió al mismo tiempo, porque ya no solo sentía asco y angustia; ahora sentía dolor, mucho dolor.

—Tienes que denunciarlo —repitió la mujer del pelo rojo.

Turia rompió a llorar, se puso en pie tapándose la cara con las manos y echó a correr hacia la salida.

—¡Turia! —la llamó Sergio.

Pero ella no se detuvo.

Corrió y corrió con todas sus fuerzas sin dirigirse a ningún lugar en concreto. Lo peor de todo era que, por muchas vueltas que diera, al final, quisiera o no, tendría que regresar a casa.

CAPÍTULO 39

Sergio se quedó solo con su madre. Turia se había marchado sin querer escuchar, sin aceptar la ayuda que le habían brindado. El chico se sentía desconcertado, jamás habría imaginado que una persona tan cercana a él pudiera estar pasando por aquello. Las violaciones salían en la tele, en las noticias que él rara vez veía. Le resultaba todo tan extraño que no sabía qué pensar.

—Pobre chica. —Su madre parecía bastante afectada por la confesión de Turia—. Si es que no tiene ninguna posibilidad de salir bien parada… Ya las educan para hacer con ellas lo que quieren, para que no se quejen. El mejor ejemplo es el pañuelo. Una forma de humillación y represión contra la mujer.

—Turia lleva el pañuelo porque quiere, eso me lo ha dicho ella, nadie la obliga —rebatió Sergio.

—Venga, hijo, no digas tonterías. Nadie se enfunda la cabeza por gusto en invierno y en verano.

—Pues ella dice que sí, que lo hace porque quiere.

—Pues claro, y seguro que se lo cree. Pero lo hace porque la han educado para eso, porque se lo han inculcado desde que era un bebé y ahora le parece algo normal, pero no lo es. Es una forma de represión hacia la mujer.

—A Paula le encanta llevar minifaldas.

—¿Y eso qué tiene que ver?

—Pues no sé, que es pija.

—Hijo, qué cosas se te ocurren.

Comenzó a sentir rabia hacia su madre, que no entendía nada. Todos los adultos se comportaban igual, como si sus años de más les dieran potestad para juzgarlo todo y sus opiniones tuvieran más peso. Decidió tranquilizarse, la situación le desbordaba.

—¿Crees que es verdad lo que ha dicho?

—Me temo que sí. —Su madre suspiró, con sentimiento—. Si ha reaccionado así cuando le he preguntado…

—¿Cómo puede hacerte algo así alguien de tu propia familia? —Sergio habló con rabia—. Es increíble, ¿no?

—Hijo, y cosas peores. Este mundo está podrido, te sorprenderías de las atrocidades que es capaz de hacer el hombre, el ser humano, que es el más inhumano que existe.

Entonces se hizo patente el recuerdo de su abuelo, el hecho misterioso que había sucedido en el pasado y que se había negado a contarle. Quizás ahora fuera un buen momento para volver a probar suerte con su madre.

—Oye, mamá, aquello que me contaste del abuelo, de que había hecho algo horrible…

—Te dije que se lo preguntaras a él —contestó ella de forma brusca.

—Ya lo hice, pero no me lo quiso contar.

—¿Lo ves? Te lo dije, no tiene cojones. —Sergio se sorprendió por el lenguaje tan soez que utilizaba su madre y se sintió incómodo y enfadado—. Tanto Borges y tanto pensar… y total, ¿para qué?

—No sé, a mí no me parece que el abuelo sea mala persona.

—¿No? Y tú qué sabes, no tienes ni idea.

—Por eso quiero que me lo cuentes. —Apenas podía contener su malhumor.

—Que te lo cuente —dijo ella, pero dudó—. Está bien, pero que no se entere tu padre. ¿Trato hecho?

—Trato hecho. —Y chocaron las manos para cerrar el pacto.

—Tu abuelo vivía antes en un pueblecito de Huesca…

—Eso ya lo sé, Candasnos, donde nació papá.

—Eso mismo. Allí era maestro, y haciendo uso de su autoridad, le encantaba poner firmes a los niños a golpe de mamporro, a base de cocotazos y de atizarles con la regla de madera. Y no veas qué reglas tenían en aquellos tiempos. Cuando nació tu padre y tuvo edad para ir al colegio, fue a la clase de tu abuelo, quien para demostrar que su mano era igual de dura con todos, se ensañó especialmente con él. Así que si algún día no traía los deberes hechos, reglazo al canto en los nudillos; si no se sabía la lección, un par de bofetadas y de cara a la pared, con los brazos en cruz y un libro en cada mano. ¿Tú sabes lo que dolía eso? El caso es que un día puso a los niños a hacer un ejercicio, y a tu padre no se le ocurrió otra cosa que empezar a hablar con el compañero de al lado. Entonces tu abuelo, ni corto ni perezoso, se colocó detrás de él sin hacer ruido y le atizó una colleja de órdago que le hizo estrellar la cara contra la mesa. —Su madre calló un momento, parecía que, llegados a este punto, le costaba continuar la historia—. Tu padre empezó a llorar y a gritar como si estuviera poseído, y tu abuelo se preparó para soltarle otro tortazo, pero al girar alrededor de él lo descubrió con la cara ensangrentada y el lápiz clavado en el ojo.

—¿El abuelo hizo eso?

—Sí, hijo, ¿por qué crees que tu padre lleva una prótesis ocular?

—No sé, nunca lo había pensado. Pero me resulta increíble que el abuelo hiciera algo así.

—Él dirá que ha cambiado, que ya no es el mismo de entonces, que ahora es mejor persona. Pero eso es mentira. Las personas no cambian, y menos para mejor. Lo que pasa es que ahora está viejo y parece más débil, y muchas veces te da lástima porque se le olvidan las cosas, porque le tiemblan las manos y dices «pobrecito, habría que ayudarle». Pero te aseguro que no le tembló el pulso cuando le pegó el cocotazo a tu padre, así que cada uno tiene que cargar con su culpa, y por mucho que diga que se arrepiente, yo no me lo creo.

—¿Y papá no está enfadado con él?

—Tu padre nunca lo culpó. Él es muy noble, demasiado. Esto me lo contó tu abuela, tu padre nunca me ha dicho nada. —Su madre se puso en pie—. Venga, ahora déjame, que tengo que preparar la cena.

El chico se volvió para irse a su cuarto.

—Sergio —lo llamó su madre, y él se detuvo cerca de la puerta—, intenta hablar con tu amiga, convencerla de que pida ayuda. Si quiere aceptarla, yo estoy dispuesta a hacer todo lo que esté en mi mano.

Ya en su cuarto, se tumbó en la cama con los cascos del móvil conectados para escuchar música, intentando evadirse de la vorágine de pensamientos que se agolpaban y pugnaban por ocupar su mente. Había hecho dos descubrimientos, el de Turia y el de su abuelo, y ambos eran a la vez sorprendentes y desagradables. Intentaría hablar con Turia, a ver si de alguna forma podían ayudarla. Por otra parte, le parecía increíble lo que su madre le acababa de contar, nunca hubiera imaginado a su abuelo como un maestro déspota y gritón que repartía guantazos a diestro y siniestro. «Cómo te sorprende la gente», pensó, un poco decepcionado, mientras se dejaba llevar por el ritmo de la canción.

CAPÍTULO 40

Antonio llegó temprano a casa. Cenaron todos juntos, en silencio, con la televisión de fondo, bombardeando con noticias de las revueltas en los países árabes y la amenaza radiactiva de Japón. Después, para suavizar el panorama de actualidad, continuaron con el robo de varias joyerías, el asesinato de un empresario en su propia casa y la salida de la cárcel de un violador en serie.

Remedios pensó en Turia. Pensó en todos los medios que uno pone para protegerse del exterior y la inutilidad de la mayoría de ellos. Ahora le resultaban absurdas sus advertencias a Paula para que anduviera con cuidado, que llegara a casa acompañada si se hacía de noche, que no tuviera reparos en llamarla por teléfono, que ella acudiría donde hiciera falta, que no se fiara de nadie, pues había mucha gente mala por el mundo que querría engañar a una adolescente como ella. Pero ¿quién te protege cuando el peligro surge en el propio hogar, donde todas las medidas de seguridad, todos los consejos, todas las precauciones carecen de sentido?

Recogieron la mesa entre todos. Paula apenas había probado bocado, y eso que había hecho un plato enorme de patatas fritas y salchichas, la comida favorita de sus dos hijos. Para su desespero, Sergio tampoco comió demasiado.

—Buenas noches.

Martirio decidió que había llegado la hora de recogerse, y esta vez fue Antonio el que la ayudó a subir las escaleras, en silencio, sin retomar la enquistada discusión sobre la conveniencia de que se trasladase a la habitación de abajo. Remedios le agradeció el gesto, estaba cansada.

Sergio también se fue a su cuarto. Remedios observó a Paula dirigirse al sillón de la abuela y sentarse con dificultad, apoyando primero las manos sobre los reposabrazos para acomodarse de medio lado, como recordaba que ella misma hacía después de los dos partos para evitar el dolor de los puntos. Una vez instalada, la chica puso uno de aquellos programas de gente que gritaba mucho, programas del corazón, de un corazón podrido en el que los tertulianos se mostraban enfadados y se mantenían en celo a la vez, repartiéndose los peores insultos antes o después de jugar al coqueteo. No le hacía gracia que viera esas cosas, pero sabía que no estaba fina, así que decidió ir a fregar los platos y olvidar el asunto. Al poco la oyó apagar la tele y subir a su habitación.

Antonio entró en la cocina.

—Creo que deberíamos hablar seriamente con tu madre.

—¿De qué?

—Pues de qué va a ser, de que no puede empecinarse en dormir en la planta de arriba, que sus piernas no están para eso y mi espalda tampoco.

—Pero ella es muy suya, ya lo sabes. Y no podemos olvidar que vivimos en su casa. —Continuó fregando los fogones, ya no le quedaba mucho. Quizás se podrían sentar los dos juntos a ver la tele—. ¿Qué tal el trabajo?

—Como siempre. —Su marido se mostraba algo abatido—. Estoy cansado. Creo que me voy a ir a dormir también.

Esa reacción la defraudó, hacía tiempo que no se sentaban los dos solos frente al televisor, disfrutando de su mutua compañía, sin importar lo que ofreciera la caja tonta. En realidad había muchas cosas que ya no hacían los dos solos. Una hipótesis se deslizó por su mente, pero trató de no prestarle atención. No, Antonio no sería capaz de una cosa así. Ellos se casaron por amor. En el mismo instante en que se conocieron, Remedios supo que aquel hombre sería su marido, tan alto, tan guapo y gallardo, con un aire que oscilaba entre la seguridad y la indefensión. Con todo, Remedios era consciente de que, en lo que al físico se refería, la balanza nunca había estado de su lado, y menos ahora. Él seguía manteniendo su apostura, en cambio ella había envejecido prematuramente. A veces observaba por la calle a otras mujeres más o menos de su misma edad, mujeres de unos cuarenta años que vestían como si tuvieran veinte, que lucían melenas largas y cuidadas, con pantalones ajustados y camisetas escotadas, con botas altas que marcaban a golpe de tacón cada uno de sus pasos. Ella se había quedado ya fuera del mercado, ya no cumplía con los cánones de belleza, sino más bien con los de madre y ama de casa.

Oía a Antonio trastear en el cuarto de baño del primer piso. Siempre subía antes, y la mayor parte de los días ya estaba dormido cuando ella se metía en la cama. Abandonó los fogones y se dirigió a la despensa. Aunque comenzaba a sentirse ansiosa, prefería no fumar en aquel momento, sabía que Antonio se daría cuenta y, también, que no le gustaba. La alternativa era salir al patio con el chucho, pero hacía demasiado frío. Se estiró todo lo que pudo para alcanzar una bolsa de patatas fritas, su otro vicio. La bajó, la abrió y comenzó a devorarla con fruición, sin importarle en absoluto que aquello pudiera contrarrestar los efectos del plato de verdura que acababa de cenar. Se había pasado la vida a dieta, había probado todo tipo de alimentos que supuestamente la ayudarían a meterse en una talla treinta y ocho, y el caso es que nunca había bajado de la cuarenta. Acabó harta de pescado y lechuga, de pollo a la plancha y de arroz hervido. Comió fruta durante una semana para purgar todas las toxinas que colonizaban su cuerpo, acudió a nutricionistas, masajistas y gurús. Y no hubo suerte; perdía peso, sí, pero luego acababa aumentándolo. Era inevitable, la genética le imponía una figura ancha, con predilección por las líneas curvas. Antonio nunca le había echado en cara nada relacionado con su físico, él parecía disfrutar de las redondeces de su cuerpo y de las pecas que lo cubrían. Antes, al menos.

Tiró la bolsa vacía a la basura y se limpió la boca y las manos con el trapo de cocina. No se sentía reconfortada, la sal y el aceite no habían ayudado a mejorar su ánimo. Subió las escaleras. Antonio acababa de salir del baño, así que entró ella. Reparó en el jabón neutro y el cepillo de dientes suave que había dejado sobre el lavabo. Remedios sabía que lo utilizaba para limpiar su prótesis ocular, una vez al mes, más o menos. Nunca, en todo el tiempo que llevaban casados, Remedios lo había visto sin la prótesis. Durante aquel ritual, Antonio cerraba la puerta con el pestillo y se afanaba en la limpieza con extremo cuidado, o eso imaginaba ella por el tiempo que se tomaba.

Pensó en vomitar, expulsar el exceso de grasa que había introducido en su cuerpo y que iría directamente a sus caderas, pero temió que las arcadas rompieran el silencio que a esas horas imperaba en la casa. Otras veces lo había hecho, cuando estaba sola, para aliviarse de aquella doble culpabilidad, la de no saber hacer frente a la agonía en la que se estaba convirtiendo su vida y la de intentar paliarla aumentando aún más el volumen de su figura.

Antonio leía una revista de coches con vehículos encerados y tuneados junto a mujeres igualmente enceradas y tuneadas. Se puso el pijama y se acomodó a su lado, notando el olor dulce de su cuerpo. Se encontraba tumbado, con el torso desnudo, de espaldas, aprovechando la luz de su lamparita de noche. Remedios observó la línea de su cuello, el hombro fuerte, de músculos marcados, y comenzó a besarle la espalda mientras le acariciaba el brazo. Él abandonó la revista y se volvió hacia ella, que se acercó aún más para besarle en la boca, un beso breve porque él se retiró.

—Ahora no, Reme, estoy cansado.

Se sintió humillada, siempre había creído que los hombres estaban preparados a todas horas, que su sexualidad tenía puesto el cartel de abierto los trescientos sesenta y cinco días del año, que solo eran las mujeres las que podían decir que no. Sin embargo, hacía ya tiempo que él la evitaba, y eso la hacía sentirse aún más gorda y fea. Aceptó su derrota intentando aparentar indiferencia.

—¿Qué le pasaba a Paula hoy? —preguntó ella mientras se acomodaba en la cama.

—Yo qué sé. Tú pasas más tiempo con los chicos que yo.

—Está rara, están raros los dos.

—Habrán salido a la familia de tu madre. —Antonio sonrió con su broma de mal gusto.

—Ja-ja. Como que tu padre es un modelo.

—Mi padre es un excéntrico. Bueno, vamos a dejarlo.

Entonces apagó la luz, sumiendo el dormitorio en una oscuridad absoluta. Remedios no estaba dispuesta a desaprovechar uno de los pocos momentos de intimidad que había conseguido con su marido.

—Hoy ha venido a casa una amiga de Sergio. —Lo dijo tumbada en la cama, boca arriba, con los ojos abiertos, sin ser capaz de ver nada, como si hablara para sí misma.

—Anda —repuso Antonio, algo sorprendido—, ¿no me digas que tiene novia?

—No seas tonto… Espero que no, es una mora.

—¿Y eso qué tiene que ver?

—Pues no sé, que reza a Alá y que lleva velo y que son muy jóvenes y... que encima creo que sufre abusos por parte de su tío.

—¿Qué? —Antonio se dio la vuelta en la cama, de cara a ella—. ¿Cómo sabes eso?

—Lo ha insinuado esta tarde aquí, en casa.

—Lo ha insinuado… ¿Eso qué quiere decir?, ¿que ya has sacado tus propias conjeturas?

—Bueno, Antonio, no me lo he inventado, ¿eh? La chica ha dicho que quería que se muriera su tío y que por su culpa tiene miedo a los hombres. ¿Qué conjeturas sacas tú de eso?

—Lo habrá dicho para llamar la atención. —Antonio volvió a darse la vuelta en la cama.

—No lo sé, puede ser.

Remedios no estaba de acuerdo con su marido. No, ella había oído hablar a Turia y la había visto llorar antes de salir corriendo por la puerta de casa, cuando le había aconsejado que lo denunciara.

—Yo creo que decía la verdad, y creo que deberíamos ayudarla.

—¿Ayudarla? ¿Cómo? Reme, lo mejor es no meterse en líos. Son críos, adolescentes, ¿recuerdas? Ni siquiera sabes si es verdad. —Antonio se acomodó de lado en el colchón, cubriéndose con la sábana hasta la oreja—. Vamos a dormir, que mañana me espera un día duro. Lo más probable es que no venga a comer.

Maldito trabajo, maldito horario, malditas instalaciones de seguridad inútiles. Si su cuñada tuviera una pizca de corazón, ya le habría dado a Antonio un puesto mejor, un trabajo con un horario estable que le permitiera dedicar algo de tiempo a su familia. Pero no, Beatriz, la mujer de su hermano, en lugar de facilitarle la vida, no hacía más que jodérsela, resquebrajando poco a poco, sin tregua ni pausa, los pilares que sustentaban su hogar.

CAPÍTULO 41

Camilo se detuvo ante la puerta de madera del edificio estrecho y destartalado para apretar el botón más alto del portero automático. Camilo había telefoneado a Pura la noche anterior y ella se había mostrado contenta, casi eufórica, al escuchar su voz. Ella le explicó que se había tomado el día libre para arreglar unos asuntos personales que no le llevarían demasiado tiempo, así que podían quedar esa misma mañana, lo antes posible, los dos con ganas de retomar la investigación en el punto —demasiado preliminar— donde había quedado suspendida.

—¿Sí?

Identificó al instante la voz algo chillona de Pura, casi desquiciada. Si no la conociera, jamás hubiera imaginado que detrás de aquella voz estridente se escondía un cuerpo de escándalo, una auténtica belleza.

—Soy Camilo.

Un zumbido le permitió el acceso. Ganó las escaleras intentando alejar sus temores, no pensar en el estado en que se encontraba aquel edificio. Encontró la puerta del piso abierta, así que colgó el abrigo en la entrada y cerró a su espalda. Pura lo esperaba de pie frente al cuadro, jugando con las manos como él lo había hecho el otro día, buscando símbolos ocultos entre los precisos trazos de aquel laberinto. Se acercó a ella.

—¿Has encontrado algo nuevo?

—Puede. —Se giró hacia la pintura y señaló la parte de arriba—. Mira, ¿ves esos dos círculos de ahí?

—Sí.

—¿No te parece que hay una cabeza pintada en la parte superior?

Camilo estiró el cuello para observarlo de cerca.

—Tienes razón, parece el Uróboros.

—Parece una serpiente, ¿no?

—El Uróboros es una serpiente que muerde su propia cola. Simboliza el comportamiento cíclico de la vida, de la historia; todo son ciclos, todo se repite.

—Cuánto sabes. —Pura sonrió con cierta malicia.

—De algo sirve ser escritor. Leo mucho, deberías probarlo —replicó Camilo, permitiéndose cierto tono juguetón.

—Algún día, cuando me jubile, quizás. —Luego Pura se dirigió hacia la estantería de libros—. Y tú, ¿has descubierto algo nuevo?

—Puede.

—¿El qué?

—Un primo de mi padre, policía como él, dice que se reunían aquí algunas veces para hacer espiritismo. Me contó que se les ocurrió invocar a la víctima de un asesinato para ver si les confesaba quién lo había cometido.

—Qué bueno. —Pura rio divertida por la ocurrencia—. ¿Y lo lograron?

—En las que él participó no, pero dice que mi padre resolvió algunos casos bastante complicados como por arte de magia, así que a lo mejor sí lo consiguió en alguna ocasión.

Pura se agachó para coger la tabla güija.

—Igual quería que lo probáramos —su tono desprendía ironía—, ya sabes…, que invoquemos al espíritu de mi padre, a ver si delata a su agresor.

Camilo sonrió un poco incómodo.

—Puede. ¿Quieres intentarlo? —la desafió.

—Claro, ¿por qué no? ¿Sabes cómo hacerlo?

—No. —Camilo exploró la estantería y sacó el volumen de Allan Kardec—. Aunque creo que aquí nos lo explicará.

Hojeó el manual hasta llegar a *El Libro de los Médiums o Guía de los Médiums y los Evocadores*. Se dirigió a la mesa y lo depositó encima. Pasó la vista por el índice hasta que reparó en el capítulo XXV: «De las Evocaciones. Consideraciones Generales. Espíritus que se Pueden Evocar…». Saltó a la página que se correspondía con ese capítulo y leyó en diagonal, asimilando la información básica.

—Según esto —empezó—, para invocar a un espíritu las personas interesadas tienen que concentrarse en un pensamiento común; pueden hacer un círculo y unir sus manos para reforzar ese pensamiento, aunque no es imprescindible. Además, si no hay una persona con «sensibilidad», se deberá proporcionar algún medio para que el espíritu pueda comunicarse, como un folio en blanco, una capa de harina o cualquier otro material blando donde se pueda escribir; incluso, una tabla parlante. Una tabla parlante… Debe de ser la güija. Déjamela —le pidió, sin levantar la vista del texto.

Pura se acercó.

—La tengo yo, ¿para qué la quieres? —dijo, juguetona.

Camilo la miró, sonriendo, y alargó la mano hacia ella.

—Déjamela, estoy tratando de entender cómo funciona.

Pura la depositó en su mano, pero no la soltó. Camilo tiró de ella y se enzarzaron en una pugna, forcejeando cada uno en una dirección.

—¿Quieres hacerlo o no?

—Nunca lo hago en la primera cita.

Aquella respuesta lo desconcertó; era una mujer extraña, seria a veces, alocada otras, difícil de predecir. Decidió seguirle el juego, qué remedio tenía. Sonrió antes de contestar.

—Esta es nuestra segunda cita.

—Es verdad… —Pura meditó unos segundos—, pero tampoco lo hago en la segunda. —Y pegó un fuerte tirón que sorprendió a Camilo por su ímpetu.

De repente descubrió que una pieza del tablero había quedado adherida a su mano, el lado del marco por el que él lo sujetaba.

—¿Lo ves? Ya lo has roto —dijo él, enfadado; ella, sin embargo, reía a carcajada limpia.

—Esto es genial —consiguió articular entre risotadas—. Deberíamos desestresarnos rompiéndolo todo. ¿Qué más da ya? Este piso está hecho una mierda.

Entonces Camilo observó algo, una hoja, un plástico quizás, que asomaba por el lado roto de la tabla.

—¿Qué es eso?

Pura contuvo la risa al fin, recuperando la compostura; la curiosidad volvía a hacer de las suyas.

—¿El qué?

—Eso que cuelga por el lado.

Lo giró hacia ella y entonces lo vio. Lo cogió con dos dedos y tiró con cuidado.

—Mira, está hueco, había algo escondido aquí dentro.

Pura volvió a la mesa y dispuso frente a ellos un papel doblado y una funda de plástico que contenía pequeñas láminas de metal. Camilo se aproximó intrigado.

—¿Qué es?

—Parecen cuchillas de afeitar. —Pura se mostró muy sorprendida, se inclinó sobre ellas para estudiarlas con más detenimiento—. Mira, tienen algo grabado. «Fernando Marín, 1961». En cada una hay un nombre y una fecha. —De repente, el rostro de Pura se agarrotó, mascó las palabras, con miedo, mientras leía la inscripción de la última cuchilla—. «Julián Carrión, 1990». —Alzó la vista hacia Camilo, los ojos anegados, súbitamente enrojecidos por el dolor grabado a fuego—. Es el nombre de mi padre y el año en que murió.

¿Crees que era a esto a lo que se refería tu padre en la carta, cuando ponía que en este piso encontraría información sobre su asesinato? ¿Es esto lo que he estado buscando durante tantos años?

—Puede, no lo sé, la verdad. —Camilo señaló el folio doblado—. ¿Y el papel?

Pura se lo tendió, y Camilo lo leyó en voz alta:

—«Camilo, me alegro de que hayas llegado hasta aquí, no me has decepcionado. Junto a esta carta encontrarás todas las pruebas necesarias para resolver el caso, todas menos una. Confío en ti, hijo, para que el criminal no quede impune. Tu padre que te quiere, Ángel».

La emoción embargaba a Pura.

—Todas las pruebas necesarias para resolver el caso... —musitó—. ¿Se refiere a estas cuchillas?

Camilo cogió la tabla y examinó el compartimento que habían descubierto.

—No parece que haya nada más.

—Todas menos una. ¿Qué crees que significa? ¿Faltará una cuchilla, o se referirá a otra cosa?

—Ni idea.

—¿Y por qué se dirige a ti? ¿No habría sido más lógico que se dirigiera a mí, que pensara que yo lo encontraría en todo este tiempo?

—No lo sé, igual esperaba que investigáramos juntos.

—Puede ser. ¿Crees que lo planeó todo, que incluso pudo ver lo que sucedería a través de sus sesiones de espiritismo?

—Eso ya me parece menos probable. —Camilo enarcó una ceja, incrédulo, mientras sujetaba en alto el plástico que contenía las cuchillas—. Un nombre y una fecha, uno el de tu padre. ¿Te suena alguno de los otros? —Pura negó con la cabeza—. De todas formas... —se mostró un poco incómodo al pronunciar aquellas palabras—, estaría bien que me contaras cómo murieron tus padres.

Pura torció la boca y forzó a medias una sonrisa, que no se llegó a materializar del todo, antes de desplomarse sobre una de las sillas.

—Está bien, supongo que has retrasado este momento todo lo que has podido.

—Entiendo que no te guste recordar ese tema y más en voz alta, siempre es más difícil…

—No te preocupes, sabía que tendría que hacerlo. —Pura se inclinó hacia delante y apoyó los brazos sobre la mesa, los hombros caídos—. Yo era solo una niña cuando todo sucedió, en realidad no me enteré de nada. Fue años después cuando sentí interés y logré que mi tía me lo contara. —Inspiró profundamente, intentando relajarse, cargando de pólvora el cartucho de cada palabra—. En primer lugar murió mi madre, asesinada, maltratada y desfigurada por una brutal paliza. Acusaron a mi padre porque un vecino los había visto discutir la noche anterior, sin embargo mi padre tenía coartada, se encontraba en casa de mi tía. Así que lo dejaron en libertad mientras continuaban con la investigación, pero al poco desapareció. Encontraron su cadáver flotando en el puerto, hinchado, muy maltratado también, con golpes, cortes, diversas fracturas y completamente desangrado.

—¿Sabes qué hipótesis barajaba la policía? ¿Fue el mismo asesino en ambos casos?

—No. Al asesino de mi madre lo pillaron poco después. Por lo visto, era su amante, un tipo muy guapo, siempre metido en líos, del Molinete, ya sabes. Eso fue lo que me explicó mi tía. Mi madre quería dejarlo, pero a él no le pareció tan buena idea, así que intentó convencerla a golpes de que cambiara de opinión. Al asesino de mi padre nunca lo cogieron.

—Entonces es al asesino de tu padre al que tenemos que perseguir.

—Eso parece.

Camilo cogió las cuchillas de nuevo y las sostuvo en el aire, estudiándolas.

—¿Y dices que murió desangrado?

—Eso creo.

Acercó la última cuchilla a su cara.

—Estoy pensando… Quizás tengamos aquí el arma del crimen. La cuchilla. ¿Crees que utilizaron la cuchilla para desangrarlo?

—Es posible. ¿Y por qué la tenía tu padre?

—Si mi padre investigaba el caso, puede que fuera el primero en examinar el cadáver, puede que llegara y escondiera el arma del crimen, que se la quedara para él.

—¿Y por qué haría eso?

—No lo sé. Quizás tenía miedo de que se perdieran pruebas, quizás sospechaba que el asesino podía ser alguien de la propia policía.

—Eso tiene sentido. ¿Y las otras cuchillas? ¿Qué crees que significan?

Camilo examinó el plástico con detenimiento.

—Seis cuchillas en total. ¿Otros asesinatos? ¿Y si se trata de un asesino en serie? La primera fecha es 1961.

—Si es un asesino en serie, lleva mucho tiempo actuando.

—Exacto, y no sabemos si habrá vuelto a hacerlo desde que mi padre murió, hace ya… veinte años.

—Este caso toma una nueva dimensión, seis asesinatos en treinta años. ¿Cuántos más en los últimos veinte?

—Quizás haya otro.

—¿Otro?

Camilo recogió el papel de la mesa y leyó:

—«Junto a esta carta encontrarás todas las pruebas necesarias para resolver el caso, todas menos una». Entiendo que falta una cuchilla, la prueba de otro crimen. —Meditó unos segundos—. Y estaba pensando… Mi padre se… se suicidó, ¿sabes? Se cortó las venas. —Pura lo miró sin comprender—. Con una cuchilla, supongo. ¿Entiendes lo que quiero decir?

—No.

—¿Y si no se suicidó? ¿Y si en realidad lo mataron… como a tu padre, como a los otros cinco cuyos nombres figuran grabados en estas cuchillas?

—Quizás se acercó demasiado al asesino —continuó Pura, contagiándose de su emoción—. Si llevaba treinta años investigándolo y sospechaba que podía ser policía, incluso alguien cercano a él, tendría que andarse con cuidado para que no lo descubrieran, para que el asesino no sospechara que se acercaba demasiado.

—Y lo más probable es que el criminal descubriera sus pesquisas, se viera acorralado y decidiera terminar con la amenaza. Lo mató como a los otros, con una cuchilla, le cortó las venas.

—Pero antes de eso, quizás tu padre adivinó lo que iba a suceder a través del espiritismo. Y entonces ideó un plan. Aunque él no consiguiera detenerlo, te dejaría a ti…, a nosotros, la misión que él no pudo concluir. Escribió las cartas y escondió las pruebas donde, mostrando un poco de interés, pudiéramos encontrarlas.

—Tiene sentido, sí, mi padre era muy metódico. Lo único que no me cuadra mucho es lo del espiritismo, no creo en esas cosas.

—Pues hace un momento estabas dispuesto a probarlo.

—Claro, porque no creo. Si creyera, te aseguro que no lo intentaría.

—Entonces, ¿piensas que el asesino podría ser alguien de la policía?

—Es lo único que se me ocurre. ¿Por qué si no iba a guardar él las cuchillas? Tendré que volver a hablar con el primo de mi padre. Quizás él sepa algo de este caso. No sé, igual puede ayudarme.

—¿Y si es él? Alguien cercano a tu padre, tú mismo lo has dicho.

—No lo creo, es solo un anciano y, además, se está muriendo.

—Ahora, pero esto sucedió hace más de veinte años.

—De todas formas, confío en él. Era muy amigo de mi padre, son primos hermanos, él lo ayudó a entrar en el cuerpo, nunca le hubiera hecho daño.

—Si tú lo dices…

—No puedo poner las manos en el fuego por él, aunque apostaría algo a que no tiene nada que ver.

—Esto empieza a tomar forma, a ser un misterio en toda regla. Quizás te sirva como trama para alguna de tus novelas.

Camilo la miró sonriendo.

—No lo descarto, la realidad siempre supera a la ficción, no lo dudes. Mi segunda novela trataba sobre un asesino en serie, un exlegionario desalmado, sin escrúpulos, incapaz de sentir dolor físico. Algunos críticos tacharon al personaje de exagerado y poco creíble, y lo más gracioso de todo es que me basé en un tipo real, el Arropiero.

—Qué curioso, los críticos metieron la pata hasta el fondo.

—Sí, la novela fue todo un éxito, y en las numerosas entrevistas pude desquitarme a gusto.

—El crítico criticado, eso está bien. —Pura volvió a la mesa—. Entonces, ¿intentamos invocar a los espíritus?

—Quizás otro día —dijo Camilo, algo distante—. Por ahora prefiero hablar con los vivos. —Miró hacia la puerta del fondo—. ¿Te importa si entro en el asco un momento?

Pura dudó.

—¿Eh? No sé si funciona.

Camilo la miró incrédulo.

—¿Llevas doce años viniendo a este piso y no has usado nunca el baño?

—Sí, claro que lo he u-utilizado —tartamudeó la última palabra, con esfuerzo, casi con dolor, un poco incómoda—, aunque de eso hace tiempo. Ya te dije que ahora no vengo mucho.

—Ya. Bueno, creo que podré aguantar un poco más.

—Entonces, ¿cuál es el siguiente paso? ¿Irás a ver al primo de tu padre?

—Sí, eso creo. —Camilo sacó su bloc de notas y copió los nombres y las fechas de las cuchillas—. Intentaré buscar información también por mi cuenta, quizás encuentre algo en internet o en el Archivo Municipal.

—¿Me mantendrás informada?

—Claro, no lo dudes. Este caso es tan tuyo como mío. Ahora es probable que el asesino no fuera solo de tu padre, quizás también lo fuera del mío y al menos de cinco tipos más.

—Ve con cuidado, puede que sea peligroso. Y, sobre todo, no te fíes de nadie, ni de las personas cercanas, la gente nunca es de fiar.

Camilo se acercó a ella; unieron sus manos, los dedos entrelazados, los ojos también, una intensa mirada arropada por la complicidad de sus sonrisas.

—No te preocupes, llevaré cuidado. Te llamo en cuanto sepa algo.

—Gracias.

Los labios de ella se separaron de nuevo, temblando, asustados, suplicando por el cobijo de una boca que lentamente encontraron. Camilo no se permitió pensar en nada, se dejó arrastrar a un lugar común, aquel que tantas veces había visitado en sus frecuentes viajes, en los cuerpos prohibidos de sus seguidoras, sus oscuras amantes. Esta vez se quedó en un beso, un beso tímido, algo cobarde, solo un instante; un beso modesto, cohibido, súbitamente concluido, lo suficiente para estremecerse, para grabar a fuego el recuerdo del otro, intentando ocupar el vacío engendrado por la despedida inminente.

CAPÍTULO 42

La brisa gélida del mar hizo que Paula se ajustara la chaqueta.

—Eh, Pauli, ¿estás bien?

Se encogió de hombros por toda respuesta.

—Joder, tía —continuó Rocío—, estás muy rarita. Lo del Tortuga del otro día tampoco fue para tanto, al viejo se le va la olla y estoy segura de que tu trabajo tampoco estaba tan mal. Dicen que el año pasado la tomó con un chico y lo suspendió, y que la familia lo denunció y tuvo que cambiarle la nota. Además, tú siempre has sacado sobresalientes y notables, si ahora bajas un poco no pasa nada. Como mucho, vendrá la Charo a hablar contigo, como tutora y todo eso. A mí me pasó el trimestre pasado.

—Tú nunca has sacado buenas notas —intervino Candela.

—Uy, ya está la otra empollona. Yo siempre he sacado buenas notas en mates. Se me dan muy bien, pero como tenemos un maestro que explica fatal, pues vino la Charo a hablar conmigo.

—No fue por eso.

—Sí que fue por eso.

—Rocío, fue a hablar contigo porque no parabas de intervenir en clase y de preguntar tonterías.

—Eso lo dirás tú.

—Sí, lo digo yo. Y todo porque estás colada por el maestro.

—Eso no tiene nada que ver. Anda, déjame en paz.

—Estoy preocupada —dijo Paula, interrumpiendo la discusión.

—Jo, Pauli, cuenta, ¿no?

No, no podía contar nada, aunque se moría de ganas de hacerlo. Llevaba varios días dándole vueltas y si no encontraba una solución, pronto iba a reventar. Al principio pensó que una regla más abundante de lo normal no era motivo de preocupación. Después pensó que una regla que duraba más de lo normal sí podía serlo.

—No me encuentro bien.

—Pues cuenta, para eso son las amigas, ¿no? —Rocío le ofrecía sin reparo sus indiscretos oídos.

Sí, las amigas eran para sincerarse, para compartir las alegrías y las penas. Su abuela siempre decía que si no quieres que se sepa algo, lo mejor es que no lo hagas. No obstante, ya era demasiado tarde para no hacerlo, así que solo le quedaba la opción de no decirlo. Permaneció en silencio un rato, pensando en su amiga Cris, que se había liado con un chico llamado Jon, de otro instituto, uno bastante feo al que ella parecía encontrarle algún atractivo. El caso es que Cris no quería cerrarse ninguna puerta, y durante el recreo y algunas tardes salía con Fran, del grupo de Rodrigo. Así que se podría decir que también eran novios. Cris no se decidía, disfrutaba con el juego a dos bandas: Jon era un chico muy cariñoso y simpático, mientras que Fran estaba muy bueno. La cuestión es que a las pocas semanas todo el mundo en ambos institutos sabía que Cris estaba saliendo con los dos a la vez. Ambos le dieron plantón, Jon por sentirse herido en su amor propio, Fran por sentirse subestimado, porque entendía que su competidor no le llegaba a la suela de los zapatos. Así que Cris se quedó sin novio y todo el mundo la tachó de puta. Lo más terrible de la historia era que Cris había confiado su secreto a una amiga, y esa amiga no vio motivo alguno para no compartirlo con otras amigas. Y aquella amiga indiscreta no era otra que la misma Paula.

Así que ahora Paula temía que, igual que ella había traicionado a Cris, quien todavía no le dirigía la palabra, ella podía ser traicionada si Rocío, Candela o quien fuera convertían su secreto en el último gran cotilleo del instituto.

—Eh, ¿nos vas a contar lo que te pasa, o qué? —insistió Rocío.

—Déjala, ya nos lo dirá si quiere.

—¿En quién confiáis más? —Paula rompió su silencio con una pregunta un tanto trascendental.

—¿Qué? —Rocío estaba un tanto perpleja.

—Sí, ¿que a quién le confiaríais un secreto?

—¿Tienes un secreto? —dijo Rocío, que parecía animarse.

—Contesta.

—Pues depende. Supongo que a ti y a Candela. A lo mejor a Espe también.

—Bah, esa chica tiene pocas luces —apuntó Candela—. A Espe ni se te ocurra. ¿Te pasa algo?

—¿Y si fuera una cosa de salud?

—Pues no sé, tía, me estás preocupando —dijo Candela con cierta desazón—. Supongo que a mi abuela.

—¿A tu abuela? —exclamó Rocío.

—Sí, a mi abuela. Mi madre se altera con cualquier cosa y se pone histérica. Primero se lo diría a mi abuela. Ella sabría cómo contárselo a mis padres.

—Cande, en tu familia estáis todos un poco tarados.

—Qué graciosa eres.

—Pues yo me iría a urgencias y ya está. Pero cuenta qué te pasa.

—No me pasa nada, joder. Eres muy *pesadica*, Rocío. No es por mí.

—¿Es por la Cris? —Rocío intentaba arrinconar a su presa.

—Déjala, Ro. Además, por la Cris no puede ser porque no le habla.

—Es por otra amiga que no conocéis... —Paula dudó—. Yo creo que se lo contaría a mi madre —decidió al fin, pensando en voz alta—. Es una mujer mazo pesada, pero si es algo importante, siempre lo hablo con ella. No sé, a veces me cae bien y me entiende, y otras es una bruja amargada. Aun así, lo hablaría con ella.

—Lo que no entiendo, Paula, es qué narices le pasa a tu amiga que tenga tanto misterio.

—Uf, no la conocéis, pero tiene una vida familiar bastante complicada.

CAPÍTULO 43

—¿Amenazó con matarte? Antes lo mataré yo.

Antonio no pudo contenerse. Intentaba conducirse por la vida sin hacer demasiado ruido, con una actitud positiva que consistía en reír más que llorar, pero aquello le resultaba intolerable.

—Por favor, no grites, puede oírte Rosalía —murmuró Beatriz.

Tenía razón. A aquella arpía de Rosalía no se le escapaba nada, como una sombra muda, silenciosa, una alimaña que se alimentaba de los secretos de los demás. Debía recomponerse, su actitud pueril no iba a ayudar a Beatriz. Se sentó en una de las sillas de confidente para estudiar el rostro taciturno de ella, sus profundas ojeras que no había podido disimular con el maquillaje, el gesto caído de su boca, la postura ligeramente encorvada. Y pensó que quizás Camilo hubiera sobrepasado el límite de la amenaza.

—¿Te ha tocado?

Ella no contestó; se limitó a bajar la cabeza mientras una lágrima resbalaba por su mejilla hasta desplomarse en su regazo. Sí, podía imaginarse al bestia de su marido sometiéndola, manejándola como si fuera una simple muñeca, mostrándole que era a él a quién debía obedecer, aunque fuera más allá de lo humanamente aceptable. Antonio dio un golpe en la mesa que sobresaltó a Beatriz. Después se acarició la barba de varios días, pensativo, nervioso. Tenía que sosegarse, así solo conseguiría asustarla.

Aún recordaba la primera vez que vio a Beatriz, no lo había olvidado a pesar de los muchos años que hacía de aquello. Él acababa de llegar de Candasnos, donde había pasado toda su infancia y su juventud. Primero se enamoró del mar y después de Beatriz. La conoció en un bar, delgada, alta, morena, labios carnosos, mirada profunda y una risa encantadora. Cada vez que reía, sus ojos se achinaban y dos profundos hoyuelos se dibujaban en sus mejillas. Abandonó a su amigo en la barra, en compañía de una cerveza y un cigarrillo rubio, y se dirigió hacia la chica misteriosa, dispuesto a desplegar todos sus encantos. La táctica surtió efecto, porque se pasaron toda la noche hablando y riendo; fue la mejor noche de su vida. Sin embargo cometió un error fatal al no pedirle el teléfono, y Antonio volvió cada fin de semana al mismo sitio, al mismo bar donde la había conocido, hasta que semanas después aquel local cerró sus puertas y fue demolido porque debajo habían hallado restos de lo que parecía el Teatro Romano. No volvió a verla hasta varios años más tarde.

Poco a poco regresó a la rutina, y procuró olvidar a aquella mujer que tanto le había obsesionado. Fue entonces cuando comenzó a coincidir con Remedios en una pequeña cafetería donde desayunaba cada uno en solitario. Le llamó la atención aquella muchacha pelirroja y pecosa, de pestañas espesas y ojos oscuros. No fue un flechazo como con Beatriz, sino más bien un acercamiento lento, paulatino, una complicidad que fue creciendo más y más después de que ella se decidiera a romper el hielo. «¿Has terminado con el periódico?». «¿Te importa acercarme el salero?». «¿Quedan servilletas en ese dispensador?». «Menudo tiempo». «Sí, parece que va a llover». «Ayer no viniste, te echamos de menos». «¿A qué hora cierras la tienda?». Era atractiva, emprendedora, alegre y se desvivía por agradarle. Beatriz se disolvió en su memoria como un azucarillo en la leche que aún de vez en cuando endulzaba sus recuerdos. Al poco, Remedios se quedó embarazada y organizaron una boda sencilla antes de que la barriga pudiera delatarla. Fue durante la cena de pedida cuando su futuro cuñado, Camilo, les presentó a su nueva novia, una chica morena y delgada, ingeniera industrial, que acababa de empezar a trabajar en una empresa de seguridad. Al principio no la reconoció, ni ella a él, habían pasado muchos años desde aquella inocente noche que gastaron hablando, pero después la vio reír, y aquella risa le quemó los ojos. Era Beatriz, su Beatriz. Celebró y lamentó su suerte; por lo menos volvía a saber de ella. La encontró diferente, más elegante, menos inocente, más comedida, menos pasional. Ella no demostró en ningún momento haberle reconocido, y él, por prudencia, se abstuvo de recordárselo.

—Deja a tu marido.

—¿Qué?

—Fuguémonos juntos, no tienes por qué soportarlo más.

—¿De qué estás hablando? Apenas nos conocemos, más allá de que somos cuñados. No he querido alimentar falsas expectativas, no era esa mi intención.

—¿De verdad no te acuerdas? —Antonio se puso de rodillas delante de ella y la miró a los ojos. Ella lo observaba sorprendida—. Nos conocimos en un bar al poco de llegar yo a Cartagena, cuando aún estábamos solteros los dos. —Antonio apretó la mano de ella—. Aquella noche me enamoré de tu risa.

Beatriz dudó. Antonio sabía que se acordaba, tenía que acordarse de aquella noche aunque no quisiera reconocerlo.

—Sí, claro que te recuerdo —Beatriz desvió la mirada—, pero ahora todo es distinto. Estamos casados, tenemos hijos, responsabilidades. Ya no somos unos adolescentes.

—No hay nada irreversible. Escápate conmigo, solo una noche, diremos que nos ha surgido un viaje de trabajo. —La observó con intensidad, una mirada sincera que le abría su corazón, sus sentimientos—. Aún podemos vivir lo que quedó pendiente aquella noche.

CAPÍTULO 44

Aquel había sido un día muy complicado para Remedios y estaba sola para hacer frente a todo. Por la mañana había ido al médico con su madre para la revisión de la cadera.

—Señora Martirio, está todo estupendo —dijo la doctora—. Esperemos que siga así por mucho tiempo.

Su madre contestó enumerando una retahíla de dolores y molestias que la doctora escuchó con educación. Ningún maldito indicador alterado… y ella seguía quejándose. La cadera se mantenía estable, no se había producido pérdida de masa ósea y la doctora le recomendaba caminar para fortalecer la musculatura.

—¿Qué sabrá esta? —murmuró al salir de la consulta.

Tomaron el coche de vuelta a casa, otra vez a casa. Su madre parecía enfurruñada, pero, gracias a Dios, cambió su humor y volvió la alegría que la había caracterizado los últimos días, desde la cena de cumpleaños en casa de sus cuñados. Por el contrario, Remedios no salía de una preocupación cuando ya estaba metida en la siguiente. Ahora que la cadera de su madre parecía funcionar con cierta eficacia, volvía a asaltarla la desazón por su hija. Había pedido cita para su ginecóloga de siempre, que como un favor personal le había hecho un hueco para el día siguiente, todo un día por delante. Seguramente no sería nada, Paula solo tenía catorce años y quizás su regla no se hubiera estabilizado aún. Pero ¿y si tenía un cáncer precoz de ovarios o una malformación en la matriz? Opciones peores le venían a la cabeza, diagnósticos perversos que emergían fácilmente navegando un rato por internet. Todo eran meras conjeturas, así que lo mejor sería no pensar en el tema y esperar a la opinión de la ginecóloga.

Remedios se sentó a la mesa del comedor, cansada, harta de correr de un lado para otro, de solucionar cuestiones domésticas y de afrontar preocupaciones que no le dejaban ni unos minutos para sí misma. Solo deseaba que todos volvieran a ser felices, saborear esa sensación una vez más.

—Hija, ¿no te quitas el abrigo?

Entonces reparó en el calor generado por el abrigo de plumas, acolchado y poco adecuado para llevarlo por casa con la calefacción encendida. Se lo retiró despacio y se dirigió a la percha de la entrada.

—Anda, siéntate, que hoy preparo yo la comida. Y, además, te voy a hacer unas torrijas.

Su madre no le dio tiempo a replicar, desapareció cojeando a través del arco que daba acceso a la cocina, canturreando mientras abría y cerraba armarios. Remedios se sentó de nuevo a la mesa, con la vista fija en la pared, intentando no pensar en nada.

Sofrito, olía a cebolla y a ajo. No recordaba la última vez que su madre había preparado una comida. Una paella, le sonaba que hizo una paella porque Remedios la odiaba. Por aquel entonces sus hijos eran pequeños y ella aún pensaba que podían ser felices, que podrían reconstruir su hogar y volver a emanciparse, a tener un piso propio y una intimidad como pareja y como familia. «Es algo pasajero», se decían cuando se mudaron a aquella casa. Y ya casi había perdido la esperanza de recuperar esa ansiada parcela que les perteneciera solo a ellos, a ella y a su marido, una nueva madriguera donde recomponer los pedazos de su matrimonio roto. Antonio también había cambiado, pero seguía siendo tan apuesto como el primer día, quizás más, porque los años le habían favorecido, lo contrario que a ella.

Necesitaba un cigarrillo, así que decidió salir al jardín. Al rato, ya más calmada, entró de nuevo en casa.

—Aquí están.

Su madre le mostraba una bandeja plateada repleta de torrijas humeantes. Torrijas. Cuántos años hacía que su madre no le preparaba aquel manjar. Su hermano se volvía loco con aquellas rebanadas de pan bañadas en leche, rebozadas en huevo, fritas en aceite bien caliente y espolvoreadas con azúcar y canela.

—Pruébalas. A ver si no he perdido el tino.

—Están calientes aún.

—¿Y qué? A mí me gustan así. Y encima damos tiempo a que se termine el guiso. Estoy preparando unos garbanzos.

—Bueno, pero has hecho muchas.

—Voy a apartar unas pocas para Félix, que no las ha probado nunca. Su mujer no debía de cocinar muy bien, la pobre. En fin, hay quien no tiene suerte con la pareja que le toca en suerte. Bueno, ¿qué?, ¿te decides o no?

Remedios cogió la primera, caliente, aunque ya no quemaba, consistente al tacto y tierna en la boca. Cuando eran niños, su madre hacía una bandeja enorme de torrijas una vez al año, solo en Semana Santa. Su padre y su hermano las engullían casi sin masticar. Recordaba aquellos momentos, los escasos que compartieron todos juntos como una auténtica familia, concentrados en torno a aquel postre barato pero laborioso de hacer. Su padre pasaba más tiempo fuera de casa que entre aquellas paredes. Siempre tenía trabajo, no había fechas ni horarios, y cuando por fin llegaba a casa, se encontraba tan cansado que, después de recibirlo con el beso de bienvenida, su madre les prohibía acercarse a él. Remedios pensaba que era un padre sin serlo, un marido sin serlo, un hombre sin serlo, un policía para el que su trabajo era tan importante que olvidaba todo lo demás. Su padre, que estaba sin estar, siempre parecía triste, como si cargara con un peso imposible de soportar. Desde luego, su madre estaba en lo cierto: había gente que no tenía suerte con su pareja.

—Están buenas.

—¿Solo eso?

—No, no, están muy buenas.

Martirio parecía satisfecha.

—¿Antonio viene hoy a comer?

—No, mamá, ni a dormir. Me ha llamado antes porque tiene un viaje de trabajo, pasará a recoger algunas cosas antes de irse.

—¿Un viaje de trabajo? Qué raro... No me gusta nada, un hombre casado no debería pasar las noches fuera de su casa; el que evita la ocasión, evita el peligro.

—Pues papá también pasaba muchas noches fuera de casa.

—Eso era diferente. Tu padre no tenía horarios. Era policía, la profesión más respetable que existe. Dedicaba su vida a proteger a los demás.

—Eso es lo que tú te crees. Fuera de casa no sabes lo que hacía.

—Remedios, no me faltes al respeto. —Su madre la miró con acritud, pero no tardó en suavizar el gesto, e incluso sonrió—. Bueno, menos mal que Antonio no viene, porque no había puesto ración para él. Desde luego, qué diferente es de su padre. Félix es un hombre de verdad, como los de antes.

—Es que es de los de antes.

—Tampoco es tan mayor.

—Pasa de los setenta.

—Bueno, aún es joven.

—Supongo; se mueren de todas las edades, ¿verdad?

—Ay, hija, siempre tan positiva.

Estaba un poco desconcertada; había visto indicios, pero no podía imaginar que su madre tuviera un interés real en Félix.

Siempre había oído que el amor no tenía edad. Cogió otra torrija. De hecho, ella misma se había enamorado de su profesor de ballet cuando no tenía más de cinco o seis años.

—Mamá.

—¿Qué?

—¿Por qué me borraste de las clases de ballet cuando era pequeña?

—Uy, hija, qué temas sacas ahora. Y no comas más, que no te conviene.

—Contéstame.

—Pues no sé, ya no me acuerdo.

—Sí que te acuerdas, tú te acuerdas de todo.

—Qué cosas preguntas.

—Dímelo.

—Tenías que centrarte en los estudios.

—Siempre saqué buenas notas, mejores que las de Camilo, y él siguió yendo a sus entrenamientos de fútbol.

—Bueno, pero eso era solo un par de veces a la semana, contando el partido del sábado.

—Yo iba también dos veces a la semana con mis amigas de la escuela.

—No me gustaba aquel profesor, ni el ballet, ¿vale?

—Tú hiciste ballet de pequeña, antes de tu accidente.

—Está bien, si quieres saberlo te lo diré, aunque no entiendo a qué viene esto ahora. —Hizo una pausa—. Te saqué para evitarte la decepción.

—¿La decepción?

—Pues sí, hija, cada día estabas más ilusionada con las clases, ensayabas sin descanso siempre que podías, en el colegio, en casa, horas y horas haciendo los mismos movimientos, los mismos gestos, con aquella música que se repetía una y otra vez. Te estabas obsesionando.

—No, me gustaba y ya está, disfrutaba mucho con el ballet.

—Ese era el problema.

—¿Por qué?, ¿porque me hacía feliz? ¿Por eso no quisiste que siguiera?

—No.

—Entonces, ¿por qué? Recuerdo que te quería enseñar las coreografías y tú nunca tenías tiempo. Y cuando conseguía que me prestaras atención, te quedabas inmóvil como un espantapájaros, callada, como si no hubiera bailado para ti, como si no me hubieras visto siquiera.

—Estaba harta de todo aquello.

—¿Por qué?

—¿Tú te has visto ahora?

—¿Y eso qué tiene que ver?

—Pues que has heredado el físico de tu padre, que para hombre está bien, pero tus huesos son grandes, tienes tendencia a engordar y no eres grácil. El ballet no estaba hecho para ti.

—Pero yo era una niña y disfrutaba.

Remedios, una de las tareas de una madre, la más difícil de todas, es proteger a sus hijos, protegerlos de cualquier amenaza externa, pero también de sí mismos. Y eso fue lo que hice.

—No te entiendo, nunca he entendido tu forma de pensar.

Remedios alargó la mano para coger otra torrija, pero su madre retiró la bandeja, se puso en pie con dificultad y se la llevó a la cocina.

CAPÍTULO 45

Turia observaba a su madre en el salón, acomodada entre cojines de terciopelo y borlas. Detrás, las cortinas que había traído de Marruecos, con su faldón y su visillo. Con ojos cansados, la mujer cosía una tela de tono amaranto que brillaba entre las manos, ásperas. Curvaba la espalda y el pelo le caía suelto sobre los hombros, listando con hebras blancas el fondo otrora oscuro. Aquel cabello había impresionado a su marido el día en que se casaron, hacía ya muchos años. Ahora todo en su madre mostraba un aspecto marchito a excepción de sus ojos, grandes y profundos, oscuros como el miedo.

Turia se situó a su lado y miró al frente mientras hablaba.

—¿Qué es? —preguntó, señalando la fina tela que su madre cosía.

—Una camisa de seda.

—¿Es tuya?

—No, claro que no, y no quiero que tu padre se entere. Es de la señora, el otro día se le rompió. En esa casa se rompen muchas cosas.

—Mamá, quiero decirte algo.

—Habla —dijo sin levantar la cabeza de los hilos y la aguja.

—Es sobre el tío Alí. —Turia calló esperando que su madre pudiera intuir su secreto oculto tras silencio.

—¿A qué viene tanto misterio? Habla.

—Es que… a veces, cuando vosotros no estáis en casa, pues… el tío Alí entra en mi habitación…

En ese momento Halima dejó a un lado la costura, dibujándose como una mancha de sangre sobre el sofá, y se volvió hacia su hija. Clavó sus ojos oscuros y furiosos sobre los dos brillantes ónices de Turia y, sin previo aviso, le propinó una rotunda bofetada.

Aquella tarde Alí había llamado a su puerta, como tantas otras veces. Turia había atrancado la puerta con la silla verde con florecitas infantiles, como tantas otras veces. Su tío la había amenazado con hacerle más daño si se resistía, como tantas otras veces. Al final la chica había abierto atemorizada, como tantas otras veces. Alí la había manoseado, ansioso y complacido, como tantas otras veces. Y cuando hubo terminado, tras subirse los pantalones, había salido satisfecho de la habitación, como tantas otras veces. Turia se había quedado sola, profanada y sucia, como tantas otras veces. En aquella ocasión, sin embargo, Alí la había cogido por el pelo, como si fueran las crines de un caballo, tirando con fuerza mientras la montaba. Ese había sido el único cambio, una menudencia en comparación con todo lo demás. En cambio, esa pequeña humillación para ella fue la gota que colmó el vaso.

—Ni se te ocurra sacar el tema delante de tu padre.

—Lo que te digo es verdad.

—Nadie te va a creer, así que es mejor que te calles.

—A Malika también le pasó, ¿por qué te crees que se fue de casa?

—Malika se enamoró de su marido y se fugó con él. No mezcles cosas que no tienen nada que ver.

—Malika huyó.

—Si dices algo, vas a meter en un lío a tu hermana, que está casada y es feliz.

—No lo aguanto más, mamá.

—¿Y qué quieres hacer?

—Denunciarlo.

—¿Quién te ha metido esa absurda idea en la cabeza? ¿Tus amigos?

—No. —Turia rompió a llorar—. Esto dura años, mamá, años.

—Si comentas algo, humillarás a tu padre, Alí es su hermano menor y su responsabilidad. ¿Por quién crees que tomará partido? Eso que dices es un agravio muy grande para esta familia, y la familia está por encima de ti. Si tú denuncias a Alí, nos traerás la ruina, porque Alí no tiene dinero y tendremos que pagarle el abogado. ¿Crees que tu padre va a dejar a su hermano de lado?

—Pero yo soy su hija.

—La familia es más importante, Turia, debes entenderlo. Si dices algo, nuestros parientes dejarán de hablarte. Tus abuelos, los padres de tu padre y de Alí, ¿qué crees que pensarán? Yo te lo diré: que eres una desagradecida, una mentirosa y una puta. Ni siquiera querrán hablar contigo cuando llamen por teléfono, ni siquiera se molestarán en preguntar por ti. Nuestros primos de Alemania harán noche en casa de regreso a Marruecos pero no te hablarán, para ellos habrás dejado de existir.

—Eso no lo sabes.

—Nos harás unos desgraciados, Turia, y todos dirán que hemos fracasado con nuestra hija. Si es verdad lo que dices, Dios hará justicia. —Su madre se detuvo un momento—. Si quieres, puedes ir una temporada a Marruecos con tus abuelos.

—No quiero ir, mamá, yo no he hecho nada malo.

No, ella no merecía el castigo del ostracismo, su sitio estaba ya en España. Le gustaba volver a Marruecos de vacaciones, disfrutaba en las bodas de sus primos, le encantaba parlotear con sus tías en las noches de verano, pero no se imaginaba viviendo allí, ya no.

—¿Alí te ha mancillado? —Turia negó con la cabeza, y su madre se relajó un poco—. Entonces deja que yo me encargue.

Turia sintió alivio. No quería ir a una oscura y sucia comisaría de policía a explicar a un desconocido lo mismo que tanto la avergonzaba por querer contárselo a su propia madre. No quería poner en evidencia a su familia. Solo deseaba que aquello terminara, que Alí se fuera lejos, que muriera si era preciso. Su madre iba a tomar las riendas de la situación. Por fin un poco de paz.

—Cámbiate, es la hora de la oración.

CAPÍTULO 46

—Que sea la última vez, Beatriz. Ya se lo puedes decir a tu jefe. —Camilo levantó el dedo amenazante y le lanzó la peor de sus miradas—. La última.

Ella intentaba no mirarlo mientras terminaba de encajar en la maleta un traje oscuro, una blusa blanca, un pijama, un neceser y una muda; nada sexy, nada provocativo, nada de lo que hubiera deseado llevar a una primera cita con un hombre.

—Cariño, esto es excepcional —repuso ella—. Ya sabes que no me gusta irme así, tan deprisa, sin haber planificado las cosas, pero es un proyecto por el que he peleado mucho y ha surgido un imprevisto. Mañana tengo una reunión muy importante con uno de los principales inversores. Si sale bien, la empresa ganará mucho dinero y yo también.

A pesar de las explicaciones, el humor de Camilo no mejoró.

—La última, te he dicho. No nos hace falta el dinero y me importa una mierda tu empresa. Ten mucho cuidado con lo que haces —le advirtió—. ¿Con quién vas a ir?

—Con Encarna —respondió Beatriz con fingida seguridad. «Con Encarna» quizás sonaba un poco extraño, pero fue lo primero que se le pasó por la cabeza.

—Con Encarna. ¿Y para qué, si puede saberse, va esa desabrida?

Las manos le sudaban y la garganta se le había cerrado, obligándola a carraspear cada vez que quería decir algo.

—Es la jefa… de contabilidad… Me tiene que ayudar… a negociar los presupuestos.

Cerró la maleta y se dirigió a la puerta. Camilo la cogió por el brazo antes de salir.

—Ándate con ojo, Beatriz, no me tomes el pelo o lo pagarás muy caro.

Cuando al fin la soltó, ella salió por la puerta del dormitorio sudando, con los nervios aún a flor de piel. Por suerte, la mente de su marido debía de estar ocupada en otros asuntos. Por ahora había conseguido salir indemne.

Rodrigo dormitaba en el sofá del salón con la televisión encendida. Lo besó, pero el chico no se inmutó, ni siquiera le devolvió el beso. Notó que la energía de Camilo bullía por las venas de su hijo y un dolor profundo, como un calambre, mordió su estómago. Él no, él no podía seguir por ese camino. Tenía que encontrar la manera de cambiarlo, de que su hijo tuviera otro modelo. Quizás Antonio. Y pensó que la única manera de poder huir de aquella situación era que Camilo se muriera, que le detectaran un cáncer en fase avanzada, que su coche se saliera en una de las curvas que trufaban el camino al chalé. Quizás el azar pudiera librarla del infierno en el que se había convertido su vida.

***

—He venido, pero no me voy a quedar. —Beatriz habló con la cabeza gacha, no le hizo falta mirar a Antonio para notar su decepción, la decepción de ambos. En el fondo deseaba quedarse.

El vestíbulo del hotel estaba en calma, apenas algunos clientes que bajaban ya vestidos para cenar. Beatriz llevaba su bolso y una pequeña maleta que le sirvió para hacer el paripé en su casa.

Antonio la miraba como un niño al que le hubieran quitado el juguete nuevo. Beatriz sintió como las lágrimas asomaban a sus ojos.

—¿Te ha amenazado?

—No, no es eso.

En parte sí que era eso. Tenía miedo y por eso llevaba gafas de sol y se cubría las dos mejillas con su cabello oscuro, no podía permitirse que alguien la reconociera. Habían quedado a unos treinta kilómetros de Cartagena, en uno de esos hoteles que recorrían la costa y que ofrecían descuentos y paquetes especiales en los desangelados meses de invierno. Los escasos clientes eran pensionistas venidos de más allá de la frontera, con el pelo desteñido y la tez lechosa. *Good evening.*

A pesar de la distancia, no podía quitarse de la cabeza la idea de que Camilo podía aparecer en cualquier momento y llevársela a empujones y puñetazos.

—Por favor, Beatriz —suplicó Antonio.

Ella había admitido recordar aquella noche en la que, según él, se habían conocido en un bar cuando eran muy jóvenes, cuando aún estaban solteros, pero no era cierto. La primera vez que ella recordaba haberlo visto, en su cena de pedida, Antonio le pareció un hombre sencillo, guapo pero vulgar. Ella salía con Camilo, un erudito con don de palabra que acababa de terminar su primera novela y que ya por aquella época contaba entre sus amigos con un pintor que había expuesto en el Círculo de Bellas Artes, un fotógrafo de guerra que había viajado por decenas de países y un profesor de universidad que investigaba sobre trasplantes de órganos de animales a humanos. Todo un selecto grupo. Camilo aún no era famoso, pero ella había leído ya su primer manuscrito y sabía que no tardaría en serlo. Sintió pena por Remedios, que se conformaba con un novio que regentaba una pequeña tienda de pesca. Sin embargo, ella disfrutaba de un hombre excepcional que la trataba de manera exquisita, que la agasajaba con pequeños detalles cada vez que quedaban:

la inicial de su nombre en una figurita de madera, un anillo de plata marcado con la fecha en la que se conocieron, un poema escrito en una servilleta o una bolsita de diminutos bombones dorados. Camilo le abría otro mundo, uno que relegaba al olvido todo lo que había conocido hasta entonces, una vida anodina, sin interés. Él la llevó a fiestas en casas de amigos, a bares a los que solo se podía acceder con contraseña, le hizo el amor en la playa al anochecer y le enseñó a leer las estrellas. Una vida muy diferente a la que le habían mostrado en el colegio de monjas. Camilo giraba en torno a ella y Beatriz era el eje de su vida, o al menos eso parecía entonces.

Ahora veía a Antonio con otros ojos, y aun así consideraba que su cuñada Remedios continuaba siendo una mujer desafortunada porque, estando casada con él, él no la quería, la quería a ella. Aunque quizás no fuera amor lo que sentía, quizás fuera una simple obsesión, la satisfacción de alcanzar algo con lo que llevaba soñando mucho tiempo. No recordaba aquel primer encuentro del que él hablaba, pero se imaginaba la situación, que debió de ser lamentable. Ella, una mojigata altiva, y él, un muchacho guapo y simpático. Los dos hablando toda la noche sin llegar a nada. Ahora deseaba que los acontecimientos se hubieran desarrollado de otra manera, pero ya no había vuelta atrás.

Antonio seguía de pie esperando una respuesta a su súplica. Ella sabía que no podía volver a casa, ¿qué explicación le daría a Camilo?

—Está bien.

Notó el entusiasmo en su cara. Recogieron las llaves en recepción y tomaron el ascensor hasta la segunda planta. Ninguno de los dos se atrevió a pronunciar palabra. El suelo enmoquetado amortiguaba sus pasos y el ruido de las ruedas de las maletas de ambos. Alcanzaron el final del pasillo, donde abrieron una enorme puerta de madera para acceder a la habitación. Beatriz fue la primera en entrar, y quedó asombrada por la suite que había reservado

Antonio. Accedieron a una amplia sala con un sofá en el centro, una televisión enorme y un rincón de lectura. Antonio cerró la puerta.

—No estoy segura.

—Lo entiendo.

—No, no lo entiendes. En realidad no sé si quiero terminar con mi matrimonio. —Él aguardó un instante a que ella continuara—. He apostado por mi relación con Camilo, lo hice hace muchos años y creo que no estoy preparada para cambiar. Tenemos un hijo y… No sé, tengo miedo, nunca he hecho esto y sé que está mal.

Se sintió ridícula después de la perorata. Seguro que Antonio solo querría echar un polvo, y lo más probable era que, después de hacerlo, se le pasaran todas las tonterías y volviera a casita con el rabo entre las piernas, con su mujer y sus hijos, con su familia.

Se sentó en el sofá, dejando el bolso y la maleta a un lado, y se quitó las gafas de sol.

—¿Quieres a Camilo?

—No lo sé. Con él lo he experimentado todo en la vida, es una parte de mí, una extensión de mí misma.

—Entonces, si nos acostamos esta noche, ¿estaremos haciendo un trío?

Beatriz lo miró sin saber cómo reaccionar ante su broma. Dudó unos segundos y después rompió a reír. Él aprovechó para acomodarse en el sofá color violeta, mullido y acogedor, como un abrazo. Ella se sintió más relajada y entonces él la besó por primera vez, pillándola por sorpresa. Hacía demasiado tiempo que no recibía una muestra de cariño. Sintió un hormigueo en la parte baja del vientre y no pensó en nada, se dejó mecer al ritmo pausado que él marcaba. Notó la aspereza de su barba y observó la línea nítida de su cuello y su hombro. Él comenzó a manosearle los pechos y poco a poco fue bajando hacia su entrepierna.

—Para, para, por favor.

Pero él no parecía dispuesto a hacerle caso.

—No podemos seguir.

—¿Es por Camilo?

—No.

—¿No te gusto lo suficiente?

No, no era eso. Él le gustaba mucho, era un hombre muy atractivo, de pelo y ojos oscuros, cuerpo fibroso, bien moldeado, de ademanes suaves y voz profunda.

—Es por otro motivo. No puedo hacerlo.

—¿No quieres o no puedes?

—Uf, Antonio. —Beatriz se levantó—. Las dos cosas.

—¿Por qué?

Antonio la seguía y Beatriz se giró con gesto de incomodidad.

—Porque no y punto.

—Mira, he venido hasta aquí porque te quiero desde el primer día que te vi, porque no he dejado de soñar una noche contigo, porque eres la mujer más atractiva que he conocido en mi vida, porque pienso que juntos podemos ser felices, porque te deseo con locura...

—Basta —le cortó—. Tengo la regla.

Antonio se paró en seco, Beatriz supuso que porque no había contado con aquel contratiempo.

—¿Eso es todo? —La miró con suspicacia, sonriendo.

«Sí, eso es, ¿te parece poco?», pensó.

Él se acercó y la besó de nuevo. Después la tomó de la mano y la condujo hacia la puerta del dormitorio, que rodó sobre sus rieles descubriendo una enorme cama. Beatriz estaba muy nerviosa e incómoda. ¿Qué iba a hacer? ¿Acaso no había entendido lo que le había dicho? Antonio se volvió hacia ella con normalidad.

—Vamos. Estoy deseando poner un poco de kétchup en mi salchicha.

Beatriz estalló en una sonora carcajada, que se llevó consigo gran parte de sus prejuicios.

CAPÍTULO 47

Su mujer se había ido a un viaje de trabajo, su hijo al instituto, a la criada le había dado el día libre. Camilo se encontraba solo en su despacho, su paraíso con vistas al mar, al impresionante acantilado de roca oscura que formaba la muralla infranqueable de su particular castillo. Pensó en el beso, un roce de labios suaves y delicados, que desde entonces protagonizaba todos sus sueños. Pura era una mujer misteriosa, impredecible, atractiva, el prototipo perfecto para encarnar a uno de sus personajes de mujer fatal. Y no sabía muy bien cómo comportarse con ella, si debía dejarse llevar, seguirle el juego, enamorarse. Podía ser un polvo fascinante, un aliento de aire nuevo, el empujón que necesitaba para dar el gran paso que tantas veces se había planteado, aunque jamás se lo confesaría a su madre: abandonar a su mujer, quizás también a su hijo, iniciar una nueva vida con alguien diferente, alocada, divertida, que le hiciera sentir vivo de nuevo. Pero ¿qué pasaría después? La prensa, los amigos, su agente, ¿qué pensarían de él? Tenía que valorar las posibilidades, los pros y los contras, aunque quizás fuera muy pronto aún para plantearse esas cuestiones. Ahora se encontraba al principio del camino, justo antes de dar el primer paso, dudando si le convenía hacerlo. Y lo cierto era que no debía precipitarse. Algo podía salir mal, que la relación o el sexo resultaran un desastre. ¿Y qué pasaría entonces? Cada uno por su lado, sin querer volver a verse, sin dirigirse la palabra, y la investigación paralizada, suspendida de nuevo, esta vez para siempre. No, no se lo podía permitir, y tampoco era su deseo. Lo primero era el caso que llevaba entre manos, la misión de su padre, que de repente se había convertido en el estímulo que alimentaba su imaginación. Allí había una buena historia, diferente a todo cuanto había escrito hasta entonces. No podía perderla.

Extrajo una fotocopia de su bloc de notas, un folio doblado dos veces que desplegó para desvelar el texto de una noticia. Después de dejar a Rodrigo en el colegio, se había acercado al Archivo Municipal a la caza de los nombres grabados en las cuchillas, a ver si se les mencionaba en algún diario de las ediciones correspondientes a los años que aparecían junto a cada nombre. Tan solo encontró uno, Pedro Pelegrín Torralba, en un ejemplar de *La Verdad* fechado el domingo 14 de febrero de 1982. Se dispuso a releer, buscando la inspiración, alguna pista oculta, algún dato valioso en el que no hubiera reparado.

Asesinada la esposa de un guardia civil. Cartagena. — Una mujer falleció ayer noche al ser tiroteado un coche en la pedanía cartagenera de El Albujón. Fue identificada como Patricia Ruiz Piñana, de 32 años de edad, esposa del guardia civil Pedro Pelegrín Torralba, que resultó herido de levedad. Según declaraciones del propio agente, ambos se encontraban en el interior del vehículo, marca SEAT 131, de color gris, aparcado en la carretera principal de El Albujón, cuando sobre las nueve y cuarto de la noche un individuo desconocido efectuó varios disparos contra ellos desde uno de los laterales del coche. Después se dio a la fuga en una motocicleta.

¿Sería el mismo cuyo nombre decoraba una de las cuchillas? Camilo no lo sabía, la noticia no parecía tener relación con el caso que investigaba. Hablaba de un atentado contra un guardia civil que había concluido con la muerte de su mujer, el 13 de febrero, además, la víspera del día de los enamorados, qué mala suerte.

Movió el ratón para devolver la vida a la pantalla suspendida de su ordenador, dispuesto ahora a investigar en internet, laberinto moderno de conocimiento inagotable. Por el momento empezaría por la página de la Guardia Civil, donde había una sección de personas desaparecidas. La pantalla le mostró tres fotografías tamaño carné, cada una junto a un nombre y la fecha de desaparición. Ninguno coincidía con los que él buscaba, así que presionó el botón de «Siguiente» para refrescar la pantalla con tres nuevas caras. Nada. Continuó avanzando y de pronto allí estaba de nuevo:

> Pedro Pelegrín Torralba, desaparecido el 20 de abril de 1982. Edad: 35, Estatura: 1,82. Complexión: delgada. Ojos: castaños. Pelo: moreno, ondulado. Vestimenta: uniforme de guardia civil. Impedimentos: … Observaciones: tiene una cicatriz de herida de bala en el hombro derecho.

Por la descripción parecía que se trataba del mismo tipo de la noticia, mismo nombre, guardia civil, y una cicatriz de disparo en el hombro, posible secuela del atentado en el que murió su mujer. Desaparecido, por lo tanto, solo un par de meses después de que ella muriera. ¿Víctima de otro atentado, quizás? Bastante improbable; los atentados son actos públicos donde los terroristas buscan publicidad para su causa, por lo que no tenía sentido que el cadáver no hubiera aparecido. ¿Víctima del asesino en serie, maltratado y desangrado por el homicida de las cuchillas? Aquello era más probable, coincidían el nombre y el año, aunque no se había encontrado el cuerpo, y sin cadáver no hay delito. Sin embargo, parecía mucha casualidad; primero su mujer muerta en un atentado, y después él víctima de un asesino en serie. ¿Tendría algo que ver con el caso? Lo mejor sería hacer una visita a Felipe, quizás él pudiera resolverle algunas dudas.

CAPÍTULO 48

Cinco minutos antes de sonar el timbre del recreo, Sergio se puso en pie y se acercó al profesor de matemáticas. En voz baja le explicó que había pasado toda la noche con vómitos y diarrea y que necesitaba ir al baño urgentemente, que había intentado esperar al recreo pero que no creía que fuera capaz de aguantar cinco minutos más. El profesor le dio el visto bueno para abandonar la clase. Sergio corrió por el pasillo y se detuvo ante la segunda puerta que se tropezó a su izquierda, la de 4.º A, la clase de su primo, vacía ahora porque se encontraban en el gimnasio. La puerta estaba cerrada, pero eso no sería un problema, más de una vez había visto a Dani abrirlas con un carné de identidad. Lo colocó en la rendija que quedaba entre ambas planchas de madera y lo movió arriba y abajo, doblándolo un poco mientras tiraba del pomo hacia fuera. La puerta se abrió y tras cruzar el umbral cerró de nuevo a su espalda. Tenía que darse prisa, en cualquier momento podían regresar y descubrirlo. Sabía más o menos dónde se sentaba su primo, así que corrió para registrar las mesas y las mochilas. El corazón brincaba en su pecho como un caballo desbocado, pensando en las consecuencias que tendría si lo pillaban.

Rodrigo y él habían sido buenos amigos de niños, hasta que en segundo de primaria Sergio comenzó a destacar en los estudios mientras que el otro se quedaba rezagado, suspendiendo o pasando por los pelos algunas asignaturas. Esto generó las inevitables comparaciones por parte de los padres de Rodrigo, que comenzaron a machacarlo con que tenía que estudiar más, que debía tomar ejemplo de su primo, que cómo era posible que a Sergio se le dieran tan bien los estudios y a él tan mal, que Sergio esto y Sergio lo otro... Y antes de terminar tercero, Rodrigo comenzó a distanciarse de su primo, a no querer jugar con él, a insultarlo, increparlo y fastidiarlo en todo lo que podía. Y Sergio era consciente de que el rencor que le tenía su primo no había sido algo premeditado, sino la consecuencia de las odiosas comparaciones que habían deshecho su amistad para convertirlos en enemigos declarados.

Sonó el timbre del recreo justo cuando dio con el iPhone que buscaba. Abandonó la clase a todo correr unos segundos antes de que comenzaran a salir los alumnos de las otras aulas. Iba en dirección contraria al reguero de chavales que circulaban por el pasillo cuando se cruzó con Turia, cuya clase, el 4.º C, se situaba justo enfrente de la suya. Sergio se detuvo junto a ella un instante.

—Lo tengo —le susurró—, espérame en el patio, voy enseguida.

Turia siguió su camino como si nada, mientras Sergio regresaba a su aula para coger el almuerzo de la mochila. Cuando volvió al pasillo, escuchó la voz de su primo que lanzaba maldiciones desde dentro de clase. Sergio intentó pasar desapercibido, pero Yusuf le cortó el paso.

—¿Adónde te crees que vas? —Sergio se detuvo nervioso, sin saber qué hacer—. Ven conmigo, nena.

Le empujó para que entrara en la clase.

—Mira, Rodrigo, este salía ahora. ¿No es raro que se haya quedado solo?

—Pues sí, tráelo para acá —ordenó su primo, y Yusuf obedeció como el perro fiel que era—. ¿Y mi móvil?

—Tú sabrás —respondió Sergio con desdén, como si no supiera de qué le estaba hablando.

—Venga, nenaza, ¿qué haces por aquí sola cuando todos han salido ya?

—Me encontraba mal y he tenido que ir al baño. A lo mejor me puedes dar algún consejo.

—No te pases de listo. ¿No será más bien que has aprovechado para robarme el móvil?

—Yo no te he robado nada. Déjame en paz.

—Ya. —Miró a sus esbirros—. Sujetadlo.

Y mientras los otros hacían lo que se les había ordenado, él mismo comenzó a cachearlo. Hasta que golpeó algo en el bolsillo.

—¿Qué llevas ahí?

—Es mi móvil —respondió Sergio con temor.

—Ya, a ver, sácalo.

Sergio lo hizo y apareció su Samsung de pantalla táctil, muy diferente al iPhone de su primo. De todas formas, Rodrigo lo cogió y lo examinó. Después lo dejó sobre la mesa.

—Bájate los pantalones —le ordenó.

—¿Qué? —Sergio no podía creerse lo que estaba sucediendo.

—Que te los bajes, he dicho. No pienso tocarte los huevos para ver si te lo has escondido ahí.

—No pienso bajarme los pantalones.

—Si te los quitamos nosotros, te irás sin ellos —le advirtió Rodrigo, sonriente, cómodo en su posición de poder.

Sergio obedeció, se soltó la correa y se los bajó. No llevaba nada escondido. Entonces su primo se acercó y lo agarró de la camisa.

—Esta vez te has librado, maricona, pero si me entero de que te acercas a mis cosas, te parto la cara y te meto este móvil —sujetaba el Samsung en la mano— por el culo.

Le devolvió el teléfono estrellándolo contra su pecho. Sergio gruñó de dolor, cogió su teléfono, se subió los pantalones y se lo guardó en el bolsillo. Luego abandonó la clase sin mirar atrás, mientras los otros se reían y lo insultaban.

En cuanto salió al patio corrió a la parte de atrás del gimnasio, donde había quedado con Turia. Ella ya estaba examinando el móvil de Rodrigo, que Sergio le había pasado de tapadillo cuando se cruzó con ella en el pasillo.

—Eh, ¿dónde estabas? —se quejó la chica—. Ya pensaba que no vendrías.

—No me perdería esto por nada del mundo —aseguró Sergio, mientras ella le acercaba el teléfono.

—Mira, he encontrado el vídeo de la paliza de Dani. ¿Lo pongo?

—Sí.

Sergio contuvo la respiración. Por fin había conseguido la prueba que necesitaba para acusar a su primo, por fin se libraría de él, por fin descubriría qué le había sucedido a Dani.

El vídeo comenzaba con su amigo tirado en el suelo, dos o tres chicos alrededor de él, riéndose y golpeándolo con los puños y las piernas, más o menos el momento en que Sergio se había marchado para buscar ayuda. Entonces se oía una voz: «¿Qué coño estáis haciendo?». La cámara giraba en dirección opuesta y se veía a dos hombres acercarse a ella; justo entonces terminaba la grabación.

—Es el padre de Dani —afirmó Sergio mientras Turia lo miraba sorprendida—. El otro no sé quién es.

—Es mi tío —afirmó ella—. Son amigos, les gusta…, ya sabes, beber juntos. Se emborrachan mano a mano en el bar.

—Creía que los musulmanes no podíais beber.

—En teoría no podemos. Ya sabes, cada uno se hace la religión a su medida.

—Ya. ¿Y no hay nada más grabado? —preguntó Sergio, un poco decepcionado.

—No lo sé, veámoslo.

Sergio puso el vídeo siguiente, que solo duraba quince segundos. En él se veía a Dani yéndose junto a su padre y el tío de Turia. El padre parecía gritarle y darle empujones, aunque no se entendía lo que decía. Solo se oían las risas de Rodrigo y sus colegas. Después doblaban una esquina y ahí se cortaba. Probó suerte con el siguiente vídeo. Aparecía su primo frente al espejo, desnudo de cintura para arriba, haciendo posturitas y marcando músculos. Pero nada más relacionado con la paliza a su amigo.

—Mierda, entonces Dani se fue con su padre —comentó Sergio—. No podemos acusar a Rodrigo y su pandilla de nada más que de darle unos cuantos mamporros. Y encima fue Dani el que comenzó la pelea.

—¿Y por qué no ha vuelto a venir al instituto después de ese día? —preguntó dudosa Turia.

—Pues no sé, su padre me dijo que se había ido.

—¿Se ha escapado de casa?

—No. —Sergio negó con la cabeza, convencido—. Es mi mejor amigo, me lo habría dicho, estoy seguro.

—Entonces deberíamos denunciarlo a la policía.

—Denunciar ¿qué? Si su padre no quería hacerlo, ¿quién soy yo para denunciarlo?

—Pues deberíamos volver a hablar con él.

—No creo que sirva de nada.

En ese momento sonó el timbre anunciando que el recreo había terminado.

—¿Qué vas a hacer con el móvil?

Sergio dudó; su primer pensamiento fue tirarlo a la basura, pero después recapacitó.

—Lo guardaré por ahora. Quizás estos vídeos sirvan de algo.

CAPÍTULO 49

—¡Me cago en la hostia ya! ¿No os he dicho que no os voy a dar un puto duro? —Felipe abrió la puerta y se detuvo sorprendido al descubrir a Camilo—. Ah, Camilo, pasa, pasa.

—Buenos días.

—Perdona, hombre, pensaba que eran otra vez los esbirros de ese cura malnacido que no hacen más que pedir. —Saludó a Camilo con un cariñoso golpe en el hombro y volvió a desplomarse en su sillón, con la espalda encorvada, encajando a la perfección en la horma que su propio cuerpo había sedimentado en el asiento—. ¿Te lo puedes creer? Los muy cabrones vendían calendarios a treinta euros, a treinta euros, ¿eh?, para arreglar la plaza de la Iglesia. ¿Y sabes lo mejor de todo? —Camilo negó con la cabeza, divertido con los reniegos de Felipe—. Pues que la obra de la plaza la paga el ayuntamiento, como es lógico, y el cabrón del cura nos quería hacer creer que sale de su bolsillo, ¿no te jode? —Comenzó a toser, una tos seca, atronadora, de funesto augurio, dispuesta a arrancar flema y carne por igual. Felipe se limpió la boca con un pañuelo que quedó embadurnado como si fuera un cuadro abstracto, del color alarmante de la sangre—. ¿Me has traído el tabaco? —preguntó el anciano, alargando la mano.

Camilo lo observó, meditando su respuesta.

—Sí, pero creo que no debería dártelo. Hoy estás mucho peor.

—Venga, pijo, no seas gilipollas. —Golpeó la mesa indignado—. Si el cáncer no me mata, pronto terminaré pegándome un tiro, así que deja al menos que disfrute de mis últimos instantes.

Camilo le tendió el cartón. Felipe lo abrió con gestos precisos, tantas veces repetidos, y sacó sin dificultad el primer paquete. Unos segundos después, ya tenía un cigarrillo colgándole de sus manchados y resecos labios, y ahí se quedó, lacio, como la mecha de un cartucho de dinamita que aguardara el contacto de la llama para reventar sus pulmones. Camilo lo imitó y le acercó el mechero antes de prender el suyo.

La primera bocanada de humo pareció engrasar su voz y sus palabras:

—Entonces, ¿has hablado ya con la chica? ¿Sabes cómo murieron sus padres?

—Sí, su madre murió de una paliza a manos de su amante. La policía lo atrapó y lo metió entre rejas. A su padre lo encontraron poco después flotando en las aguas del puerto, desfigurado y desangrado.

—Bien, ¿y esos nombres que me diste por teléfono? ¿Qué tienen que ver con el caso?

Camilo recordó el comentario de Pura: «¿Y si es él? Alguien cercano a tu padre, tú mismo lo has dicho». Tenía razón, ¿y si Felipe era el asesino o estaba relacionado con él de alguna manera? En principio parecía poco probable, aunque si quería ser riguroso, no podía descartar ninguna posibilidad sin asegurarse primero. Lo mejor sería tantearlo antes de ofrecerle toda la información.

—Creo que mi padre estaba metido en algo gordo, la investigación de un asesino en serie o algo así. Encontramos en La Jaula un listado de nombres, los que te dije por teléfono, que creo que pueden ser víctimas del mismo asesino. ¿Has descubierto algo sobre ellos?

Felipe lo observó con detenimiento, sus pequeños ojos parapetados tras las gruesas murallas de arrugas que formaban sus párpados, estudiando a su interlocutor como antaño se hacía con el enemigo a través de una angosta tronera.

—¿Encontrasteis los nombres y nada más? —Su tono era seco y receloso. Sabía o intuía que le estaba ocultando algo. Mala señal.

—Sí, ¿por qué?

Felipe se centró en su cigarrillo dándole largas caladas que lo hacían brillar como las brasas de una hoguera, reduciéndolo rápidamente a una simple colilla. Parecía como si el tabaco fuera la única fuente de energía que necesitaba, como si se alimentara de él, paliando por unos instantes los síntomas lacerantes de la enfermedad que lo consumía por dentro. Mientras remataba la colilla en el cenicero, la fuerza de ese pitillo se materializó en la rabia de sus palabras.

Joder, no sé, todo esto me pone los pelos de punta. No deberías remover el pasado, Camilo. ¿Nunca te han dicho que dejes a los muertos descansar en paz?

—Sí, mi madre.

Pues tiene razón.

—Puede, aunque no creo que sea el mejor ejemplo a seguir.

—¿De qué estás hablando? Camilo, joder, algunas veces parece que estás perdiendo el norte. ¿Qué coño te pasa? Tu madre es una buena mujer, eso no lo pongas en duda.

—Bueno, con respecto a eso tengo mis reservas, pero no he venido aquí para discutir sobre ella.

La tos estalló de nuevo y Felipe se volvió a cubrir la boca con el pañuelo, doblado en el sillón, esforzándose por aspirar un poco de aire entre cada convulsión. Cuando por fin logró contenerla, alargó la mano temblorosa en busca de otra dosis de nicotina. Camilo desvió la vista, sintiéndose en parte culpable por la agónica muerte que le esperaba al que había sido para él como un tío. Le acercó el mechero sin atreverse a mirarlo a la cara.

—Está bien, Camilo, ¿qué cojones quieres? —Su voz volvió a la vida con la primera bocanada de humo.

—Los nombres que te di por teléfono, ¿has encontrado algo o no?

—Estuve revisando mis archivos. —Se detuvo unos instantes, meditando con añoranza—. Mis archivos…, los de todos los casos que investigué durante todos los putos años de servicio. ¿Te lo puedes creer? Me los llevé cuando me jubilé, antes de que los tiraran a tomar por culo. Para ellos no eran más que papeles sin valor; para mí, el trabajo de toda una vida.

—¿Y los guardas todos?

—Todos sin excepción, desde el primer caso en el que participé. Si quieres, luego te los enseño, me traje hasta los archivadores de la oficina. Qué pijo, después de cuarenta años de servicio se puede decir que eran míos.

—¿Y descubriste algo?

—Algo descubrí, sí, pero, Camilo, no me hagas repetirte las cosas, es mejor que abandones ahora, agitar el pasado no te va a traer nada bueno, de eso puedes estar seguro.

—Gracias por el consejo, pero siento discrepar otra vez. Ya me ha traído algo que celebrar, una historia, una idea nueva para escribir.

—No sabes lo que estás haciendo. Hay cosas que deberían permanecer dormidas, olvidadas, y ni por una historia, sea buena o mediocre, merece la pena removerlas.

—Correré el riesgo.

—Está bien, cabezón hijo de puta, te diré lo que quieres saber —cedió Felipe—. De los seis nombres que me diste he encontrado dos, ambos protagonistas de casos sin resolver. Uno murió en el sesenta y tres; el otro, en el setenta y uno. Fueron hallados en condiciones similares, con numerosos golpes, magulladuras y cortes, destacando dos, uno en cada muñeca, que fueron identificaron como la causa de la muerte. Dos casos muy parecidos que, como dices, podrían ser víctimas del mismo asesino, siempre y cuando obviemos el hecho de que pasaron ocho años entre uno y otro.

—Pues creo que no son los únicos. El padre de Pura era el sexto de la lista y murió de idéntica manera. Apostaría a que todos están relacionados: un asesino que se lo toma con calma para planificar sus crímenes, eligiendo a las víctimas, estudiando sus movimientos, sus costumbres, en busca del mejor momento para atacarlas.

—Creo que has leído… o has escrito demasiadas novelas policíacas. La vida real no es así, muchacho, es mucho más simple que todo eso. Lo más probable es que estos crímenes no guarden relación entre sí, que sean una simple coincidencia.

—¿Y por qué los tenía mi padre en una lista?

—¿Y cómo cojones quieres que lo sepa? Lo único que te puedo decir es que algunas veces tu padre llevaba casos por su cuenta; ya sabes, casos extraoficiales. Puede que tuviera interés en esos fiambres por algún motivo; quizás sospechaba lo mismo que tú, aunque eso no significa que tuviera razón. De todas formas, sea como sea, ¿qué sentido tiene investigarlo ahora? A estas alturas el criminal estará criando malvas, igual que sus víctimas.

—Puede, pero resulta que mi padre quería que lo investigara, y yo me siento bien al hacerlo. Además, se supone que él se suicidó cortándose las venas. —Lo había hecho, había pronunciado la palabra prohibida sin ningún problema, quizás porque ahora se abría una perspectiva nueva, porque esa palabra, «suicidio», había perdido su significado al relacionarla con su padre—. Cortándose las venas, ¿no te suena de algo? ¿Y si no se suicidó? ¿Y si fue otra víctima?

—Quítate esos pájaros de la cabeza, Camilo. Tu padre se suicidó, eso te lo aseguro. No te crees falsas esperanzas.

Felipe se mostraba muy distante, poco receptivo y nada dado a compartir con él lo que sabía. ¿Tendría razón Pura? ¿Estaría involucrado de alguna forma?

—¿Qué más me puedes contar?

Felipe se incorporó un poco en el sofá.

—Dame esa carpeta de ahí, la que está encima de la mesa. —Camilo obedeció y se la acercó para leerla, separando sus perezosos párpados para enfocar bien las letras—. Mira, el primero trabajaba en una fábrica, un tipo normal, de clase media-baja. Tenía antecedentes porque ese mismo año había matado a su mujer, pillada en adulterio. —Levantó la vista hacia Camilo, cerrando de nuevo las pesadas cortinas que casi velaban sus ojos—. El juez lo dejó en libertad porque hasta ese año el código penal contemplaba el privilegio de la venganza de sangre, que permitía al marido liquidar a la esposa si la pillaba follando con otro.

—Había oído hablar de ese privilegio.

—Bueno, era una ley romana, no se la inventó Franco.

—Ya. ¿Algo más?

—Sobre este tipo no. Y del otro nada, ni antecedentes ni nada.

—¿Nada?

—Exacto. —Meditó unos segundos sumido en el placer que le proporcionaba cada calada—. De todas formas, si te fías de mi memoria, quizás te pueda contar algo, ya que por entonces fue un caso muy sonado.

—Me fío, adelante.

—Rogelio Zapata… Joder, este sí que era un auténtico hijo de puta. Miembro de la Falange y director de un conocido diario local, asiduo a los burdeles del Molinete; le encantaba disfrutar de las chiquillas sin soltar un duro, como mucho les pagaba con unos cuantos golpes que a veces se convertían en palizas brutales. Recuerdo una vez que le quemó la cara con ácido a una de las muchachas, y al desgraciado nada, no podíamos tocarlo. Lo encontraron muerto en el molino, en la parte de arriba de la colina, machacado a golpes, como a él le encantaba hacer con las chicas, y con las venas abiertas, sí. Tuvimos que arrestar a un montón de maleantes, hicimos limpieza en el barrio durante varias semanas y al final, como siempre, terminó pagando por descarte un pobre infeliz, sin pruebas ni nada.

—¿Recuerdas algo más?

—Más o menos eso, el tipo estaba casado y fue un verdadero escándalo de la época. La gente del barrio se alegró mucho de que se lo hubieran cargado.

Camilo tomó notas en su bloc.

—¿Y los otros nombres no te suenan de nada?

—No.

—Está bien; a pesar de tus objeciones, te agradezco mucho la ayuda.

—Hazme caso, aún estás a tiempo de dejarlo.

Con la última palabra, Felipe le lanzó la colilla a Camilo, que le golpeó en la frente para luego desplomarse en su regazo.

—¿Qué coño…? —Camilo se puso en pie de un salto y se sacudió la ropa mientras el anciano se reía a carcajadas y tosía, rojo como un tomate, a punto de ahogarse—. Bueno, me marcho —dijo, y se agachó un momento para abrir un paquete que había dejado junto a la pata de la silla—. Por cierto, te he traído un regalo.

Camilo se acercó a la televisión y puso un aparato entre el cable de la antena y el aparato de la TDT.

—Es un amplificador —anunció—, ya sabes, para que pases del informativo de las tres y vuelvas a contar los días que te quedan con el telediario.

CAPÍTULO 50

Últimamente parecía que a Sergio le salía todo mal, empezaba a estar ya un poco harto de la vida. Cogió a Justin, le puso la correa y el bozal y se lo llevó a la calle. Corrió junto al perro intentando desfogarse, tirando de él, empujándole para que no se detuviera ni a echar una meada. Sí, había conseguido el móvil de su primo, ¿y qué? ¿De qué le servía si al final resultaba que Dani se había ido con su padre? Algo magullado, sí, pero vivito y coleando. ¿Dónde estaba entonces su amigo?, ¿qué le había sucedido? Justin se detuvo a oler los excrementos de otro perro, Sergio tiró de él, pero el animal ni se inmutó, así que le incrustó la suela de sus deportivas en las costillas. El perro soltó un alarido, mostrando sumisión con las orejas gachas y el rabo entre las patas. Cuando volvió a tirar de él se puso en marcha, corriendo a su lado sin rechistar. Llegaron al parque que había enfrente de la casa de su abuelo. No sabía por qué había ido hasta allí, quizás por el odio, el desprecio que sentía hacia él desde que su madre le había desvelado lo que le hizo a su padre. Y era una auténtica mierda, todo su mundo se derrumbaba alrededor sin poder evitarlo. Primero había desaparecido Dani, después su hermana se había liado con el cerdo de su primo, y ahora sabía que su abuelo era en realidad un mentiroso, un sádico que se ensañaba con su padre cuando era solo un niño hasta el punto de sacarle un ojo. Y encima el móvil de su primo le había revelado justo lo contrario de lo que esperaba, que Rodrigo no tenía nada que ver con la desaparición de Dani.

—¡Mierda! —gruñó mientras se adentraba en el parque y se acercaba a uno de los árboles más apartados del paso de la gente—. ¡Me cago en todos vosotros! Iros a tomar por culo.

Ató a Justin al árbol con la correa muy corta, para que no pudiera mover la cabeza, y sacó el mechero de su madre. El perro se puso muy nervioso y comenzó a gemir, a gruñir y a patalear mientras Sergio se giraba y se sentaba junto a él, sujetando su cuerpo debajo de la axila, la cola en la mano izquierda y el encendedor en la derecha. El sol desaparecía poco a poco llevándose consigo las sombras alargadas de los edificios y los árboles. Justin gimió y aulló con más intensidad mientras el olor a pelo y a carne chamuscados alcanzaba sus fosas nasales. «¡Jódete, Paula, jódete, por estar con ese puto imbécil!», pensó al tiempo que descargaba con el mechero el odio hacia su hermana, hacia su madre, hacia su padre, hacia su abuelo, hacia todas las personas en las que había confiado y lo habían traicionado. El perro gemía y Sergio sentía crecer su poder a través del sufrimiento del animal. Se estaba acostumbrando a esa sensación, le gustaba sentirse importante aunque solo fuera por unos instantes. Otras veces había quemado al perro en el patio trasero de su casa, camuflado tras el jazminero, cuando se había quedado solo. Era una sensación ambigua, un acto que le tranquilizaba en el momento y le repugnaba después, pero que ejercía en él un asombroso poder de atracción.

—¡Rediez, Sergio! —La voz de su abuelo le sorprendió—. ¿Qué…, qué estás haciendo?

El chico dudó. Al principio no sabía si la voz era real o procedía de su propia imaginación, pero al levantar la cabeza descubrió la figura trajeada y endeble, rematada con un sombrero parecido al de Indiana Jones.

—¡Abuelo! —exclamó Sergio, que apagó el mechero y se puso en pie un poco azorado, sin levantar la cabeza, humillado.

—Muchacho, ¿por qué haces daño a ese animal?

—¿Por qué? ¿Por qué? —Sergio lo miró con odio, con rabia, con desprecio—. ¿Y quién eres tú para preguntármelo?

—Soy tu abuelo —dijo, y alargó la mano para apoyarla en su hombro, pero Sergio se la apartó de un manotazo.

—¡No me toques! —gritó—. Eres mi abuelo, ¿eh?, mi abuelo… Pues no eres más que un puto mentiroso.

—Sergio, ¿por qué dices eso? Yo nunca te he mentido.

Se produjo un tenso silencio, ambos mirándose a la cara, desafiantes, acongojados por lo incómodo de la situación.

—Mi madre me contó lo que le hiciste a mi padre cuando era un niño.

Félix cerró los ojos, dolido por aquellas palabras.

—No debería habértelo contado. De eso hace ya muchos años; las personas cambian, Sergio, yo he cambiado, no tengo nada que ver con aquel maestro autoritario que tenía la mano suelta. Y no ha pasado un solo día que no me arrepintiera de lo que le hice a tu padre, te lo aseguro. Es algo con lo que debo vivir.

—Las personas no cambian, el que es malo lo es para siempre.

—Ahí te equivocas, rediez. A mí me educaron en un seminario, y cuando salí de allí tenía un concepto erróneo de lo que es enseñar. Después pasó lo de tu padre y yo… Lo pasé muy mal. Gracias a aquello me di cuenta de que no había actuado bien, de que todo lo que me habían enseñado era mentira.

—Yo confiaba en ti, creía que eras buena persona…

—Gracias a lo que pasó con tu padre pude reaccionar a tiempo y convertirme en mejor persona.

—Me creí tus cuentos sobre el ajedrez, sobre la estrategia, ¿y todo para qué? No me ha servido de nada, excepto para que me peguen más y me hagan tragar mierda.

—Yo… no sé qué decir, solo quería ayudarte.

—Pues déjame en paz, esa es la mejor ayuda que me puedes dar.

—Está bien —repuso Félix, y a continuación añadió—: Mira. —Buscó en la bolsa que llevaba en la mano y sacó un paquete de pinzas de madera, lo abrió y cogió dos—. Cuando toda lógica falla, aún queda una última opción. —Parecía un poco desesperado—. ¿Sabes lo que es un objeto mágico?

—¿Qué? No quiero escuchar más mentiras.

—Espera, esta te gustará. Un objeto mágico es muy poderoso, es capaz de hacer tus deseos realidad, pero a la vez… —hizo una pausa para crear intriga—, es muy peligroso. —Mientras hablaba, desarmaba una de las pinzas, retiraba el muelle que unía las dos piezas de madera y lo volvía a colocar en una de ellas, con la parte del muelle hacia abajo, justo al revés de como estaba antes—. Si no eres una persona íntegra, si no has cultivado lo suficiente tu espíritu y tu fuerza de voluntad, el objeto mágico puede hacer que te obsesiones con él de tal manera que no puedas pensar en otra cosa. —Puso la pieza de madera dentro de la pinza que permanecía intacta y con la otra mitad de la que había desarmado empujó el muelle hasta que quedó encajado en uno de los huecos. La parte de abajo del muelle se había estirado a modo de gatillo mientras utilizaba la pieza suelta como proyectil—. Es una pistola de madera. —Félix miró a su nieto sonriendo, con voz suave—. Sé que eres una persona íntegra, Sergio, que lo que le has hecho al perro ha sido una simple rabieta y que tu fuerza de voluntad es tal que no volverás a hacerlo y que podrás dominar esta pistola antes de que ella te domine a ti.

—¿Qué tonterías dices, abuelo? Ya no soy un niño. ¿De verdad esperas que me crea que es una pistola mágica?

—Lo es, te lo aseguro. Un objeto mágico no es mágico por sí mismo, lo es solo si tú crees que lo es.

Entonces su abuelo apretó el gatillo y la pieza de madera salió despedida contra el árbol. Sergio se quedó boquiabierto, no esperaba que aquella pistola improvisada con dos simples pinzas tuviera tanta potencia.

—¿Y eso qué quiere decir? —preguntó, escéptico.

—Justo lo que te he dicho. Esta es una pistola mágica, Sergio, deberás usarla solo cuando estés en verdadero peligro.

—Eso es una tontería, no me lo creo. Son solo un par de pinzas de madera que acabas de comprar en los chinos.

—Intenta abrir tu mente. Lo importante no es lo que es realmente, sino lo que tú crees que es. Tú eres el que hace que el objeto sea mágico o no.

A continuación, Félix le tendió la pistola, que el chico observó con desconfianza.

—No me lo creo —respondió—. Ya no me creo tus mentiras. ¡Déjame en paz!

—Está bien. Haz lo que quieras. Solo espero que dispongas de la fuerza de voluntad necesaria para no obsesionarte con ella.

Su abuelo dejó la pistola encima de una piedra y se marchó. Sergio le quitó la correa y el collar a Justin y lo dejó correr un poco, para que se desfogase. Mientras, se quedó de pie, observando la pistola improvisada de su abuelo. ¿Y si era mágica de verdad? ¿Y si en un momento determinado podía ayudarle o salvarle la vida? Bah, qué tontería. Ya no era un niño para creerse cuentos infantiles.

Dio medio vuelta para marcharse. No, no era ningún niño, pero tampoco perdía nada por llevársela, ¿no? Sí, sí que perdía, porque suponía seguir confiando en su abuelo, seguir creyendo en sus mentiras que hasta ahora solo le habían traído más problemas. Aquella pistola simbolizaba su fe, su confianza en su abuelo. «Un objeto mágico no es mágico por sí mismo, lo es solo si tú crees que lo es», le había dicho, igual que le había confesado que había cambiado, que ya no era la misma persona que había dejado a su padre tuerto, igual que le había pedido que confiara en él, porque él nunca le había mentido. Pero Sergio no estaba seguro de eso. ¿Acaso ocultar algo tan horrible como lo que le había hecho a su padre no era lo mismo que mentir? Su abuelo lo había engañado, lo había decepcionado cuando Sergio en cambio había confiado en él con fe ciega. Y ahora era incapaz de volver a ofrecerle esa confianza, de creer en sus mentiras otra vez, ni siquiera de imaginar aquellas pinzas de madera como un objeto mágico, un arma con poderes que quizás algún día podría sacarlo de un apuro.

Un gruñido lo arrancó de sus pensamientos. Se giró y descubrió a Justin con el lomo erizado, los dientes desenfundados, las orejas y la cola tiesas como témpanos de hielo. Frente a él, en idéntica postura, se encontraba el chucho callejero con el que ya se había enfrentado en más de una ocasión. ¿Qué le pasaba con aquel galgo? Justin era un perro tranquilo que se acercaba a otros perros para olerlos, para jugar con ellos. Sin embargo, aquel saco de pulgas despertaba en él un odio incomprensible, un ansia por batirse en duelo y demostrar quién era el macho dominante, por dejar claro de una vez por todas cuál de los dos debía agachar las orejas y esconder el rabo ante la presencia del otro.

—¡Fuera, chucho! —gritó Sergio, y se acercó corriendo hacia los dos animales que seguían gruñendo, inmóviles, estudiándose—. ¡Chucho! —volvió a gritar, y lanzó una piedra que golpeó al galgo en el lomo.

El animal dio un salto, retrocedió unos pasos y se marchó de allí asustado. Sergio se acercó a Justin y le puso la correa. Este le lamió la cara, moviendo alegre el rabo chamuscado, como si ya hubiera olvidado el dolor que le había infligido hacía solo unos minutos. Sergio se sintió mal por lo que había hecho, el pobre animal no tenía la culpa de sus problemas, de todas las desgracias que le estaban sucediendo. Su abuelo tenía razón, había sido débil al desfogarse con un animal indefenso, un animal que lo adoraba y que nunca le haría daño. Sergio se puso en pie y echó a correr en dirección a su casa. Sin embargo, al poco se detuvo, retrocedió unos metros igual de rápido y se agachó para recoger la pistola del suelo.

CAPÍTULO 51

La ginecóloga había integrado su consulta en un pequeño piso del centro de la ciudad. Las antiguas habitaciones eran ahora dos salas de espera, mientras que el salón hacía las veces de despacho principal. Paula había entrado sola. La doctora insistió a Remedios para que respetara el deseo de su hija, y ella estuvo a punto de montar un escándalo delante de la enfermera, pero prefirió callarse y volver a la sala de espera. Y allí se encontraba, sin saber qué le pasaba a su hija, si tenía alguna enfermedad, alguna complicación, algún problema. Se sentía humillada como madre. Ella la había parido en un parto largo y complicado, doloroso hasta la extenuación; ella le había cambiado los pañales, lavado la ropa a mano y limpiado los mocos; se había desvivido por cada uno de sus dolores, la había mecido cuando no podía dormir, sacado a pasear en los meses más fríos y también en los más calurosos; había jugado con ella y prestado toda su atención a sus problemas infantiles. Y ahora, ella, su madre, Remedios, iba a ser la última en enterarse de qué narices le pasaba. No era justo. Resultaba humillante.

—¿Remedios?

La enfermera de mediana edad y aspecto pulcro la llamó para que pasara. Por fin. Se cruzó con su hija en la puerta de la consulta y no le gustó la cara que tenía; avanzaba con la cabeza gacha, llorando, evitando mirarla mientras se dirigía a la sala de espera. Remedios se sentó frente a la ginecóloga, que la aguardaba con cara seria, dispuesta a contarle algo que seguramente no deseaba escuchar. Y no se equivocó.

—Tu hija es menor de edad, por lo que debo informarte del diagnóstico. A ella de todas formas le ha parecido bien que te haga pasar. Te lo digo para que lo tengas en cuenta.

Remedios apretó los puños en su regazo. ¿Qué era lo que tenía que decirle? «Por Dios, que lo diga de una vez».

—Paula tiene un desgarro vaginal. —Se lo soltó así, de sopetón, y dejó unos segundos para que lo asimilara—. ¿Entiendes lo que quiero decir?

Claro que lo entendía. Paula había tenido relaciones sexuales, ya no era virgen, a sus catorce primaveras ya había estado con un chico. Notó cómo la sangre se agolpaba en su cara y la transmutaba, tiñéndola del mismo color que su pelo. Aquello solo tenía una palabra y no estaba dispuesta a dirigirla contra su hija. Se sentía en evidencia, había fracasado como madre, y allí estaba su hija para demostrárselo, además de una maldita médica para echárselo en cara. Cambiaría de ginecóloga, esa sería la última vez que pisaría aquella consulta. No podía volver.

La doctora esperaba una respuesta. Remedios asintió.

—Es un desgarro de primer grado, no es grave.

Cuándo, cómo, dónde, quién. Las preguntas se agolpaban en la cabeza de Remedios sin creerse todavía lo que estaba escuchando.

—¿Y cómo se lo ha hecho?

—Tu hija no quiere decirlo. Es fácil que se produzca en las primeras relaciones sexuales, los nervios pueden hacer que haya poca lubricación. —Hizo otra pausa sin desviar la mirada. Era evidente que aún no había terminado—. Otra posibilidad es que haya sufrido una agresión, que la hayan forzado. No he encontrado otros indicios que respalden esta hipótesis, por lo que, por el momento, no voy a dar parte.

Lo dijo como si le estuviera perdonando la vida, en un tono condescendiente, lo cual molestó a Remedios. La ginecóloga era algo más joven que ella, y sin embargo irradiaba seguridad, reforzada por unos pendientes de perlas, a juego con la pulsera, y una camisa de seda que se intuía bajo la bata blanca.

—¿Qué quieres decir?

—Deberías hablar con tu hija. Si ha sufrido una agresión o la han forzado, tienes que denunciarlo.

Aquella posibilidad no tenía ningún sentido, Paula se lo habría contado, confiaba en ella. Al menos eso había creído hasta ahora.

—Hablaré con ella. —Pero tendría que esperar, ahora necesitaba resolver lo más importante—. ¿Y se puede tratar…? —Dudó—. No quiero que se desangre.

La doctora la miró un poco sorprendida.

—Como ya te he dicho, no es grave y no necesita sutura, la herida se cerrará sola con los cuidados adecuados. Será suficiente con que se dé baños tibios dos veces al día y se tome estas pastillas de ibuprofeno después de cada comida —dijo tendiéndole una receta—. También le he mandado un análisis de orina, por si se ha producido alguna infección.

A partir de ahí ya no recordaba más, ni siquiera fue consciente de cómo llegaron a casa. Lo que sí recordaba era que lo hicieron en silencio, Remedios fumando un cigarrillo tras otro y Paula sin atreverse a mover un músculo. Subieron a la habitación de la chica, donde Remedios la interrogó. No estaba dispuesta a hablar, solo lloraba y lloraba. Quién sabe qué pasaría por su cabeza, por qué no quería desahogarse con su madre, por qué no confiaba en ella.

—Dime al menos si te han forzado —le suplicó, tropezando siempre con el mismo muro. Al final perdió los nervios—. ¡Maldita sea, Paula! ¡Necesito saber si tienes novio, si fue consentido o si alguien ha abusado de ti!

Solo consiguió empeorar las cosas, su hija se acurrucó en la cama y continuó llorando, sin soltar prenda. Remedios se sintió fracasada como madre y muy enfadada con su hija. No podía ayudarla si ella no ponía un poco de su parte. Pensó entonces en las palabras de su madre unos días atrás, cuando le dijo que su labor consistía en cuidar de sus hijos, en protegerlos tanto de las amenazas externas como de sí mismos. No iba a dejarla en la estacada. Remedios se abrazó a su hija y rompió a llorar con ella, compartiendo su angustia, su frustración, unidas por un dolor distinto y profundo.

—Mamá —Paula rompió el silencio, sollozando aún—, no se lo digas a papá, por favor, no quiero que se enfade.

Y Remedios decidió respetar su deseo.

CAPÍTULO 52

La sopa de verduras tenía un ligero sabor a comino, como todo lo que se cocinaba en aquella casa. Cenaban en silencio sobre un mantel blanco, planchado a conciencia para despojarlo de las antiestéticas dobleces de la tela. Las cucharas tintineaban sobre los platos de porcelana. El comedor, milimétricamente ordenado, espacioso, níveo, parecía aún más amplio debido al silencio que reinaba.

Rodrigo había apartado el plato de la sopa sin apenas probarlo. Beatriz lo observó con resignación y no dijo nada. Hacía tiempo que no sabía de qué hablar con su hijo y temía que volviera a pasar lo que aquella vez en el coche, cuando estuvieron a punto de salirse de la carretera.

Había regresado después de su aventura con Antonio y se sentía aturdida y temerosa. Recordó los ojos de él, maravillosos, capaces de producir unas miradas rebosantes de deseo, admiración y ternura. Sobre todo ternura. Pero rápidamente apartó esos pensamientos de su mente, temerosa de que Camilo pudiera acceder a ellos.

—¿Cómo te va con la novela? —preguntó Beatriz.

—Parada.

—Es un trabajo duro.

—¿Qué sabrás tú? ¿Acaso has escrito algo más largo que la lista de la compra?

—Yo no soy escritora —repuso con cautela—, pero elaboro proyectos, informes, memorias…

En ese momento se arrepintió de haber dejado que su orgullo contestara por ella. Camilo apartó su plato de sopa humeante y cruzó los brazos sobre la mesa. Beatriz sintió una descarga eléctrica que le recorrió todo el cuerpo. Agachó la cabeza e intentó simular que comía.

—Me encanta —dijo Camilo—. ¿Te das cuenta, Rodrigo? Tu madre ahora me da lecciones.

Ese comentario la hizo sentirse doblemente humillada. No soportaba que situaciones como esa ocurrieran delante de su hijo.

—Tengo que terminar los deberes para mañana —dijo Rodrigo; se levantó, cogió una naranja del frutero y salió del comedor.

Beatriz siempre había sido dócil en sus relaciones. Desde pequeñita, su madre le había insistido en que una mujer debía ser femenina, que el sexo era el principal bastión que debía proteger, que estaba bien que una mujer tuviera una profesión siempre y cuando nunca olvidara su principal misión, el hogar. A lo largo de su vida, Beatriz se había desprendido de muchas rémoras que la asfixiaban; sin embargo, aquel halo de sumisión había arraigado profundamente en su alma.

Camilo no dejaba de observarla con una media sonrisa prendida en la boca.

—Me das lecciones de vida tú, que ni siquiera sabes llevar una casa.

—Camilo, por favor —suplicó, decidida a gastar sus últimos cartuchos con la esperanza de que su marido se tranquilizara.

—Esta sopa es una mierda, preocúpate de eso.

—La ha hecho Halima, le puedo decir que cambie la receta el próximo día.

—Ya sabes que no me gusta esta sopa, nunca me ha gustado.

—No, no lo sabía.

En ese momento apareció Halima por la puerta, con la cabeza gacha, en actitud sumisa.

—¿Me ha llamado, señora?

—No. —Beatriz se sorprendió al verla—. Bueno, sí. Llévate la sopa y prepárale al señor lo que te pida para cenar.

Halima se dispuso a retirar el plato.

—Deja la sopa donde está —gruñó él sin mirarla.

La criada se quedó inmóvil con el brazo extendido, sin poder disimular la sonrisa que le producía la situación. A Beatriz esa sonrisa le quemaba por dentro. Sabía que la jodida mora disfrutaba con sus penurias.

—Te gusta fastidiarme, ¿verdad? —continuó Camilo—. Como lo del otro día.

—Halima, está bien, puedes dejarnos —le ordenó Beatriz, pero ella no se movió, esperando la confirmación de Camilo.

—Te gusta fastidiarme —repitió él.

—¡Eso no es verdad! —Beatriz se puso en pie y pegó un fuerte empujón a Halima—. ¡He dicho que te vayas!

Esta vez la mujer sí obedeció. Salió por la puerta mientras Camilo seguía con su matraca. Ella volvió a sentarse.

—Entonces, ¿por qué te fuiste a ese puto viaje de tu empresa?

—Ya te lo dije, es para un proyecto que tenemos entre manos y que…

—¡Y una mierda!

Camilo descargó el puño contra la mesa, salpicando de sopa el mantel blanco. Aquella reacción la pilló por sorpresa, dio un respingo y permaneció callada, con los ojos abiertos y húmedos.

—Camilo, por favor, ya hemos dado bastante espectáculo delante de la criada.

—¿Te lo pasaste bien?

Beatriz notó cómo subía el rubor a sus mejillas. Él la escrutaba con un ligero temblor en la comisura del labio inferior.

—Era un viaje de trabajo.

—¿Te lo pasaste bien?

—Camilo, te lo ruego.

Tenía miedo. Pensó que la cita con Antonio había sido un error, sus caricias no eran tan suaves como para resarcir los golpes de Camilo. Tembló esperando la siguiente reacción de su marido.

—¡Maldita sea!

Se levantó como si un demonio lo hubiera poseído y se dirigió rápido hacia ella. Beatriz se puso en pie de un salto y corrió hasta la otra punta del comedor, en dirección a la puerta. Entonces Camilo le lanzó la silla que segundos antes había ocupado ella. Por suerte, se estrelló contra la pared, a su lado.

—¿Te lo pasaste bien, Beatriz? Te gusta hacerme enfadar, ¿verdad? Sabías que no quería que fueras, que tu lugar está aquí, con tu hijo y con tu marido, no puteando por ahí.

Beatriz corrió hacia la salida. No sabía qué hacer, pero esta vez no quería someterse sin luchar. Otra vez no, no lo soportaría, no tenía por qué soportarlo. Aquello debía terminar. Pensó de nuevo en su marido muerto, la solución a todos sus problemas; no estaba dispuesta a aguantar a un hombre que hacía ya mucho que había dejado de quererla. Camilo debía morir, era imperativo. Ojalá pudiera terminar con él con solo desearlo. Ella no era la culpable de que no fuera capaz de escribir más de dos líneas seguidas, de que sus personajes se hubieran consumido con el tiempo, de que no tolerara la presión de su maldita editora, ni los comentarios de lectores anónimos y de críticos malintencionados.

No, ella no podía seguir siendo el saco donde él arrojara toda su mierda.

Camilo se acercaba como un animal furioso. Beatriz avanzó por el pasillo con su marido pegado a los talones, pensando en huir de aquella casa, de aquella bestia, de aquel infierno en el que se había convertido su propio hogar. No llevaba bolso, ni llaves, ni móvil; estaban aislados en mitad de la nada, ¿adónde podía ir? Giró a la izquierda para acceder al salón, cerró la puerta y la atrancó con una silla. Los puñetazos de su marido no tardaron en hacerla temblar.

—¡Abre la puerta, ramera!

Corrió hacia el final de la estancia, tropezando con la mesa de centro, ignorando el dolor agudo en la espinilla, y continuó hasta alcanzar la pared, de la que descolgó el único objeto que ella no había elegido de cuantos decoraban la estancia, un objeto anacrónico, fuera de lugar en aquella casa. A continuación abrió una de las puertas superiores del armario blanco y con la mano libre buscó a tientas una caja que sabía que se guardaba ahí. Tiró al suelo varias revistas y figuras de porcelana hasta que por fin sus dedos tropezaron con la pequeña caja de cartón, que cayó también al suelo. El impacto la abrió y decenas de balas rodaron sobre el parqué. Justo entonces una fuerte patada abrió la puerta de par en par, lanzando al otro lado del salón la silla que la bloqueaba. Camilo avanzó hacia ella, los pasos retumbando, los puños cerrados como mazas de plomo. Beatriz lo miraba aterrorizada; se le saltaban las lágrimas mientras se arrodillaba y con la mano trémula acertaba a atrapar una de las balas. Accionó la palanca que abría el tambor del revólver y, no sin dificultades, atinó a meterla en uno de los orificios y a volver a cerrarlo, pegándose un doloroso pellizco en la palma de la mano. Camilo se detuvo a su lado, con el puño en alto, al mismo tiempo que ella alzaba la pistola, apuntándole directamente a la cara.

—Está cargada —le avisó, llorando.

—¿Y vas a ser capaz de dispararme?

Camilo no mostraba miedo; en su cara solo se veía odio, rencor, furia, indignación; tenía los labios retraídos, con los dientes a la vista, remarcando las arrugas alrededor de su boca que le arrebataban todo aspecto humano y lo asemejaban más a un bulldog. Por el momento había logrado pararlo en seco, apenas unos centímetros los separaban. Notaba su mirada fiera, su respiración excitada, sus manos cerradas y grandes. Todo en él irradiaba peligro. Si se doblegaba, iba a pasarlo muy mal.

Beatriz comenzó a sudar. El día que se casaron sintió que al lado de aquel hombre nada podía salir mal. Siempre fue atento con ella, a veces hasta empalagoso, y ella era su muñequita, su caramelo, su princesa. Después las cosas cambiaron, lenta e imperceptiblemente, hasta que llegó la primera bofetada. «Es culpa de mi madre», se sinceró él, arrepentido, la noche siguiente a la agresión. Al principio Beatriz creyó en sus palabras y le perdonó, incluso sintió lástima por él. Y odió a Martirio por su carácter autoritario y sus ansias de control. Fue fácil acusarla de ser la malvada, la causante indirecta de su sufrimiento. Pero con los años dejó de creerlo. Sí, Martirio encarnaba la manipulación y el sadismo, pero Camilo era un hombre adulto y podía elegir, y aunque hacía muchos años que su madre no ejercía el mismo control sobre su marido, que se protegía pergeñando todo tipo de artimañas, a modo de férrea coraza, Camilo finalmente había elegido el camino fácil para solucionar sus problemas, uno en el que no estaba obligado a reprimirse, que le otorgaba el derecho a descargar sobre ella todas sus inseguridades y sus frustraciones. En definitiva, sus justificaciones ya solo le servían a él mismo.

Una gota de sudor amenazaba con mojarle un ojo. Sin apartar la mirada, Beatriz levantó la mano izquierda para secársela. El revólver, pesado y frío, tembló ligeramente. Entonces Camilo bajó el puño, despacio, pero ella volvió a empuñar el arma con las dos manos.

—Si te sigues acercando, disparo, te lo juro por nuestro hijo.

Camilo no se detuvo y posó su mano encima del revólver. Beatriz pensó en apretar el gatillo, lo deseó con todas sus fuerzas, pero no pudo. Él pegó entonces un fuerte tirón y le arrebató el arma. Ahora sonreía con odio, una mueca siniestra, como el payaso asesino de una película de terror.

—Si quieres jugar, podemos hacerlo.

Abrió el tambor del revólver para cerciorarse de que había una bala, después lo hizo girar rápido y lo cerró de golpe. A continuación, apuntó a su mujer a la cabeza.

—Juguemos a la ruleta rusa.

Beatriz lloraba, arrodillada, con el pelo sobre la cara velando su rostro, su mirada. No contestó. Camilo apretó el gatillo. *Clac.* Silencio. Ella cayó de espaldas al suelo aunque nada surgió del cañón. Jamás habría pensado que fuera capaz de hacerlo, y algo se rompió dentro de ella, algo que lo era todo en su relación. Acababa de demostrar que era capaz de matarla. Aún no sabía cómo terminaría aquella escena, pero si salía viva, las cosas ya nunca volverían a ser como antes. Camilo se agachó y volvió a apuntarle a la cabeza.

—Quedan cinco intentos —anunció sonriendo.

Beatriz se tapó la cara con las manos, se arrastró por el suelo empujándose con los pies, intentando alejarse de él, hasta que su cabeza golpeó la pared. De nuevo apretó el gatillo. *Clac.* Nada. Beatriz temblaba sin control, incapaz de pensar, de sentir. Camilo le colocó el cañón en la frente. *Clac.* Solo quedaban tres.

—Las cosas hay que pensarlas bien, princesa.

Se incorporó un poco, separando el cañón de ella, y disparó de nuevo. Esta vez un fuerte resplandor inundó el salón, acompañado de una tremenda detonación. Beatriz creyó que le había reventado los oídos, y al mismo tiempo notó un punzante dolor en la frente. Durante unos segundos todo permaneció igual, el tiempo se volvió difuso y la estancia, incorpórea. Los ojos fríos de Camilo la seguían escrutando mientras ella notaba cómo un líquido caliente se abría paso entre sus piernas.

—Estaba cargada, sí, pero con una bala de fogueo. —Camilo sonreía victorioso, acentuando esa caricatura de payaso sádico—. Las de verdad están en la caja fuerte, estúpida.

Beatriz tenía agarrotados todos los músculos de su cuerpo, aunque tampoco se atrevía a moverse. A duras penas acertaba a saber si aún seguía viva, si la bala le había atravesado la cabeza saltándole la tapa de los sesos, si las palabras que había escuchado lejanas, como en una ensoñación, las había pronunciado su marido o una voz fantasmal que le hacía más dulce el camino al infierno. Pero estaba viva, sí, estaba viva porque aquella sensación cálida y húmeda continuaba entre sus piernas, era muy real. Entonces percibió el olor. Camilo bajó la vista y observó con desprecio los pantalones empapados y el charco que se había formado alrededor de ella. Luego lanzó el revólver sobre uno de los sofás, y justo cuando daba media vuelta para marcharse, se detuvo al descubrir a Rodrigo de pie junto a la puerta, observando el espectáculo, llorando con la cara desencajada, la respiración entrecortada, los ojos inyectados en sangre que despedían odio hacia su padre.

—¡Eres un cobarde! —gritó, y echó a correr en dirección a su cuarto.

Tras unos segundos estático, Camilo abandonó el salón con paso decidido.

Al poco, Halima se asomó por la puerta. En voz baja, apenas un susurro casi imperceptible, preguntó si ordenaba algo más la señora. Beatriz permanecía inmóvil; su cuerpo estaba presente, aunque su mente había viajado muy lejos, lejos de su casa, de su familia, de sí misma. El que Rodrigo hubiera presenciado la espantosa escena la hizo sentirse peor aún consigo, con su marido, con su vida. Ya daba igual que Camilo hubiera intentado matarla, daba igual que le hubiera quemado la frente o que ella se hubiera orinado encima. Los dos ya estaban muertos, y sus cuerpos, podridos. Sin embargo, para Rodrigo aún había esperanza. Los hijos siempre son la esperanza.

Halima volvió a preguntar si ordenaba algo más la señora, y Beatriz, sin moverse, sin mirarla siquiera, respondió:

—Sí, estás despedida.

CAPÍTULO 53

Turia entró en el portal de su casa, donde se cruzó con su padre, que salía en ese momento.

—¿De dónde vienes? —Su voz sonó áspera.

—De la biblioteca.

Llevaba colgada del hombro su mochila gris cargada de libros y cuadernos. No entendía a qué venía su mal humor.

—Tu madre te espera —gruñó, parapetado tras su grueso bigote negro.

Sin decir una palabra más, su padre, Hassan Bouski, de cincuenta años, aspecto robusto y algo encorvado, el rostro y los brazos quemados por el sol del Mediterráneo, salió por la puerta en dirección contraria a la mezquita, caminando cabizbajo por la calle sucia, flanqueada por casas de cemento poco disimulado y cerramientos de aluminio barato. Turia empezó a subir los escalones que la conducirían al tercer piso sin ascensor, donde se encontraba su casa. Llamó a la puerta y su madre le abrió. Vestía de forma descuidada y la hizo entrar con prisas, antes de darle la espalda para volver a sus tareas. Turia se asustó. Primero su padre se comportaba de manera extraña y ahora lo hacía su madre. De modo que la siguió hasta el salón, donde se sorprendió al ver las estanterías vacías de libros y adornos.

—¿Qué pasa, mamá?

—Nos vamos.

—¿Adónde? ¿Habéis alquilado otra casa?

—Me han despedido.

Halima se afanaba en recoger objetos y meterlos en cajas de cartón.

—Mamá, ¿me quieres decir qué pasa? —preguntó mientras su madre continuaba a la suyo, sin darse la vuelta.

—Al final de la semana nos volvemos a Marruecos. Tu padre ya ha comprado los billetes del barco. Ahora ha ido a por más cajas; en cuanto llegue, coge una y pon lo que no vayas a necesitar.

—Mamá, por favor, mírame. —Halima se detuvo al fin y se volvió hacia ella, sin atreverse a mirarla a los ojos—. Dime qué pasa.

—Tu padre no consigue trabajo y a mí me han despedido. Ya no hay sitio para nosotros aquí.

—Pero tú puedes conseguir otro trabajo y yo puedo trabajar también, comenzaré mañana mismo a buscar algo.

—No.

—Mamá, Marruecos no me gusta. ¿Qué vamos a hacer allí?

—Tu padre ya ha hablado con su primo Said, y en cuanto levante la cosecha podremos entrar a trabajar los campos. Nos debe el arrendamiento del año. Con eso y con lo que tenemos ahorrado compraremos una casa cerca de la de tus abuelos.

—Allí no podré seguir estudiando.

—Ya no va a ser necesario.

—¿Cómo que no? Tú me dijiste que tenía que estudiar, que no querías que me pasara lo que a mi padre.

—Yo no dije eso, yo dije que en ese momento era la mejor opción. Ahora hay otra.

—¿Otra opción? ¿Cuál?

Dejó caer la mochila al suelo; de repente todo le pesaba demasiado, hasta el aire en los pulmones.

—Hace una semana que tu padre está en conversaciones para arreglarlo todo. Tus abuelos han mediado. Es un chico de buena familia, parientes lejanos, tendrá treinta años y es bien parecido; además, trabaja para el gobierno, tiene un puesto de escribiente.

—¿Qué quieres decir?

—Pues eso, que es un buen muchacho y ya está todo hablado.

—¿Me vais a casar con un hombre al que no conozco y no me habéis dicho nada?

—Eso son decisiones de los padres. Tú no tienes novio ahora, ¿o sí? —preguntó Halima en tono incisivo.

—No.

—Entonces ya está todo hablado.

—Esa es la solución que me prometiste, ¿verdad, mamá? —Turia sentía ganas de llorar, pero aguantó la compostura, no le iba a dar a su madre el placer de verla derrumbarse—. Me dijiste que no me preocupara, que tú te encargarías de todo, y esa es tu solución, casarme con un hombre de la edad de Alí.

—No, la solución es volvernos a Marruecos. Allí cada uno hará su vida.

—Entonces volvamos a Marruecos, pero yo no me quiero casar —sugirió Turia, tanteando a su madre.

—Eso no es posible, ya está todo acordado.

—¿Le has dicho a papá lo que hablé contigo?

—No, y es mejor que tú tampoco lo hagas. Empeorarías las cosas.

—Mírame, mamá, me estás hablando y ni siquiera me miras a la cara, y llevas así desde que te conté lo que ocurría. —Su madre guardó silencio—. Te doy miedo, o asco, o las dos cosas, ¿verdad? No me quieres casar para protegerme, sino para tu tranquilidad, porque no me soportas. No eres capaz de asumir lo que te expliqué, crees que yo soy la culpable, ¿verdad? —Turia ya no pudo soportarlo y rompió a llorar—. Crees que estoy sucia, ¿verdad, mamá? Prefieres que me case y así no tener que verme.

Halima también lloró queda, sin pronunciar una sola palabra. Turia abandonó el salón y se fue a su dormitorio. Cerró la puerta y la atrancó con la silla. Nunca se había sentido tan sucia, ni siquiera cuando Alí la mancillaba. Definitivamente, el desprecio de su propia madre era mucho peor.

De repente había descubierto su soledad, una soledad rotunda. En una ocasión escuchó a una profesora decir que uno solo se hace adulto cuando rompe definitivamente los lazos con su infancia, cuando se independiza de sus padres. En ese momento no entendió aquellas palabras; sin embargo, ahora volvían a su mente cargadas de significado.

Turia acababa de convertirse en mujer. Y una mujer debía ser capaz de tomar el timón de su vida.

CAPÍTULO 54

Después de cenar, Sergio había editado un vídeo que en ese momento estaba subiendo a YouTube a través del móvil y la cuenta de Rodrigo. Lo había montado mezclando una película porno gay con trozos de las grabaciones que había recuperado del iPhone de su primo. El resultado era espectacular. Aparecía Rodrigo con el torso desnudo, haciendo posturitas frente al espejo, alternando la imagen con la de un actor vestido con tanga de cuero que se insinuaba pellizcándose los pezones con los dedos. El vídeo terminaba con el actor dando por el culo a otro sin que se le viera el rostro, pero él había logrado que se entendiera que era Rodrigo. Había editado las voces, y una música romántica daba continuidad a la escena; además, había corregido el color, consiguiendo un aspecto uniforme para todas las imágenes. Una vez subido a YouTube, lo compartiría en Facebook, Instagram y Twitter, pues en el móvil de su primo tenía las contraseñas para hacerse pasar por él en todas las redes sociales.

Mientras el vídeo terminaba de cargarse, Sergio cogió la pistola de pinzas de madera que había hecho su abuelo y la disparó contra la pared. «Un objeto mágico es muy poderoso, es capaz de hacer tus deseos realidad —le había dicho—. Pero si no has cultivado lo suficiente tu espíritu y tu fuerza de voluntad, el objeto mágico puede hacer que te obsesiones con él de tal manera que no puedas pensar en otra cosa». El caso es que estaba empezando a obsesionarse con aquella pistola de juguete, como si de verdad ejerciera cierta atracción misteriosa, mágica quizás. Recogió el proyectil de madera y volvió a encajarlo en la pinza empujando el muelle. Disparó de nuevo. Esta vez cayó sobre la cama, en la otra punta de la habitación. Y se levantó para recogerlo. Al principio había dejado la pistola abandonada sobre la mesa y no le había prestado mucha atención, pero la primera vez que la disparó, experimentó una sensación cautivadora y placentera. Y volvió a dispararla una y otra vez, y así se pasó toda la noche, apuntando a los botes de bolígrafos que tenía sobre la mesa y olvidándose del móvil, el ordenador, los videojuegos y las redes sociales. De repente aquella pistola se había convertido en el juguete más divertido del mundo. Hasta que se acostó agotado. Y cuando se despertó a la mañana siguiente, tenía la sensación de haber soñado que utilizaba aquella pistola para matar a su primo y liberarse así de todos sus problemas. Y cuando se vistió y se preparó para ir al instituto, se la metió en el bolsillo, como si ya formara parte de sí mismo. Y desde entonces no se había separado de ella y la utilizaba para matar el aburrimiento en cualquier lugar, disparándola contra cualquier cosa, afinando cada vez más la puntería y la rapidez al montarla. A lo mejor su abuelo tenía razón, porque empezaba a estar obsesionado con ella, y había llegado a creer que poseía algún tipo de poder mágico que lo ayudaría a librarse de su primo. Y por eso la colocaba siempre encima de la mesa en cuanto llegaba a su habitación, y se la metía instintivamente en el bolsillo cuando salía del cuarto. De alguna forma aquella pistola de madera se había convertido en un talismán, un amuleto que le daba seguridad en sí mismo.

Por fin terminó de cargarse el vídeo. Sergio disparó de nuevo la pistola, apuntando esta vez a la cámara web, sujeta sobre el monitor con un clip metálico. El proyectil de madera acertó su objetivo, rebotó sobre la mesa y acabó en el suelo. Sergio se inclinó en la silla para recogerlo y lo encontró encima de una mochila, la mochila de Dani, la mochila que su amigo le había pedido que le guardara el día de la pelea en el parque y que aún no había podido devolverle. Dani continuaba sin acudir al instituto, su móvil permanecía desconectado, y después de la conversación que había mantenido con su padre, no se había atrevido a volver a pasar por su casa. ¿Qué podía hacer? Quizás debería poner él la denuncia de desaparición o hablar con algún profesor. Gracias al móvil de su primo ahora sabía que Dani había salido vivo de la pelea, y que se había marchado acompañado de su padre. Su padre, el mismo que no quería denunciar, el mismo que mostraba un pasotismo absoluto ante la desaparición de su hijo. Su padre, un alcohólico que nunca se había preocupado de él, que no había pensado en otra cosa más que en emborracharse desde que murió su mujer.

Sergio colocó la mochila sobre el escritorio y la abrió. Encontró un estuche con lápices y bolígrafos, una carpeta con la foto de Spiderman, un cuaderno de anillas y un par de libros de texto. Nada interesante. Lo cerró y pasó a escudriñar el pequeño bolsillo frontal. Allí encontró sus llaves, las llaves de su casa. Una idea se cruzó en su mente. Quizás su padre ocultara algo. Ahora tenía las llaves para entrar en casa de Dani, para investigar por su cuenta, pero ¿tendría el valor suficiente para hacerlo? Pensó en bajar corriendo y pedir consejo a su padre, pero descartó la idea al instante. En cambio, abrió Facebook en el ordenador y examinó los amigos que estaban conectados. Turia no se encontraba entre ellos. Qué rabia, le habría encantado chatear con ella, que lo ayudara a aclararse las ideas. Desde que había desaparecido Dani, Turia se había convertido en un apoyo muy importante en su vida. Y es que, a pesar de su religión, su cultura y sus problemas, su amiga mostraba una fortaleza increíble. Decidió enviarle un SMS:

T vene bn ablr aora?

Y al instante recibió la respuesta:

Sip :-)

Así que hizo lo que rara vez hacía, marcar su número en la agenda, utilizar el móvil para hablar. Tras el primer tono, Turia contestó.

—¿Sergio?

—Sí.

—Hola, ¿qué pasa? —Se la notaba alegre.

—Nada, estaba pensando en lo de Dani y eso.

—Ah, ¿y qué tal? ¿Has descubierto algo nuevo?

—Más o menos.

—¿El qué? —Turia se reía mientras hablaba—. Venga, no me obligues a suplicarte.

—Eres una impaciente. Déjame al menos crear un poco de misterio.

—Ni de coña.

—Está bien. —Sergio mantenía la sonrisa todo el tiempo, le encantaba bromear con ella—. Cuando Dani se enfrentó a Rodrigo me dejó su mochila para que se la guardara. Como no lo he vuelto a ver no se la he podido devolver, y hoy la he registrado…

—¿Y has encontrado algo interesante?

—Adivina.

—Ya estamos otra vez con eso del misterio. —Era evidente que ella también disfrutaba con la conversación.

—Venga, inténtalo.

—Una nota de rescate —aventuró ella—. Lo han secuestrado y piden un rescate.

—Nooo. Unas llaves, las llaves de su casa.

—¿Las llaves de su casa? —Ahora Turia parecía un poco decepcionada, y preguntó en tono de reproche—: ¿No estarás pensando en colarte en su casa cuando su padre haya salido?

—Pues… —Sergio dudó si confirmar o no sus sospechas; quizás Turia pensara que se había vuelto loco o que era un delincuente capaz de cualquier cosa, pero Dani era su mejor amigo, ¿acaso no merecía que él hiciera lo que estuviera en su mano por descubrir qué le había sucedido?—. Pues sí, eso es justo lo que estaba pensando.

—Vale, me apunto —respondió ella, haciendo gala de nuevo de su tono alegre—. ¿Cuándo vamos?

Sergio se quedó de piedra, desde luego no esperaba aquella reacción. Turia era una fuente inagotable de sorpresas, unas veces mejores y otras peores, pero tenía su punto.

—Pues no lo he pensado. La verdad es que ni siquiera estoy seguro de que deba hacerlo.

—¿Cómo que no? Ya sabemos que salió vivo de la pelea con Rodrigo y que se marchó con su padre, el cual al día siguiente te dijo que Dani no había vuelto a casa. La verdad es que suena un poco raro.

—Sí, la verdad es que sí…

Sergio dudó unos segundos.

—¿Y bien?

—De acuerdo, ¿te viene bien mañana? —dijo, ya más decidido, tomando al fin las riendas del asunto—. El padre de Dani suele ir al bar a media tarde. Podemos quedar aquí en mi casa y acercarnos para vigilar la suya. Cuando lo veamos salir, nos colamos a investigar.

—Me parece estupendo. Me paso entonces sobre las seis.

—Sí, es buena hora.

—De acuerdo.

—Oye, Turia…

—¿Qué?

—Nada, no sé, quería darte las gracias por ayudarme.

—No seas tonto. Estoy segura de que tú harías lo mismo por mí.

Sergio se quedó meditando sobre esas palabras, preguntándose si era cierto que él estaría dispuesto a jugarse el culo por Turia, a mezclarse en una pelea, a correr el riesgo de ir a la cárcel, a poner su vida en peligro por ella. Y no supo qué responder, porque era la chica con la que más a gusto estaba, con la que más cómodo se había sentido en toda su vida, pero hacía muy poco tiempo que se conocían y lo más probable era que si ella se encontrara en peligro y él tuviera que defenderla…, no sabía lo que pasaría, la verdad.

CAPÍTULO 55

Tras la llamada de Sergio, la mente de Turia había exigido una dosis de desconexión, cansada de procesar hipótesis y acontecimientos inminentes. Fue un sueño breve, una simple cabezada de la que se despertó sumida en un silencio inquietante. Lejos quedaban los ruidos de las cajas abriéndose y cerrándose, de los papeles de periódico que acariciaban los escasos objetos familiares. Miró el reloj; era demasiado temprano para que sus padres se hubieran acostado. ¿Y si su familia se había ido ya? ¿Y si estaba sola en aquella casa desbaratada?

Se incorporó en la cama, vestida, con el pelo revuelto y el *kohl* de los ojos traspasado a sus mejillas. Un sonido en el pasillo desbarató sus sospechas ingenuas y la tranquilizó un poco, tan solo unos segundos, hasta que los problemas que la cercaban volvieron a desbordar su mente. Una solución, necesitaba una salida a aquel lugar que ya no era su hogar, a aquella vida que no era tal.

Podía ir a una comisaría y denunciar a su tío, pero ¿qué pensarían aquellos hombres? En varias ocasiones los había visto parar el desvencijado Mercedes de su padre y pedirle todo tipo de documentación. Rezumaban dureza y soberbia detrás de su aparente corrección, y le daba miedo la forma en que miraban. Su voz siempre sonaba inflexible, como si su cuerpo se hubiera despojado del ser humano que lo habitaba. Para ellos solo sería una *marroquina* que ponía caliente a su tío.

Entonces pensó en Marisol, con su pelo rojo fuego y sus enormes gafas de pasta. Su atuendo se asemejaba más al de un payaso de circo que al de una trabajadora social. Los había visitado un par de veces en casa y su madre tramitaba con ella toda clase de ayudas y papeleo. Siempre estaba dispuesta a echar una mano, como si aquel halo rojo que rodeaba su cabeza fuera un aura de energía. Ella no se permitiría juzgarla, pero había un problema, un grave problema: no siempre estaba en la oficina, y el tiempo se agotaba. Su madre no le había dicho la fecha exacta del viaje, aunque era inminente.

De pronto vibró su móvil, un mensaje. Lo cogió contenta, pensando que Sergio querría ultimar algún detalle para el día siguiente.

Ouvre la porte!

Aquellas tres palabras se anudaron a su cuello, estrangulándola. «No, ahora no». La silla que bloqueaba la puerta de su habitación se tambaleó ante las embestidas de quien se hallaba al otro lado.

Il sera pire.

Sí, sería peor, ya lo sabía.

Dudó unos segundos. Si su tío se había arriesgado era porque no había nadie en casa, y temió que pudiera llegar a echar la puerta abajo. Se levantó temblando y apartó la silla. La puerta se abrió de golpe y se apartó justo a tiempo para no ser arrollada.

Apareció Alí, con su metro ochenta, pelo corto y rizado, ojos centelleantes, manos preparadas para la humillación y el ultraje.

Nunca había sentido tanta admiración por nadie como por su tío Alí cuando era una niña. Representaba el ideal de hombre, grande, con aspecto protector, siempre dispuesto a bromear con las pequeñas de la casa. Turia aspiraba a ser la preferida y los celos la reconcomían cuando ofrecía sus atenciones a su hermana o al resto de las mujeres. Ahora deseaba que nunca hubiera pensado en ella. Lo odiaba con tanta fuerza como podía odiarse a sí misma, le producía tanto asco como una rata muerta cayendo sobre ella.

Alí entró en la habitación con una sonrisa triste, con los ojos anegados que casi llegaron a engañar a Turia.

—Lo siento, pequeña, tu padre me lo ha contado. Quizás sea lo mejor para todos, pero te voy a echar mucho de menos.

Turia permaneció en silencio.

—Yo nunca podré querer a nadie como a ti, pequeña —dijo, acariciando con su mano la mejilla manchada.

Turia sintió un escalofrío. Sus modos se habían tornado suaves, como si realmente se tratara de un enamorado solícito.

—Siento no poder decir lo mismo. —La voz de ella sonó pétrea, y Alí movió la cabeza como si no hubiera entendido bien—. Ya me has hecho bastante daño.

—¿Por qué eres tan dura conmigo, pequeña?

Cerró la puerta y Turia comenzó a temblar. Por más veces que sucediera, jamás se acostumbraría. Cada vez era una nueva, una horrible e insoportable vez nueva. La agarró de la mano y la obligó a sentarse en el borde de la estrecha cama. Acarició de nuevo su cara, obsequiándola con una mirada tierna, y después la obligó a tumbarse.

—No, ya basta —protestó Turia, e intentó incorporarse—. Tengo que recoger las cosas.

Su tío le dedicó una mirada amenazante, peligrosa, cuyo código ella comprendía muy bien.

Il sera pire.

Estaba harta. Nadie iba a salvarla, ni su madre ni ningún príncipe azul cabalgando sobre un corcel blanco. Todo estaba perdido, ya no le quedaba nada que perder. Su cuerpo reaccionó antes de que pudiera hacerlo su mente, como si un resorte de emergencia se hubiera activado sin necesidad de pasar por los filtros de la consciencia. Su puño salió despedido golpeando con todas sus fuerzas la mandíbula angulosa de Alí. Aquella reacción le pilló desprevenido, pero no tardó en reaccionar, estampándole el reverso de la mano en la mejilla. Un sabor a miedo y a adrenalina se coló en su boca. Turia nunca se había rebelado, nunca se había atrevido a enfrentarse a él; ahora ya no había vuelta atrás. Iniciaron un forcejeo que ella ya tenía perdido de antemano, pero no por eso iba a dejar de luchar, ya no. Se arrepentía de todas las veces que se lo había puesto tan fácil, las veces que había claudicado solo porque la amenazaba. No, ya no tenía nada que perder y sí mucho que ganar, tenía una dignidad por redimir.

Arañó la cara de Alí, le tiró del pelo, le golpeó en los genitales con la rodilla. Él retrocedió un paso para volver a embestir con fuerza, descargándole un puñetazo en el estómago que la dejó sin respiración; después la cogió del cabello y le propinó otra brutal bofetada que le giró la cara y la estrelló contra la cama. Alí la agarró por el cuello con ambas manos mientras la observaba con ojos vacíos, rebosantes de odio y lujuria. Turia deseó morir en ese momento, deseó con todas sus fuerzas que su tío apretara hasta partirle el cuello, que la librara de una vez de aquella tortura cíclica, interminable. Sin embargo, su tío la soltó cuando ya comenzaba a boquear, cuando el aire ya no llegaba a sus pulmones ni a su cerebro, cuando la realidad se distorsionaba con formas alargadas, fantasmales. Le asestó otra bofetada que le partió el labio y comenzó a sangrar. Entonces Alí se bajó los pantalones, mostrando su miembro salvaje, palpitante, asqueroso. Se abalanzó sobre ella, le soltó el botón de los pantalones y se los bajó de un tirón junto con las bragas. Turia se defendió de nuevo, lanzó sus manos en forma de garras hacia la cara de su tío, enganchando un colgante de plata anudado al cuello con un cordón de cuero, del que tiró con desesperación, intentando estrangularlo. Alí la empujó y el cordón se partió, quedando entre sus dedos. Su resistencia final, animada por las últimas vetas de energía que le quedaban, se vio recompensada con otro puñetazo en los riñones. El dolor le paralizó los brazos y las piernas, le contrajo la cara en una mueca grotesca y bloqueó su mente, impidiendo que enviara nuevas órdenes a ninguno de sus músculos. Su tío repitió el puñetazo en el otro costado y Turia ya no sintió nada. Intuyó que tenía prisa, quizás sus padres habían salido a buscar más cajas o a por algo para cenar. Al menos terminaría rápido.

Alí la puso boca abajo, sujetándola por el cuello, cansado ya de invertir tanto esfuerzo en una rutina que siempre le había resultado fácil y cómoda. Ya no tenía por qué preocuparse, Turia se encontraba muy lejos de allí, había huido, derrotada de nuevo, abandonando su cuerpo a su suerte.

Il sera pire.

Y lo fue. Fue mucho peor que las otras veces. Su cuerpo acusó todas las caricias ásperas y violentas, todos los besos que pellizcaban sus labios y sus pechos, todos los actos de amor que buscaban los recodos de sus curvas, que mancillaban la suavidad de su tacto. Su cuerpo quedaba lejos, como si sus sentidos hubieran enmudecido dejando que el dolor lo invadiese sin compasión. Sus ojos permanecían clavados, sin ver, en aquel colgante que aún apretaba en la mano.

Cuando Alí por fin terminó, se subió los pantalones satisfecho mientras Turia percibía la soberbia, la sensación de impunidad. Ella permanecía inmóvil sobre la cama, medio desnuda, sucia de sudor, saliva y semen. Antes de irse, le dedicó unas palabras:

—Quédatelo, así te acordarás de mí.

En ese momento, como si acabara de despertarse de una pesadilla, Turia comenzó a sentir dolor en la cabeza, en los pechos, en las ingles, en los riñones, en las piernas, en el ano. Era un dolor que iba más allá de lo físico, más allá de los poros de su piel. Al principio no entendió a qué se refería Alí, pero después reparó en la pequeña *jamsa* de plata que lucía el nombre de su tío grabado en el reverso, un talismán con forma de mano que protegía del mal a aquel que lo portaba. Turia pensó que si su tío renunciaba al colgante, quizás se le acabaría la suerte. Lo apretó con fuerza en su puño mientras él salía por la puerta. Lo guardaría celosamente, sí; aquel amuleto le serviría para descargar todo su odio, toda su rabia.

Desde luego, no le haría falta para recordar a Alí, lo llevaba tatuado en su propia piel.

Il sera pire.

CAPÍTULO 56

Los chicos descansaban en su cuarto mientras Remedios fregaba los cacharros de la cena y Antonio veía una película de aventuras en la tele.

—Me voy a dormir —anunció Martirio—, ¿me ayudas a subir las escaleras?

—Ahora no puedo —protestó Antonio—, espere al intermedio.

Pero Martirio tenía prisa, así que se lo pidió a su hija. Remedios abandonó sus tareas, se secó las manos con resignación y ayudó a su madre a levantarse, cogiéndola por la cintura y ofreciéndole su hombro para que apoyara el brazo. Tras superar las empinadas escaleras, la sentó en la cama y se marchó. Martirio se cambió de ropa, falda de tubo, blusa roja y abrigo de piel, se engalanó con sus mejores joyas y se maquilló frente al pequeño espejo de la cómoda. Abandonó la habitación intentando no hacer ruido y bajó las escaleras con cierta dificultad, pero mucho más ágil de lo que cualquiera hubiera imaginado cuando pedía ayuda. Cruzó la puerta y cerró con cuidado para que nadie advirtiera que había salido. El taxi ya la esperaba. El trayecto fue corto, a esas horas había poco tráfico y las grandes avenidas se habían convertido en una plantación de semáforos verdes. Tras pagar la carrera, caminó hasta la puerta del edificio. Llamó al telefonillo. Félix descolgó al instante, como si hubiera estado esperando en la misma entrada, contando los minutos que quedaban para la cita.

La aguardaba en el vestíbulo, engalanado con su traje gris y su corbata de listas rosadas. Se saludaron con un beso en la mejilla y pasaron al salón.

—¿Hoy no traes bastón? —se interesó Félix mientras la ayudaba a despojarse del abrigo de piel.

—No, hoy me encuentro un poco mejor de la cadera —mintió ella a la vez que se esforzaba por mantener la espalda recta, marcando su prominente pecho bajo la suave blusa de seda roja.

—Estás muy guapa —la halagó.

—Gracias.

Se sentaron en el sofá.

—¿Quieres una copa de vino? —le preguntó, señalando una botella de Ribera del Duero que descansaba sobre la pequeña mesa de centro.

—Claro, ¿por qué no?

Félix sirvió las dos copas y brindaron.

—Por la madurez —exclamó él.

—La mejor etapa de la vida —continuó ella, y ambos bebieron con moderación—. Es muy bueno este vino.

—¿Sí? Pues bebe, que tengo más.

—¿Me quieres emborrachar? —bromeó Martirio.

—A lo mejor.

Se miraron, sonriendo con cierta timidez. Félix rompió el hielo:

—Desde que te conocí me he preguntado si no te gustaría más que te llame de otra forma, por un diminutivo quizás, como Marti o Tiri.

—Bah, no me gustan los diminutivos. Mis padres me pusieron el nombre por algo. Martirio… Es contundente.

—Rediez, demasiado contundente. Martirio… Y un poco duro, ¿no crees?

—A mí me gusta. Hace referencia a los mártires que dieron su vida por defender sus creencias.

—Más que a los mártires, hace referencia a su castigo, ¿no te parece?

—¿Acaso no es lo mismo?

—Puede ser.

Félix no parecía muy convencido y bebió de su copa de vino. Ella lo imitó y después intentó cambiar de tema:

—Oye, el otro día me dejaste con la intriga. Me ibas a contar una teoría que te habías inventado. ¿Cómo era? La Paradoja…

—… del Bibliotecario Ciego.

—Sí, eso. Nos interrumpió mi hija y al final no me pudiste explicar en qué consistía.

—Bueno… —dudó Félix—, es un tema un poco inquietante. ¿Seguro que quieres hablar de eso ahora?

—¿Prefieres hablar de otra cosa?

—Sí.

—¿De qué?

—Del amor, por ejemplo. —Martirio sonrió, bajando la mirada, mientras Félix continuaba—: ¿Tú crees que a nuestra edad es posible todavía disfrutar del amor?

—¿Te refieres al enamoramiento o al amor físico?

—A ambos —concretó Félix.

—Yo creo que sí, que es posible. —Martirio hablaba con la cabeza gacha, un poco avergonzada—. De hecho, desde que coincidimos en el cumpleaños de mis hijos me siento casi como una adolescente. Algo se ha despertado dentro, como una mariposa que revolotea en mi estómago y no se calma hasta que estamos juntos.

Esperó sin moverse la respuesta de Félix, quien se aproximó a ella y la rodeó con el brazo.

—Yo siento lo mismo —confesó, y la besó en los labios.

Martirio recibió el beso con los ojos cerrados, experimentando una excitación, un cosquilleo que había creído muerto hacía muchos años. Félix se apartó y se puso en pie.

—Me he aprendido un poema para ti. Es de Borges, claro. ¿Quieres oírlo?

—Por supuesto, me encantaría.

—A ver, ¿cómo empezaba?

Félix cerró los ojos intentando evocar los versos, entonces sacó una chuleta del bolsillo de su chaqueta y, tras leer las primeras palabras, la volvió a guardar.

> De las generaciones de las rosas
> que en el fondo del tiempo se han perdido
> quiero que una se salve del olvido,
> una sin marca o signo entre las cosas
> que fueron. El destino me depara
> este don de nombrar por vez primera
> esa flor silenciosa, la postrera
> rosa que Félix acercó a su cara...

Y se agachó sobre ella e hizo el gesto de olerla.

> ... sin verla. Oh, tú, bermeja o amarilla
> o blanca rosa de un jardín borrado,
> deja mágicamente tu pasado
> inmemorial y en este verso brilla,
> oro, sangre o marfil o tenebrosa
> como en sus manos, invisible rosa.

—Es precioso, Félix, muchas gracias.

—De nada —dijo, e hizo una reverencia, como un vasallo ante su princesa.

Félix volvió a sentarse a su lado, le cogió las manos y la volvió a besar en la boca, acariciando su pelo, sus mejillas, con sus dedos suaves a pesar de las arrugas.

—Recítame otra poesía.

—Me sé otra más divertida.

—Adelante.

—Pero esta no es de Borges.

—No me importa si es buena.

—Lo es —confirmó, y se separó un poco de ella para recitar—: «Tus ojos son dos cerezas, / tus mejillas, dos manzanas. / Qué linda ensalada de frutas / haríamos con mi banana».

Martirio se quedó de piedra, sin saber qué pensar, cómo reaccionar. Félix permanecía inmóvil, anunciando su victoria con una enorme sonrisa dibujada en la cara. Ella pensó en responderle con una bofetada, pero justo antes de poder hacerlo visualizó la imagen del plátano, acompañado por las dos cerezas, una a cada lado, y sin poder evitarlo estalló en una sonora carcajada. Félix también rio, contagiado por la risa de ella, y sin dejar de reír introdujo la mano debajo de su falda. Martirio pensó en apartarlo de un empujón, en llamarlo cerdo, pervertido y en marcharse de allí no sin antes haberle tirado un par de jarrones a la cabeza. Sin embargo, no pudo parar de reír mientras los dedos de él ascendían por sus medias hasta llegar a su entrepierna. Y a pesar de la faja y las bragas, notó la presión del pulgar sobre su sexo y la risa se transformó en breves gemidos, gritos entrecortados que escapaban por completo a su control. Martirio volvió a besarlo en la boca, con pasión, cruzando sus lenguas en un baile muy íntimo. Y, lentamente, descendió la mano por la corbata de Félix, como una flecha que indicara el punto exacto donde debía posarla, y así lo hizo, notando la dureza de su miembro. Se preguntó si habría tomado Viagra o si aquella erección la había conseguido por sí solo. En cualquier caso, se sintió orgullosa de ser ella quien se la hubiera provocado.

—Vamos a la cama —pidió, casi suplicó Martirio.

—¿A la cama? —Félix se mostró juguetón—. Seguro que no lo has hecho nunca en un sofá.

—La verdad es que no —susurró ella, gimiendo al notar la presión creciente en su sexo, a la vez que ella aumentaba la suya sobre el miembro de él.

—¿Y no quieres probarlo? —Félix también estaba muy excitado. Parecía que iban a reventarle los pantalones.

—Está bien, pero apaga la luz.

No discutió e hizo lo que le pedía, dejando encendida la del pasillo, que les proporcionaba un ambiente más íntimo. Sin más preámbulos, Félix comenzó a desabrocharle los botones de la blusa, momento que aprovechó para acariciarle los pechos que rebosaban el sujetador de encaje. Martirio se había puesto su mejor ropa interior. Entonces llegó a la falda y la ayudó a despojarse de ella, luego siguió con la faja. Ella se sintió un poco incómoda, hacía muchísimo tiempo que no se desnudaba delante de un hombre. Pensó en su cuerpo arrugado, sus pechos abundantes, que caían a plomo en cuanto los liberaba del armazón que los mantenía esbeltos aunque apretujados. Temió que Félix pudiera rechazar su cuerpo desnudo, descubrir en su rostro una expresión de asco o desprecio, y estuvo a punto de taparse con un cojín. Sin embargo, su cara tan solo mostraba deseo, ansia, lascivia, mientras se desabrochaba el pantalón y lo bajaba junto a los calzoncillos para liberar su pene. Y con mucho cuidado, besando sus muslos, le quitó las bragas y la tumbó en el sofá. Se colocó encima, frotando sus cuerpos huesudos, arrugados, que se acoplaron con asombrosa facilidad. Y mientras Félix la penetraba, Martirio se dio cuenta de que no se había puesto preservativo, y al instante siguiente reparó —«¡Qué tontería!»— en que sería ya un poco difícil que se quedara embarazada. Así que se dejó llevar mientras Félix se movía dentro de ella, lentamente al principio, rápidamente y con brusquedad al final, haciéndole el amor como hacía muchos años que nadie lo hacía, haciéndole el amor como creía que ya nadie volvería a hacerlo. Y cuando por fin terminó y se desplomó sobre ella, besando sus pechos, Martirio se sintió feliz. Por un instante volvió a sentirse joven, guapa, atractiva y deseada; por un instante se olvidó de que ya había dejado atrás la mayor parte de su vida. Y abrazó a Félix y lo aplastó contra su pecho, obteniendo idéntica respuesta por su parte. Y así permanecieron un buen rato, uno sobre el otro, sus sexos unidos, besándose, saboreando el placer de otro cuerpo que ya casi habían olvidado.

CAPÍTULO 57

Remedios se empeñaba en no dejar a su hija salir de noche, en controlar sus entradas y salidas, en mantenerse al acecho durante sus conversaciones telefónicas; y aun así había sufrido un percance. Tenía un desgarro. Desde entonces no había podido dormir tranquila. Y su hija se negaba a hablar con ella, a contarle si había mantenido relaciones voluntariamente o había sufrido una... agresión. En su mente no cabía la palabra «violación».

Se despertó temprano, a las cinco, y ya no fue capaz de conciliar el sueño. Antonio dormía a su lado con el torso desnudo y emitiendo un ligero ronquido. Remedios bajó a la cocina. Primero se fumó un cigarrillo, después descolgó las cortinas del riel y notó el tacto del polvo y la grasa en la tela de color azul, a juego con los muebles de formica. Las metió en la lavadora y comenzó a limpiar los cristales de la ventana y de la puerta que daban al patio. El chucho descansaba dentro de su caseta y se asomó al oír los ruidos producidos por una tarea de limpieza excesivamente mañanera. Después siguió con el comedor. El trabajo físico la ayudaba a pensar y a despojarse de la tensión. Tarde o temprano Paula tendría que confesar lo que había ocurrido; si no, se vería obligada a incumplir su promesa y a hablar con

Antonio para que la ayudara a manejar la situación. Si la habían agredido y no hablaba, lo único que conseguiría sería beneficiar al agresor. Ese pensamiento hizo que soltara de golpe el trapo que llevaba en la mano. Sintió rabia por que su hija hubiera sido tan inconsciente.

Antonio apareció frente a ella, con ojos somnolientos.

—¿Qué haces?

—Limpiar.

—Eso ya lo veo. Pero ¿a las siete de la mañana?

No contestó. Sí, a las siete de la mañana, y a él qué podía importarle. Apenas pasaba tiempo en casa y poco se preocupaba de lo que allí ocurría.

Antonio comenzó a preparar el desayuno. Le oía trastear en el microondas y cortar el pan para las tostadas. Ella continuó con los cristales, obsesionada con dejar la casa limpia y ordenada, como si esperaran una visita importante. Necesitaba devolver a la casa el orden que no tenía en su vida. Oyó a los críos bajar los escalones de tres en tres, como un par de caballos sin domar. Después escuchó a Antonio maldecir mientras ayudaba a su madre en el piso de arriba. Ella refunfuñaba y él la amenazaba con dejarla allí, castigada, hasta que aceptara mudarse al cuarto de abajo, mal aprovechado y lleno de trastos.

Todos tomaron asiento y llamaron a Remedios, pero ella quería terminar con los cristales, ya desayunaría después. Los sonidos le llegaban desde atrás mientras se esforzaba en quitar las telarañas que decoraban las esquinas de los techos altos. Hacía varios días que las veía, ingrávidas, inalcanzables; había llegado su hora. Escuchó el tintineo de las cucharillas, el «pásame los cereales», los sorbos al café caliente.

—¿Eso es todo? —La voz de Antonio sonaba malhumorada. Nadie contestó—. ¿Ese es todo tu desayuno?

—No tengo hambre. —Paula estaba molesta.

—No puedes ir al instituto solo con un vaso de leche.

—Mamá me deja.

Remedios se volvió sobre la silla mientras Antonio continuaba la charla:

—Ahora soy yo el que está aquí. Tómate una tostada.

—No quiero más.

—Las de su grupo no desayunan —intervino Sergio—. La Candela se desmayó la semana pasada en el pasillo. Una lipotimia.

—Cállate, imbécil.

—Imbécil tú.

—¿De qué quieres la tostada? —insistió Antonio, haciendo oídos sordos a los comentarios de sus hijos.

—Que no quiero tostada. Comeré algo en el recreo.

—Te he preguntado que de qué quieres la tostada.

—No me la pienso comer.

Antonio no parecía dispuesto a retroceder.

—Déjala, hijo, que se lleve un bocadillo y se lo coma en la hora del patio.

—Martirio, no se meta en esto.

—Ay, era por ayudar.

—Pues no es necesario.

Paula permanecía con los brazos cruzados y un silencio tenso lo envolvió todo. Remedios sintió pena por su hija y recriminó la actitud intransigente de su marido.

—Antonio, déjala —intervino desde la cocina.

—No puede ir al instituto con un vaso de leche, necesita desayunar. Y no sé por qué os empeñáis todos en decir que eso es normal y que no pasa nada.

Tomó una de las tostadas del plato, la untó con mermelada de higos y se la ofreció a Paula. Por toda respuesta, la chica la apartó de un manotazo, tirándola al suelo. Aquello fue el detonante. Antonio se levantó como un toro bravo, se situó junto a su hija, la asió por los hombros y la zarandeó.

—Recoge ahora mismo la tostada y te la comes.

—¡No me toques! ¡No me toques!

Paula gritaba sin cesar, forcejeando con su padre, como si algo hubiera estallado dentro de su cerebro.

—¡No me toques! ¡No me toques!

La escena resultaba cómica y dolorosa a la vez. Antonio la sujetaba, aturdido por la reacción desorbitada de su hija, intentando que entrara en razón.

—¡Ya basta! —gritó, zarandeándola de nuevo.

De pronto Paula calló y se echó a llorar como una niña pequeña. Y entonces Remedios pensó en el tiempo que hacía que no tenían relaciones sexuales, en las veces que ella había intentado iniciar un contacto que de inmediato era rechazado. Había llegado a pensar que quizás ya no le gustaba o que tenía una amante que absorbía todas sus energías. Sin embargo, nunca hubiera pensado, nunca hubiera imaginado… Y en ese momento recordó a Turia, la amiga de Sergio, que había insinuado allí mismo los abusos sufridos en su propia casa, por su propio tío. La amenaza no siempre viene de fuera, podemos estar cohabitando con nuestro propio enemigo, con aquel que nos puede hacer más daño que nadie, aquel que conoce nuestros puntos débiles. «¡No me toques!».

—¡No la toques! —gritó Remedios de repente, quebrada la voz por el llanto y el odio.

Antonio la miró, sorprendido, aturdido, sin saber cómo reaccionar. Se apartó de Paula, retrocediendo unos pasos bajo las miradas de reproche que se clavaban en él, de su mujer, de su suegra, de su propio hijo. Sin decir nada, se encaminó a la entrada para recoger su abrigo y salió de casa. Remedios corrió al baño, cerró la puerta, se sentó sobre la taza del váter y lloró amargamente.

«Mamá, no se lo digas a papá, por favor, no quiero que se enfade».

Aquello confirmaba sus sospechas. Si fuera inocente, al menos se habría defendido. Solo los culpables huyen con el rabo entre las piernas.

CAPÍTULO 58

Camilo había pensado mucho en lo que pasó con Beatriz, un recuerdo obsesivo que le había llevado a sentirse culpable, a odiarse a sí mismo por su desbocada locura que ponía en peligro a su mujer, a su hijo y a sí mismo. Lo despertó una pesadilla y palpó el hueco de la cama que su mujer no había ocupado, escondida, lo más probable, en la habitación de invitados. Cuando intentó de nuevo conciliar el sueño, la pesadilla volvió a la carga, una paliza tras otra, una muerte tras otra.

A las seis de la mañana se encerró en su despacho para sumergirse en la calma que le proporcionaba la lectura. Acabó la novela que tenía empezada, y en cuanto devolvió el libro a la estantería volvió a hacerse patente el recuerdo que trataba de evitar. Allí estaba Beatriz apuntándole con el revólver, luchando desesperadamente para defenderse, entonces él le arrebataba el arma, abría el tambor, lo giraba al azar y apretaba el gatillo, jugando a la ruleta rusa con su mujer, con la madre de su hijo. Era una simple bala de fogueo, incapaz de matar, pero ella no lo sabía y Rodrigo tampoco. De todas formas, lo que más le obsesionaba era la certeza de que no habría cambiado nada si la bala hubiera sido real y no falsa. Cuando desataba su rabia, perdía por completo la razón y no era capaz de controlar sus impulsos, su violencia. Si se hubiera tratado de una bala real, la habría matado.

Camilo había comenzado a pensar que quizás su madre tuviera razón, que igual debería replantearse su vida y forzar un giro que evitara un trágico desenlace. Y desde entonces había fantaseado con Pura, con el escueto aunque intenso beso que se habían concedido en su último encuentro. Y se había permitido coquetear con la idea de iniciar una relación con ella, de cambiar a su familia por un futuro mejor junto a una mujer dispuesta a satisfacer sus deseos y necesidades. La había llamado la tarde anterior y habían quedado en el piso, en La Jaula, como su padre lo llamaba. Y allí se encontraba ahora. Sus ojos verdes, redondos y expresivos se dibujaban más tristes que las otras veces, con un toque de desesperación. Su boca había perdido su habitual sonrisa, oscureciendo el lunar que la caracterizaba bajo su mejilla izquierda. Al descubrirla en aquel estado, Camilo se detuvo junto a la puerta de la entrada, sorprendido y un poco asustado.

—¿Te sucede algo?

Ella alzó la vista desde la silla donde descansaba con un codo apoyado en la mesa y la cabeza en la mano. Se incorporó, inventando una sonrisa que no consiguió ocultar la congoja de sus ojos.

—No. Estoy un poco cansada, eso es todo. Y un poco decepcionada, supongo.

Decepcionada, ¿por qué?

—Por la vida, por todo. ¿Alguna vez te he dicho que soñaba con ser actriz?

—No, menuda sorpresa. Creía que no te interesaban las artes.

—No me interesan las novelas, pero me encanta el cine. De joven fantaseaba con convertirme en una de esas divas del celuloide, pero como sucede en la mayoría de los casos, mis sueños se fueron al garete. Comencé arte dramático y ya en el primer año los profesores me advirtieron de que no tenía la madera necesaria para la interpretación. Me favorecía mi físico, eso sí, sin embargo no era capaz de transmitir emociones, veracidad, de vestir como es debido la pesada piel de un personaje. Otro de mis defectos más importantes era la voz un poco chillona, casi desagradable, que no acompañaba en absoluto a mi aspecto. Llegué a estar muy acomplejada por el tema de la voz, no te creas. Podía aspirar como mucho a convertirme en una de esas actrices de pacotilla que viven de su cuerpo, a posar de modelo para algún anuncio o en revistas como *Interviú*. Eso no era lo que yo quería, así que después de darle muchas vueltas, acepté las recomendaciones de mi tía para estudiar económicas.

—A mí me sucedió algo parecido —dijo Camilo—. Mi madre se empeñó en que hiciera periodismo y yo me doblegué a su porfía. Sin embargo, me revelé cuando me buscó un trabajo. Tuve la suerte de ganar un premio importante por un relato y eso me empujó a apostar por la escritura.

—En mi caso es distinto. Tú vales para escribir, si no, no llevarías tanto tiempo haciéndolo. Pero yo no servía para interpretar y tuve que aceptarlo con mucho dolor. Y en el fondo no es tan malo, ¿sabes? Tengo un trabajo fijo y un buen sueldo, es más de lo que mucha gente puede decir hoy en día.

—Puede. Pero es muy triste renunciar a tus sueños. ¿Qué queda en la vida si no hay esperanza, si no tienes algo por lo que luchar?

—El trabajo y la tele. Con ellos se pasan las horas y ni te das cuenta.

—Me sigue pareciendo muy triste. Dejar pasar el tiempo, esperar a la muerte sin ningún objetivo por conquistar, sin metas ni esperanzas.

—No te engañes, todos terminaremos en el mismo sitio. Por muy famoso que seas y por muchos lectores que puedas tener, acabarás en el hoyo igual que yo, que el presidente, que el rey y que el Papa.

—Cierto, pero lo importante es que la vida puede ser un proceso placentero, no tiene por qué ser una simple antesala de la muerte.

—Son puntos de vista. —Pura se puso en pie y se giró hacia el cuadro del laberinto. Camilo se acercó a ella dispuesto a abrazarla, pero se detuvo cuando ella continuó hablando—: Te he traído un regalo.

Pura se agachó para recoger su bolso y le tendió una caja blanca, decorada con la foto de una espléndida sonrisa que lucía unos dientes perfectos, junto a un tirabuzón formado por un fino hilo blanco.

—¿Hilo dental? —dijo Camilo, sorprendido.

Ella se giró de nuevo hacia el cuadro.

—Es un ovillo de hilo, ¿recuerdas? Como el que Ariadna le entregó a Teseo. Quizás algún día te salve la vida.

Camilo aceptó el regalo sin saber qué contestar. Pura no había cambiado, seguía siendo tan imprevisible como desde el primer día en que se conocieron.

—Gracias —articuló al fin—. Aunque espero que no sea necesario.

Ella se dio la vuelta para mirarlo a los ojos.

—Ya sé que te parecerá una tontería, pero prométeme que lo guardarás.

—Está bien, lo prometo.

—Gracias. —Y de nuevo se volvió hacia el cuadro, como si pretendiera ocultar su rostro, sus expresiones—. Esa decepción de la que te hablaba antes, esa frustración por no haberme podido dedicar a lo que más me gustaba, me ha perseguido durante toda mi vida. Y ahora me sucede lo mismo con este asunto de mi padre.

—¿Qué quieres decir?

—No sé, en el fondo pienso que toda esta investigación no nos va a llevar a ningún sitio, que para lo único que sirve es para resucitar recuerdos del pasado, para avivar esperanzas que terminarán convertidas en dolorosas frustraciones.

—Hoy estás muy pesimista. Espera a que te cuente lo que he descubierto.

Camilo la sujetó por el brazo y la obligó a girarse hacia él.

—Adelante.

—Visité la web de la Guardia Civil, donde tienen una sección de desaparecidos. Con gran sorpresa descubrí uno de los nombres de la lista. —Camilo sacó su bloc de notas—. Pedro Pelegrín, que además era agente de la Benemérita. Después volví a ver al primo de mi padre. Se mostró un poco reacio a hablar del tema, aunque al final me confesó que dos de los nombres coincidían con casos de asesinato que él había supervisado, ambos desangrados, con las venas cortadas, y ambos también sin resolver.

—Entonces tenías razón, parece que se trata de un listado de víctimas de un mismo criminal.

—Sí, eso creo.

—¿Y hay algo más, algo que los relacione?

—Puede, aunque no estoy seguro de que sea importante.

—¿El qué?

—El segundo nombre de la lista, el del año sesenta y tres, se corresponde con un tipo que poco antes de morir había asesinado a su mujer, alegando que la había sorprendido en adulterio. En esa época había una ley que otorgaba al marido ese derecho. El tercero, el que murió en el setenta y uno, era un falangista, misógino, que disfrutaba abusando y maltratando a las prostitutas.

—Entonces el denominador común es que son maltratadores de mujeres.

—Puede. En el primer caso, el del guardia civil, encontré una noticia según la cual fue víctima de un atentado en el que falleció su esposa, mientras que él resultó levemente herido.

—¿Crees que la asesinó él y simuló el atentado?

—Si fuera así, tendríamos el denominador común de todas las víctimas que conocemos.

—Tienes razón. Mi padre fue acusado de asesinar a mi madre y puesto en libertad por falta de pruebas. Después de eso lo asesinaron, y más tarde fue cuando atraparon al verdadero culpable.

—Solo quedan dos nombres de los que no hemos averiguado nada, pero los cuatro que conocemos están relacionados por agredir a alguna mujer.

—Bueno, de mi padre se demostró que era inocente. No lo metas en el mismo saco.

—Cierto, aunque supongo que el asesino no lo sabía cuando lo mató. De todas formas, hay algo que no me cuadra.

—¿El qué?

—Felipe me dijo que mi padre odiaba a los agresores de mujeres, que había llegado a perder los nervios, incluso a darle una paliza a algún tipo por el simple hecho de insultar o golpear a su esposa en su presencia. Si mi padre odiaba a los maltratadores, ¿por qué iba a perseguir a un asesino que se dedicaba a acabar con ellos?

Pura meditó unos segundos y de repente su cara mudó llena de ira.

—Pues es evidente, ¿no? Y se echó a llorar.

—¿El qué es evidente? ¿Qué te sucede?

—¿Es que no lo ves? —dijo, golpeando a Camilo con fuerza en el pecho mientras él permanecía inmóvil, sin defenderse, sin comprender la razón del nuevo arrebato. Ella comenzó a gritar, entre sollozos—: ¡Maldito seas, estás ciego! Tu padre no perseguía a ningún asesino.

—¿Cómo?

—Vete de aquí.

—¿Qué?

—Que te vayas, te digo.

Pura empujó a Camilo hacia la entrada, le tiró encima el abrigo y abrió la puerta.

—¿Qué he hecho? ¿Qué he dicho?

Ella volvió a golpearlo, obligándolo a salir al rellano. Camilo se mostraba desconcertado, sorprendido, humillado.

—Si aún no lo entiendes, dudo mucho que puedas ser buen escritor.

Y cerró la puerta en sus narices con un fuerte golpe que hizo tambalearse el edificio entero.

CAPÍTULO 59

Sergio esperaba sentado en los escalones del jardín de su casa, disparando contra las flores que su madre tanto se esmeraba en cuidar. Se había convertido en todo un experto del tiro con pistola de pinzas. Estaba apuntando a un pájaro que se había posado en la verja, cuando apareció Turia caminando por la acera. El pájaro echó a volar cuando pasó a su lado.

—Hola —saludó ella mientras Sergio se ponía en pie—, son las seis y diez, perdona el retraso…

—No te preocupes — la interrumpió él, saliendo a la calle para atraparla de la mano y arrastrarla calle abajo—. He visto al padre de Dani pasar hace un cuarto de hora. Hoy se ha adelantado a su horario habitual. Tenemos vía libre.

Corrieron hasta la casa de su amigo, se detuvieron con disimulo para mirar a ambos lados y, tras confirmar que no había nadie en la calle, abrieron la puerta del jardín. Subieron corriendo los pocos peldaños que los separaban de la entrada. Sergio llevaba las llaves en la mano, introdujo una en la cerradura y se detuvo, dudando.

—¿Seguro que quieres hacerlo? —Escrutó a Turia buscando su confirmación.

—Pues claro, ¿a qué esperas? ¿Es que quieres que nos pillen?

Giró la llave. Lo primero que notaron fue el olor, a cerrado, a humedad, a patatas podridas o quizás todo ello mezclado.

—Hacía mucho que no entraba en esta casa —confesó Sergio—. Está hecha un desastre.

—¿Por dónde empezamos?

—Por la habitación de Dani, sígueme.

Sergio cogió a Turia de la mano y se encaminó a las escaleras que conducían al primer piso.

—¿Qué le pasó a la madre de Dani? —quiso saber Turia mientras subían y observaban el desorden. Algunas paredes estaban rotas, agujereadas por golpes o puñetazos, varios cuadros se habían caído al suelo y descansaban sobre los peldaños de las escaleras sin que nadie se hubiera molestado en recogerlos.

—Murió en un accidente de coche. Trabajaba en un almacén de hortalizas de El Albujón. Un día de lluvia, al volver a casa, su coche se salió de la carretera y se estampó contra un árbol. Mi padre siempre dice que esa carretera es superpeligrosa. ¿Sabes cuál digo?

—Creo que sí.

Alcanzaron la planta superior. Allí el desastre era aún mayor. Había una cómoda en el rellano, con los cajones abiertos y un montón de ropa de mujer esparcida por el suelo. El olor a cañerías se colaba a través de la puerta abierta del baño, inundando toda la estancia. Resultaba aún más repulsivo que el pestazo de la planta baja. Sergio se acercó a una puerta cerrada y posó la mano en el pomo.

—Es la habitación de Dani —dijo, con temor en la mirada.

Turia apoyó una mano sobre su hombro, nerviosa también, intentando transmitirle tranquilidad y confianza. Sergio giró el pomo despacio y empujó la puerta. La habitación se hallaba a oscuras, así que buscó el interruptor y encendió la luz. Estaba vacía, Dani no se encontraba allí. También olía a cerrado, a sudor, aunque era sin duda la estancia más ordenada de toda la casa. La cama estaba deshecha; las sábanas blancas, teñidas de marrón, con manchas amarillentas sobre la almohada hundida y el centro del colchón. Varios pósteres de películas empapelaban las paredes, y al fondo, delante de la cama, había un armario y una mesa de escritorio. Sergio se acercó a la mesa; encima se distribuían varios libros de texto bien apilados, otros cuantos de lectura y un móvil. Lo cogió para examinarlo.

—Es el de Dani —explicó—. Está apagado. —Sergio miró a Turia—. Es muy raro. Dani nunca se separa de su móvil. Se pasa el día conectado a Facebook.

—¿Qué le habrá pasado? —Turia también parecía preocupada.

—Démonos prisa, no me siento tranquilo en esta casa.

—Yo tampoco. Me da mal rollo.

Echaron un vistazo a las otras dos habitaciones y el baño, pero no descubrieron nada relevante aparte de desorden y suciedad. Volvieron a la planta baja con cuidado de no pisar los cristales y los trastos esparcidos por el suelo. Se dirigieron al salón, y allí Sergio reparó en la impresionante colección de DVD que ocupaba varios estantes sobre la televisión. Había dos sofás cubiertos a medias por una funda que estaba prácticamente en el suelo. Una mesita de centro, repleta de vasos opacos, botellines de cerveza y platos con restos de comida. La mesa de comedor se hallaba arrinconada contra la pared, cubierta de revistas de cine y ropa sucia. Luego fueron a la cocina. Al traspasar la puerta el olor empeoró, un nauseabundo olor a comida podrida. Era una cocina moderna, de color blanco y líneas rectas, aunque mantenía el desorden y la suciedad generalizada de toda la casa. Se cubrieron la nariz con la camiseta, intentando enmascarar aquella fetidez tan desagradable mientras se acercaban al fregadero. Allí descubrieron un montón de comida congelada —chuletas de cerdo y hamburguesas, bolsas de croquetas, empanadillas, arroz tres delicias, menestras, lasañas y varias cajas de pizza— en un avanzado estado de putrefacción. Las moscas revoloteaban alrededor de la carne podrida, poblada ya de gusanos blancos que les revolvieron las tripas.

—¡Qué asco! —Turia volvió la cara con el ceño fruncido—. Nunca había visto nada igual.

—Yo tampoco —confesó Sergio—. Hacía tiempo que no venía a esta casa y no tenía ni idea de que Dani viviera en estas condiciones.

—Pero ¿por qué habrá tirado toda esta comida aquí?

—Ni idea.

Sergio se dio la vuelta de cara al frigorífico, algo más alto que él y de color blanco, como el resto de la cocina y los electrodomésticos. Lo abrió y se sorprendió al descubrir que solo había latas de cerveza y un par de botes de kétchup y mostaza. Ni leche, ni yogures, ni ningún tipo de comida.

—Parece que el padre de Dani se alimenta a base de cerveza —bromeó Sergio—. Quizás por eso ha tirado toda la comida congelada.

—Pues Dani está rollizo, no creo que pase hambre.

—Sí, supongo que se alimentará de comida preparada, pero si la ha tirado…

—Es que ya no la necesita —aventuró Turia—. Quiero decir, que parece que a Dani le ha sucedido algo. Porque su padre comerá en el bar, si es que come.

—Sí.

Sergio se mostró afligido. Avanzó un paso hacia un arcón congelador que había junto al frigorífico. Lo abrió sin mucho interés y de repente su mente sufrió un cortocircuito. Soltó el asa de la tapa y retrocedió hasta golpearse la espalda contra los muebles de cocina; la cara se le puso blanca del espanto, con las lágrimas a punto de derramarse por sus mejillas.

Turia lo observó un poco asustada.

—¿Qué pasa?

Sergio no podía contestar, aún no había asimilado lo que había visto, aún no podía creer que fuera real. La chica se acercó al arcón y cogió el asa.

—¡No lo abras! —ordenó Sergio, y rompió a llorar de repente. Turia retiró la mano y se volvió hacia él—. Está ahí… Lo he visto… Está…, está muerto.

—¿Dani? —exclamó sorprendida Turia.

Sergio asintió con la cabeza, no tenía fuerzas para hablar. Aunque ella se mostraba escéptica, se acercó y lo abrazó. Él le agradeció el gesto, pero notó cómo le flaqueaban las rodillas y cayó al suelo sollozando. Turia se sentó a su lado y le acarició el pelo mientras rompía a llorar ella también. Sergio comenzó a golpear el suelo con el pie, con rabia. Al rato se tranquilizó un poco.

—Está muerto —dijo al fin, y levantó la mirada. Turia se separó un poco para observarlo. Los ojos acuosos de su amigo mostraban dolor e incredulidad—. No lo puedo creer. Está muerto y escondido en su propia casa.

—Lo siento, Sergio.

—Yo sí que lo siento. —Las palabras se rompían con cada sollozo al salir de su boca—. Era mi… amigo. Mi… mejor amigo.

—Sergio, tenemos que irnos. —Turia se enjugó las lágrimas—. Si el que ha hecho esto nos pilla aquí, corremos el riesgo de acabar igual que Dani.

El chico apretó los dientes y recuperó la compostura.

—Tienes razón —convino, y añadió con gran indignación—: Tenemos que denunciarlo.

En ese momento oyeron el sonido de unas llaves y, a continuación, la puerta de la entrada golpeando la pared al abrirse. Por lo visto, el padre de Dani había salido antes que de costumbre, igual no se dirigía al bar. Sergio le tapó la boca a Turia y la aplastó contra el frigorífico para que no hiciera ruido. Los pasos se dirigían hacia la cocina. Se miraron a los ojos, aguantando la respiración y notando cada uno sobre su pecho los fuertes latidos del corazón del otro.

CAPÍTULO 60

Camilo abandonó la ciudad conduciendo despacio, tomando con moderación cada curva de la tortuosa carretera que serpenteaba paralela a la costa, en dirección a su casa. Había ido al cine. Necesitaba despejarse, olvidarse de todo, pero cuando salió ni siquiera se acordaba del título de la película. Era incapaz de quitarse de la cabeza lo que había sucedido con Pura. Aún no comprendía qué había hecho o dicho para que lo echara de su casa sin ofrecerle ninguna explicación. Y todas las esperanzas que había albergado de dar un giro a su vida, de iniciar una relación con ella, habían quedado arrasadas, destruidas por un arrebato sin sentido. Pero ¿por qué había reaccionado así? ¿De verdad no lo sabía o es que no quería saberlo? Una idea comenzaba a perfilarse en su mente, una idea zafia, desagradable, a la que Camilo se resistía a dar verosimilitud. Si su padre odiaba a los maltratadores, ¿por qué iba a perseguir a un asesino que se dedicaba a terminar con ellos? No tenía ningún sentido, Camilo se resistía a admitirlo, pero no tenía ni pies ni cabeza. «¿Es que no lo ves? ¡Maldito seas, estás ciego!». Las palabras de Pura volvieron a asaltar su mente, como un ariete gigantesco dispuesto a destrozar la muralla que la protegía. «Tu padre no perseguía a ningún asesino». Eso era una estupidez. Si no perseguía a un asesino, ¿por qué guardaba las cuchillas?, ¿qué significaban los nombres grabados y las fechas?, ¿por qué le pedía que investigara el caso, que continuara en el punto donde él no había podido continuar? «Si aún no lo entiendes, dudo mucho que puedas ser buen escritor». Un nuevo golpe de ariete, este más duro, más efectivo, que resquebrajó sus defensas. Esta afirmación era la que más daño le había hecho. ¿Había alguna verdad tan evidente que Camilo se empeñaba en obviar y que era razón suficiente para poner en tela de juicio su condición de escritor? Refuerzos, acudieron refuerzos con ímpetu renovado; una horda imparable equipada con catapultas, escalas y torres de asalto, materializada en el eco de las dolorosas palabras de Felipe. «Quítate los pájaros de la cabeza, Camilo. Tu padre se suicidó, eso te lo aseguro. No te crees falsas esperanzas». ¿Tendría razón o tan solo trataba de disuadirlo para que abandonara la investigación? Las catapultas alcanzaron su objetivo, las descomunales piedras se estrellaban contra las defensas de la fortaleza, agrietándola, arrancando esperanzas con cada impacto. La puerta de la muralla reventó con la última embestida del ariete. La idea que Camilo había tratado de evitar se hizo patente al fin, se materializó en forma de imagen antes de convertirse en pensamiento. Vio a su padre en pie, con la cabeza alzada, empuñando una cuchilla bañada en sangre mientras observaba un cuerpo colgado boca abajo, los brazos estirados hacia el suelo, la sangre manando a borbotones de sus muñecas para ser recogida en un cubo de plástico. «No sabes lo que estás haciendo —le había asegurado Felipe—. Hay cosas que deberían permanecer dormidas, olvidadas, y ni por una historia, sea buena o mediocre, merece la pena removerlas». Ahora Camilo era consciente de la razón que encerraban aquellas palabras. Su padre, sí, su padre era el asesino. Odiaba a los maltratadores de mujeres y se había dedicado a cazarlos como un depredador silencioso, un vengador oscuro que ejercía su propia justicia en aquellos casos en los que, a su entender, el sistema no había actuado como debía. Y el último asesinato había sido el del padre de Pura, acusado en primer lugar de matar a su mujer, puesto en libertad al poco por falta de pruebas. Y por alguna razón, su padre debió de considerar que sí era culpable y decidió ajustar cuentas con él, torturándolo, cortándole las venas para contemplar cómo se desangraba. Poco después atraparon al verdadero responsable y su padre no pudo soportar haber asesinado a un inocente, así que le donó el piso a Pura y se cortó las venas, imponiéndose el mismo castigo que aplicaba a sus víctimas. Todo cuadraba, tenía sentido. Pero ¿a qué venían entonces las cartas? ¿Por qué quería su padre que investigara el caso? ¿Para sacar a la luz que había sido un asesino de maltratadores, que se había equivocado con su última víctima y por eso se había suicidado? Era posible. Por eso dejó las cuchillas en el piso, para que Pura o él las encontraran. Pero aún quedaba un cabo suelto, la última nota que encontraron en la tabla güija rezaba: «Junto a esta carta encontrarás todas las pruebas necesarias para resolver el caso, todas menos una». Faltaba una cuchilla, aquella con la que su padre se suicidó, la prueba definitiva que confirmaría sus sospechas. Los pensamientos se agolpaban en su cabeza en forma de imágenes, palabras y retazos de frases. Camilo aún se encontraba en estado de shock: su padre era un asesino, un vengador de mujeres dispuesto a acabar con cualquiera que osara hacerles daño. Y entonces recordó las palabras de Felipe: «La Jaula. Sí, hombre, el piso, tu padre lo llamaba La Jaula, supongo que porque era tan pequeño como la jaula de un canario». Sin embargo, otra idea se materializaba en su mente, otro motivo por el que su padre podría haber bautizado así el piso. El laberinto. El laberinto era la jaula del Minotauro, el hombre toro, y precisamente El Toro era el apelativo que su padre recibía en el trabajo. Su padre se sentía como el Minotauro, un ser extraño, amante y defensor de las mujeres en una sociedad machista, en la que se daba por supuesto que la mujer debía someterse a cualquier deseo del hombre. Y, sintiéndose tan incomprendido, quizás su padre decidió conseguir sus propios sacrificios, como el Minotauro, ofrendas de aquellos hombres que sometían a las mujeres a su voluntad mediante humillaciones, vejaciones, desprecios y torturas, aquellos hombres que sobrepasaban los límites de lo moralmente aceptable y que, sin embargo, resultaban impunes... hasta que caían en las manos del vengativo Minotauro, que permanecía al acecho, aletargado, esperando una nueva víctima que mereciera sufrir su rabia. Y La Jaula era el lugar donde habitaba el Minotauro, donde devoraba o, en el caso de su padre, desangraba a sus víctimas. Pero un piso de treinta metros, utilizado además para reuniones con amigos y sesiones de espiritismo, no parecía lo más adecuado para llevar a cabo su venganza sistemática.

Un piso de treinta metros cuadrados.

Un piso de treinta metros cuadrados. Quizás esa fuera la clave. La escritura indicaba que el piso tenía trescientos metros cuadrados. ¿Había sido un error del notario o, como Camilo comenzaba a sospechar, el piso era mucho más grande de lo que a simple vista se apreciaba? ¿Acaso el cuchitril donde había estado fuera tan solo una antesala del verdadero laberinto, oculto a la vista de extraños, camuflado tras una puerta secreta que solo su padre conocía?

Seleccionó en su móvil la opción de marcación por voz y pronunció el nombre de Pura. A los pocos segundos escuchó los tonos de llamada a través de los altavoces del coche. «Cógelo —pensó Camilo—, cógelo, maldita sea, es importante». De repente se cortó la comunicación. «Mierda». Camilo apretó el botón de rellamada. Primero, un silencio, largo, intenso, desesperante, roto al poco por una voz sin vida que le avisaba de que el número marcado no se encontraba disponible. «¡Mierda, mierda y más mierda!». Pura no quería hablar con él, y no era de extrañar. Ella había deducido al instante que su padre era el asesino despiadado y sanguinario que había acabado con el suyo, dejando que se desangrara para luego deshacerse del cadáver en el puerto, como un saco de ochenta kilos de comida para peces. Joder, no le extrañaba que lo hubiera echado del piso de aquella manera, y que ahora no quisiera cogerle el teléfono.

Pero Camilo necesitaba regresar a La Jaula y comprobar su nueva teoría, la del santuario escondido donde su padre ajusticiaba a los que pecaban contra las mujeres.

Pero no le quedaba otra que esperar, dejar pasar el tiempo para ver si Pura recapacitaba y comprendía que él no era su padre y que, por supuesto, no había tenido nada que ver con la muerte del suyo.

No le quedaba otra que esperar.

O no.

CAPÍTULO 61

Sergio y Turia seguían abrazados, inmóviles, aplastados contra el frigorífico mientras oían los pasos tambaleantes que se aproximaban a la cocina. De pronto el padre de Dani se detuvo, abrió una puerta y la volvió a cerrar de un portazo. Había entrado en el baño. Oyeron cómo subía la tapa del váter y comenzaba a orinar.

—Tenemos que irnos —susurró Sergio—. Si nos pilla, es capaz de matarnos.

—Hazle una foto —le pidió Turia—, por si necesitamos pruebas.

Sergio asintió con la cabeza. Ella se acercó al arcón, abrió la tapa y sí, allí estaba el cuerpo de Dani, inerte, doblado con los brazos alrededor de las piernas, restos de sangre pardusca y helada sobre la cara, el pelo y la ropa. «Por suerte, tiene los ojos cerrados», pensó Sergio mientras pulsaba el botón de su móvil para tomar la foto. Si los hubiera tenido abiertos, los ojos inertes, la mirada perdida, no habría sido capaz de hacerlo. Turia aguantaba aún la tapa, contemplando al chico con rostro pensativo, algo siniestro.

—Vámonos —la apremió, pero ella no se movió—. Vámonos, que nos va a pillar. —Y justo en ese momento el padre de Dani tiró de la cisterna.

Entonces Turia reaccionó y metió la mano libre en el arcón para dejar un cordón de cuero con un colgante de plata encima de la mano derecha del cadáver. Después cerró la tapa, cogió a Sergio y salieron pitando de la cocina en dirección a la salida. La puerta del baño se abrió a la vez que ellos abrían la de la entrada, cerraron de un portazo y corrieron con todas sus fuerzas, girando en la primera esquina, alejándose de allí antes de que el padre de Dani pudiera descubrirlos. Corrieron sin echar la vista atrás, respirando con dificultad por el cansancio, aunque el chute de adrenalina lo atenuaba en parte. Se detuvieron al llegar al Parque de Los Juncos y miraron a su espalda para asegurarse de que el padre de Dani no los había seguido.

—Parece que esta vez… hemos salido vivos —exclamó Turia, doblada sobre sí misma, intentando recuperar el resuello.

—Por poco… —continuó Sergio—. Si nos llega a pillar…, no sé lo que habría pasado.

Aún no eran las siete y casi había anochecido. Avanzaron hasta un banco apartado del paso principal, bien iluminado bajo una farola. Se sentaron sobre el respaldo, apoyando los pies en el asiento.

—Oye, ¿a qué ha venido eso del colgante? —preguntó algo indignado.

—Me lo dio mi tío —respondió Turia con cara de odio, con reproche en la voz.

—¿Tu tío? —dijo Sergio, sorprendido—. ¿Y crees que servirá de algo?

—No lo sé. —Y se encogió de hombros—. El padre de Dani y mi tío eran amigos, al menos se emborrachaban juntos muchas veces. En el vídeo de tu primo, Dani se marchaba con su padre, y mi tío lo acompañaba. Después de eso murió. Y cuando la policía encuentre el cadáver, tendrá en la mano un colgante de una *jamsa* con el nombre de mi tío grabado detrás. En fin, no hará falta que los policías sean muy listos para atar cabos.

—No, pero ¿podrás vivir tranquila si acusan a tu tío de un crimen que no ha cometido?

—¿Y cómo sabes que no lo ha cometido? Poco me importa —soltó Turia con odio. Sergio nunca la había visto tan dolida, ni siquiera cuando insinuó los abusos—. De todas formas, puede que ya sea tarde.

—¿Por qué dices eso?

—Mis padres no tienen trabajo y van a volver a Marruecos —le explicó, pasando del odio a cierta desesperación en su voz—. Yo no quiero ir. Han concertado una boda, me quieren casar con un conocido de mis abuelos que tiene bastante dinero. Es mayor que yo y ni siquiera lo conozco.

—¿Y qué vas a hacer?

—Me quiero escapar —dijo mirando fijamente a Sergio, como pidiéndole ayuda—. Si tuviera algún sitio donde quedarme durante quince días o un mes, el tiempo necesario para buscar un trabajo y poder alquilar una habitación en un piso de estudiantes…

—Quédate en mi casa le ofreció sin dudarlo.

—¿Y qué dirán tus padres? —preguntó Turia, mostrando un poco de esperanza.

—No te preocupes, hablaré con mi madre; estoy seguro de que no le importará.

—¡Eh, maricona!

El grito de Rodrigo los interrumpió, dándoles un buen susto. Volvieron la cabeza y lo vieron acercarse arropado por su cuadrilla de matones, todos vestidos con el mismo chándal del equipo de fútbol. Seguramente venían de entrenar.

—Mira, si está con la Turia —comentó Yusuf mientras se acercaban.

—Turia, será mejor que te vayas —dijo Sergio antes de ponerse en pie de un salto y esperarlos junto al banco.

Turia no se movió y el grupo de matones se detuvo frente a él.

—Has cometido tu último error colgando ese vídeo de maricones en mi Facebook.

Rodrigo avanzó un paso y le pegó un empujón a Sergio, que cayó sentado en el banco.

—Yo no he hecho nada, ¿cómo podría hacerlo? Si está en tu Facebook, lo habrás colgado tú.

—¡Tú me robaste el móvil! —gritó Rodrigo, amenazándolo con el dedo.

—Ya me acusaste de eso y no lo encontraste.

—No sé cómo lo hiciste, pero sé que fuiste tú. —Su primo estaba muy alterado—. Tú siempre estás grabando chorradas y pensando en hacer tus cortos de mierda. A nadie más se le habría ocurrido lo del vídeo de maricones.

—Excepto a ti, claro, porque estoy seguro de que el vídeo es real y lo colgaste para buscar compañía…

Rodrigo dio un paso adelante y atrapó a Sergio por el cuello, metiéndole la cabeza debajo de su axila derecha. Después apretó con fuerza hasta dejarlo casi sin respiración. Sergio comenzó a patalear y a dar golpes, intentando zafarse.

—¡Déjalo en paz!

Turia se puso en pie y abofeteó a Rodrigo con fuerza. Este soltó a su presa y retrocedió un par de pasos, bastante sorprendido.

—Yo me encargo —gruñó Yusuf—. Esta puta tiene que aprender a respetar a los hombres.

El chico se acercó a Turia y la agarró de los hombros. Ella respondió con otra bofetada. Yusuf se la devolvió con todas sus fuerzas y Turia cayó al suelo con los ojos anegados en lágrimas. Luego la sujetó por los brazos y otros dos chavales se acercaron para asirla por las piernas. La levantaron en el aire y la arrastraron hasta el césped, junto a un árbol que cegaba la farola, lo cual les proporcionaba una zona de sombra.

—¡Dejadla en paz! —Sergio empujó a Rodrigo, que permanecía frente a él—. ¡Dejadla en paz! —Volvió a gritar, forcejeando con su primo, quien le propinó un puñetazo en el estómago que lo derribó de rodillas en el suelo.

Turia intentaba resistirse a sus agresores, cinco en concreto, gritando y riendo satisfechos a su alrededor.

—Ahora te vas a enterar de lo que es bueno, zorra.

Sergio alzó la vista hacia su primo, llorando.

—Por favor, Rodrigo, hazme lo que quieras, pero a ella dejadla en paz.

Rodrigo elevó la pierna derecha, la apoyó sobre el pecho de su primo y lo empujó para tirarlo de espaldas, de modo que este se golpeó la cabeza en el suelo. Sergio se sentía impotente, desesperado, más preocupado por lo que iba a pasarle a Turia que por él mismo. Entonces recordó la pistola de madera, la pistola mágica que su abuelo había hecho para él, la pistola que tenía que usar solo cuando la necesitara de verdad. No creía que fuera a encontrar un momento más oportuno. La sacó del bolsillo, la montó con manos temblorosas, mientras Rodrigo lo miraba con curiosidad, y le apuntó a la cara. La expresión de su primo cambió de repente; ahora estaba serio. «Un objeto mágico no es mágico por sí mismo, lo es solo si tú crees que lo es», le había dicho su abuelo. Y Sergio lo creía, creía en la magia, en la pistola, creía en su abuelo y en su sabiduría. Y con esa certeza apretó el gatillo.

371

CAPÍTULO 62

Beatriz cubría sus ojos con unas gafas de sol, unas gafas oscuras, amplias, que le daban el aire sofisticado de una viuda joven ante el féretro de su marido. Observaba a Antonio, que removía su café. El bar acogía a un puñado de parroquianos que habían hecho un alto en su jornada de la tarde para estimular el cuerpo con un carajillo bien cargado o una cerveza fría. No era lugar para ellos, un bar cutre, sucio, con una decoración desfasada y unos precios demasiado baratos. Un lugar, sin embargo, anónimo, alejado de la empresa, donde nadie podría reconocerlos.

—Dime algo, por favor, no me gusta verte así —le pidió Antonio, inquieto.

Beatriz suspiró, había llegado el momento que tanto temía.

—Tuvimos una discusión.

—Denúncialo. Estoy harto de esto, denuncia a ese cabrón engreído e imbécil —dijo masticando las palabras.

—Antonio, yo…

—¿Qué? No hay otra opción.

—No voy a denunciar.

—¿Por qué?

«¿Por qué?». La respuesta era clara y cristalina, y le ofendió el hecho de que Antonio no fuera capaz de comprender sus motivos sin que ella tuviera que explicarlos. Respiró hondo.

—Porque solo denuncian las inmigrantes o las que no tienen donde caerse muertas.

—Eso no es así, no digas tonterías.

—Que no, no voy a ir a denunciarlo para que todos sepan que soy una desgraciada.

—Joder, Beatriz, los únicos que sabrán cuáles son tus problemas serán los policías, que están para ayudarte.

—¿Y qué consigo con eso?

—Pues tener una orden de alejamiento de ese gilipollas y que alguien le pare los pies.

Beatriz guardó silencio, observando el té que se había quedado frío. «Un té con leche», había pedido, y por una vez el camarero lo había hecho como a ella le gustaba, introduciendo una bolsita de té rojo en una taza de leche hirviendo.

—Vamos, Beatriz, tienes que confiar en la justicia, que, por suerte, ahora está de parte de las mujeres. Tienes todas las de ganar y nada que perder.

—No es tan fácil.

—¿Tienes contigo el DNI? Te llevo. —Antonio hizo el gesto de levantarse.

—No me escuchas, Antonio. Te digo que no es tan fácil.

—¿Por qué?

Siempre tenía que preguntar por qué, y se sintió molesta de nuevo por tener que explicar más allá de lo que consideraba oportuno.

—Le amenacé con una pistola.

—Joder. —Antonio se desplomó en la silla negra y curvada, tan incómoda como poco estética.

—Con la pistola de su padre, la que está colgada en el salón —matizó.

—Está bien, ¿qué quieres hacer?

—Que nos fuguemos.

—¿Qué? —exclamó el otro, perplejo.

—Que nos vayamos lejos, que nos olvidemos de todo. Aún somos jóvenes.

—Beatriz, eso no puede ser.

—¿Ah, no?

Beatriz había fantaseado con ese momento en varias ocasiones, y en sus fantasías él siempre se echaba en sus brazos, agradecido por ser tan generosa con él, por estar dispuesta a dejarlo todo por él, a compartir el resto de su vida con él. Pero no fue así, y se sintió decepcionada. Quizás había sobrevalorado su relación, era evidente que Antonio no iba a ser su príncipe azul. No, él no mataría al dragón ni rescataría a la princesa; él se conformaba con colarse de vez en cuando en el torreón para follársela.

Antonio la miraba asombrado, sin entender su propuesta.

—¿Y nuestros hijos? Tenemos responsabilidades.

—Cierto.

Excusas, sabía que lo eran, nunca dejaban de serlo. La familia, mi familia… Excusas. No estaba dispuesto a dar el paso, y en el fondo ella lo entendía. Él se había enamorado de ella mucho tiempo atrás, de una imagen idealizada que poco tenía que ver con la Beatriz actual. Ahora se encontraba con la Beatriz de carne y hueso, con veinte años más, mucha vida a sus espaldas y muchos defectos incorregibles. Ya no era Dulcinea, sino Aldonza.

—No, por favor, no me malinterpretes —continuó él—. Yo quiero estar contigo.

—En hoteles, en bares de mala muerte, cuando nadie pueda vernos.

—No, no es eso. Lo que pasa es que quiero hacer las cosas bien. Y ahora tengo algunos problemas.

—¿En tu casa?

—Con mi hija. Creo que se está volviendo anoréxica y parece que nadie más se da cuenta.

Pensó en Rodrigo. Antonio tenía razón. No tenían veinte años, ya no eran libres como pájaros; ahora había otros que dependían de ellos.

—Dame unos días.

—No, Antonio, ¿no lo entiendes? Cada vez las cosas están peor, es capaz de matarme en cualquier momento. Tengo que irme, con o sin tu ayuda, tengo que irme.

—Está bien, te ayudaré a escapar, pero necesito tiempo para arreglar las cosas. ¿Adónde vas a ir?

—Al piso de mis padres. Últimamente Camilo no pasa mucho tiempo en casa, espero no tener problemas. —Hizo ademán de levantarse—. Ahora tengo que ir a recoger a Rodrigo.

Antonio la sujetó por el brazo y volvió a ocupar la silla.

—Avísame cuando haya salido —le dijo—. Te ayudaré a recoger tus cosas y te acompañaré para que no corras ningún peligro.

—No, déjalo. Si te ve en nuestra casa, será mucho peor. Nos matará a los dos.

—No me da miedo. Por favor, Beatriz, te quiero, déjame ayudarte. No tengo intención de perder otros veinte años de mi vida.

Beatriz vio su profunda tristeza, la pudo oler y sentir, casi pudo tocarla. Y tras aquella tristeza se escondía el príncipe azul que había estado esperando, dispuesto a pelear al fin, a arriesgar su vida por ella.

—De acuerdo. Te llamaré cuando Camilo haya salido.

CAPÍTULO 63

Rodrigo sonreía ante la humillación de Sergio, que lloraba en el suelo, suplicando para que dejaran a Turia en paz. Entonces su primo sacó del bolsillo unas pinzas de madera que imitaban la forma de una pistola, colocó entre ellas lo que parecía un proyectil y, sujetándolas con ambas manos, le apuntó a la cara. Y en ese momento la mente de Rodrigo sufrió un cortocircuito. Vio a su madre tirada en el suelo, apuntando a la cara de su padre con el revólver del abuelo. «Está cargada», le advirtió ella llorando, mientras su padre se mantenía impasible. «¿Y vas a ser capaz de dispararme?», preguntó él con desprecio, al mismo tiempo que comenzaba a bajar la mano. «Si te sigues acercando, disparo, te lo juro por nuestro hijo». Pero su padre no se detuvo, cogió el revólver y se lo arrebató de un fuerte tirón, sin que ella fuera capaz de apretar el gatillo.

Rodrigo se sorprendió mucho al descubrir de repente que cada vez se parecía más a su propio padre, a la parte que más aborrecía de él: sus enfados injustificados, sus amenazas imperdonables, su rabia inesperada. Y sintió asco y miedo a la vez; asco de su propia actitud, miedo de convertirse en aquello que más odiaba.

El trozo de madera le golpeó en la frente. Sergio había disparado y le había acertado de pleno. Rodrigo se frotó la cabeza y observó a su primo, que continuaba llorando con cara de desesperación. ¿Qué demonios estaba haciendo? ¿De verdad quería seguir con los ojos cerrados los pasos que su padre le marcaba? Miró a Sergio con curiosidad, recordando que de pequeños habían sido muy buenos amigos, les encantaba jugar juntos en el colegio o cuando sus padres se reunían. Pero ¿en qué momento dejaron de serlo? ¿Y por qué? Rodrigo ya no podía recordarlo, quizás en segundo o tercero de primaria, cuando Sergio comenzó a despuntar como un estudiante aplicado, mientras Rodrigo se quedaba rezagado y sus padres lo tachaban de perezoso. En ese momento había culpado a Sergio de todos sus males, pero en realidad sabía que su primo no tenía la culpa de nada. Él tan solo había cumplido con su obligación. Fueron sus padres los que comenzaron a compararlos, porque Sergio esto, porque Sergio lo otro, porque a ver si te pareces un poco más a tu primo Sergio... Pero Sergio nunca se había reído de él, ni lo había menospreciado, sino todo lo contrario, siempre había estado dispuesto a ayudarle, a dejarle copiar los deberes o explicarle las cosas que no comprendía porque no había prestado suficiente atención en clase. Hasta que Rodrigo comenzó a evitarlo, claro, a no querer jugar con él en el recreo, a no ofrecerle sus juguetes nuevos, a marginarlo, para poco después insultarlo y humillarlo sin más motivo que el odio que sus padres le habían infundido con sus continuas e insoportables comparaciones.

Los gritos de Turia lo arrancaron de sus pensamientos. Su primo lo miraba desde el suelo, suplicando.

—Por favor, Rodrigo, ayúdame a salvar a Turia.

Y entonces recordó las palabras de Paula: «Sergio es un buen chico, no tenéis por qué meteros con él». Qué cojones, en realidad tenía razón. Era su primo, sangre de su sangre, y había sido su mejor amigo hasta que empezaron las puñeteras comparaciones. Rodrigo alargó la mano para estrechar la de Sergio y de un tirón lo ayudó a levantarse.

—Sígueme —le ordenó, volviéndose hacia el grupo que rodeaba a Turia.

Fran y Abdelilah estaban de pie, mientras Quino y Rafa la sujetaban en el suelo, boca abajo, con los pantalones y las bragas por los tobillos. Yusuf se situaba justo detrás de ella y comenzaba a bajarse los pantalones

—¡Dejadla en paz! —gritó Rodrigo, y echó a correr.

Pasó al lado de Fran y de Abdelilah para saltar en el aire y golpear a Yusuf con una tremenda patada en la espalda que lo tiró de morros contra un rosal. Se clavó las espinas por todo el cuerpo, incluida la polla, y continuó rodando por el suelo hasta golpearse contra un árbol.

—¡Hijo de puta, te has vuelto loco! —gritó Yusuf, desesperado, mientras se ponía en pie, sangrando e intentando subirse los pantalones.

Quino y Rafa se pusieron en guardia, estudiando a Rodrigo. Fran se acercó por detrás y le tocó el hombro.

—Eh, Rodri, ¿qué coño te pasa, tío?

—He dicho que la dejéis en paz y os vayáis de aquí.

Rodrigo lo miró furioso y Fran retrocedió un paso, asustado. Entonces Rafa saltó sobre él y lo atrapó por el cuello. Abdelilah se adelantó para ayudar a Rafa, pero Fran le cortó el paso. Rodrigo cayó al suelo con Rafa encima. Sergio echó a correr y levantó la pierna para pegarle un rodillazo en la cara. Rafa cayó de espaldas con la nariz y el labio partidos, sangrando y llorando como un niño pequeño. Rodrigo se incorporó y miró con odio a los que habían sido sus amigos hasta hacía un momento.

—¿Alguno más quiere intentarlo?

Abdelilah y Quino retrocedieron, ayudaron a Rafa a levantarse y se marcharon de allí. Fran permaneció inmóvil, dudando.

—Está bien, tío, mañana hablamos —decidió al fin, y se dio la vuelta para seguir a sus compañeros.

Turia se había subido las bragas y los pantalones, y se abrazaba a Sergio, llorando, desahogando su angustia, su frustración, su miedo. Cuando por fin se tranquilizó, levantó la cabeza para mirar a Rodrigo, aún con temor.

—Siento lo que ha pasado —se disculpó este, y dio media vuelta para marcharse.

Sergio se levantó y le puso la mano en el hombro.

—Gracias —le dijo.

Rodrigo se giró hacia él y le estrechó la mano.

—De nada —dijo bajando la vista, avergonzado aún.

Sergio se acercó para abrazarlo, pero al ver que su primo se disponía a irse, cambió de idea y regresó junto a Turia.

—¿Qué hacemos con lo de Dani? —preguntó ella, acongojada.

—Déjalo de mi cuenta, yo me encargo —respondió él, igual de preocupado—. ¿Y tú? ¿Qué vas a hacer?

Turia lo miró un poco sorprendida, sin comprender su pregunta.

—¿Qué quieres decir?

—Vente a mi casa —continuó Sergio—, no tienes por qué volver a la tuya. Hablaremos con mi madre para que te deje quedarte.

—No puedo, tengo que recoger mis cosas primero.

—¿Quieres que te acompañe?

—No —dijo convencida Turia—, sería mucho peor. Mañana es sábado, aprovecharé esta noche para empaquetarlo todo y me escaparé por la mañana, antes de que nadie se despierte. Espérame en tu casa a primera hora.

—De acuerdo.

—Oye, Sergio, lo que acaba de pasar… —Dudó un instante—. ¿Por qué nos ha ayudado Rodrigo?

Sergio le mostró la pistola de pinzas de su abuelo.

—Es mágica —le confesó.

CAPÍTULO 64

«Siempre quise ir a L.A.», Remedios llevaba todo el día con la canción de Loquillo metida en la cabeza. «Dejar un día esta ciudad». Llegó a su casa cansada de arrastrar el carro de la compra lleno a rebosar, con comida para cinco personas. Su madre veía la tele desde su rincón favorito, y se levantó con dificultad para dirigirse a ella, que comenzó a guardar la compra.

—¿Costillejas?

—Para los garbanzos.

—Hija, te han engañado con esas manzanas, se van a pochar enseguida.

—Son para asarlas al horno, y las voy a hacer hoy.

Remedios continuaba clasificando el contenido del carro. «Y ahora estoy aquí sentado / en un viejo Cadillac, segunda mano». Quizás esa canción la ayudara a sobrellevar todos los problemas que se habían hecho más que patentes en su casa, en su propio hogar, salpicándola como si alguien hubiera decapitado un pollo y lo hubiera soltado en mitad del salón.

—Después de tantos años —continuó su madre— y no tienes ni idea de hacer la compra.

La canción dejó de sonar en su cabeza. Se volvió hacia Martirio.

—Cállate.

—¿Qué? —Su madre mostró sorpresa.

—Que te calles.

—Hija, ¿qué formas son esas?

—Estoy hasta las narices de tus críticas, de tus comentarios y de ti —le soltó Remedios, amenazándola con un manojo de perejil.

—No descargues sobre mí tus frustraciones. Vas en la dirección equivocada.

—¿Seguro?

—Si te sientes una desgraciada, a lo mejor deberías hablar con el tuerto.

—¿Cómo has dicho?

—Sí, hacéis una buena pareja, ahora que lo pienso. Un tuerto y una ciega.

—Mamá, no vuelvas a repetirlo, no te pases.

—¿Que no me pase? Me quedo corta, hija, me quedo corta. Ciega y sorda, eso es lo que eres.

—Por favor, no sigas.

—¿Qué crees que piensa él de ti? Pues que no eres más que una vieja, fea y gorda, muy distinta de la mujer con la que se casó. Nunca me gustó, hija, nunca me gustó. Hay hombres que se conforman con lo que tienen en casa y otros que buscan fuera.

—¿Y si Antonio no busca fuera? —Remedios habló casi para sí.

—¿Qué quieres decir?

—¡Lo que te he dicho! —gritó con exasperación—. Que no necesariamente tiene que buscar fuera.

Su madre pareció comprender y se sentó en una de las sillas de la cocina.

—Paula tiene un desgarro.

Esas palabras afectaron a su madre más de lo que la hija pensaba. Martirio bajó la mirada y su cuerpo se relajó en un gesto de derrota.

—¿Estás segura?

—Ayer fui con ella a la ginecóloga.

—¿Te lo ha dicho Paula?

—No ha querido hablar.

Remedios se sentó frente a ella, dejando el ramillete de perejil en la mesa.

—Yo sospechaba que Antonio tenía algo, pero pensaba que lo tenía con Beatriz —confesó su madre—. Una vez le oí hablar por teléfono; no entendí lo que le decía, pero escuché su tono, como el de un gatito.

—¿Por qué no me lo explicaste?

—¿Por qué no fuiste tú capaz de darte cuenta a tiempo de que algo estaba pasando?

—Pero tú lo sospechabas.

—¿Y tú no?

Remedios enmudeció. Sí, ella lo sospechaba, pero no estaba preparada para creerlo, para enfrentarse a ello.

—Una madre se da cuenta de muchas cosas —continuó Martirio—, de muchas, demasiadas. Sin embargo, no puedo tomar las decisiones por ti. Eres un desastre, Remedios, una amargada que intenta aliviar sus penas fumando y comiendo porquerías a escondidas.

—¿Por qué me tratas así? —dijo Remedios, pero sin rastro de reprobación en sus palabras, solo simple curiosidad.

—¿Por qué?

—Sí, por qué. Desde que tengo memoria, criticas todo lo que hago, me espías, me controlas. Siento mucho haberte decepcionado como hija. Pero no puedo hacer nada, yo soy así.

—No te equivoques, Remedios, no te equivoques. Yo no me siento decepcionada contigo, sin embargo tienes un defecto que no soporto.

—¿Cuál?

—Recuerdo que hace años…, tú tendrías once o doce, creo que aún ibas con la hermana Teresa a clase, comenzaron a aparecer pintadas en el colegio insultándote. «Rojamedios puta» y cosas por el estilo, ¿te acuerdas? Yo lo supe por la monja, porque tú no abriste la boca.

Remedios recordaba aquella historia y le dolía que su madre la expusiera de aquella manera tan descarnada.

—En esa época sentí mucha rabia contra ti, te estaban agrediendo y tú no hacías nada; tampoco me contaste nada, tan solo te limitaste a evitar la situación. Así que tuve que acudir a la única persona que te podía ayudar. Fue tu hermano el que habló con aquella chica a la salida del colegio, supongo que tú le dirías quién era, que con él sí llegaste a sincerarte. Camilo te veía igual que yo, decaída y asustada, y cuando le conté el problema no dudó en intervenir. Él nunca me dijo lo que habló con ella y, la verdad, poco me importa, la cuestión es que todo se resolvió. —Su madre la miraba ahora con intensidad—. ¿Lo has comprendido?

—Crees que soy cobarde.

—No, hija, no es eso. Cuando soy dura contigo no lo hago por sadismo, lo hago por rabia, lo hago para que te sirva de acicate, para que reacciones. Ni tu hermano ni yo vamos a estar siempre para solucionarte los problemas. Hija, no creo que seas una cobarde, no. Tu defecto es aún mayor. Creo que eres débil, y lo eres porque nunca te has enfrentado a los problemas. La fortaleza se construye a base de callos. —Hizo una pausa, parecía haberse quedado sin resuello. Remedios no se atrevía a mirarla a la cara. Al poco añadió—: Tu hija necesita tu ayuda, ¿qué vas a hacer?

Remedios alzó la vista hacia su madre y descubrió a Sergio detrás de ella, que por lo visto había llegado sin que nadie se diera cuenta y estaba escuchando la conversación en la puerta de la cocina. Antes de que pudiera decir nada, el chico subió las escaleras en dirección a su cuarto.

«¡Nenaaaaaaa!». La voz de Loquillo estalló en su cabeza como un grito de esperanza, como una explosión de rabia contenida. Se puso en pie sin necesidad de responder a su madre. «Pero ya hace tiempo que me has dejado / y probablemente me habrás olvidado. / No sé qué aventuras correré sin ti».

CAPÍTULO 65

Turia llegó a casa como si caminara entre brumas. Miraba hacia atrás cada pocos pasos, imaginando que alguien la seguía, que querían agredirla de nuevo. Observaba de refilón los gestos y las caras de los hombres con los que se cruzaba y en todos ellos percibía una amenaza. Sus nervios se hallaban tensos como las cuerdas de una guitarra y sentía la necesidad imperiosa de echarse a llorar. Las piernas se movían rápidamente mientras se recolocaba el *hiyab* gris. El botón del vaquero se había roto y tenía que ajustarse los pantalones de vez en cuando por miedo a que se le cayera. Y a pesar de todo lo que le había sucedido aquella tarde, aún debía hacer frente a un asunto más importante en el que se jugaba su futuro. Una cuenta atrás. *Tic, tac.* El tiempo pasaba muy deprisa, acelerado por tantos acontecimientos, por tantas emociones que aún no sabía cómo asimilar. Nunca olvidaría el rostro congelado de Dani, el sufrimiento de un niño que se había convertido en hombre en el mismo momento de morir. Su inocencia había quedado atrás a la vez que lo hacía su último aliento.

Tic, tac. Sergio le había tendido una mano, y ella estaba dispuesta a tomarla. Nadie más podía ayudarla en aquel momento, ni la policía, ni Marisol, ni sus padres. Solo Sergio había respondido, solo Sergio estaba allí con ella.

Su madre se interpuso en su camino cuando le abrió la puerta del piso.

—Prepara tus cosas. Mañana nos vamos.

No podía ser. Contaba con un día más, unas horas más, un tiempo extra para poner en orden su agitada mente. Pero habría que adaptarse. Y así lo hizo. No preguntó, no suplicó. Su madre no iba a ayudarla, no comprendía el infierno que estaba viviendo, lo más probable es que ni siquiera la creyera. Y Turia tampoco estaba dispuesta a someterse de nuevo al rictus serio y distante, a la mirada desnaturalizada de una madre asqueada por la presencia de su hija.

Fue directa a su habitación, la misma que había compartido con Malika y donde había perdido su inocencia. Sintió vértigo y alivio a partes iguales. Sacó una pequeña maleta que guardaba en el altillo del armario empotrado y comenzó a llenarla con sus escasas pertenencias; ropa y libros, básicamente. Cuando terminó, la habitación había adquirido un aspecto aún más triste, despojada de los pequeños conquistadores que habían ganado sus paredes otrora blancas, que se habían posado sobre los muebles de cuarta o quinta mano incluidos en el precio del alquiler. No echaría en falta nada de aquello. Observó el oso de peluche marrón que descansaba sobre su cama. Lo tomó y lo lanzó a la papelera. Ya no le iba a hacer falta. Ahora debía mirar hacia delante y comenzar una nueva vida, conquistar un nuevo espacio, luchar por una nueva sensación de pertenencia. Todo lo que había sido su vida anterior le asqueaba. Ya nada le pertenecía y nada quería.

Se tumbó en la cama vestida, con la maleta al lado. No tenía hambre ni sueño, solo quería descansar mientras esperaba a que todos durmieran. Entonces se escaparía, dejaría atrás su vida mancillada para iniciar una nueva en la que ella misma tomaría las riendas. Sin llegar a ser consciente del cansancio que la embargaba, se quedó dormida.

CAPÍTULO 66

Eran casi las diez de la mañana y Sergio estaba sentado a la mesa de la cocina, dando vueltas al mechero Bic decorado con la imagen de la Virgen de la Caridad. Estaba nervioso, muy nervioso, porque Turia todavía no había llegado. Se había levantado a las seis de la mañana para esperarla; primero, mirando por la ventana; después de desayunar, en el jardín, y ahora en la cocina, encogido por el frío de la mañana. Quedaron en que se pasaría a primera hora, pero aún no había aparecido. Entró Paula por la puerta, vestida aún con el pijama, con los ojos medio cerrados y la marca de un doblez de la sábana cruzándole la cara de lado a lado.

—Buenos días —saludó ella sin mucho entusiasmo.

Sergio no contestó. Estaba dolido con su hermana.

Giró el mechero muy rápido sobre la mesa y lo detuvo con una fuerte palmada. Paula pegó un respingo y se volvió molesta.

—Joder, ¿a qué viene eso?

—Tienes que decir la verdad —la abordó Sergio sin más rodeos.

—¿De qué estás hablando? —Paula abrió la nevera y sacó un cartón de leche, que comenzó a verter en un vaso.

—De lo tuyo con Rodrigo, estás llegando demasiado lejos.

Paula se quedó de piedra, la leche comenzó a derramarse sobre la encimera de la cocina. Sergio se puso en pie y se acercó a ella, apretando el mechero en el puño cerrado.

—Estás tirando la leche.

Paula reaccionó, devolvió el tetrabrik a su posición horizontal y arrancó un papel absorbente del rollo blanco para limpiar lo que había ensuciado.

—¿Sabes lo mío con Rodrigo? —preguntó inmóvil, avergonzada, con la cabeza hundida entre los hombros.

—Pues claro, ¿te crees que soy tonto? Vi el mensaje que te dejó en Facebook, os seguí cuando quedasteis en el puerto… —Hizo una pausa, dudando si debía continuar—. Os vi el día de la cena —dijo por fin.

—¿Nos viste?

—Sí, os vi. —Ahora Sergio adoptaba un tono muy duro—. ¿Cómo fuiste capaz? Es tu primo.

—Rodrigo me gusta y yo le gusto a él, ¿qué hay de malo en eso?

—¡Mucho, joder! —Sergio estaba furioso—. Hay mucho de malo, sobre todo si involucras a otras personas.

—¿Lo dices por ti? —Ahora era Paula quien se ponía más agresiva—. Pues que sepas que le pedí a Rodrigo que te dejara en paz…

—No lo digo por mí, hay otras personas implicadas, ¿te enteras? —Sergio intentó calmarse, se acercó a su hermana para hablarle al oído—. Mamá cree que papá está abusando de ti, cree que él te hizo el desgarro. Tienes que decir la verdad antes de que sea demasiado tarde y no puedas dar marcha atrás.

Paula se quedó de piedra. Bajó la cabeza hacia el suelo y se echó a llorar.

—Eso no puede ser —sollozó—. Está loca, ¿por qué iba a pensar eso?

—No lo sé, pero ayer escuché cómo se lo contaba a la abuela. Tienes que decirlo ya o te vas a meter en un buen lío.

Sergio miró el reloj, ya no podía esperar más. Dejó el mechero en la mesa y lo empujó con los dedos para que girara a toda velocidad. Después salió a toda prisa de la cocina.

—Sergio, espera —le pidió ella, casi le suplicó.

—Ahora no puedo, tengo prisa.

No se detuvo. Salió por la puerta de casa y echó a correr con todas sus fuerzas en dirección a San Antón, el barrio donde vivía Turia. Se sentía mal por haber sido tan duro con su hermana; sin embargo, sabía que no le quedaba más remedio. Paula tenía que decir la verdad o las cosas iban a llegar demasiado lejos. Corrió por la avenida de Jorge Juan, pasó frente al Corte Inglés y cruzó la rotonda del Escudo sin detenerse siquiera en el semáforo en rojo. ¿Qué le habría pasado a Turia? ¿Por qué no había venido? «¡Maldita sea!». ¿Se habría arrepentido a última hora o, peor aún, la habrían pillado justo cuando trataba de escaparse? No lo sabía y su móvil estaba desconectado. «No, otra vez, no», pensó. La situación comenzaba a parecerse demasiado a lo que había sucedido con Dani.

Corrió sin detenerse en los cruces ante la amenaza del tráfico, pensando solo en que tenía que llegar a tiempo para ayudar a Turia, para rescatarla. De repente, un coche salió por un cruce y, aunque pegó un brusco frenazo, se lo llevó por delante, dejando las marcas de las ruedas grabadas en el asfalto. Sergio dio un par de volteretas sobre el capó y cayó al suelo, dolorido. Se puso en pie y salió de allí pitando, apretándose la rodilla derecha, que había comenzado a sangrar bajo el pantalón.

El conductor se bajó del vehículo y comenzó a gritar:

—¿Es que te has vuelto loco? Imbécil, ¿te quieres matar? Eh, espera… ¡Me has abollado el coche!

Sergio lo ignoró y continuó la carrera, cojeando, aguantando el dolor de la rodilla, hasta que alcanzó la iglesia de San Antón, donde giró a la izquierda. Allí se detuvo, sorprendido. A unos cincuenta metros de él había un Mercedes algo destartalado con un bulto enorme envuelto en plástico azul sobre la baca. Los padres de Turia estaban ya subidos en el coche y entonces la vio a ella, al lado del que reconoció como su tío, que la sujetaba del brazo y la empujaba para que entrara. Turia lo vio.

—¡Sergio! —gritó, y forcejeó para zafarse, pero su tío la cogió por el cuello y la obligó a subir al coche.

—¡Turia!

Sergio echó a correr hacia ella. Estaba tan solo a un par de metros cuando el coche se puso en marcha.

La madre de Turia se dio la vuelta y le lanzó una mirada de incomprensión pero también poco amistosa. Sergio alcanzó el maletero, que golpeó con el puño.

—¡Pare el coche! ¡Pare, le digo!

Pero el vehículo aceleró, dejándolo atrás. Sergio se detuvo y vio a Turia golpear el cristal de la ventanilla desde el interior, con las manos abiertas, llorando, pidiendo ayuda. Sergio lanzó una piedra que cayó a un lado de la acera. Había fallado. El coche dobló la siguiente esquina y lo perdió de vista.

CAPÍTULO 67

Camilo abrió los ojos con dificultad y se incorporó en la cama para interrogar al despertador, que velaba su sueño desde la mesilla. Las diez, las putas diez de la mañana y estaba destrozado. Otra noche que había dormido mal, atrapado como una mosca en la pegajosa telaraña de las pesadillas, despertándose cada media hora, tratando de escapar sin conseguirlo. Las palabras de su madre —«Márchate, márchate lejos, empieza una nueva vida y deja que tu mujer y tu hijo vivan las suyas»— se sumaban ahora a las imágenes de su padre, un tipo alto y robusto, vestido de negro riguroso, ataviado con un antifaz que le confería el anonimato y el sello inconfundible de cualquier justiciero, plantado de pie, con los brazos en jarras, delante de un cuerpo inerte, colgado de un gancho con las muñecas abiertas. «Si no lo haces, ¡acabarás matándola! Ella muerta y tú en la cárcel, ¿es ese el final que buscas?». Y cuando reparaba en el semblante de aquel cadáver, Camilo se descubría a sí mismo, ajusticiado, castigado, pagando por sus tropelías contra su propia mujer. «Si tu padre viviera, se avergonzaría de ti. Te has convertido en lo que él más odiaba en este mundo».

No podía seguir así. Necesitaba hablar con Pura, regresar al piso, inspeccionarlo palmo a palmo para descubrir cuánto de verdad y cuánto de mentira tenían sus suposiciones, para buscar el acceso a esa parte secreta de La Jaula, del laberinto. Le había enviado un mensaje de texto explicándole sus conjeturas, pero Pura no daba señales de vida.

Otra pregunta que rondaba su cabeza era por qué motivo su padre se había convertido en un asesino, en un vengador de mujeres. Y la respuesta pasaba por algo que le había sucedido a su madre en su juventud, algo que ella no estaba dispuesta a contarle, ni Felipe tampoco. Entonces, ¿cómo podría averiguarlo? Pensó en su hermana, Remedios, la eterna cuidadora, sumisa, dócil, obediente, casi una esclava de los deseos de la matriarca de la familia. ¿Estaría ella al corriente del hecho que desencadenó la furia del Toro? Quizás en algún momento de debilidad su madre hubiera necesitado compartirlo con alguien, con su propia hija, su sierva, su cancerbera, la persona a la que manejaba a su antojo y con la que más tiempo pasaba. Podía ser. No perdía nada por comprobarlo. Cogió el móvil y marcó el número. Al poco contestó su hermana, con la voz seca, dura, un poco estresada.

—Dime.

—Remedios, soy Camilo.

—Ya, ¿qué quieres? —Apenas escuchaba su voz debido al barullo que sonaba de fondo.

—Oye, quería hablar contigo, ¿te viene bien tomar un café?

—¿Un café? No es un buen momento. Ahora no estoy en casa.

—Está bien, está bien… Solo quería preguntarte una cosa, serán cinco minutos.

—Pregunta —respondió con resignación.

—Prefiero hablarlo en persona. Es un tema delicado, sobre madre.

—Está bien. Llámame esta tarde, intentaré buscar un hueco.

Camilo no entendía a qué venía tanto misterio.

—De acuerdo —dijo—. Hablamos entonces. Gracias, hermanita.

Y la comunicación se cortó sin recibir respuesta.

CAPÍTULO 68

Sergio cayó de rodillas en mitad de la calzada y comenzó a llorar. No podía ser, otra vez no. Otra vez había perdido a la persona que mejor le entendía, y de nuevo no había podido hacer nada para ayudarla. Cogió varias piedras y las lanzó con rabia contra el edificio donde había vivido Turia. Se puso en pie y se dirigió corriendo a la puerta metálica para asestarle una patada que rompió un par de cristales. Justo entonces comenzó a sonar una sirena. Sergio temió que fueran a detenerlo. Miró a su alrededor y no vio nada, aunque cada vez se oía más cerca. No sabía si era la policía, los bomberos o una ambulancia, aún no había aprendido a distinguirlos.

Avanzó por la calle en la dirección de donde procedía el estruendo y, al girar la esquina, vio el Mercedes detenido a un lado, frente a un coche de policía que les cortaba el paso con las sirenas encendidas. Los padres de Turia se habían bajado del vehículo mientras un par de agentes sacaban a rastras a su tío y le ponían las esposas. Después lo cachearon y lo obligaron a subir al coche patrulla, más o menos como él había hecho con Turia un poco antes. Sergio dudó si acercarse o no, entonces ella lo vio, se bajó del Mercedes y corrió hacia él para abrazarlo. Sergio la arropó contra su cuerpo y la levantó a peso, tremendamente feliz.

—Turia —sollozó—, creía que te había perdido.

El padre de ella la miró con el ceño fruncido mientras discutía con los policías. Su tío en cambio no se resistió en ningún momento.

—Creo que es por el asesinato de Dani —explicó Turia, sonriendo emocionada—. Al final ha funcionado, Sergio, ¿te lo puedes creer? Al final Dani me ha echado una mano.

—Dani siempre fue un idealista —afirmó Sergio—. Estoy seguro de que, esté donde esté, se alegrará mucho de haberte ayudado.

Volvieron a abrazarse.

—Creo que es lo mejor que me ha pasado en mucho tiempo, ya me veía lejos, ya pensaba que esto no tenía vuelta atrás —dijo Turia, atropellando las palabras—. Esta mañana pensaba que todo había terminado para mí. —Comenzó a llorar—. Pensaba que lo perdía todo, todo. Pero no, por fin Dios me ha dado un respiro. No sé lo que van a hacer mis padres, no creo que ahora nos vayamos a Marruecos, al menos de momento. Seguramente mi padre le pagará un abogado a mi tío, aunque le cueste todos sus ahorros. A lo mejor la policía lo suelta pronto. —Su cara se ensombreció—. Al menos tengo un poco de tiempo para pensar.

—Entonces, ¿vendrás a mi casa?

—No, no te preocupes por mí.

Y, para sorpresa de Sergio, Turia se inclinó sobre él y le besó en la boca. Solo fue un ligero roce de labios, pero para él fue su primer beso, el mejor, el beso de una chica que tenía miedo a que la tocaran, que una vez se puso histérica cuando él intentó hacer lo mismo que acababa de hacer ella. Fue un beso muy corto pero muy esperado, el único beso que no olvidaría jamás en su vida.

CAPÍTULO 69

Los ladridos de aquel chucho la estaban volviendo loca. Remedios buscó por toda la casa a Sergio, sin éxito. Últimamente estaba muy raro, había llegado a la hora de la comida y había engullido su plato sin pronunciar palabra, para luego volver a desaparecer sin dar explicación alguna. Bueno, al fin y al cabo era sábado y también tenía derecho a disfrutar un poco. No era culpa suya que Paula no se encontrara bien y no pudiera cumplir con su parte de las obligaciones. De hecho, cada vez la veía peor, sumida en un silencio profundo y perpetuo, encerrada en su habitación como si de una torre de marfil se tratara. Su madre también tenía aspecto de estar derrotada y parecía más menuda que nunca, sentada en su sillón orejero granate. Se agachó para sacar del cajón la correa del chucho y cuando se volvió a incorporar descubrió su mechero Bic sobre la mesa de la cocina. Remedios ya lo había dado por perdido y se sorprendió mucho al verlo allí. Se lo echó al bolsillo pensando que quizás aún le quedara un poco de suerte. Ató la correa al collar del perro y salió a la calle. Aunque había asegurado que ella nunca lo sacaría, ahora las cosas habían cambiado: Paula estaba enferma, necesitaba su ayuda, y una madre debía hacer cualquier cosa por sus hijos.

«Débil —le había dicho su madre—. Eres débil». Y había tomado la decisión más dolorosa y radical de toda su vida, la que tiraba por la borda diecisiete años de matrimonio. Había acudido a la policía con el informe de la ginecóloga y con argumentos que esgrimió ante el agente que estaba de guardia. La voz le temblaba y se echó a llorar a la segunda palabra. El hombre se mostró comprensivo, intentó tranquilizarla con palabras suaves, pero, una vez que se volcó, ya no hubo forma de contener las lágrimas y la vergüenza. «Los trapos sucios se lavan en casa». Su madre siempre fue radical al respecto; nada de airear los problemas de puertas afuera, nada de buscarse a una amiga confesora. «Lo que no quieras que se sepa, no lo digas. A nadie».

Le asombró lo que había cambiado aquella comisaría de policía. De pequeña había ido con su padre, y entonces todo resultaba más sórdido, más sucio, lleno de humo de tabaco y policías con más aspecto de matones que los propios delincuentes. Sin embargo, aquel muchacho que tenía delante era el fruto de años de academia. Quizás los que pisaban la calle respondieran a otro perfil, menos proclives a tender la mano y más a golpear con ella. El agente le recomendó que abandonara el hogar, que aceptara la ayuda de un centro de acogida. «No, no será necesario, no creo que lo sea». Y no lo fue. Antonio ya no regresó a casa después de haber salido aquella mañana.

Encaminó sus pasos a un solar que estaba a un par de manzanas de su casa, mirando alrededor, con miedo a cruzarse con algún vecino. ¿Y si alguien se enteraba de lo que había sucedido? Algún conocido maledicente podía acercarse y decirle: «Hombre, Remedios, vaya, así que tu marido disfruta violando a tu hija. ¿Y cómo es que no sabías nada hasta ahora? Seguro que sí que lo sabías, pero decidiste mirar para otro lado, ¿verdad, Remedios? Eso es lo que hacen los débiles».

En cuanto le quitó la correa, el chucho echó a correr por aquel descampado lleno de basura. Observó los movimientos precisos del animal, con el que no conseguía identificarse, con el que no se sentía cómoda en absoluto. El descampado era amplio, la huella de una casa perdida, un hueco situado entre dos fachadas idénticas. Comenzaba a anochecer y hacía frío, quizás por eso estaba sola y no se había cruzado con nadie por la calle. Lo agradeció. *Yastin* y ella eran los únicos conquistadores de aquellas tierras deprimidas.

***

Antes de la visita a comisaría había desayunado con su madre, que masticaba ruidosamente las tostadas intentando controlar el vaivén de la dentadura postiza. Esa mañana su presencia le pareció más molesta que de costumbre. De pronto decidió soltar la pregunta que llevaba ya tiempo rondándole la cabeza.

—¿Por qué se suicidó papá?

El pedazo de tostada quedó a medio camino de su boca. Martirio tardó unos instantes en contestar.

—¿A qué viene eso? —dijo—. ¿Es por las estúpidas investigaciones de tu hermano?

—No, mamá, no tiene nada que ver con eso.

—¿Entonces?

—Contéstame, por favor.

Fue una muerte absurda. Hoy en día lo habrían diagnosticado como depresión y le habrían dado la baja laboral, se habría recuperado y seguiría con nosotros.

—No lo creo.

—¿Qué es lo que no crees? —El tono de Martirio se volvía amenazante.

—No creo que tuviera depresión.

—Y tú qué sabrás de eso.

—Lo mismo que tú, mamá. Él se suicidó por algo.

—¿Ah, sí? ¿Y cuál es tu hipótesis, señorita listilla?

—Creo que se sentía culpable.

Su madre calló, lo que animó a Remedios a continuar:

—Cuando él murió, pensé que era culpa mía, que debería haber reparado en su depresión, que tendría que haberle ayudado de alguna forma. La gente empezó a cuchichear. Decían por lo bajo: «Mira, esta es la hija de Ángel, el que se suicidó». Inventaban sus propias hipótesis, pensaban que éramos una familia de desdichados y que papá era una persona débil que no supo hacer frente a algún problema económico. O peor aún, que tú le amargabas la vida y que no vio otra salida que el suicidio.

—Eso son tonterías.

—Nunca nos hablaste de lo que pasó, siempre cambiabas de tema. Ahora pienso que papá no se comportó como una persona débil, sino como una persona atormentada. —Hizo una breve pausa—. ¿Qué le atormentaba, mamá? Tú debes de saberlo.

—Hija, no sé de qué tonterías estás hablando. Sacas las cosas de quicio y todo por las estupideces de tu hermano.

—No te andes por las ramas, mamá. ¿Qué atormentaba a papá? ¿Por qué dejó el piso a la chica? ¿Qué ocultaba?

Entonces su madre le contestó, dándole una repuesta cifrada y enigmática que ella no esperaba:

—Tu padre y yo nos queríamos a nuestra manera. El sufrimiento compartido puede hacer que dos personas se unan. Pero entre tu padre y yo había algo más que dolor, había culpabilidad, y esa culpabilidad se remonta mucho tiempo atrás. No creo que necesites conocer la historia.

En ese momento apareció Sergio en la cocina, que se había levantado extrañamente temprano para ser sábado. Se sentó a desayunar con ellas y Remedios ya no pudo arrancarle una palabra más a su madre.

***

El chucho continuaba pegando saltos, marcando el territorio. Al final del descampado otro perro dio un brinco en actitud amenazante. *Yastin* se quedó inmóvil frente a él, en una posición simétrica, como si se estuviera mirando en un espejo. El otro era mucho más flaco, con patas largas y el pelo blanco. Remedios no entendía de perros, pero creía que era uno de caza, un galgo. Dudó si debía acercarse o no, si debía tratar de espantar al chucho pulgoso para que no agrediera al suyo. Antes de que pudiera decidirse, los dos saltaron el uno contra el otro y se enzarzaron en una fiera pelea. Remedios cerró los ojos, no soportaba la violencia. Escuchó los ladridos furiosos, las dentelladas que volaban a diestro y siniestro, los gruñidos, y al final hubo un quejido, un lamento que se apagó poco a poco, enmascarado por los rugidos del vencedor. Remedios abrió los ojos y miró hacia el fondo del solar, dispuesta a salir corriendo si había ganado el galgo pulgoso. Entonces descubrió a *Yastin* apretando el cuello del otro entre sus fuertes mandíbulas; el galgo estaba inmóvil, tumbado de lado, sangrando a borbotones, muerto. Remedios sintió asco. El corazón aún le saltaba en el pecho a punto de sufrir un infarto. Sabía que no tenía que haberles permitido que se quedaran con el chucho. Por suerte *Yastin* había ganado la pelea, pero si algo así le hubiera sucedido a Paula, seguramente su hija no habría podido soportarlo. Paula era una niña débil y delicada, y ahora, además, estaba pasando por una situación horrible. Intentó no pensar en eso.

Caminó hacia el fondo del solar, despacio, con miedo, mientras llamaba al chucho.

—¡*Yastin*! ¡Vamos, ven aquí!

El animal soltó al fin el cuerpo inerte y se acercó cojeando, gimiendo por el dolor de las heridas en el lomo, las patas y el cuello, sangrando abundantemente. Se detuvo frente a ella y se sentó moviendo el rabo, con las orejas echadas hacia atrás. Remedios no se atrevió a tocarlo, ya le daba bastante asco de normal, pues más ahora, lleno de sangre y babas. Tendría que llevarlo al veterinario si no quería que se desangrara, pero antes necesitaba un cigarrillo. Sacó el paquete del bolsillo y se puso uno entre los labios. El simple tacto del papel, del filtro esponjoso, la ayudó a tranquilizarse un poco. Buscó el mechero en el otro bolsillo y lo empuñó con manos trémulas, con el susto aún en el cuerpo.

De pronto el chucho se puso en pie, el lomo erizado de nuevo, los colmillos preparados para atacar, los lamentos reemplazados por un siniestro gruñido. Remedios se quedó de piedra, el animal volvía a ponerse en actitud de ataque, esta vez contra ella. No podía ser, era su ama. Observó el dibujo de la Virgen de la Caridad, intentando tranquilizarse, dirigiéndole sus oraciones para que aquel bicho rabioso se calmara y dejara de mirarla de esa forma desafiante. Ya había sufrido bastantes sobresaltos por un día.

—*Yastin*..., vamos, cálmate, perrito.

Alargó la mano con el mechero, haciéndole un gesto para que se sentara, pero lo único que consiguió fue avivar sus gruñidos. Remedios dio un paso atrás, el corazón palpitando de nuevo a ritmo desbocado. Como en un acto reflejo, se acercó el mechero a la boca y lo encendió para prender el pitillo.

CAPÍTULO 70

Antonio salió a la calle después de una intensa jornada de trabajo. Había discutido con Manolo, su compañero, porque había llegado con retraso y encima pretendía irse antes, supuestamente por asuntos familiares. Antonio sabía que no era cierto y que el partido de fútbol que se jugaba esa tarde estaba directamente relacionado con sus prisas. Ya se lo había hecho otras veces. Sí, trabajar un sábado era una putada, pero no por eso tenía que comerse él todo el marrón.

Beatriz había hablado con él esa misma tarde en la oficina, cuando le explicó en qué consistía la instalación que tenían que llevar a cabo.

«Tengo que terminar un proyecto y después me iré a casa —le había dicho—. Si Camilo sale, te llamaré para que vengas mientras comienzo a preparar las maletas». Al cabo de un rato volvió a llamar:

«He llegado. Camilo no está, date prisa».

Y Antonio había tenido que pelearse con Manolo para que se quedara a terminar el trabajo que se traían entre manos.

«Lo ha ordenado Beatriz —le había gritado al fin—, ¿quieres que la llame?». El otro no rechistó, aunque le lanzó una mirada capaz de partirlo en dos.

Así que cuando Antonio abandonó el trabajo, el malhumor corría por su cuerpo como un veneno. Mientras se dirigía a su coche solo pensaba en que debía darse prisa para ayudar a Beatriz a recoger las cosas, para protegerla del peligro en caso de que Camilo apareciera. La acompañaría al piso de sus padres y después él regresaría a casa. Tenía que resolver sus asuntos. Antes que nada, le debía una explicación a Remedios; se la merecía.

Hacía frío, un frío húmedo que helaba la cara y cortaba las manos. Antonio sintió alivio al subir al coche. Entonces el teléfono móvil comenzó a vibrar en el bolsillo de su chaqueta. Se asustó, quizás le había ocurrido algo a Beatriz.

—¿Sí?

—¿El señor Antonio García Ballester? —preguntó una voz de hombre, seria y rotunda, al otro lado de la línea.

—Sí, soy yo.

—Soy inspector de policía del Servicio de Atención a la Familia de Cartagena. Tiene que presentarse en comisaría con motivo de unos hechos denunciados por doña Remedios Rey Esparza.

—¡Mi mujer!

—Señor, tiene que venir para tomarle declaración.

—¿Para tomarme declaración? ¿Qué ha pasado?

«Alguna desgracia —pensó—, quizás un robo, un asalto». Su corazón se aceleró.

—Señor, le repito que tiene que venir a comisaría para que le tomemos declaración por unos hechos que le ha imputado doña Remedios Rey. ¿Me ha comprendido?

—¿Quiere decir que mi mujer me ha denunciado?

—Exacto, señor.

—No lo entiendo, ¿de qué me acusa?

—Para eso tiene que presentarse en comisaría, señor.

—Pero no puede ser, se han equivocado.

—Señor García, necesitamos que acuda inmediatamente a comisaría —insistió el policía, empleando un tono más duro que firme.

Antonio se asustó; estaba hecho un auténtico lío, aún no se podía creer que aquello estuviera sucediendo de verdad. Tenía que ir a ayudar a Beatriz, pero ahora lo llamaba la policía porque tenían que tomarle declaración. Declaración, ¿de qué?

—Oiga, mire, ahora mismo no puedo, tengo un asunto urgente que…

—Si no se presenta en una hora, nos veremos obligados a detenerle.

—Usted no lo entiende, tengo un problema que debo resolver. Solo necesito un par de horas, a lo sumo.

—Haga lo que crea conveniente, yo ya le he advertido.

—Está bien, voy para allá. —Antonio se sentía muy mal, Beatriz nunca le perdonaría haberle fallado—. Oiga, ¿y dice que me ha denunciado Remedios Rey? ¿Está seguro?

—Sí, tendrá más información cuando se presente a declarar.

—Está bien, de acuerdo —dijo Antonio, y colgó.

De pronto pensó en llamar a Beatriz para disculparse por no acudir a la cita. Pero no podía hacerlo, se sentiría traicionada, jamás se creería una excusa tan rebuscada como que lo había llamado la policía para declarar. Para declarar, ¿sobre qué? Marcó el número de su mujer. Nadie contestó.

Arrancó el coche y se puso en marcha. Lo mejor sería ir a comisaría para descubrir de qué iba todo aquel embrollo y después iría a buscar a Beatriz.

Tenía que darse prisa. No podía fallarle.

CAPÍTULO 71

Camilo apretó de nuevo el botón de rellamada. Nada de nada. Pura no había vuelto a conectar el teléfono desde la última vez que se vieron, era imposible contactar con ella. Aparcó el coche en una plaza que acababa de abandonar una furgoneta justo enfrente de la casa de su madre, la casa que evocaba la opresión, la tiranía que, de forma despiadada, aunque solapada, había sufrido durante tantos años.

Ya desde pequeños, su madre se había preocupado mucho por inculcarles sus ideas dogmáticas, de enseñarles que había que rezar cada noche para que Dios los escuchara y los tuviera en consideración, que había que ir a misa todos los domingos, atendiendo a las historias sangrientas de un Dios devastador que, cuando los hombres lo decepcionaban, no dudaba en desatar su furia para castigarlos. Él y Remedios fueron a un colegio de curas y de monjas, respectivamente, donde recibieron la mejor educación de la ciudad, una educación minada por las mismas ideas que su madre se empeñaba en afianzar. Sin embargo, el espíritu crítico que poco a poco se forjó en Camilo desató una dolorosa batalla interna que lo llevó a rebelarse contra las convicciones que le habían inculcado. Y llegó el momento de volver a catequesis para realizar el sacramento de la confirmación. Camilo se negó y le explicó a su madre las dudas existenciales por las que atravesaba. Al contrario de lo que esperaba, ella pareció entenderlo. «Es tu decisión; si no estás seguro, será mejor que no te confirmes». Fue justo entonces cuando Martirio comenzó a quedar casi todos los fines de semana con unos amigos que, por casualidad, resultaron ser muy creyentes y muy practicantes y que, por casualidad también, tenían una hija de la edad de él, una muchacha muy atractiva a la que, por casualidad, le encantaban las clases de catequesis. Se llamaba Caridad, como la patrona de Cartagena, y no tardó mucho en convencer a Camilo de la existencia de un Dios bondadoso que nos protege desde el cielo y al que hay que estar muy agradecidos. «Mira las flores, los pájaros, los animales, el agua de los ríos o la inmensidad del mar. ¿De verdad crees que es puro azar? Hay una mano que armoniza el universo, que hace que vivamos en paz con el mundo y con nosotros mismos». Cuando Camilo escuchaba las palabras que articulaban aquellos labios tan perfectos, que se fraguaban en aquel cerebro custodiado por un rostro angelical, no era capaz de creer en ninguna otra cosa, de oponer ningún argumento, de pedirle explicaciones acerca de los terremotos, las inundaciones y los incendios, de preguntarle por qué la Iglesia se había mantenido siempre al lado del poder, incluso de los dictadores más crueles y despiadados. Y en menos de un mes se hicieron novios y Camilo se apuntó con ella a las clases de catequesis y al cabo de dos años se confirmaron juntos, como buenos cristianos, convirtiéndose en dóciles miembros del rebaño de la Iglesia.

Poco después Camilo se marchó a Valencia para estudiar en la universidad, fuera del alcance de los tentáculos de su madre, que se empeñaba en que volviera todos los fines de semana. Al principio lo hacía porque su madre así lo quería y porque Caridad se quedó en Cartagena, estudiando un módulo de formación profesional. Sin embargo, el ambiente universitario era muy distinto a lo que Camilo había conocido hasta entonces. Y entre los estudios, la bebida y las drogas, conoció a otra chica, Ariel, algo más fea que Caridad pero cien veces más divertida y dispuesta a descubrirle uno de los placeres más ansiados por cualquier hombre, el mismo que Caridad le negaba hasta que su unión hubiera recibido la bendición divina. A partir de entonces las visitas semanales se convirtieron en mensuales, y cuando Caridad se quejó, Camilo le dijo que fuera pensando en consumar su matrimonio con otro, porque él era ateo y no se iba a casar por la Iglesia. Así terminó su primer noviazgo. Al día siguiente recibió una llamada de su padre, que le pedía que volviera a casa porque tenían que hablar con él. Camilo se negó al principio, porque sabía que no era su padre quien se lo pedía, pero cedió después de que le amenazara con cerrar la cuenta corriente donde cada mes le ingresaban el dinero para su manutención. Ese fin de semana tuvo una interesante conversación con su padre, ambos en el salón comedor, sentados a la mesa, uno frente al otro, y su madre en el sofá, a su espalda, supervisando el espectáculo para asegurarse de que todo transcurriera como ella había previsto.

«¿Qué estás haciendo, Camilo? Caridad es una buena chica, ¿por qué la has dejado?». Aquello indignó mucho a Camilo; se sintió muy enfadado, humillado, como un niño al que obligaban a dar explicaciones.

«Eso es cosa mía, ¿no? —le dijo—. ¿Por qué os metéis en esto?». Su padre miró por encima de su hombro en busca de confirmación y, cuando la encontró, miró de nuevo a su hijo con el ceño fruncido.

«Somos tus padres y, como tales, es nuestro deber velar por ti. Nosotros queremos a Caridad como a una hija, es una más de la familia. Al menos nos merecemos una explicación». Camilo dudó si debía contestar o no; cuando decidió que no tenía otro remedio, no tenía muy claro qué tono debía usar. Sin embargo, era muy difícil rebelarse contra la autoridad que su padre ostentaba, así que apostó por ser sincero: «Caridad es una chica agradable, no te lo discuto, pero no compartimos las ideas fundamentales. Hasta ahora había intentado convencerme de que ella tenía razón, de que era la mejor mujer a la que podía aspirar. Ahora sé que no lo es. Además, estoy enamorado de otra chica». Su padre enmudeció, sin saber cómo continuar la conversación. Entonces Martirio se puso en pie y se acercó a Camilo, acariciándole el pelo. «Es normal que tengas otras relaciones, hijo, eso no debe preocuparte. Diviértete, disfruta, pero no cometas el error de despreciar a la que será la mejor madre de tus hijos». Camilo se apartó de ella dando un fuerte empujón a la silla, y comenzó a gritar:

«Creo que no lo habéis entendido, ¡ya no quiero a Caridad! No me interesa vivir con ella, procrear con ella, ni aguantar sus ideas retrógradas. Si es que me caso algún día, ¡lo haré con quien me dé la gana!». Su padre alzó la mano y la descargó en una sonora bofetada.

«¡No le hables así a tu madre!». Camilo lo miró con los ojos anegados en lágrimas, conteniendo la rabia que se concentraba en sus puños apretados, reprimiendo el impulso de golpear a su madre, la titiritera que manejaba los hilos de la familia, la verdadera culpable del castigo que había recibido. Así que concentró su rabia en reforzar su postura:

«No haréis que cambie de opinión». Y cuando su padre alzó la mano de nuevo, su madre lo sujetó y pidió a Camilo que se marchara.

En cuanto volvió a Valencia, fue directamente a la habitación de Ariel y le hizo el amor durante toda la noche. A la mañana siguiente le pidió que se fuera a vivir con él a un piso. Pero ella se rio de él y lo tachó de loco, alegando que era muy joven, que no buscaba compromisos serios, que quería disfrutar de la vida. Camilo lo entendió; sin embargo, un día después, por la noche, la descubrió en una discoteca enrollándose con otro. Después de eso, Camilo decidió centrarse en los estudios y descubrió el placer de la escritura; de esa etapa salieron numerosos cuentos que compartía solo con sus mejores amigos. Alentado por las buenas críticas, se atrevió a aventurarse con una novela, y para documentarse, mantuvo continuas conversaciones con su padre, poco antes de su muerte.

Tantos años después, Camilo albergaba la esperanza de que su padre no se hubiera suicidado, de que le hubiera encargado la misión de atrapar a su homicida, pero esa esperanza había quedado aniquilada por los últimos descubrimientos que apuntaban a su padre como el único asesino, un justiciero que cometió un error e impartió para sí mismo la misma pena que para el resto. Pero había un hecho, algo relacionado con su madre, que fue el desencadenante de que su padre se convirtiera en un monstruo. Quizás ahora su hermana pudiera descubrirle de qué se trataba.

Bajó del coche y abrió la puerta del jardín iluminado por dos farolas que proyectaban sombras dobles, cruzadas, sobre la fachada naranja recientemente restaurada. Con dos zancadas ganó los cuatro peldaños que lo condujeron a la puerta de entrada, llamó al timbre y esperó impaciente. El postigo estaba cerrado, preservando la privacidad del interior e impidiéndole ver si había alguien en casa. Volvió a llamar y, esta vez sí, la puerta se abrió. Era su sobrina.

—Hola, Paula —se acercó para besarla en la mejilla—, ¿está tu madre?

—Ha salido hace un rato a pasear al perro —respondió, y mirando el reloj de pulsera que lucía en su muñeca derecha, un reloj rosa, con dibujos infantiles, añadió—: Es raro, ya debería haber vuelto. ¿Quieres pasar?

—No, gracias. No sabía que tuvierais perro. ¿Dónde suele ir con él?

—Aquí cerca, supongo —dijo señalando hacia la derecha—. Hay un solar un par de manzanas más allá, en esta misma calle.

—Voy a ver si la veo. —Camilo bajó el primer escalón y se detuvo un instante—. ¿Me quieres acompañar? —le preguntó.

—Es que no me encuentro muy bien… —Paula se frotó el vientre—. Por eso ha ido ella.

—De acuerdo, ahora vuelvo. Que te mejores.

—Gracias.

Camilo caminó por la calle siguiendo la indicación de su sobrina, mirando a ambos lados en busca de un descampado que se abriera entre aquellas casas de dos plantas, de fachadas estrechas y repetidas, un pequeño jardín en la entrada, algunos cuidados y otros abandonados, una puerta y una ventana en la planta baja, otra ventana y un balcón en el piso, rematadas con un tejado a dos aguas. Era extraño encontrar un barrio de casas unifamiliares en el centro de la ciudad, como si un pueblo hubiera sido absorbido por su crecimiento. De hecho, ambos extremos de la calle quedaban limitados por edificios de más de diez plantas. Dejó a un lado varios dúplex que habían sido reconvertidos en guarderías privadas o, mejor dicho, en centros de atención a la infancia, como rezaban los carteles. Camilo superó el primer cruce sin encontrar lo que buscaba. Más fachadas ajardinadas, descubiertas por farolas que se alternaban a derecha e izquierda, regando con su luz amarillenta dos hileras de coches aparcados a ambos lados de la calle. El viento soplaba con fuerza, agitando los árboles y las plantas que sobresalían de los jardines con un sonido tétrico, imitando el ritmo de una siniestra marcha fúnebre. Camilo se alzó el cuello del abrigo y apretó el paso. Las calles vacías y los silbidos hicieron que se estremeciera, despertaron un temor que no sentía desde que era niño, desde que su madre alimentaba su imaginación con las espeluznantes torturas de los mártires cristianos. Al fin avistó un hueco, una casa desaparecida entre otras dos muy similares. ¿Estaría allí? Escuchó el sollozo de un animal, un perro. Cruzó a la otra acera entre dos coches tan apretados que tuvo que saltar por el estrecho margen que los separaba, y caminó aún más rápido para alcanzar el descampado. El viento lo azotó con fuerza. El llanto del animal se le clavó en el cerebro, como un aviso de peligro, una despiadada advertencia de que algo iba mal. Se detuvo en la acera junto al solar, hundido en la penumbra, privado por las casas aledañas de la luz de las farolas.

—Reme —llamó, pero no obtuvo más respuesta que los lamentos del perro.

Sus ojos aún no se habían adaptado a la oscuridad reinante. Poco a poco se fueron dibujando las formas, las paredes rugosas, vestidas de una capa anaranjada que impermeabilizaba los tabiques de las otras dos casas. El suelo de tierra, salpicado por restos del terrazo que en su día pisaron los habitantes de la vivienda ya desaparecida. Matas sueltas, bolsas y restos de basura, y a mano izquierda, cerca de la pared del fondo, la figura del perro, cabizbajo, con el hocico pegado a un bulto que parecía humano.

—¡Remedios! —gritó Camilo, y echó a correr saltando matorrales, esquivando latas y montones de desperdicios, mientras su vista continuaba adaptándose a marchas forzadas.

Al fin llegó hasta el cuerpo tendido, ensangrentado, y se detuvo con el corazón en un puño, a punto de vomitar. El perro, sucio de sangre, arena y barro, limpiaba a lengüetazos la cara de su dueña, salpicada por un chorro continuo que le brotaba del cuello.

—¡Remedios!

Camilo le pegó una patada al chucho, que se hizo a un lado, aullando y cojeando. Luego se arrodilló junto a su hermana, sacó un pañuelo y apretó la herida del cuello para cortar la hemorragia, pero solo consiguió hundir los dedos en su garganta. Estaba destrozada. Sus ojos abiertos, vidriosos, inertes, se clavaban en él reprochándole que no hubiera estado a su lado, que no se la hubiera llevado con él cuando se marchó a estudiar a Valencia, cuando se rebeló, cuando se hizo escritor y se independizó; acusándole de no haberla ayudado a escapar de las funestas garras de su madre. Le tomó el pulso en la muñeca, no latía; acercó el oído a su nariz, no respiraba. Estaba muerta.

Camilo se quedó sin aire, el suelo se hundió bajo sus pies, el mundo desapareció a su alrededor, arrebatado por las tinieblas. Pensó en todas las veces que habían jugado al escondite en el despacho de su padre sin que nadie se enterara, en los cromos que intercambiaban de los pastelitos de chocolate, en las veces que la había defendido en el colegio y en el instituto. Esta vez, sin embargo, había llegado tarde. Le golpeó el tórax intentando devolver la vida a su corazón, y con la primera bocanada estalló en un llanto nervioso, doblándose sobre el cadáver de su hermana, abrazándola, apretándola contra su pecho, sintiendo sobre su piel la cálida sangre que aún manaba en abundancia. Estaba muerta, Remedios estaba muerta, asesinada, con el cuello desgarrado por una bestia. Esa había sido su recompensa por una vida de sacrificio dedicada a los demás, a su madre, a su marido, a sus hijos, a su suegro, a su Dios y a su Iglesia; morir como una auténtica santa, una mártir, ajusticiada de forma cruel, brutal, como respuesta a su desinteresada voluntad y sus creencias.

Camilo miró con odio al perro, acusándolo por defecto de lo sucedido. Cogió una piedra y se puso en pie dispuesto a aplastarle la cabeza. Entonces descubrió el cadáver del otro animal y recordó la imagen del primero junto al cuerpo de su hermana, sollozando, lamiendo sus heridas. Reparó en su cojera, en su oreja medio partida, en los mechones de pelo, los jirones de piel y de carne arrancados del lomo a dentellada limpia. De pronto comprendió que el otro perro, un vagabundo quizás, había atacado a Remedios. Comprendió que el de su hermana se había enzarzado en una pelea para defenderla y había salido victorioso, dando muerte a la bestia, aunque demasiado tarde para salvarla a ella. Soltó la piedra y estiró el brazo hacia el animal, que se acercó con el rabo entre las patas y las orejas gachas. Lo acarició con compasión, y recibió como agradecimiento sollozos y repetidos lengüetazos. Llorando aún, con la respiración entrecortada, sin poder asimilar del todo lo que había sucedido, Camilo sacó el móvil del bolsillo y marcó el número de emergencias.

411

CAPÍTULO 72

Se sentía insegura, como si cometiera un crimen al alejarse de su marido, de su casa, de lo que había representado su vida durante los últimos quince años. Sacó tres maletas y comenzó a llenarlas con ropa de invierno y objetos personales, lo imprescindible.

Cuando llegó a casa, Camilo ya había salido, así que llamó a Antonio: «He llegado, Camilo no está, date prisa». De eso hacía ya casi dos horas y aún no había aparecido; esperaba que no tardara, que no le fallara, porque necesitaba su compañía y su ayuda para dar el paso definitivo. Después había venido la parte más dura, la de hablar con Rodrigo.

«Nos vamos —le dijo—. Recoge tus cosas, solo lo importante: ropa, el material del instituto, tus cosas más personales». El chico la miró sin comprender. «Nos vamos ¿adónde?», dijo.

«Nos vamos de esta casa, nos vamos para siempre. Nos vamos —repitió—, ¿no lo entiendes?». A Rodrigo no le hicieron ninguna gracia aquellas palabras. «Te has vuelto loca. Esta es mi casa, yo no voy a ningún sitio, mamá». Beatriz no se esperaba esa reacción de su hijo, siempre había pensado que la ayudaría llegado el momento, que le apoyaría. «¡Tú harás lo que yo diga y punto, que para eso soy tu madre! —gritó furiosa, y lo arrastró a su habitación, donde ella misma comenzó a hacerle las maletas mientras él la observaba con desprecio, sentado en la cama—. Si no me ayudas, cogeré lo que me parezca, y si después te falta algo, tendrás que fastidiarte», le aseguró, pero Rodrigo permaneció impasible.

Una vez que acabó de preparar las cosas de su hijo, comenzó con las suyas. Tenía tres maletas y un vestidor entero del que tenía que seleccionar qué llevarse y qué abandonar; esto último era la decisión más difícil, qué dejar atrás, qué convertir en los despojos de una vida agonizante.

En primer lugar tomó sus joyas, algunas de herencia familiar, como los pendientes de oro viejo con los que su abuela se casó hacía ya setenta años; después, sus álbumes de fotos de juventud, que recogían las Navidades en familia y los viajes de estudios; finalmente, sus libros, los que la habían acompañado y a los que recurría de vez en cuando: *Mujercitas*, *Ana Karénina* y *Tokio Blues*. Ninguno de su marido, a él solo quería olvidarlo.

Pensó en la casa fría y abandonada de sus padres, un lugar al que solo acudía cuando su hermano llegaba de vacaciones, cargado con sus obedientes hijos y su preciosa mujer. Él era un triunfador; ella en cambio se hundía en la miseria, teniendo que regresar con las orejas gachas a la casa familiar, al lugar del que una vez salió sin intención de volver.

Estuvo alerta por si aparecía su marido. Esperaba que no. Tenía que darse prisa. ¿Dónde estaba Antonio? Miró por la ventana y en las tinieblas intuyó el mar embravecido, ese mar y esas vistas que ya no le pertenecían. Terminó de meter las cosas en las maletas y tuvo que sentarse encima para cerrarlas. Sabía que lo que dejara atrás ya no volvería a recuperarlo. Valoró también los inconvenientes de su fuga, ese mes sería duro económicamente hablando. Apenas tenía ahorros. Siempre había confiado en la holgada cartera de Camilo y había invertido su sueldo en caprichos, como aquel sillón que… Prefería no recordarlo. Al principio tendría que hacer un esfuerzo extra para afrontar todos los gastos que implicaba poner en marcha una casa cerrada, una despensa sin alimentos y un armario vacío.

Antonio tenía que estar a punto de llegar, desde la ciudad no se tardaba en llegar más de veinte minutos. Ese pensamiento le dio fuerzas para empezar a bajar hasta la entrada del chalé. Pasó frente al sillón cubierto por una sábana blanca que disimulaba los daños que había sufrido, los violentos cortes que en un principio estaban destinados a su cuerpo y no a la tapicería. Ya no le importaba. Otro despojo de su pasado.

Bajó la última de las maletas y, ya en el vestíbulo, llamó a Rodrigo con un grito:

—¡Rodrigo! Baja ya, nos vamos.

Sabía que a su hijo le costaría adaptarse a una casa fría y anticuada, sin las comodidades de una conexión a internet y los canales de pago. Era lo que había, tendría que acostumbrarse.

—¡Rodrigo!

Miró el reloj de nuevo, ansiosa. Antonio aún no había venido, ¡maldita sea! ¿La habría abandonado? Existía esa posibilidad. Después de haber conseguido tirarse a la musa con la que había fantaseado durante tantos años, ¿por qué iba a arriesgar ahora su estabilidad para fugarse con ella? En el fondo era un cobarde, debería haberlo sospechado. «Todos los hombres lo son en realidad, ninguno merece la pena», pensó. A la mierda, tampoco le hacía falta.

—¡Rodrigo! —gritó de nuevo, y se volvió para subir las escaleras, para coger a su hijo de la oreja y obligarlo a bajar a rastras—. ¡Rodrigo!

Oyó el motor de un coche que se detenía frente a la casa, luego unos pasos acelerados que se acercaban a la puerta. «Que sea Antonio, por favor, que sea Antonio». El tintineo de unas llaves frustró su esperanza y la puerta se abrió sin que nadie llamara. Camilo apareció ante ella con cara triste, funesta, los ojos hundidos y enrojecidos, como si de alguna forma hubiera intuido sus intenciones. Levantó la vista, primero hacia Beatriz y después hacia las tres maletas alineadas a su lado. Se mostró desconcertado, examinó otra vez la escena, perplejo, como si aquello fuera lo último que esperara encontrar al volver a casa. Y lo era, Beatriz sabía que lo era. Pensó en Antonio y en que ese habría sido un buen momento para que llegara. «¿Dónde se habrá metido? ¡Cobarde!». Entonces reparó en la sangre que cubría la camisa de su marido y se asustó todavía más, pero no se atrevió a preguntar. Fue Camilo quien lo hizo.

—¿Qué haces?

—M-me voy —Beatriz titubeó al pronunciar aquellas palabras.

Sí, se iba. Ya no podía soportar las humillaciones y la vergüenza. Su vida se había convertido en un infierno, nada que ver con los sueños que habían compartido antes de casarse.

—Por favor, Beatriz, si es por lo del otro día... —Miró de reojo el sillón—. Yo... lo siento. Sé que me pasé, que no tenía razón para portarme así. Tú eres lo más dulce, mi princesa, lo mejor que me ha pasado. No me dejes, Beatriz, ahora no, por favor.

Beatriz apenas podía reconocer a su marido. Algo le había ocurrido, lo veía en sus ojos, se mostraba vulnerable, como un niño perdido en medio de un centro comercial. Nunca hubiera imaginado que le suplicaría para que no se marchara. Sintió pena por él. «Por favor, Antonio, ven pronto». Escuchó el reloj de pared del comedor que anunciaba las ocho. Antonio no iba a venir, ya se había retrasado demasiado, tendría que aceptarlo. Le había llamado un par de veces pero no contestaba al móvil. No, Antonio no había querido asumir su relación, no estaba preparado y quizás no lo estaría nunca. Y ella estaba allí, sola, con un hombre que decía quererla y, al instante siguiente, igual intentaba matarla.

—Te quiero, Beatriz, pero a veces no soy yo, es como si me poseyera un demonio. Y me estoy esforzando por controlarlo, te lo aseguro. Por favor, dame otra oportunidad, vamos a intentar que sea como antes, como cuando éramos jóvenes.

Recordó aquella época de fiestas, de visitas a casas de amigos peculiares que vivían en pisos okupados o en comunas. ¿Qué habría sido de todos aquellos muchachos defensores acérrimos de ideales y utopías? Lo más probable es que hubieran dejado atrás aquella vida alternativa para incorporarse a una estándar, con un trabajo de oficina con que pagar la hipoteca.

Antonio no iba a venir. Estaba sola y tan asustada que por un momento deseó creer a Camilo; era lo más sencillo, abrazarse, besarse, subir al dormitorio y hacer el amor como un acto de reconciliación.

—No, Camilo, lo siento.

Cogió una de las maletas y dio un paso al frente para salir por la puerta y meterla en el maletero del coche antes de regresar a por su hijo. Sin embargo, Camilo le interrumpió el paso.

—Beatriz, no hagas que te suplique.

Sintió el aliento de la bestia resoplar en su cara; sabía que estaba alcanzando el límite, pero también que ya no tenía nada que perder. Había dejado atrás su dignidad, sus ilusiones, su inocencia, y ahora solo deseaba dejar de estremecerse cada vez que llegaba a casa, dejar de sentirse sola en cada momento, dejar de encajar golpes en su cuerpo. Avanzó otro paso y ese fue el detonante.

Camilo la atrapó por los hombros y la lanzó contra las inmaculadas escaleras de diseño. Cayó como un fardo y notó un dolor agudo en los riñones. Si salía viva de aquello, el golpe le dolería unos cuantos días. Él se acercó con la cara contorsionada, una máscara grotesca con la nariz dilatada y los dientes desenfundados. Por fin mostraba su verdadero rostro. La cogió del brazo y le arrancó la chaqueta de hilo que llevaba puesta. Beatriz lanzó la mano que tenía libre y le arañó el cuello, desgarrando la piel desde la nuca hasta la garganta. Entonces aprovechó para echar a correr hacia la puerta, pero él la atrapó por la cadera y la desplomó en el suelo boca abajo. Luego se echó encima y comenzó a forcejear con sus pantalones de licra, que se deslizaron sin problemas por sus delgadas piernas. Pensó que la iba a violar, se excitaba sintiendo el poder, sometiéndola, dominándola. Se preparó para la embestida, pero, para su sorpresa, no llegó. En lugar de eso, le arrancó el suéter, que quedó hecho jirones sobre su cuerpo. La obligó a levantarse frente a él. Parecía haber caído en algún detalle importante.

—¿Con quién te ibas a fugar?

—Con nadie.

—¡Mentira! —La abofeteó—. No soy idiota. ¿Con quién te has estado viendo estos últimos días?

Estaba harta de su marido, de aquellas situaciones insoportables. Ya no podía seguir así, no quería. Ya le daba todo igual, le importaba una mierda su matrimonio, su hijo, Antonio y la vida. Sería libre aunque para ello tuviera que morir.

—Me iba a ir yo sola porque no te soporto, porque nadie puede soportarte, porque eres un malnacido, un monstruo. Así que si vas a violarme, a darme una paliza o a matarme, hazlo ya, porque estoy hasta las narices de ti, novelista frustrado, que solo escribes gilipolleces basadas en un inspector ridículo que solo interesa a lectores incultos.

Camilo la miró con odio, con rabia, con asco. Beatriz sabía que había traspasado todas las barreras imaginables. La cogió por el cuello y abrió la puerta de la casa.

—¿Quieres irte? Pues vete, vas a hacer el mejor viaje de tu vida —gruñó.

Beatriz sintió el azote del viento gélido sobre su cuerpo desnudo, apenas cubierto con la ropa interior. La noche era cerrada y las olas rompían con rabia a los pies del acantilado. Las cámaras de seguridad transmitían las imágenes a un circuito cerrado que controlaban desde el salón; un monitor iba alternando entre las distintas cámaras en función de los sensores de movimiento, retransmitiendo la escena a un público inexistente. Camilo estaba fuera de sí, tiraba de ella bufando como un toro. Rodeó la casa y Beatriz no supo qué pensar. Aquello era nuevo. Le costaba avanzar. Sus zapatos se habían quedado en el recibidor junto a los pantalones, y las piedras del jardín se le clavaban a cada paso que daba. Camilo la cogió del cuello, impidiéndole respirar bien. Avanzaban a trompicones por aquel paraje aislado que con el tiempo se había convertido en una prisión, ya no en su hogar. Pensó que ya era tarde, que debió tomar esa decisión mucho tiempo atrás, antes de que él la golpeara por primera vez; a lo sumo, la noche del jueguecito con la pistola. Tendría que haberse fugado con lo puesto mientras él dormía. Pero no, había tenido que esperar y ahora ya era demasiado tarde.

—Es Antonio, ¿verdad? Estás liada con él, lo sé, siempre lo he sabido. Ese inútil, tuerto, pelele…

Se detuvieron al fin y ella lo agradeció, tenía los pies doloridos, seguramente estarían sangrando. Camilo la sujetó con rabia, apretándole el cuello al borde del precipicio, acercándose a su cara para mirarla con los ojos velados por la locura. Beatriz retrocedió el pie derecho y notó el vacío a su espalda, un movimiento en falso y se despeñaría sin remedio. Su corazón palpitaba y supo que esa noche iba a morir.

—Eres una imbécil, una maldita imbécil y una puta.

El paseo no había tranquilizado a Camilo, estaba fuera de sí.

—Camilo…, por favor. —Su voz sonó como un susurro fantasmal que se llevó el viento—. No lo hagas… Tenemos un hijo… Por favor.

—Antes te he suplicado yo, y tú me has ignorado. No, princesa, ya es tarde, ya no me engañas. Te estabas acostando con tu cuñado y Dios sabe con cuántos más. Has estado riéndote de mí a mis espaldas.

Aumentó la presión en el cuello, empujándolo hacia atrás, doblando su cuerpo, que se mantenía de puntillas al borde del abismo. Su pie derecho resbaló y no se despeñó gracias a la mano que la atenazaba, estrangulándola. Había llegado el momento, era el final y se sintió libre y feliz. Entonces escuchó un sonido seco, *ploc*, y la mueca grotesca de Camilo fue reemplazada por una expresión de sorpresa y dolor. Un hilillo de sangre comenzó a descender por su mejilla izquierda.

Camilo liberó su cuello para tocarse la cabeza, y entonces vio su mano llena de sangre. Beatriz se tambaleó al borde del acantilado, sin ningún apoyo ahora, moviendo los brazos en círculos, intentando mantener el equilibrio que iba perdiendo poco a poco, inclinándose hacia el vacío, a punto de precipitarse. Y, de repente, encontró el apoyo de una mano. Rodrigo tiró de ella, la abrazó, la cubrió con su chaqueta y la ayudó a volver a casa. Camilo los ignoraba, observando aún incrédulo la sangre que manchaba la palma de su mano.

—Si te vuelves a acercar a ella, te mato —le advirtió Rodrigo mientras se iban.

Beatriz no reconocía a su hijo, esa mirada fiera, el gesto amenazante y la voz firme. Era ella la que tenía que proteger a su hijo, no al revés. No tan pronto, al menos.

Rodrigo no dijo nada más, no le pidió explicaciones. A sus dieciséis años ya había visto y oído suficiente para entender.

CAPÍTULO 73

De pie al borde del acantilado, con un fuerte dolor de cabeza provocado por la pedrada de su hijo, con la mano y el pelo ensangrentados, Camilo observó cómo Beatriz echaba las maletas al coche y salía derrapando con su todoterreno, enterrando su matrimonio con la grava que salía despedida.

Su mujer se había ido, lo había abandonado para siempre, y su hijo también. Su madre tenía razón, le dolía mucho admitirlo pero había tenido razón desde el principio. Si Rodrigo no hubiera intervenido, él habría dejado que Beatriz se despeñara como un animal desorientado. ¿Y qué habría hecho después? ¿Huir, convertirse en un fugitivo, ir a la cárcel? Quizás solo le habría quedado una salida, la misma que tomó su padre, avergonzado por el error imperdonable de matar a un inocente.

Su hermana estaba muerta, su madre lo odiaba, Pura no le cogía el teléfono y la inspiración renovada al principio de la investigación había vuelto a desaparecer. ¿Acaso le quedaba algo por lo que luchar, por lo que vivir? Camilo se volvió hacia el acantilado. El viento soplaba con fuerza, ráfagas entrecortadas, frías y húmedas que le golpeaban por la espalda. Avanzó un paso, situándose al borde del precipicio, con las puntas de los zapatos sobresaliendo sobre la inmensidad del vacío. El aire continuaba azotándolo, con embestidas intermitentes pero sin la fuerza suficiente para despeñarlo.

«Quizás haya un Dios después de todo, un ser superior que nos vigila, que nos controla, que me pide ahora que termine con todo, que me aplique la misma pena que había planeado para Beatriz».

—¡Estoy dispuesto! —gritó con rabia a la oscuridad, al mar infinito que se abría ante él—. Si de verdad existes, empújame, castígame, envía esa ráfaga que termine de una vez con mi vida, mi locura y mi sufrimiento.

Camilo esperó unos segundos, manteniendo el equilibrio al filo del abismo, esperando su golpe de gracia con los brazos en cruz. Pero esa ráfaga no llegó y, como era de esperar, nadie contestó a sus plegarias, a sus desafíos, así que bajó los brazos, retrocedió un paso y regresó a su casa arrastrando los pies, como un alma en pena con un pesado lastre encadenado a las piernas. Abrió la puerta sin poder quitarse de la cabeza lo que había ocurrido, su mujer medio desnuda al borde del precipicio, él sujetándola por el cuello, estrangulándola, su hijo que lo presenciaba todo, que se armaba de valor para salvar a su madre, para poner fin a la locura de su propio padre. La locura, sí, un odio incontenible que se desataba en su interior y le nublaba la razón, un rencor grabado a fuego por su propia madre que, sin pretenderlo, le había enseñado a despreciar al sexo femenino. «¡Maldita sea!». Camilo pegó una fuerte patada al sillón de piel blanca, desplazándolo un par de metros antes de desplomarse de espaldas. Se acercó a la chimenea, cogió el atizador y comenzó a golpear con furia el mueble de la tele, destrozando todos los ornamentos, incluido el revólver de su padre, incluida la tele, que volcó en el suelo para desahogarse con ella. «¡Maldita sea! ¡Maldita sea mi madre, por haberme convertido en lo que soy! ¡Maldito sea mi padre, por aborrecer en lo que me he convertido!». Después se ensañó con el sofá, con los sillones, con la mesa y las sillas, con las paredes. «¡Maldita mi mujer, por abandonarme! ¡Maldito mi hijo, por ayudarla, por odiarme!». Todo el salón quedó destrozado, agujereado, y los muebles convertidos en madera deshecha. Cuando por fin logró colmar su rabia, soltó el atizador y cayó al suelo de rodillas, sollozando. «Maldita mi hermana, maldita sea por morirse cuando más la necesito». Y rompió a llorar como un niño pequeño, acurrucado en posición fetal, en mitad de aquel salón devastado por sus impulsos incontrolables.

Así permaneció más de una hora. Después, recuperada la compostura, se dio una ducha y se vistió, traje y camisa negros, para acudir al velatorio de Remedios.

**

El tanatorio se encontraba a la entrada de Cartagena, junto al puente en el que desembocaba la autovía de Murcia. Camilo aparcó el coche y se dirigió al edificio de líneas rectas y frías, fachada color teja, impersonal, decorada con cuatro mosaicos que representaban imágenes cristianas. Estudió un cartel donde se indicaba el salón del velatorio y caminó despacio, casi con miedo. Eran cerca de las doce de la noche y la antesala estaba vacía. Entró en el pequeño cuarto, donde descubrió a su madre abrazada a su sobrino, ambos sollozando. A su lado Antonio mostraba el semblante compungido, aunque mantenía la compostura. Al verlo, las tripas le dieron un vuelco. Intentó desviar la mirada pero ya era demasiado tarde, el otro se puso en pie y se dirigió hacia él con la mano extendida.

—¿Cómo estás?

Su rostro abatido y su ojo sano inyectado en sangre reflejaban el dolor de un marido hundido. Sin embargo, Camilo no se lo tragaba. En lugar de estrecharle la mano, lo asió del cuello y lo estrelló contra la pared.

—Hijo de puta, tú nunca la has querido. No eres más que un aprovechado, un vividor y un mierda. Y si me entero de que te acercas a mi mujer, te saco el puto ojo que te queda, ¿me has comprendido?

Antonio le pegó un empujón para quitárselo de encima.

—No me digas lo que siento o no por mi mujer, ¿de acuerdo? Y no vuelvas a acercarte a mí. Nunca. En lo que te quede de tu desgraciada vida. O te mataré.

Sergio los observaba con la boca abierta, luego se puso en pie y abandonó la sala. Camilo levantó el brazo, los músculos tensos como cables de acero.

—¡Ya basta! —intervino su madre, vestida de riguroso negro y peinada con exquisito cuidado.

Empujó la silla de ruedas para acercarse hasta él, lo cogió de la mano y lo arrastró con ella para que se sentara. Antonio volvió a su sitio, arreglándose la ropa y el pelo.

—Por suerte, aún no han traído a tu hermana —continuó la mujer—, lo único que le faltaba a la pobre era presenciar esta escena antes de abandonarnos.

—Mi hermana está muerta, madre, ya no le importa nada.

El odio rasgó su voz. Notaba cómo crecía de nuevo, devorándolo por dentro, a punto de volverse incontrolable, pero esta vez contra su cuñado, el marido de su hermana y, probablemente, el amante de su mujer.

—Me dan igual tus ideas —replicó la anciana—, solo espero que el día de su funeral seas capaz de demostrarle el respeto que se merece.

Camilo sabía que iba a ser una noche muy larga, así que lo mejor sería procurar tranquilizarse y tener la fiesta en paz. Respiró profundamente, alejando la furia y recuperando el control. A través del cristal observó el espacio vacío donde debía exhibirse el féretro.

—¿Cuándo la traen?

—No creo que tarden mucho —su madre bajó la cabeza—, primero tenían que hacerle la autopsia.

—Ya. —Camilo la miró a los ojos—. ¿Y tú cómo estás?

—¿Cómo quieres que esté? —Y se echó a llorar. Era la primera vez que Camilo veía llorar a su madre, ni siquiera lo hizo en el funeral de su propio marido—. ¿Cómo es posible que muriera así, una muerte tan tonta y tan horrible?

Por una vez sintió pena por su madre, porque, sin que sirviera de precedente, creía que sus palabras eran sinceras, que sufría de verdad. Se acercó a ella y la abrazó con cariño.

—¿Y ahora qué piensas hacer?

—¿Qué quieres decir?

—¿Dónde vas a vivir?

—Pues en mi casa, ¿dónde, si no?

—Vamos, madre, sabes que no puedes vivir sola. Creo que lo mejor será que te mudes conmigo, hasta que encontremos una solución mejor.

—¿A tu casa? ¿Estás loco? Si no nos soportamos. ¿Y qué iba a hacer yo allí, aislada en ese paraje perdido?

—¿Qué importancia tiene eso? Apenas puedes caminar, madre. No puedes ir sola a ningún sitio.

—¿Y qué dirá tu mujer?

—Beatriz se ha ido.

—¿Se ha ido? —Martirio se puso muy tensa de repente.

—Sí, me ha abandonado.

—Pero ¿se encuentra bien? —Parecía que no terminaba de creerse lo que acababa de oír.

—Sí, se encuentra bien. Ha cogido sus cosas, a nuestro hijo, se ha subido en su coche y se ha largado para siempre. Se acabó, madre, al final ha sido ella la que ha dado el paso.

La mujer bajó la cabeza y rompió a llorar de nuevo. Camilo se acercó y la abrazó.

***

424

Sergio escuchaba música en la sala de fuera cuando vio acercarse a su hermana, cabizbaja, con mala cara. Se quitó los cascos y se dirigió a ella, nervioso.

—¿Dónde estabas?

—He ido a dar un paseo.

—Te he estado llamando al móvil, pero estaba apagado.

Paula levantó la mirada; estaba hecha polvo, desvalida. Para Sergio todo había sido como un sueño, ni siquiera comprendía cómo había llegado a aquel tanatorio, a aquella sala deprimente a la que de un momento a otro llevarían a su madre muerta. Suponía que su hermana debía de sentirse aún peor.

—Me lo quitó papá. Es su forma de castigarme.

—Está aquí, en la otra sala. Tienes que hablar con él.

—¿Lo han soltado? —Paula estaba a punto de llorar.

—Solo lo han llamado a declarar, pero tienes que parar todo esto o lo meterán en la cárcel. Por suerte, nadie sabe nada; me parece que solo la abuela y poco más. Ni siquiera el tío Camilo, creo.

Paula bajó de nuevo la cabeza.

—No puedo pensar en eso ahora.

—Yo tampoco, joder. —Sergio lucía unas profundas ojeras bajo sus enrojecidos ojos—. Pero tienes que hablar con papá y con la policía. —Paula parecía sorprendida, sin reaccionar. Sergio continuó hablando—: Si tú no dices nada, lo haré yo, pero me gustaría que dieras tú el paso. Ya me he quedado sin madre. No quiero quedarme sin padre. Y tampoco sin hermana.

Aunque no era su intención, aquello sonó como una amenaza.

—Yo... no sé cómo resolver esto, Sergio. No sé qué hacer. Mamá sacó sus conjeturas y ni siquiera me preguntó. Yo estaba enfadada con papá y no podía decir nada de Rodrigo. ¿Qué pensarían si se enteraban de que me había acostado con mi primo? Nunca pensé que llegara a denunciarlo. ¿Por qué no dijiste nada tú?

—¿Yo?

—Tú sabías lo mío con Rodrigo, oíste a mamá hablar con la abuela, tú podrías haberlo evitado.

—Era tu problema. Hablé contigo y te dije lo que pensaba, pero tú no me hiciste caso.

—Sergio, ayúdame, por favor.

—Yo tampoco sé cómo hacerlo. Creo que deberías hablar con papá, tienes que hablar con él. Está hecho polvo, joder.

—Lo siento, lo siento, lo siento.

Paula no paraba de pronunciar esas palabras. Sergio se acercó y la abrazó con cariño. El dolor y la culpa unieron en ese instante a los dos hermanos. Permanecieron un rato abrazados, llorando. El contacto mutuo les permitió al fin descargar parte de la tensión y el dolor que llevaban acumulados.

—Está bien —decidió Paula al fin, recuperando la compostura—. Iré a hablar con él.

CAPÍTULO 74

Ya estaba hecho, su hermana descansaba bajo tierra, en un nicho del panteón familiar, justo debajo de su padre. Camilo se había visto obligado a decir unas palabras durante la misa, todos los asistentes esperaban que hablara el hermano escritor. Y ya que tuvo que hacerlo, decidió no morderse la lengua y tras alabar la fuerza de voluntad de su hermana, su dedicación a los demás, el haber vivido y haber muerto como una buena cristiana, como una mártir, pasó a asegurar que aquello era una auténtica tragedia. Ahora su cuerpo se descomponía en la tumba mientras que su alma no habría alcanzado ningún paraíso prometido, porque el paraíso no era más que un cuento para niños.

«En fin, ¿de verdad somos tan ingenuos, o es que nos hacemos los tontos porque así es más sencillo aceptar la muerte?». Se levantó un murmullo entre la gente que Camilo ignoró sin interrumpir su discurso: «Todo el esfuerzo de Remedios ha sido en vano. La única esperanza que nos queda al morir es la de servir de abono para las plantas; sin embargo, en la sociedad actual nos arrebatan hasta ese privilegio. Te meten en un nicho, donde la única vida que vas a propiciar con tus restos es la de los gusanos que se despacharán a gusto contigo. Sí, los gusanos son los únicos beneficiados de una tragedia como esta», concluyó, y bajó del altar encajando con indiferencia los cuchicheos difamatorios y las miradas reprobatorias de todos los presentes.

Después del entierro, Camilo llevó a su madre al chalé del acantilado. En el trayecto estuvo tentado de preguntarle de nuevo por aquel hecho de su pasado que presuntamente había convertido a su padre en un asesino, pero no se atrevió. Martirio parecía muy afectada por la muerte de Remedios y prefirió darle un respiro. Cuando llegaron a casa, la nueva asistenta ya había recogido el salón y sacado al jardín la televisión y los restos de los muebles que no se podían aprovechar. Era una mujer ecuatoriana que Camilo había contratado por teléfono a través de la misma agencia que en su día envió a Halima. Esta, sin embargo, se quedaría interna en la habitación de servicio. Camilo le indicó que instalara en el salón la tele del cuarto de Rodrigo y, tras darle algunas instrucciones básicas, le pidió que se ocupara de su madre y de todo lo que necesitara.

Una vez resuelto ese asunto, tan solo una cosa ocupaba su mente: localizar a Pura, volver al piso, comprobar la veracidad de las últimas conjeturas sobre su padre. Marcó su teléfono y escuchó la misma voz mecánica que le aseguraba que permanecía desconectado. ¿De qué otra forma podía contactar con ella? Le había dicho que era economista, pero no sabía dónde trabajaba. Tampoco aparecía información sobre ella en internet, ni en la guía telefónica. La otra vez contactó con ella dejando una nota en el buzón, ¿por qué no volver a intentarlo? Bah, eso no daría resultado, era posible incluso que ya no volviera al piso, ahora que había descubierto que el padre de él era el asesino del de ella. Continuó meditando esta cuestión. Si su padre era el asesino, ¿por qué entonces le había pedido que investigara el crimen? ¿Por qué había escrito en aquella nota que faltaba una prueba? ¿Esa prueba era la cuchilla con la que él se suicidó? Y si era así, ¿qué es lo que pretendía?, ¿que Camilo sacara a la luz pública lo que había hecho?, ¿que se lo contara a su familia?, ¿o simplemente quería que Pura, la hija del inocente que había asesinado por error, conociera su pecado y lo perdonara? Camilo no lo sabía y por eso necesitaba regresar al piso, buscar la verdadera Jaula, el laberinto, donde quizás encontrara la prueba que le faltaba, donde podría al fin confirmar o descartar sus conjeturas. Por pura inercia su dedo presionó el botón de rellamada, obteniendo idéntico resultado. «¡Maldita sea…! Está bien —se convenció a sí mismo—, ha llegado el momento de tomar las riendas». Bajó al garaje, donde guardaban toda suerte de herramientas, muchas de ellas heredadas de su padre. Escogió un martillo, lo sopesó pero le pareció poca cosa, así que continuó buscando para dar con una llave inglesa bastante grande, que dejó a un lado tras descubrir una pata de cabra que creía que le podría ser más útil. Y cuando ya se disponía a irse, reparó en el instrumento que le pareció ideal para su cometido, un marro, una especie de martillo gigante que se usaba en albañilería para derribar tabiques. Era perfecto. Lo echó al maletero del coche y partió hacia Cartagena.

***

Eran casi las diez de la noche cuando se detuvo ante la puerta de madera del edificio de fachada decadente y estrecha, justo enfrente del Molinete. Presionó los tres botones del portero electrónico, por si acaso. Observó la esfera de su reloj, cuya aguja se movía a cámara lenta, como si se le estuvieran agotando las pilas. Esperó más de un minuto sin recibir respuesta. Al fin levantó la cabeza y giró sobre sí mismo para asegurarse de que nadie se acercaba, aunque las paredes de los edificios aledaños le proporcionaban la cobertura que necesitaba. Sin pensárselo más, utilizó el marro como ariete para reventar la puerta, un único golpe que arrancó de cuajo los tornillos de la

Ana Ballabriga, David Zaplana

cerradura. Entró y la dejó entornada. Subió las escaleras corriendo, casi a oscuras, esta vez sin reparar siquiera en el peligro que le había intimidado las veces anteriores. Se detuvo jadeando, sosteniendo el marro con ambas manos, valorando su peso y su fuerza. Dudó; era el piso de Pura, antes de su padre, y él se disponía a allanarlo, lo cual podía tener consecuencias penales. Pero necesitaba despejar sus dudas de una vez por todas. Elevó el marro y lo descargó sobre la puerta, resquebrajando la madera. Con la segunda embestida se abrió de golpe contra la pared, luciendo un boquete considerable.

Camilo cruzó el umbral, dejó el marro apoyado contra la puerta para mantenerla cerrada y se despojó del abrigo, que colgó en la misma percha de siempre. Giró el interruptor con forma de lazo, derramando la luz sobre la estancia principal de la casa, que hacía las veces de salón, comedor, cocina y dormitorio. Pronto descubriría si en realidad era la única. Se acercó al cuadro de Vicente Ros, lo descolgó de la alcayata y examinó la parte posterior por si había algo escondido. Nada. Lo dejó sobre la mesa y se dedicó a palpar la pared buscando alguna rendija, alguna puerta escondida o algún compartimento secreto. No descubrió nada, aparte de las grietas que rasgaban el papel pintado con motivos florales, como grandes heridas imposibles de cicatrizar. Chocó con la estantería de libros y se dispuso a apartarla. Era muy pesada, así que se apoyó en el rodapié para hacer fuerza con el hombro. El estante chirrió con gran alboroto al desplazarse sobre el rugoso suelo hidráulico. Algunos libros se desplomaron, quedando abiertos unos sobre otros con las hojas dobladas. A Camilo se le revolvieron las tripas al ver los volúmenes antiguos en aquellas condiciones, así que los recogió y los devolvió a su sitio. Se giró hacia la pared para examinarla y entonces descubrió una grieta que se dibujaba en línea recta desde el suelo hasta una altura de dos metros, continuaba en horizontal y poco después volvía a caer al suelo. La forma de una puerta, justo lo que buscaba.

Empujó, pero no se movió. Aplicó más fuerza sin obtener resultado. Sacó las llaves de su bolsillo, introdujo una por la rendija e hizo palanca. La puerta, una simple lámina de madera, se desplazó casi un centímetro hacia fuera, el espacio necesario para introducir los dedos y tirar de ella. Al principio no vio nada, tan solo oscuridad, un lienzo pintado de negro, enmarcado por el papel de tonos grises y motivos florales. Sacó su móvil, presionó un botón y deslizó el dedo para seleccionar un programa, Torch, que activó la luz del flash a modo de linterna. Notó que su mano temblaba a causa de los nervios, lo mismo que le había sucedido en las primeras presentaciones de libros. Respiró profundamente intentando relajarse, mas fue inútil. No era miedo lo que padecía ahora, sino excitación, una sobrecarga de adrenalina que le impelía a lanzar conjeturas y suposiciones sobre lo que encontraría allí dentro. Cruzó el umbral de la nueva estancia, caminando sobre un suelo pegajoso. Era una habitación pequeña, vacía, sucia; tenía cuatro paredes iguales en las que se abrían dos puertas, la de la entrada y otra al fondo, tan solo un hueco sin su correspondiente hoja. Caminó hacia ella y la cruzó para alcanzar otra estancia parecida, sucia, maloliente, esta vez con dos puertas nuevas, una a cada lado. Escogió la de la izquierda, que le condujo a otra habitación, y de repente algo le golpeó en el hombro y Camilo lanzó un graznido. Pegó un salto hacia atrás y tropezó con la pared, a punto de caerse al suelo, con el corazón desbocado. Reparó entonces en la paloma, que revoloteó alrededor de la habitación y salió por una de las puertas. Respiró pausadamente para recuperar el control y decidió seguirla. Se aventuró por la siguiente salida y de esta pasó a otra, y luego a otra más; todas parecidas, todas repetidas, tan solo cambiaba la disposición de las puertas. Se detuvo girando sobre sí mismo, preguntándose dónde estaba, si ya había pasado por allí o no, y entonces se percató de que se había perdido dentro del laberinto. Pensó en el carrete de hilo dental que le había regalado Pura y que casualmente guardaba en el bolsillo de la chaqueta. Observó la boca de la foto de la caja, una sonrisa agradable, con unos dientes perfectos y un pequeño lunar sobre el lado izquierdo. «Qué curioso —pensó—, me recuerda a la sonrisa de la propia Pura». Devolvió el hilo al bolsillo, a esas alturas poca utilidad tenía. Debería haber hecho como Teseo y atarlo a la entrada. Ahora era fácil decirlo, pero antes de entrar nunca hubiera imaginado que aquello sería un auténtico laberinto. Tomó otra de las salidas, no le quedaba más remedio, y después una más, intentando avanzar en línea recta, pero era imposible. Al fin descubrió una tenue luz a lo lejos y se encaminó hacia ella. Atravesó tres habitaciones antes de alcanzar otra donde las formas se dibujaban con mayor precisión gracias a la claridad que penetraba por una ventana estrecha y enrejada. Allí descubrió por fin algo distinto. Había una mesa alta y estrecha, cubierta por una sábana blanca, sucia de polvo, mugre y… manchas de sangre. Observó dos cadenas sujetas a la pared por un extremo, preparadas para acoger a un reo con sendos grilletes. De repente la ventana se abrió con una ráfaga de aire y golpeó la pared con violencia. Camilo se acercó y cerró el postigo, que atenuó los bramidos del viento. Entonces advirtió una roldana que pendía del techo, proporcionando sostén a una cuerda con un gancho. ¿Sería esa la habitación donde su padre ejecutaba sus sacrificios, ejerciendo en la sombra de policía, juez y verdugo?

Se aproximó a la mesa cubierta por la sábana, una especie de altar que convertía aquel piso en un auténtico santuario, y se estremeció al imaginar a su padre en aquella habitación, sin camiseta, convertido en el auténtico Minotauro, colgando a una de sus víctimas de aquel gancho para torturarlo y desangrarlo hasta la muerte. Acercó el móvil y descubrió encima un folio doblado, sucio, casi mimetizado con la asquerosa sábana. Alargó la mano, preguntándose si sería otra carta dirigida a él, si allí encontraría la prueba que le faltaba. Al levantar el folio algo cayó al suelo, emitiendo un ligero tintineo metálico. Buscó un momento, pero no encontró nada, y la impaciencia le llevó a ocuparse en primer lugar de la nota, un papel envejecido y roído en los bordes, que desplegó con cuidado. Descubrió un nuevo texto escrito a mano, la misma letra que en las anteriores notas. Lo iluminó con el móvil.

> Camilo, hijo, me alegro mucho de que al fin hayas llegado hasta aquí, de que hayas conseguido resolver el misterio. Necesito descansar en paz y solo podré hacerlo tras confesar cuál fue mi pecado. Yo maté al padre de Pura, lo asesiné buscando una justicia ciega y equivocada, pensando en que él había hecho lo mismo con su esposa. Ahora he descubierto mi error y no tengo más remedio que aplicarme el mismo castigo. Antes de hacerlo, te dejo estas líneas para pedirte que resuelvas un caso que me atormenta, que detengas al asesino. Ponle fin, Camilo, detenlo antes de que sea demasiado tarde, antes de que mate a tu mujer o a tu hijo. Espero que tengas el valor suficiente para hacer lo que te pido. Tu padre que te quiere, Ángel.

¿Qué pretendía decirle su padre con aquella carta? ¿De qué asesino le hablaba? ¿Quién amenazaba la vida de su mujer y su hijo? Camilo no entendía nada. Se agachó, iluminando el suelo con el móvil, buscando de nuevo lo que antes había caído. Y entonces lo encontró, otra cuchilla, el arma con la que su padre se había suicidado, la prueba que faltaba, tal como decía la carta anterior. Camilo la recogió y la estudió bajo la luz azulada del teléfono. Estaba bastante oxidada, mucho más que las otras, conservadas en buen estado gracias a la funda de plástico. Le dio la vuelta y entonces descubrió el grabado: «Camilo Rey, 2011». Se quedó de piedra. Su propio nombre junto al año en curso. «Te dejo estas líneas para pedirte que resuelvas un caso que me atormenta, que detengas al asesino». Se estaba refiriendo a él mismo, el agresor de su propia mujer, su potencial asesino. «Ponle fin, Camilo, detenlo antes de que sea demasiado tarde, antes de que mate a tu mujer o a tu hijo». Quizás su padre había descubierto que Camilo se convertiría en un monstruo, en aquello que más odiaba. Quizás lo preparó todo antes de planear su propia muerte: la caja de seguridad, la llave en la culata del revólver, las notas, las cuchillas, todas las pistas necesarias para conducirlo al centro del laberinto, donde debía morir, un sacrificio ordenado por su propio padre, ejecutado por su propia mano.

Observó la cuchilla con horror, abrió los dedos y la dejó caer. Notó cómo la sangre calentaba su rostro encendido, y sus pensamientos agolpándose sin orden, mientras reprimía el impulso de echar a correr, de salir huyendo de aquel lugar maldito. Todo había sido una trampa, una maldita trampa planeada por su padre hacía ya veinte años. Pero ¿cómo podía saber su padre que él se convertiría en un maltratador, que humillaría a su mujer, que la golpearía y estaría dispuesto a matarla? Entonces se acordó del espiritismo, y fue como si una bomba estallara en su cabeza, despejándola, aclarando y conectando todas las ideas. ¿Era posible que su padre hubiera visto su futuro, que hubiera descubierto cómo iba a evolucionar hasta convertirse en un ser despreciable, tanto o más que el mismo Minotauro? Camilo no creía en Dios, ni en la Iglesia, ni en los espíritus, pero ¿qué otra explicación había?

En ese momento lo asaltaron las palabras que su madre tantas veces le había repetido, esas que él se negaba a escuchar, las que confirmaban, aun veinte años después de su muerte, que su padre siempre estaba de acuerdo con ella, las mismas ideas, las mismas órdenes, las mismas respuestas. «Márchate, márchate lejos, empieza una nueva vida y deja que tu mujer y tu hijo vivan las suyas. Si no lo haces, ¡acabarás matándola! Ella muerta y tú en la cárcel, ¿es ese el final que buscas?». Evocó la imagen de Beatriz al borde del acantilado, él sujetándola por el cuello, dispuesto a estrangularla antes de despeñarla. Y en esa ocasión se había salvado gracias a la intervención de su hijo, pero ¿qué pasaría la próxima? ¿No sería mejor cortar el problema de raíz, seguir los pasos de su padre y suicidarse antes de tener la ocasión de volver a hacerle daño? No, eso nunca. Además, ahora ella se había ido de casa, cada uno haría su vida, ya no corría ningún peligro. Sin embargo, el odio hacia las mujeres continuaba allí, creciendo como un cáncer, haciéndose más fuerte, apoderándose de su vida y su voluntad. Y Camilo no podía hacer nada para evitarlo. Aunque ya no vivieran juntos, sabía que la próxima vez que la viera se desataría de nuevo aquel rencor que anulaba sus sentidos y poseía su voluntad, convirtiéndolo en una bestia que no tenía nada que ver consigo mismo, alguien ajeno que actuaba por cuenta propia. Sí, un asesino despiadado al que solo él podía parar los pies.

No.

Camilo dio media vuelta para marcharse, pero sus piernas no respondieron, parecían pegadas al suelo por la mugre, sujetas por los grilletes de aquellas cadenas enmohecidas. ¿Qué habría sucedido si las cosas hubieran seguido adelante con Pura? Al principio habría sido todo muy bonito, como lo fue con Beatriz, pero después se apagaría la llama de la pasión, comenzarían los roces y Camilo se volvería más posesivo, más desconfiado, más celoso, alimentando aquel tumor que acabaría de nuevo tomando el control. Dio un paso atrás, se agachó y recogió la cuchilla. Quizás su madre tuviera razón. Quizás su padre tuviera razón. Quizás marcharse lejos, muy lejos, dejar este mundo, fuera la única solución.

«No, joder, no». No estaba dispuesto a suicidarse, ¿por qué iba a hacerlo?

«Es la única forma de detener al asesino».

No. Tenía que haber otras formas, otras soluciones. Mantener solo relaciones esporádicas, abandonarlas una vez que se hubiera acabado la fase de enamoramiento, cuando empezaran a surgir los problemas. Pero Camilo ya tenía cuarenta y cinco años, ya no era ningún chaval para ir picando de flor en flor. Él aspiraba a convivir con una mujer, a sentirse querido, cuidado, mimado y acompañado. Y sabía que eso era imposible, que la bestia acechaba, expectante, impaciente por librarse de la cárcel en la que se mantenía recluida la mayor parte del tiempo. Y además era incapaz de controlarla, de reprimirla. Era la bestia la que tenía el control, la que decidía cuándo abandonar su reclusión para llevar a cabo sus fechorías.

El tiempo se detuvo por unos instantes. Observó sorprendido su muñeca izquierda, la piel y la carne abiertas, un raudal de sangre brotando a través de un tajo angosto y profundo, su mano derecha empuñando la cuchilla ensangrentada que goteaba rítmicamente, marcando la procesión lenta y triste de su entierro. Abrió los dedos y la dejó caer al suelo, contemplando, aún conmocionado, la abundante sangre que se precipitaba a borbotones con cada latido.

Lo había hecho.

No, él no quería hacerlo.

Sin embargo, lo había hecho.

***

«Está bien, padre, lo he hecho, te has salido con la tuya, he detenido al asesino».

Se desplomó de rodillas, sobre el charco que formaba su sangre. Notó el primer mareo y se giró para sentarse, apoyando la espalda en el altar improvisado. Lo había conseguido, había detenido al monstruo, aunque para ello había pagado un precio muy alto, el más alto posible, su propia vida. Pensó entonces en Pura, en sus fantasías de comenzar con ella una relación, de hallar juntos la felicidad que no había logrado sostener junto a Beatriz. Recuperó del bolsillo el carrete de hilo dental y lo observó con añoranza. Aquella sonrisa perfecta, aquellos dientes inmaculados, aquel lunar junto a la comisura izquierda. Le recordaba tanto a Pura que estudiando aquella foto creía encontrarse junto a ella. Ese pensamiento le hizo sentirse bien y le ayudó a aceptar su decisión, asumiendo la muerte de una manera más agradable, arropado por la compañía de Pura en sus últimos instantes.

CAPÍTULO 75

El taxi se detuvo frente a la residencia, una calle estrecha, la de las Beatas, flanqueada por diversos solares de edificios desaparecidos.

Al día siguiente del entierro de Remedios, Antonio ya había buscado una residencia. «Ya no puede vivir solo —les había explicado—, cualquier día de estos le pega fuego a la casa». Sergio aún recordaba la mirada triste de su abuelo al escuchar aquellas palabras y de inmediato habló con su abuela para ir a visitarlo.

Martirio pagó y Sergio la ayudó a bajar del coche y a caminar hasta la puerta. Después quiso continuar ella sola, apoyándose en el bastón. Mientras subía las escaleras, Sergio se acercó a recepción para preguntar por su abuelo, y le indicaron que se encontraba en la sala de la televisión. Se dirigió hasta allí antes de que la anciana pudiera alcanzarlos, y lo encontró sentado a una mesa, solo, leyendo un libro de Borges. El chico se acercó y le besó en la mejilla.

—Hola, abuelo.

—¡Rediez, qué sorpresa! —Félix parecía muy contento—. ¿Os habéis perdido?

—Más o menos. Oye… —Sergio dudó, observó a su abuela, que se acercaba cojeando, apoyada en el bastón, y bajó la voz para que no pudiera oírlo—, quería disculparme por las cosas que te dije el otro día en el parque, y que sepas que la pistola funcionó.

—¿Funcionó? —exclamó Félix, sorprendido, mientras cerraba el libro—. ¿Tuviste que utilizarla?

—Fue increíble —dijo el chico, casi emocionado—. Mi primo y su pandilla nos pillaron a Turia y a mí. Comenzaron a insultarnos y a pegarnos, y yo, sin saber muy bien por qué, saqué la pistola de madera y le disparé con ella. ¿Te lo puedes creer? De repente, Rodrigo cambió por completo y se puso a defendernos de sus amigos. Una pasada. Ahora nos llevamos bien y todo.

—Pues me alegro mucho. —Félix revolvió el pelo de su sonriente nieto—. Ya te dije que funcionaría, es cuestión de fe.

—Desde luego.

En ese momento llegó Martirio. Félix se puso en pie para acercarle una silla.

—Oye, abuelo —Sergio se aproximó para hablar con más intimidad, eso sí, bajo la atenta mirada de su abuela—, había pensado que, si quieres, nos podemos escapar juntos. No tienes por qué quedarte aquí si no te gusta.

—No digas tonterías, rediez. —Félix soltó una carcajada—. Aquí estoy bien, no te preocupes por mí. De hecho, creo que es el mejor sitio donde podría estar. —Sergio se asombró por la capacidad de adaptación de su abuelo—. Con la hipoteca inversa y mi pensión tendré de sobra para pagar a esta gente que se ocupa de mí de maravilla. Estoy encantado de no ser ya una carga para nadie.

—Ya.

Sergio se entristeció al recordar que la carga había sido para su madre.

—Venga, no te pongas triste —dijo su abuelo, revolviéndole el pelo otra vez—. Sé que estás viviendo momentos muy duros, lo de tu madre ha sido terrible, pero recuerda que la felicidad depende solo de nosotros mismos, no de lo que pasa a nuestro alrededor. Tienes que aprender a ser feliz.

—Pero eso es muy difícil, abuelo. La vida es una mierda.

—No digas eso. La vida es muchas cosas, pero desde luego no es una mierda. Tiene sus momentos buenos y sus momentos malos, y hasta de los malos se pueden sacar cosas buenas si cuentas con la actitud correcta.

—Y eso ¿cómo se hace?

—Mira —Félix le mostró el libro de Borges—, quiero que te lleves este libro y que lo guardes en tu habitación hasta que hayas cumplido los veinticinco. Tiene un montón de comentarios míos escritos por todas partes. Pero no intentes leerlo ahora, no te gustaría.

—¿Y por qué no me lo das cuando cumpla los veinticinco?

—Porque entonces puede que se me haya olvidado, y me fío más de tu memoria. Guárdalo, Sergio, guárdalo como un tesoro y léelo cuando cumplas esa edad. Te aseguro que este libro te ayudará a ser más feliz, a ser mejor persona.

—Está bien. —Aceptó el libro—. Haré lo que dices.

—Y ahora déjanos un momento, que tengo que hablar con tu abuela.

—Vale, pero daos prisa —los apremió, luego se puso los cascos y se levantó.

—¡Y quiero verte por lo menos una tarde a la semana! —gritó su abuelo—. Ya sabes…, ¡para darte una paliza al ajedrez!

Sergio asintió y se marchó a la sala de espera.

***

Martirio había escuchado muy intrigada la conversación. En algún momento había deseado intervenir, sin embargo había reprimido la tentación, disfrutando de la voz grave y segura de Félix, de su forma de expresarse. Cuando su nieto se marchó, acercó la silla a la mesa y cogió a Félix de la mano. Él en cambio la apartó rápidamente. Martirio se sintió decepcionada y un poco desconcertada.

—¿Cómo estás? —le preguntó mirándolo a los ojos, estudiando su cara, que se había vuelto seria y fría de repente.

—Bien, estoy bien. La verdad es que era reacio a las residencias, pero ahora que estoy aquí no me puedo quejar. Te lo dan todo hecho y no tienes que preocuparte de nada. Además, tienes un montón de gente de tu edad para hablar, jugar o ir a dar un paseo. Y hay personas interesantes.

—Yo había pensado que igual… —Martirio dudó—, que igual querrías venir a vivir a mi casa, conmigo. Podríamos hacernos compañía y buscar a alguien para que nos eche una mano.

—De verdad, Marti… —«Marti», la había llamado «Marti», cuando le había dejado bien claro que no le gustaba que usaran diminutivos con su nombre. ¿Lo habría hecho para fastidiar o es que se había olvidado de aquella conversación, la que mantuvieron poco antes de…? Una sonrisa acudió a su boca acompañando aquel recuerdo—. Estoy bien aquí, ya somos muy mayores para darnos vida solos.

—Si tú quieres… —Martirio lo miró con ojos suplicantes, el recuerdo de aquella noche maravillosa había supuesto un soplo de aire fresco en su vida, el motivo más importante para desear seguir viviendo—, si tú me lo pides, estaría dispuesta a venirme aquí, a la residencia, contigo.

Félix volvió la cabeza para mirar por la ventana, una calle estrecha por la que en ese momento pasaba una familia con un par de niños. Después la hundió en la mesa, sin atreverse a mirarla.

—Creo que es mejor que cada uno siga su camino.

A Martirio casi se le saltaron las lágrimas, tuvo que hacer un gran esfuerzo por guardar la compostura.

—Nunca olvidaré la noche que pasamos en tu piso —dijo ella—. Para mí fue muy especial. Me hiciste sentir especial.

—Para mí también lo fue —repuso Félix, que había vuelto a mirarla—. Pero fue solo una noche, una aventura. Somos ya muy mayores para comprometernos.

—Entonces, ¿esto es una despedida?

—Sí, una despedida.

Entonces Félix comenzó a recitar:

Tarde que socavó nuestro adiós.
Tarde acerada y deleitosa y monstruosa como un
    ángel oscuro.
Tarde cuando vivieron nuestros labios en la desnuda
    intimidad de los besos.

—Supongo que también es de Borges —comentó ella.

—Sí. Una poesía para cada momento.

Martirio se puso en pie dispuesta a marcharse, pero se detuvo un segundo.

—Creo que ya sé lo que significa —dijo con cierto desdén y su acostumbrada altivez.

—¿El qué? —preguntó sorprendido Félix.

—Tu teoría, la Paradoja del Bibliotecario Ciego. Se refiere a la gente que vive rodeada de cosas maravillosas, de oportunidades estupendas, pero que no es capaz de verlas y disfrutarlas. Igual que el bibliotecario ciego no puede ver los libros que tiene a su alrededor.

Félix tardó un poco en contestar, con la mirada triste.

—Podría ser otra interpretación, aunque no es la idea que yo tenía —aclaró.

—Bueno, pues yo me quedo con esa. Espero que seas muy feliz.

Martirio se dirigió a la salida, andando con seguridad, reduciendo su cojera a un leve giro de cadera apenas apreciable. Tocó el hombro de su nieto con el puño del bastón y esperó a que se retirara uno de los auriculares.

—¿Nos vamos? —dijo, mostrando cierta indignación—. Aquí ya no nos espera nadie.

Su nieto se mostró un poco sorprendido por aquella afirmación, pero la ayudó a bajar las escaleras. Cuando dejaban la residencia, caminando por la calle de las Beatas en dirección a la parada de taxis, Martirio no pudo evitar mirar atrás, y a través de la ventana descubrió a Félix sentado a otra mesa, hablando y riendo junto a una anciana algo más joven que él, bien arreglada, atractiva para su edad. Martirio sintió el dolor de la decepción, la amargura del rechazo, la envidia de aquella extraña que disfrutaba ahora de lo que había sido suyo. Y en ese momento se prometió que se vengaría, que haría todo cuanto estuviera en su mano para que su nieto, el de ambos, no volviera a visitarlo. Y entonces le preguntó a Sergio si quería que le guardara en el bolso el libro que le había dado su abuelo, y el chico accedió encantado, sin sospechar que muy probablemente no lo volvería ver más.

CAPÍTULO 76

—Pasa.

Sergio abrió la puerta y esperó a que ella entrara. Turia nunca había visto tantas lentejuelas y colores como los que se presentaban en el escaparate y las perchas de aquella tienda.

Al final el ferry que iba a tomar la familia había partido sin ellos, y sus padres habían vuelto a su antiguo piso, mientras se afanaban en buscar a un buen abogado para su tío Alí. Turia había ido a ver a Sergio al día siguiente del entierro de su madre para darle el pésame. Sentía mucho lo que había ocurrido, lo sentía de verdad. Él no se merecía un golpe tan duro. Hablaron del padre de Dani, que también había sido detenido por la muerte de su hijo gracias a una llamada anónima. Ambos sabían quién la había realizado. «Un accidente —se justificaba aquel hombre de aspecto sucio y malhumorado—, un bofetón en mala hora que desplomó al chico en el suelo y se golpeó la cabeza contra un escalón».

Turia ya estaba harta de todo, harta de su situación familiar, harta de las miradas de su madre, harta de temer que Alí pudiera volver en cualquier momento, harta de las amenazas de una boda inminente. A pesar del duro momento que atravesaba, Sergio había mantenido su oferta de hablar con una amiga de su madre que necesitaba una dependienta. Si conseguía el empleo, sería el primer paso para alquilar un piso, para ser autónoma, para poder decidir por sí misma. Estaba cerca de cumplir los diecisiete años y tenía muy claro que iba a tomar las riendas de su vida de una vez por todas.

—Es aquí. Venga, pasa.

Sergio le había dicho que la amiga de su madre buscaba a una chica joven que se conformara con un sueldo modesto, aunque suficiente para pagar una habitación en un piso compartido y cubrir sus necesidades básicas. Además, era un trabajo a media jornada, por lo que sería compatible con sus estudios.

La mujer tenía una sonrisa blanca y brillante, aunque algo artificial, que se congeló al ver a Turia. Parecía que nadie le había anticipado que era musulmana. Sergio las presentó. Era una mujer de mediana edad, de pelo rubio y largo, gafas de pasta rosa y piel que olía a tostado por los rayos uva. No iba a funcionar. A Turia le habría encantado conseguir el trabajo, pero el recelo de su posible jefa era evidente. Sería una pena que la descartara por su aspecto, Turia estaba dispuesta a trabajar duro, a ganarse con creces la miseria que le pagara.

—¿Qué tal? —La mujer le lanzó una mano huesuda que Turia tomó al vuelo, agradecida de evitar los dos besos de rigor.

—Bien, gracias.

—No tienes acento.

—Lleva muchos años en España —intervino el chico.

—Sergio me ha hablado muy bien de ti, pero, claro, hay un problema, no sé si me entiendes… Yo no soy racista ni nada de eso, a mí no me importa que seas de Marruecos, pero aquí vienen muchas mujeres y yo tengo que dar cierta imagen.

—No me digas que no quieres que trabaje aquí porque es mora.

—¡No! —La mujer se subió las gafas con gesto ofendido—. Claro que no, Sergio. El problema no es que sea marroquí, es… ya sabes, el pañuelo. Aquí tenemos clientas de todo tipo y no me puedo permitir perder a las que no les gusta esa tradición.

Turia lo entendía. Una española de aquellas que visitaban la tienda podía sentirse ofendida, acaso amenazada, por la presencia de una mora vestida siguiendo su costumbre, como si no hubiera sido capaz de integrarse en la cultura que la acogía con los brazos abiertos. Ella ofendía la vista y el orgullo de la parroquia. Ella era el símbolo de que las políticas gubernamentales no funcionaban, de que se les daban demasiadas facilidades a un grupo de personas que venían a España con el único propósito de colonizar de nuevo el país, de volverlo más moro de lo que ya había sido. Ella era la imagen de la sumisión y el sometimiento hacia la figura masculina y hacia la religión. Tantos derechos conseguidos iban a ser machacados por una panda de moras empeñadas en vestir con *burkas* y con velos, que ocultaban su figura tentadora bajo sayos informes. Representaban un paso atrás ante los derechos conseguidos por las españolas liberadas, que preparaban cada día la comida a sus maridos, que atendían a sus hijos entre los descansos de sus trabajos, que se maquillaban, depilaban y embutían en vestidos imposibles para ser las mujeres libres del siglo XXI. Turia podía ofender a aquel reducto de mujeres que iban a comprar un vestido de fiesta escotado, ajustado y llamativo, para ofrecer sus carnes firmes o macilentas al ávido escrutinio de los ojos masculinos.

A pesar de su indignación, Turia comenzó a quitarse el *hiyab* que cubría su cabeza, dejando al descubierto una mata de pelo espesa y rizada, con olor a vainilla.

CAPÍTULO 77

Abrió los ojos sobresaltado, como si despertara de una pesadilla, aunque ni siquiera recordaba haber estado soñando. Al principio no vio nada, solo blanco, un blanco cegador, más propio de un interrogatorio de película. Poco a poco sus ojos se adaptaron, apreciando las rugosidades que caracterizan al gotelé. Descendió la vista por una pared igualmente desteñida de la que colgaba una televisión pequeña, un estante con algunos medicamentos; a su lado, una cortina gris, opaca, que dividía la habitación por la mitad; un sillón de color negro a los pies de la cama; su ropa abandonada en una silla; a su derecha, un suero que pendía de un gancho anclado en la pared y que gota a gota derramaba su contenido por un tubo incrustado en su brazo a través de una vía. Sintió la espalda dolorida, la cama estrecha e incómoda, ni siquiera tenía almohada. ¿Cómo había llegado hasta allí? Era incapaz de recordar nada. Se concentró en rescatar algunas imágenes de su memoria.

Se ve a sí mismo golpeando con el marro la puerta del piso, atravesando el umbral, registrando la pared palmo a palmo, empujando la pesada estantería de libros, descubriendo la puerta secreta, la entrada al laberinto, a la sucesión de habitaciones, todas iguales, todas menos una, la más iluminada gracias a una ventana. El sonido amenazante del viento en el exterior, el altar improvisado por una mesa y una sábana, las cadenas, la carta de su padre y la cuchilla, sí, la cuchilla grabada con su nombre, con la que él mismo se abre las venas.

Levantó su brazo izquierdo, que descubrió vendado, y entonces reparó en el dolor que provenía del tajo y la tirantez de los puntos de sutura. ¿Y qué sucedió después?

Se desploma de rodillas, sobre su propia sangre, se acomoda contra el altar, recupera de su bolsillo el carrete de seda dental y se reconforta con la imagen de aquella sonrisa, aquellos dientes blancos, aquel lunar que se parece tanto al de Pura, y decide morir pensando en ella, fantaseando con su compañía.

Sin embargo, estaba vivo. ¿Cómo era posible? Cerró los ojos con fuerza, apretando los párpados, concentrándose en rescatar la remembranza esquiva.

Sí, allí está él, tirado en el suelo, desangrándose, sintiéndose cada vez más débil, más mareado, más tranquilo. Es una muerte agradable. «¿Alguna vez te he dicho que soñaba con ser actriz?». Evoca las palabras que Pura había pronunciado la última vez que se vieron. «Los profesores me advirtieron que no tenía la madera necesaria para la interpretación… Podía aspirar como mucho a convertirme en una de esas actrices de pacotilla que viven de su cuerpo, a posar de modelo para algún anuncio o en revistas como *Interviú*». Y de pronto una idea se cruza en su mente. No, no puede ser, eso no tiene sentido. Camilo se siente cada vez más débil, su cerebro empieza a empañarse, sus pensamientos son cada vez más lentos, más huidizos, más difíciles de relacionar. ¿Qué es lo que estaba pensando? Ah, sí. Bah, qué tontería. ¿Qué tontería? Fija la vista en la foto de la caja de seda dental. «Es un ovillo de hilo, ¿recuerdas? Como el que Ariadna le entregó a Teseo. Quizás algún día te salve la vida». ¡Es ella, joder, es ella! Esa boca, esos dientes, ese lunar… No es que se parezca a Pura, ¡es que es Pura! Ahora está seguro.

«Ya sé que te parecerá una tontería, pero prométeme que lo guardarás».

Pura no es economista, es una actriz, una actriz mediocre que hace publicidad, imagen, por ejemplo, de la marca de ese hilo dental, y quizás… actuaciones por encargo.

«Joder… No puede ser, no puede ser».

Camilo introduce la mano ensangrentada en el bolsillo interior de su chaqueta para rescatar su cartera. La abre, recupera un papel, uno que fue escrito durante una cena familiar y donde figura la dirección de Felipe. Coge la carta sucia y arrugada que ha encontrado sobre la mesa, supuestamente escrita por su padre. Sostiene ambas ante sus ojos, las estudia a conciencia, las compara. La letra coincide. Joder, coincide.

«No me lo puedo creer. ¿Cómo he podido ser tan gilipollas?». A continuación, abre la caja de hilo dental y tira de él, enrollándolo sobre su antebrazo izquierdo, a modo de torniquete. Luego se pone en pie, mareado, debilitado, con el brazo dolorido por la cisura y la presión del hilo. No sabe si conseguirá salir de allí, si tendrá fuerzas para volver a superar el laberinto. Entonces piensa en Pura, en las notas, en el juego que ha tenido lugar a su costa. Y el odio a las mujeres vuelve de nuevo, el enfado, la indignación, la cólera. Camilo abandona su cuerpo para permitir a la bestia que disponga de él a su antojo.

Y después de eso ya no pudo recordar nada. De todas formas era evidente que de alguna manera había conseguido llegar al hospital.

Una enfermera irrumpió entonces en la habitación.

—Buenos días —saludó—, ¿cómo se encuentra esta mañana?

Camilo la observó con curiosidad. Tenía la boca seca, pero consiguió doblegar su lengua pastosa.

—Buenos días. Me gustaría irme a casa.

La enfermera se acercó y le puso la mano en el pecho.

—No se puede mover. Le hemos hecho una transfusión de sangre. Ha pasado varios días en coma, ha estado a punto de no contarlo. Es posible que haya daños cerebrales y hasta que no le vean el neurólogo y el psiquiatra, no podremos darle el alta.

«¿El psiquiatra?, ¿qué psiquiatra? Yo no necesito a ningún loquero!».

—¿Y eso cuándo será? —preguntó.

—Mañana —respondió la muchacha, sonriendo con paciencia—. ¿Quiere algo para desayunar?

Camilo se arrancó la vía de un tirón y se puso en pie.

—Lo único que quiero es irme a casa.

La chica perdió la sonrisa y se puso frente a él.

—Oiga, si se marcha, será un alta voluntaria y correrá usted con la responsabilidad de lo que le suceda.

Camilo comenzó a vestirse, indiferente.

—Correré el riesgo.

La enfermera se dirigió a la puerta.

—Está bien, ¿quiere al menos que avisemos a algún familiar para que venga a buscarle?

Camilo pensó en su hermana, después de la pelea con su mujer era la única persona en la que podía confiar. Entonces recordó que estaba muerta. Pasó por delante de la enfermera mientras terminaba de abrocharse el pantalón.

—No tengo a nadie —musitó entre dientes, y se marchó tambaleándose por el pasillo.

Desayunó en un bar y después se dirigió al registro de la propiedad que correspondía al casco antiguo. Pidió una nota simple, y cuando la muchacha le indicó que lo tendría listo en un par de días, Camilo le mostró un billete de cincuenta euros que la chica aceptó encantada a cambio de solucionarlo en el momento.

Llegó a su casa al mediodía, invadiendo el salón como una exhalación, donde encontró a su madre, que estaba viendo un programa de cotilleo en la tele.

—Hola, madre.

—Hola —dijo ella sin girarse siquiera; siguió a la suyo, imperturbable.

—Me gustaría hablar contigo.

—¿Ahora?

Camilo se acercó y apagó la tele. Sintió una especie de *déjà vu*, como si estuviera reviviendo una de las muchas discusiones.

—Sí, ahora.

—¿Dónde has estado?

Por toda respuesta, Camilo le tendió un papel que ella observó sin mucho interés.

—¿Qué es esto?

—Es una nota simple del piso del Molinete que perteneció a padre. Según el registro, está a tu nombre.

—¿A mi nombre? Debe de ser un error, hijo. ¿De qué estás hablando?

—Vamos, madre, no te molestes en disimular más. He comparado la letra del papel donde apuntaste la dirección de Felipe con la de las cartas que he ido encontrando de mi padre. Es la misma letra, la tuya, tú escribiste esas cartas.

Esta vez su madre se calló, bajó la cabeza, hundiendo los ojos en el suelo.

—¿A qué has estado jugando? —prosiguió Camilo—. ¿Hasta dónde pretendías llegar? Joder, madre, mírame. ¿De verdad querías que me suicidara?

—Hasta el final, estaba dispuesta a llegar hasta el final, a cualquier precio. No habría podido soportar que mataras a tu mujer, verte convertido en un asesino. —Levantó la cabeza para mirarlo a los ojos—. Prefiero verte muerto.

—Prefieres verme muerto. —Aquella sentencia se le clavó en el pecho, como la puñalada de una daga afilada abriéndose paso entre las costillas para arrancarle el corazón—. Aún no puedo creer que mi madre haya dicho eso.

—¿Y qué querías que hiciera? Intenté hablar contigo, hacerte recapacitar, intenté que abandonaras a tu mujer y a tu hijo antes de que fuera demasiado tarde. Pero tú no querías escuchar. Nunca me has escuchado.

Camilo sintió la cólera, el odio, que comenzaba poco a poco a apoderarse de él. La bestia se mantenía al acecho, alimentándose, preparándose para escapar en cualquier momento.

—¿Te lo inventaste todo? ¿Pagaste a una actriz de tres al cuarto para que representara el papel de Pura? ¿Convenciste también a Felipe? Quizás deberías ser tú la escritora, tienes una imaginación prodigiosa.

—No me he inventado nada, lo único que he hecho es adornar un poco la realidad.

—¿Y qué hay de verdad en toda esta historia?

—Verás, hijo, yo no he hablado con Felipe, lo que él te haya podido contar es cosa suya. Tu padre aplicaba justicia cuando la ley o los jueces no lo hacían. Las seis cuchillas con los nombres realmente pertenecían a tu padre, eran los trofeos que guardaba de sus ejecuciones. La última, la que encontraste con tu nombre, la puse yo, claro. Formaba parte del juego.

—¿Del juego? ¿Para ti era solo un juego?

—No, para mí no es un juego ver cómo mi propio hijo se convierte, poco a poco, en un asesino. Entonces se me ocurrió la idea. Sabía que a mí no me escucharías; sin embargo, a tu padre siempre lo has respetado. Sabía que si era él quien te lo pedía, si tú creías que era él el que te lo pedía, quizás cambiarías de actitud. Así que lo preparé todo, escribí las notas que debían guiarte en la investigación, deposité la escritura en la caja de seguridad del banco, compré la tabla güija y puse dentro las cuchillas. La hija de Pepa tiene una empresa de vídeos, a través de ella contraté a la actriz que interpretó el papel de Pura. En realidad se llama Carla. La elegí por lo guapa que era, fantaseando con la idea de que te enamoraras de ella, de que te ayudara a dejar a tu mujer. Es una chica muy maja. A pesar de sus continuos viajes a Madrid, tan solo la llaman para hacer publicidad, pero nada de películas. Ya me advirtió la hija de Pepa de que su voz era un poco desagradable. De todas formas, sabía que para ti la voz no es lo más importante… —Esas últimas palabras las matizó con un tono despectivo—. Solo me quedaba colocar la llave en la culata de la pistola. Para ello me echó una mano tu hijo, aunque el pobre creía que le íbamos a gastar una broma a la asistenta.

—¿Y qué pasa con el piso, con los libros de espiritismo?

—El piso perteneció a tu padre, era el lugar donde sacrificaba a sus víctimas. —Hizo una pausa—. Después de lo que me pasó a mí, de lo que nos cambió la vida a ambos, tu padre compró el piso y lo convirtió en una especie de santuario. Los libros de espiritismo también eran suyos, era muy amigo de don Vicente Ros y aficionado a las tertulias de su estudio. La tabla güija no se utilizaba en esa época, pero necesitaba un sitio para esconder las cuchillas sin levantar sospechas, y me pareció que no sería descabellado encontrar una junto a aquellos libros. Tu padre mató a seis personas. No es que yo aprobara lo que él hacía, pero entendía su necesidad. Él nunca me comentó nada de sus trasiegos, yo simplemente lo sabía. El último que mató fue un hombre acusado de asesinar a su mujer, pero poco tiempo después atraparon al verdadero culpable. Tu padre no pudo soportar la culpa y se suicidó. Entonces el piso pasó a mi propiedad.

—¿Y Pura?

—Pura es solo un personaje que me inventé para engancharte a ti en la trama. Mi primer objetivo era que la investigación te llevara a conocer cómo era tu padre, que si él hubiera llegado a saber en lo que te convertirías, habría sido capaz de matarte. Pensaba que si lo descubrías, cambiarías, te haría recapacitar y te replantearías tu vida y tu actitud. Sin embargo, no fue así. Intenté disuadirte y no sirvió de nada, el juego seguía adelante y tú no querías entrar en razón. Entonces otro acontecimiento enturbió mis planes. Una noche Carla me llamó con la intención de dejar el trabajo. Resultó ser más lista de lo que pensaba. Se imaginó cuáles eran mis intenciones finales y no quería verse involucrada. Fue culpa mía, creo que le facilité más información de la que en realidad necesitaba. Bueno, por lo menos fue honesta y no desapareció sin más. Y, por suerte, tampoco te descubrió a ti la artimaña.

—De alguna forma sí lo hizo, cuando me regaló el carrete de hilo —musitó Camilo entre dientes.

—Yo, la verdad, pensé que al no poder contactar con ella habrías abandonado la investigación.

—Pues no fue así, madre, al final conseguiste tu objetivo —dijo, y le mostró el vendaje de su muñeca izquierda—, me corté las venas, he estado a punto de morir.

—¿Y qué quieres que te diga?, ¿que lo siento? Pues no lo diré porque no es verdad. Me alegro de que estés vivo, eso sí.

—¿Qué te pasó, madre? ¿Qué fue lo que te llevó a guardar tanto odio, lo que te convirtió en una manipuladora sin miramientos, lo que transformó a padre en un asesino? ¿O quizás siempre fuiste así?

—Eso ya no importa, la persona que lo hizo pagó un precio justo.

—¡A mí sí me importa! —gritó Camilo, a punto de romper a llorar—. Me has jodido la vida, nos has jodido la vida a todos. Explícame por qué, al menos.

—¡Me violaron! —gritó su madre de repente—. ¿Es eso lo que querías saber?

—¿Te violaron? —Camilo se sorprendió mucho ante aquella revelación—. Y padre mató al violador.

—Tú no lo entiendes, hijo, no tienes ni idea de lo que suponía una violación en aquella época.

—¿Qué suponía? ¿Qué? —gritó Camilo de nuevo—. Explícamelo, a ver si así soy capaz de comprenderte.

—Fue el día que se graduó tu padre en el cuerpo de policía. Tendrías que haberle visto, estaba eufórico. Él siempre fue muy alegre, le encantaba bromear y beber. Salimos a cenar los dos solos, tus abuelos me habían dado permiso como algo excepcional. Recuerdo lo orgulloso que estaba mi padre de tener un yerno en la policía, confiaba en que llegaría lejos. —Los ojos de su madre brillaban—. El bar ya no existe, estaba en la calle Honda, al lado de la parada del tranvía. No era un sitio muy exquisito porque tu padre aún no había cobrado su primer sueldo. La cena fue maravillosa, nos prepararon unos caracoles picantes y bebimos vino rancio. Yo tenía que volver a casa y él había quedado para irse de juerga con sus amigos. Tu padre venía de una familia humilde y en aquella época todo era mucho más complicado, más aún para un pobre. Por eso estaba tan satisfecho, por eso y porque mi padre le había dado permiso para entrar en casa, ya se había convertido en un hombre de provecho. —Se miró las manos arrugadas por la edad—. Total, que no me acompañó hasta la puerta y me despidió con un beso antes de doblar la esquina de mi calle. Yo lo entendí, estaba deseando reencontrarse con sus amigos. En aquellos tiempos las calles no estaban igual de iluminadas que ahora, así que caminé rápido mientras rezaba para tranquilizarme. Pero en aquella ocasión Dios no me escuchó, o quizás fue una prueba por la que tenía que pasar.

»El caso es que en el mismo portal de casa me tropecé con... con un hombre. —La voz comenzó a temblarle—. Iba bien vestido, casi diría que era elegante. Pensé que esperaba a alguien, incluso le di las buenas noches. Cuando buscaba en el bolso las llaves para abrir la puerta, me agarró del pelo y me tapó la boca. En aquel momento no entendía nada, aquello era lo último que esperaba. Entonces me empujó hacia un solar y comenzó a pegarme. Era muy fuerte, un sádico, ¿entiendes, hijo? Aquel hombre no solo me violó sino que me golpeó en la cabeza, en el vientre, en la cadera... Disfrutaba con el sufrimiento, y conmigo disfrutó mucho. —Calló unos segundos antes de continuar—: Yo creo que me dio por muerta, yo misma pensé que lo estaba.

»Cuando por fin se marchó, conseguí ponerme en pie y llegar cojeando y sangrando hasta mi casa. Encontré las llaves en el fondo del bolso. Apenas podía ver con los ojos hinchados por los golpes. Mis padres dormían ya, pero mi Tata me esperaba en el salón mientras remendaba alguna prenda a la luz del candil. Cuando me vio no dijo nada, aunque la vi palidecer. Me ayudó a tumbarme en la cama, me preparó una infusión y conseguí dormirme. Ella se debió de pasar toda la noche curándome las heridas. No sé qué excusas daría a mis padres, pero nadie más que mi Tata entró en la habitación hasta que me hube recuperado. La pobre pensó que tu padre había sido el culpable de la paliza, así que no le dejó entrar en casa y no me pasó sus notas ni sus llamadas. Yo sufría por dentro y por fuera. Al final, a pesar de la terrible vergüenza que aquello me producía, conseguí contarle a mi Tata lo que había ocurrido. Nadie más podía enterarse o yo caería en desgracia, quedaría señalada como una puta, como una cualquiera, dirían que yo había provocado a aquel hombre. Así eran las cosas entonces.

»Con el tiempo me repuse, no me quedaron marcas, ni cicatrices, solo la cojera que desde entonces me acompaña y que con los años va a peor. Quizás si hubiera ido a un médico la cosa hubiera sido distinta. El caso es que un día tu padre vino a verme y mi Tata le dio permiso. Le puse excusas, le dije que había estado muy enferma, pero tu padre no era tonto y al final tuve que contarle la verdad. Recuerdo cómo se oscureció su mirada y ya nunca más volvió a tener la luz de antaño. No descansó hasta que atrapó a aquel hombre, un carrilano sin familia, habitual de los bares y burdeles del Molinete. Y lo hizo sufrir mucho antes de morir, te lo puedo asegurar —concluyó con orgullo.

—¿Y qué hay de las otras víctimas? —preguntó Camilo, ahora más calmado, ablandado un poco por la confesión.

Su madre se envalentonó al verlo retroceder.

—Primavera de 1963, Antonio González mató a su mujer porque la pilló en la cama con otro hombre. Una adúltera. Las leyes eran diferentes entonces, y el hombre quedó impune porque había obrado para salvaguardar su honor. Otoño de 1971, Rogelio Zapata, director del periódico *La Voz* y hombre de la Falange que se dedicaba a golpear y a humillar a las prostitutas con las que se acostaba. Arrojó ácido a la cara de una pobre chica, dejándola ciega y desfigurada. Tenía un hijo que sacar adelante. Primavera de 1977, tras una fuerte discusión, Leocadio Álvarez arrojó a su mujer por el balcón, fingiendo un suicidio. Él mismo llamó a la ambulancia y testificó voluntariamente, alegando que ella se había tirado para castigarlo a él, para que se sintiera culpable. El juez creyó sus palabras y se libró. Tu padre supo la verdad gracias a una conversación con el dueño del bar que el tipo frecuentaba. Nadie lo consideró un testigo fiable, nadie excepto tu padre. Invierno de 1982, Pedro Pelegrín, un guardia civil que mató a tiros a su mujer fingiendo un atentado contra él mismo. Sus compañeros lo respaldaron y nadie lo acusó. Ella quería abandonarle y lo pagó muy caro. Todos eran asesinos de mujeres, todos se merecían morir. —Las palabras de su madre desbordaban rabia.

—Todos menos el último. Tú misma me has dicho que era inocente, que padre se equivocó y por eso se suicidó.

—Enero de 1990, Juan Carrión —continuó Martirio—. Todo parecía indicar que había matado a su mujer por celos. Una lástima, porque después apareció el verdadero culpable. Tu padre, en el fondo, era débil —gruñó ella de nuevo—. Nunca entendió que es preferible matar a un inocente que dejar impune a un culpable.

—¿Y tú intentas darme clases de moralidad? Ahora lo entiendo todo. Conociéndote, estoy seguro de que tú manipulaste a padre para que cometiera aquellos crímenes. Se sentía culpable, ¿verdad? Culpable porque tenía prisa, porque le echaste en cara que no te acompañara hasta la puerta de tu casa. Estoy seguro de que todos esos asesinatos no fueron idea suya sino tuya, que padre actuaba bajo tu supervisión, bajo tus órdenes.

—Hicimos lo que teníamos que hacer para mejorar un poco este mundo asqueroso.

—Estás loca, madre, mucho más de lo que nunca hubiera imaginado. Quiero que te marches y que me dejes en paz.

—No me voy a ir a ningún sitio. Tengo que vigilarte, tengo que protegerte de ti mismo. Eres un amargado, un infeliz que nunca se librará del odio que le corroe. Si no estoy yo para evitarlo, al final acabarás matando a tu mujer, a cualquier mujer que se cruce en tu vida.

—Tú sí que eres una amargada, una mujer sin escrúpulos, dispuesta a todo por salirte con la tuya. Tú eres la culpable de que yo sea así, de que se despierte en mí ese odio exacerbado hacia las mujeres, porque al final en todas ellas te veo a ti. —Y mientras pronunciaba esas palabras, Camilo percibió la rabia crecer en su interior, se doblegó ante la bestia que abandonó su jaula para poseer su cuerpo—. Sí, quizás sea a ti a quien debería matar, quizás solo así me libre del monstruo.

Entonces cogió un candelabro de plata, se acercó a su madre enarbolándolo en alto, dispuesto a machacarle el cráneo.

—Tú eres el único monstruo, un asesino de mujeres. Vamos, hazlo, demuestra lo que eres en realidad.

Se desató una feroz lucha interna. Por un lado, la bestia ordenando a su brazo que descendiera a toda velocidad, que asestara el golpe que acabaría con todos sus problemas. Por otro, el verdadero Camilo oponiéndose a ella, intentando dominarla, ordenando a su brazo que bajara despacio, que abriera la mano, que dejara caer al suelo el arma improvisada. Pero su brazo se mantuvo en alto durante unos segundos eternos, sin responder a ninguna de las órdenes opuestas que recibía. Su madre lo miraba con cara desafiante, dispuesta a aceptar la muerte que su propio hijo le ofrecía con tal de demostrar que tenía razón. Y a pesar del odio que sentía hacia ella, el verdadero Camilo saltó sobre la bestia y peleó ferozmente, una lucha a muerte por recuperar el control de su propio cuerpo. Sin embargo, el monstruo le golpeó con una garra y Camilo cayó al suelo derrotado, sangrando, sin esperanza. Había perdido la batalla, nunca había podido vencer a la bestia. Si él moría, el verdadero Camilo desaparecería para siempre, ya solo la bestia ocuparía su cuerpo, dispuesta a saciar su hambre a través de la sangre de cualquier cuerpo femenino.

El brazo que sostenía el candelabro descendió de sopetón sobre la cabeza de su madre.

No podía permitirlo. Era imposible derrotar a la bestia por la fuerza, pero se había olvidado de una cosa: esa pelea solo tenía lugar en su imaginación, y allí Camilo ostentaba un poder absoluto. Así que se concentró en dominar al monstruo y percibió cómo se conectaban sus mentes. Y mientras la bestia permanecía paralizada por el control que él ejercía sobre ella, avanzó un paso y le propinó un fuerte puñetazo en el pecho, atravesándolo como si fuera de mantequilla. Sacó la mano blandiendo su corazón, un trozo de carne negra, podrida, agusanada, que aún escupía borbotones de odio con cada latido. Estrujó aquel corazón putrefacto y el monstruo se desplomó en el suelo.

El candelabro se detuvo en seco, justo antes de rozar la cara de su madre. Ella ni siquiera se inmutó, tampoco ocultó la sonrisa de satisfacción que venía a certificar su victoria.

Cuatro gruesas cadenas surgieron de la nada, cada una con un grillete en el extremo, que atraparon el cuerpo del monstruo y lo arrastraron a los rincones más oscuros de su mente. Quizás la bestia no estuviera muerta, quizás pudiera regenerarse, pero por esta vez había sido aprisionada a la fuerza, humillada, debilitada, domesticada. Quizás volviera a escapar de aquel rincón oscuro, pero ahora Camilo sabía que podía dominarla.

El candelabro cayó a sus pies y por un instante se sintió orgulloso de sí mismo.

—¡Vete de aquí! —gritó.

Luego se acercó a su madre, la cogió de los brazos y tiró de ella con la intención de llevarla a rastras hasta la calle. Al contrario de lo que esperaba, la mujer no cayó al suelo, sino que movió los pies con agilidad para aguantar el equilibrio, cojeando ligeramente, pero mucho menos de lo habitual.

—Puedes andar sin tu bastón, puedes andar… —Una sorpresa más esa noche—. Es otra de tus burlas, de tus manipulaciones, una forma obscena de controlar a la pobre Remedios. Eres despreciable, la peor persona que he conocido en mi vida. ¡Márchate de aquí!

La empujó hasta la puerta, echándola fuera del chalé, como si se tratara de un borracho en un bar. Su madre cayó al suelo de tierra y Camilo le tiró el bolso encima.

—Ahí tienes tu móvil. Llama a un taxi, si quieres. Y, si no, púdrete en el infierno.

Cerró la puerta con rabia y se sentó en el suelo, pensando en todo lo que había sucedido, la muerte de su hermana, su intento de suicidio, la pelea definitiva con su madre.

Y entonces rompió a llorar como un niño pequeño.

CAPÍTULO 78

Últimamente Sergio veía poco a su familia. Su padre y su madrastra, Beatriz, vivían juntos en Cartagena, mientras que Rodrigo y Paula compartían piso en Barcelona. Cada uno en una punta de España. Aún recordaba los años que habían pasado todos juntos en un piso alquilado. Fueron años duros, en los que tuvieron que aprender a convivir, aunque también años buenos en los que habían formado algo parecido a una familia normal.

Cuando acabó el instituto, Sergio se trasladó a Madrid, donde estudió dirección de cine y comenzó a trabajar en una productora audiovisual como ayudante de dirección y director suplente de una conocida serie de televisión. El trabajo le permitió alquilar su propio piso y entonces Turia se fue a vivir con él. A Sergio no le costó mucho conseguirle un trabajo como ayudante de vestuario, ya que había demostrado tener un gusto exquisito para la ropa.

El día que cumplió veintitrés años, Sergio se encontraba en Cartagena. Había viajado el día anterior, cuando su padre lo llamó por teléfono para anunciarle que su abuela se moría. Llevaba casi un año postrada en la cama, tras una larga enfermedad, un cáncer que la había devorado lentamente, con mucha calma y mucho dolor.

Cuando llegó al velatorio, con quien se encontró primero fue con su tío Camilo, con el que últimamente hablaba mucho, pues estaban elaborando juntos el guion para la adaptación cinematográfica de su última novela de éxito. Sergio se acercó para darle el pésame. Se estrecharon la mano y observó que su tío llevaba un libro en las manos. Al verlo se le paró el corazón.

—Era el único libro que tenía en su casa —le explicó Camilo, refiriéndose a su abuela.

Sergio lo cogió y lo abrió sorprendido, estudiando con curiosidad los comentarios anotados en los márgenes, entre el texto e incluso sobre el mismo texto.

—Este libro me lo dio mi abuelo hace tiempo. Se lo dejé a la abuela para que me lo guardara, pero después me aseguró que lo había perdido, que se lo había olvidado en el taxi.

Su tío lo miró con una mezcla de sorpresa y resignación.

—Quédatelo —le dijo.

Sergio pensó en su abuelo, que vivía aún en la residencia, aunque el alzhéimer había hecho estragos y ya no reconocía a nadie de la familia. Ni siquiera hablaba ya de Borges.

Sergio abrió el libro de nuevo y leyó las anotaciones. En la primera hoja encontró una que le llamó la atención. «Paradoja del Bibliotecario Ciego: Se llama así al síndrome según el cual...».

—¡Sergio!

Rodrigo lo levantó en volandas, dándole un fuerte abrazo por la espalda.

A Sergio se le cayó el libro de las manos, y el parqué de madera devolvió un crujido sordo.

CAPÍTULO 79

Todo terminó con un golpe, un porrazo, un crujido.

El impacto de un libro al caer al suelo fue el detonante que concluyó el cambio.

AGRADECIMIENTOS

Nos gustaría dar las gracias a nuestros amigos y familiares por haber sido los primeros lectores de la novela, y muy en especial:

A Blanca Eulogio por su asesoramiento en temas legales.

A Emilio Hernández, Pepita Molina y Natalia Carbajosa por su información sobre el estudio de don Vicente Ros y las sesiones de espiritismo en Cartagena.

A Isabel Ferrandis, que nos resolvió algunas dudas de medicina.

A Serafín Zaplana, Héctor Ballabriga, Antonia Garre, Natalia Carbajosa, Aisling Brew, Blanca Eulogio, Isabel Ferrandis y Ana Escarabajal, que leyeron los manuscritos y nos ayudaron a mejorar con sus críticas y comentarios.

Además, nos gustaría agradecer a nuestra agente, al equipo de Wider Words y a Amazon Publishing su labor como profesionales de la edición, y en concreto:

A Robert Falcó, Ana Alcaina, Roser Ruiz y Sergi Orodea por todas sus aportaciones.

A nuestra agente, Alicia González Sterling, quien ha conseguido que esta historia viera al fin la luz.

Y, por supuesto, a nuestra editora Paola Luzio, que ha creído en este proyecto tan especial para nosotros.